Sarina Grace Scott

BELIEVE

Thando heißt Liebe

Sarina Grace Scott, Jahrgang 1980, ist ein Pseudonym, das sich aus einer Abwandlung des echten Vornamens der Autorin, ihrem früheren Online-Namen und ihrer Liebe zu Schottland zusammensetzt. Seit die Autorin 2012 zum ersten Mal in Schottland war, ist sie fasziniert von der rauen Schönheit dieses Landes im Norden und verbringt ihre Urlaube immer wieder gerne dort. Im Jahr 2018, heiratete sie ihren Lebensgefährten in einer heimlichen, keltischen »Handfasting Zeremonie« am Luskentyre Beach der größten Hebriden Insel Lewis/Harris. Seit 2020 hat sie wieder einen Hund, der den passenden Namen Scotty trägt.

Sabrina Lange

BELIEVE
Thando heißt Liebe

Roman

PIPER

Mehr über unsere Autoren und Bücher:
www.piper.de

Wenn Ihnen dieser Roman gefallen hat, schreiben Sie uns unter Nennung des Titels »BELIEVE – THANDO heißt Liebe« an empfehlungen@piper.de, und wir empfehlen Ihnen gerne vergleichbare Bücher.

ISBN 978-3-492-50491-1

Redaktion: Cornelia Franke
Satz auf Grundlage eines CSS-Layouts
von digital publishing competence (München)
mit abavo vlow (Buchloe)
Covergestaltung: Alexa Kim »A&K Buchcover«
Covermotiv: PNGTree
Printed in Germany

Erst, wenn du deinen Weg verlierst,
weißt du, wo es hingeht.

Afrikanisches Sprichwort

Für alle die Lieben

Kapitel Eins

Kayleen

»Morgen«, murmelt Jake, als er gähnend in die Küche schlurft, und ich eilig Danielles Löffel zur Seite lege.

»Morgen, oh sorry, haben wir dich geweckt? Wir wollten gerade gehen.« Schnell krame ich meine Sachen zusammen und stehe auf.

»Jay!«, quakt Danielle fröhlich, während sie ihm ihren Plastiklöffel zeigt.

»Ach was, nein.« Jake winkt ab. »Bleib doch noch.« Er wendet sich wieder zu mir. »Möchtest du Kaffee?«

Besser nicht. Gestern Abend habe ich Danielle im Gästezimmer ins Bett gebracht, um selbst noch ein bisschen zu feiern. Irgendwann heute Morgen habe ich mich kurz neben sie gelegt und wollte eigentlich verschwinden, bevor Jake aufwacht. Jetzt steht er in scheinbar uralten Jogginghosen, einem ausgeblichenen Shirt mit ausgefransten Ärmeln und verstrubbelten Haaren in seiner Küche. Überall stapeln sich Bierflaschen, benutzte Gläser und Pizzakartons, auf dem Boden neben dem Kühlschrank ist ein Fleck, der aussieht, als hätte jemand einen Fruchtcocktail verschüttet. Ich hoffe zumindest, dass es von einem Cocktail ist. Die Geburtstagsparty war echt lustig, ich habe viele Leute kennengelernt und Danielle hat sich gefreut, im Mittelpunkt zu stehen. Alle fanden sie süß, haben mit ihr gespielt und Jake hat sie durch die Luft gewirbelt, bis ihr Babylachen den ganzen Raum erfüllt hat. Er hat das gemacht, was Dannys Job gewesen wäre. Danny hätte Danielle und mich auf diese Party begleiten und mit unserer Tochter herumalbern sollen. Er hätte mich geküsst, wir hätten getanzt und ... aber Danny ist tot und Jake ist ...

Ich sehe ihn wieder an. Jake ist hier. Er ist nett. Auch an einem verschlafenen Morgen, nach einer langen Party, sieht er unverschämt gut aus. Er ist zuvorkommend. Er liebt Danielle und sie vergöttert ihn. Extra für meine Tochter hat er das Gästezimmer in der unteren Etage der Wohnung hergerichtet, damit ich die Party genießen konnte. Seine Kollegen, die auf der Galaveranstaltung seiner Firma schon davon ausgegangen sind, dass ich seine Verlobte bin, haben lautstark verkündet, dass die nächste Party unsere Hochzeit sein wird. Mir war das furchtbar unangenehm und ich hätte am liebsten alles aufgeklärt, aber Jake hat nur den Arm um mich gelegt und mir mit kratziger Stimme ins Ohr geflüstert, dass er gerne noch ein bisschen länger mit mir verlobt bleiben möchte. Dabei haben seine Lippen meine Wange berührt und mich damit endgültig aus dem Konzept gebracht.

»Kay?« Jakes raue Stimme holt mich aus meinen Gedanken.

»Hm, was? Sorry.« Sofort schießt mir das Blut in die Wangen und Danielle zappelt auf meinem Schoß.

»Ob du Kaffee möchtest?« *Diese Augen.* Hat er eigentlich einen Waffenschein für diese Augen? Ich setze Danielle auf den Boden und reiche ihr den Plastiklöffel, mit dem sie zuvor gespielt hat.

»Ja, gerne«, murmele ich und Jake dreht sich grinsend um. Seine Arme sind braungebrannt, seine Füße barfuß und die Muskeln in seinem Armen spannen sich an, als er nach zwei Kaffeetassen aus dem Schrank angelt.

»Ich geh' Danielle schnell wickeln.« Eilig schnappe ich mir meine Tochter und flüchte aus der Küche. Danielle quengelt, weil sie lieber bei Jake geblieben wäre, aber ich fühle mich unwohl in seiner Nähe. Erst, als die Tür zum Gästezimmer hinter mir ins Schloss fällt, bemerke ich, dass ich die Luft angehalten habe. Jake macht mich nervös. Immer wieder. Von innen lehne ich mich gegen die Tür und schließe kurz die Augen.

»Mommy!« Danielles Stimme holt mich zurück.

»Ja, Schatz. Wir müssen dich sauber machen.« Dabei habe ich sie gewickelt, bevor wir nach oben in die Küche gegangen sind. Immer wieder muss ich an Jakes Hände denken, die mich festgehalten haben. Ich setze Danielle aufs Bett und krame in der Tasche nach einer frischen Windel. Mit ihrem Äffchen, das sie überall dabeihaben will, legt sie sich auf den Rücken und strampelt mit den Beinen in der Luft. Warum muss ich immer wieder an diesen Kuss denken?

»Jay!«, quakt Danielle jetzt und streckt ihre nackten Füße in die Luft. *Es hatte nichts zu bedeuten.* Die Windel ist natürlich trocken, deshalb ziehe ich ihre Strumpfhose wieder hoch und stülpe ihr eine winzige Jeans über, die ich vorhin hier unten gelassen hatte. Gestern beim Tanzen war er so nah bei mir, dass ich seinen Atem in meinem Gesicht gespürt habe. Ich setze meine Tochter auf, stecke ihre Füßchen in die Turnschuhe und sie legt zärtlich ihre vom Frühstücksbrei klebrigen Hände an meine Wangen. In ihren Augen sehe ich Danny. Immer wieder. Er hat gesagt, ich soll es auf mich zukommen lassen. Es ist ihm schwergefallen, das weiß ich, aber vielleicht hat er ja recht. Schnell wische ich Danielles Finger ab und packe die Feuchttücher wieder weg, bevor ich sie auf den Arm nehme und seufzend aufstehe, weil ich mich nicht länger hier unten verstecken kann.

Oben in der Küche duftet es nach frischem Kaffee und Croissants. Jake dreht sich mit dem Brotkorb in den Händen und einem sexy Lächeln auf den Lippen um.

»Da bist du ja wieder.« Er stellt den Korb auf den Tisch. Mit Danielle auf dem Schoß setze ich mich hin und lasse meinen Blick über Jakes Rückansicht wandern. Breite Schultern. Starke Arme. Er ist größer als ich. Auch größer, als Danny es war? Das Shirt rutscht nach oben, als er im Regal nach zwei Gläsern greift, deshalb senke ich verlegen den Blick und reiche Danielle den Becher zu ihrem Löffel. Jake holt Orangensaft aus dem Kühlschrank, bevor er sich zu uns an den Tisch setzt und Kaffee einschenkt.

»Heiß, Dani. Pass auf.« Er schiebt seine Tasse weit genug weg, damit sie diese nicht mehr erreicht. »Brauchst du Zucker?«

Ich versinke in seinen Augen. »Ja bitte. Und Milch, wenn du hast.«

»Klar.« Er springt wieder auf. Danielle klopft in der Zwischenzeit mit dem Löffel auf den Tisch. »Vorsichtig, Süße.« Jake reicht mir die Milch und holt Zucker aus dem Regal über der Spüle, bevor er wieder Platz nimmt. »War ein sehr schöner Abend gestern, oder?« Unsere Hände berühren sich, als wir beide gleichzeitig nach den Croissants greifen, deshalb ziehe ich meine eilig zurück, aber er reicht mir den Brotkorb. »Hier, bitte.«

»Danke. Ja, es war schön.« *Diese Augen sollten echt verboten werden.* Ich nehme ein Croissant und angele nach der Schokoladencreme. »Dani, Schatz, schau mal, was Jake hat.«

»Ham jam, Mommy!«

Ich reiche ihr ein Stück Croissant mit Schokolade, während Jake uns über den Rand seiner Tasse hinweg beobachtet. »Weißt du, warum Sam und Shane so schnell verschwunden sind?«

»Nein, keine Ahnung.« Ich beiße in das Croissant und wische mir die Schokolade aus den Mundwinkeln.

»Schon komisch, dass Sam keinen Alkohol getrunken hat, oder?« Jake lehnt sich zurück. »Meinst du, sie ist wieder schwanger?«

Überrascht lasse ich die Hand sinken, mit der ich gerade nach meiner Tasse greifen wollte. Sam hatte vor ein paar Wochen eine heftige Virusinfektion und diese nicht richtig auskuriert. Zumindest ist das ihre Version der Geschichte, aber Jakes Erklärung klingt durchaus plausibel.

»Möglich, ja. Ich glaube, ich muss meiner Freundin nachher mal auf den Zahn fühlen.«

»Mommy. Ham!« Danielle verlangt mit schokoverschmierten Fingern nach mehr.

»Warte!« Jake stellt hastig seine Tasse ab und springt erneut auf. Danielle hat die Schokolade mittlerweile in ihren blonden Haaren verteilt und nicht nur die Mundwinkel, sondern auch die Nase beschmiert. Ich reiche ihr ein weiteres Stück Croissant und als Jake zurückkommt, hat er seine Kamera in der Hand.

»Dani! Sieh mal hier!« Danielle dreht den Kopf in seine Richtung und ihre Schokofinger grapschen nach dem Objektiv.

»Bleib so, Kay!«, sagt er, nachdem ich meine Tasse genommen habe. Er drückt wieder auf den Auslöser, bevor sein Gesicht hinter der Kamera auftaucht. »Du siehst toll aus.«

Ich spüre die Hitze in meinen Wangen und bin sicher rot bis zu den Ohren. »Hör auf damit, Jake!« Ich fühle mich alles andere als schön. Ich habe nicht geduscht, trage die gleichen Klamotten wie am Abend zuvor und kann nur hoffen, dass ich keinen zu schlimmen Mundgeruch habe.

»Doch, das tust du, Kay!« Er knipst noch ein Bild von Danielle, die sich nach dem Glas mit der Schokoladencreme streckt. »Komm mit, ich zeig's dir.« Er hält mir seine Hand hin, wodurch Danielle seinen Arm mit Schokolade verschmiert. »Du kommst auch mit, Süße.« Jetzt nimmt er mir meine Tochter ab. »Zuerst waschen wir die Klebefinger und dann zeigen wir deiner Mommy, wie hübsch sie ist.« Er verschwindet aus der Küche und ich stelle die Tasse ab, um den beiden zu folgen.

»Was hast du vor?«, hake ich nach, während er sich im Bad mit meiner Tochter über das Waschbecken beugt. Sie kichert, weil er lustige Geräusche macht.

»Warum kannst du eigentlich so gut mit Kindern umgehen?« Jake greift nach einem Handtuch.

»Ich habe fünf Geschwister«, murmelt er mit einem gequälten Grinsen, nachdem er sich wieder zu mir umdreht. »Na ja, zumindest bin ich mit fünf Geschwistern aufgewachsen. Komm mit.« Ich folge ihm zu einem Zimmer am Ende des Flures, über das seine Kollegen gestern gemeckert haben, weil er abgeschlossen hatte. Jetzt weiß ich auch warum, denn sein Büro ist chaotisch. Überall Fotos. Einige Kameras sind aufgeschraubt und Magazine verteilen sich auf der Couch und auf dem Boden. Im Regal liegen Filmrollen und an der Wand neben der Tür hat er ein paar Bilder eingerahmt. Jake setzt Danielle auf den Boden und zieht sich seinen Stuhl an den Schreibtisch. »Meine äh ... Geschwister haben fast alle eigene Kinder, da lernt man so einiges.« Er schaltet den PC ein und verkabelt seine Kamera.

»Wow. Dann bist du der Einzige, der noch ...«

»Ich bin der Jüngste.« Jake zwinkert mir zu. »Ich habe noch Zeit.« Danielle hat seine Turnschuhe entdeckt und krabbelt quer durch das Büro. »Setz dich.« Er zieht einen Stuhl für mich heran, während auf dem Bildschirm erste Fotos von der Party erscheinen. Sam und Shane, die engumschlungen miteinander tanzen. Jake und Shane, die sich zuprosten. Danielle und ich, als ich sie gefüttert habe. Danielles große blaue Augen, als ihr Shane ein Spielzeug reicht. Jakes Kollegen bei einer Partie Billard im Untergeschoss. Ein Kumpel von Jake und Shane zusammen mit seiner Freundin. Danielle mit einem Lolli in der Hand. Sam und ich in der Küche. Jake und Matt bei einem Trinkspiel und mein Bruder, der mir einen Kuss auf die Wange drückt. Dann die Bilder von Danielles Schokofingern und ihrem verschmierten Gesicht. Ein Bild zeigt mich von der Seite und ein weiteres meine Augen. Dazwischen wieder Danielle, die sich das Schokocroissant in den Mund schiebt, und dann eines, auf dem ich mir die Haare aus dem Gesicht streiche, während sich die Sonne, die durchs Fenster scheint, in meinem Ring spiegelt.

»Du bist wunderschön, Kayleen.« Seine Stimme ist nur ein Flüstern, aber sie beschert mir eine Gänsehaut, während die sanften Berührungen seiner Hand mich vollends aus dem Konzept bringen.

»Ich ...«, krächze ich, aber er schüttelt den Kopf und rutscht mit seinem Stuhl ein Stück näher, bevor er meine Wange berührt und liebevoll eine Haarsträhne hinter mein Ohr streicht. Weil seine Berührungen kleine Stromschläge über meine Haut schicken, halte ich angestrengt die Luft an. Jake zieht den Stuhl näher zu sich, bevor er seine Lippen auf meine presst und seine Zunge sanft um Einlass in meinen Mund bettelt. *Oh Gott.* Mit beiden Händen stütze ich mich auf seinen Knien ab und schließe die Augen. Jetzt lässt er seine Finger über meine Beine wandern und vertieft den Kuss mit einem leisen Seufzen. Ich spüre seine Wärme an meiner nackten Haut, als er die Bluse ein Stückchen nach oben schiebt, deshalb löse ich den Kuss.

Sofort lässt er mich los und sieht mich entschuldigend an. »Sorry, Kay.«

»Ich kann das nicht.« Schnell stehe ich auf, schnappe mir mein Baby und verlasse das Büro. Danielle fängt an zu weinen.

»Kay, bitte.« Jake folgt mir.

In der Küche hole ich Danielles Babytasche, werfe das Fläschchen und den Plastiklöffel unachtsam hinein. Jake greift nach meiner Hand.

»Kay, es tut mir leid, ich wollte dich nicht ...«

»Was?« Ich entziehe ihm meine Hand und schultere die Tasche. »Was wolltest du nicht? Mich küssen?«

Mit einem nervösen Seufzen fährt er sich durch die Haare. »Doch, das schon.« Ein schiefes Grinsen liegt auf seinen Lippen, bevor er wieder ernst wird. »Ich wollte dich nicht erschrecken.«

»Ich muss jetzt los.« Energisch setze ich Danielle auf dem Küchentresen ab, um ihr die Jacke überzuziehen.

»Mommy! Nei-hein!« Sie weint immer noch.

»Schatz, wir müssen jetzt gehen.« Mit Danielle auf den Arm verlasse ich fluchtartig die Küche. Auf dem Weg nach unten verschleiern die Tränen meinen Blick, deshalb reiße ich blindlings die Wohnungstür auf, wobei hinter mir ein gerahmtes Bild zu Boden fällt und sich die Scherben überall im Flur verteilen. Ich werfe Jake einen entschuldigenden Blick zu, aber ich kann mich jetzt nicht damit beschäftigen.

»Kay, bitte, bleib noch. Ich …«

Schnell setze ich meine Tochter in den Kinderwagen, der vor der Tür geparkt ist, schubse die Tasche in die Ablage und ziehe Danielle ihre Mütze an. »Mommy! Jay! Kuss!«, trällert sie erneut und klatscht dabei freudig in ihre Hände.

»Kayleen, bitte.« Jake hat mich erreicht, die Scherben am Boden kümmern ihn nicht, als er nach meiner Hand greift. »Ich möchte dich wirklich zu nichts drängen, ich …« Zärtlich berührt er meine Wange. »Ich möchte mit dir zusammen sein.«

Fassungslos starre ich ihn an. Das geht nicht. Das kann nicht funktionieren. Ich … Tränen laufen mir über die Wangen.

»Ich kann das nicht, Jake.« Eilig schiebe ich den Kinderwagen zum Aufzug und Jake bleibt zurück. Als die Türen des Lifts geschlossen sind, lehne ich mich gegen die kalte Metallwand und schließe die Augen. In seinem Blick lag so viel Zärtlichkeit. Liebe. Sein Kuss war so unglaublich sanft und gleichzeitig fordernd. Seine Hände warm und vorsichtig. Ich schlucke wieder, aber der dicke Kloß, der sich in meiner Kehle gebildet hat, bleibt. Mit einem leisen Ping öffnen sich die Türen, deshalb hole ich tief Luft und bugsiere Danielles Wagen aus der Kabine.

»Alles in Ordnung, Miss?«, fragt eine ältere Dame mitfühlend, die gerade in ihre Wohnung gehen will.

Hastig wische ich mir über die Wangen. »Ja, alles ok.«

Das ist eine Lüge. Nichts ist ok. Ich habe Jake geküsst. Wieder. Ich habe es zugelassen. Wieder. Und ja, ich wollte es sogar, obwohl ich abgebrochen habe. Warum bin ich überhaupt über Nacht geblieben? Hätte ich nicht nach Hause gehen können? Nein, ich wollte in Jakes Nähe sein. Warum macht er mich so nervös? Nur Danny konnte das. Warum sieht dieser Mann so unverschämt gut aus? Seine starken Arme, die sanften Lippen und seine schönen Hände. Warum ist er nicht in Australien geblieben? Er hat gesagt, dass er mit mir zusammen sein will. Weinend betrachte ich meinen Verlobungsring, der in der kalten Novembersonne schimmert. Meint er das ernst? Nein, bestimmt nicht. Er ist ein Weiberheld, der die Frauen wechselt wie andere die Klamotten. Das funktioniert nicht. Entschlossen straffe ich die Schultern und schiebe Danielles Kinderwagen die Straße entlang. Mit Seb hat es auch nicht funktioniert.

Eine Stunde später erreiche ich durchgefroren das Haus von Sam und Shane. Das quietschende Tor weckt Danielle, die auf dem Weg eingenickt ist. Damit meine Freundin nicht merkt, dass ich geweint habe, wische ich mir erneut über die Wangen und atme tief durch, bevor ich auf die Klingel drücke. Es dauert einen Moment, bis Sam aufmacht.

»Kay!« Sie lässt mich den Wagen in den Flur schieben. »So früh schon ein Spaziergang?« Danielle reißt sich die Mütze vom Kopf. »Na, mein kleiner Engel, hattest du gestern Abend Spaß?« Sam löst Danielles Gurte und nimmt sie auf den Arm.

»Mommy! Jay! Kuss!« Danielle klatscht in die Hände und Sam dreht sich zu mir um, als ich gerade meine Jacke an die Garderobe hänge.

»Wirklich, Süße, das ist ja toll.« Sam streichelt grinsend über Danielles Pausbäckchen. »Dann sollten wir Mommy ein bisschen ausquetschen, nicht wahr?« Seufzend verdrehe ich die Augen und folge den beiden nach oben. In der Küche angekommen setzt sie Danielle auf den Boden und reicht ihr eine Stoffpuppe, während ich mich müde auf einen der Stühle sinken lasse.

»Wo ist Shane?«

»Einer von den vielen Schnäpsen war wohl schlecht«, antwortet Sam kichernd, während sie in ihrer kleinen Küche herumwerkelt, um Teewasser aufzustellen. »Er war die halbe Nacht im Bad und pennt jetzt.«

»Und dir geht es wieder besser?«

Mit zwei Teebeuteln in der Hand dreht sie sich zu mir um. »Du brauchst gar nicht vom Thema abzulenken, Kay.« Damit ich ihrem eindringlichen Blick ausweichen kann, greife ich nach der Zeitung auf dem Tisch, allerdings geht es wieder nur um die Steuerhinterziehung eines Abgeordneten, über die schon seit Tagen diskutiert wird.

»Mommy?« Danielle zieht sich an meinen Beinen hoch.

Froh über einen weiteren Aufschub, nehme ich meine Tochter auf den Schoß. »Komm her, Schatz.«

»Was ist passiert?«, will meine Freundin wissen.

»Nichts«, lüge ich, immer noch, ohne sie anzusehen.

»Nichts?« Sam setzt sich mit zwei Tassen zu mir an den Tisch und lehnt sich mit ihrem Becher zurück. Eine Weile beobachtet sie mich, wie ich meine Tochter beschäftige.

»Kay?«, fragt sie schließlich. Kein Entkommen. Danielle klopft munter auf dem Tisch und brabbelt etwas vor sich hin, deshalb schlucke ich und sehe meine Freundin endlich an.

»Ihr habt euch geküsst?«, hakt sie jetzt nach.

»Ja«, murmele ich, während ich mit den Fingern nach meinen Lippen taste, als würde diese Berührung Jakes Kuss zurückholen.

»Wann?«

»Heute Morgen.« Vielleicht hat sie mich nicht gehört. Schnell senke ich den Blick.

»Du hast bei ihm übernachtet?« *Mist.*

»Ja, im Gästezimmer, mit Danielle, weil ich sie nicht wecken wollte.« Ich nehme meine Tasse, um sie von Danielle wegzuschieben, damit sie sich nicht verbrennt. So, wie Jake es vorhin gemacht hat. »Jake kam in die Küche, als ich Danielle gefüttert habe.«

Schweigend, aber ohne mich aus den Augen zu lassen, trinkt Sam einen Schluck Tee. »Und dann?«

Danielle fängt an zu zappeln, deshalb setze ich sie auf den Boden und erzähle meiner Freundin von unserem gemeinsamen Frühstück, Jakes Fotos, wie er mich an sich gezogen hat und von seinem Kuss. Die Teetasse in meinen zitternden Händen ist mein letzter Halt.

»Das ist doch schön.« Sam stellt ihren Tee ab. »Hat dir der Kuss gefallen?« Erneut weiche ich ihrem Blick aus, finde diesmal aber keine Ablenkung. *Ja.* Danielle hat sich an der Küchentür hochgezogen und wackelt zurück zum Tisch, wo sie sich wieder auf den Po plumpsen lässt.

Jetzt drückt Sam meine Hand. »Machst du dir Gedanken wegen Danny?« Ich schlucke. *Ja.*

»Danny ist tot, Kay.«

Erneut steigen mir die Tränen in die Augen. »Ich weiß.« Wie könnte ich das vergessen. Sie steht auf, um nach der Box mit den Taschentüchern auf der Fensterbank zu greifen.

»Hier.« Jetzt setzt sie sich wieder zu mir. »Kay, auch wenn du nicht damit gerechnet hast, dich nach Danny und dem Desaster mit meinem Bruder jemals wieder zu verlieben, lässt Jake dich nicht kalt.« Sie sieht mich eindringlich an. »Hab ich recht?« Natürlich hat sie recht.

»Ich kann das nicht, Sam«, schluchze ich und wische mir mit dem Taschentuch über meine verquollenen Augen.

»Warum nicht?«

Statt einer Antwort putze ich mir die Nase.

»Ach, Süße. Jake wollte dich sicher nicht überfordern.«

»Er hat gesagt, dass er mit mir zusammen sein will.« Jetzt ist aus meiner Stimme ein verzweifeltes Schluchzen geworden.

»Und was hast du geantwortet?«

»Ich bin abgehauen.«

Hastig stehe ich auf und gehe zum Fenster. Mein Gesicht spiegelt sich in der Scheibe. Würde Danny jetzt hinter mir auftauchen? Würde er mich in seine Arme ziehen?

»Denkst du an Danny?«

Heiße Tränen rinnen über meine Wangen und ich schließe die Augen, bevor ich langsam nicke.

»Süße, was hat Danny zu dir gesagt, als du ihm von dem Kuss auf der Gala erzählt hast?« Sam taucht hinter mir auf und legt einen Arm um meine Schultern. Ihr Blick ruht auf mir und für einen kurzen Moment habe ich doch das Gefühl, es wäre Danny. Aber das kann nicht sein. Danny ist nicht hier, sondern meine beste Freundin.

»Er meinte, dass mein Leben weitergeht und ich mich nicht gegen meine Gefühle wehren soll.« Das klingt so gar nicht nach Danny und jetzt, wo ich seine Worte wiederhole, klingt es auch nicht nach mir. Erneut wische ich mir verzweifelt über die Augen.

Sam nickt. »Und was fühlst du?«

Seufzend umklammere ich die Arbeitsplatte. »Keine Ahnung.«

Kapitel Zwei

Danny

Ich hasse es, wenn Kayleen weint, deshalb drehe ich mich vom Fenster weg. Von ihrem Bett aus sieht Gillian mich liebevoll an. In ihren dunklen Augen spiegelt sich das Licht der Lampe. Jetzt steht sie auf und kommt auf mich zu.

»Sie ist unsicher, Danny. Sam hat recht, Jake lässt Kayleen nicht kalt, aber sie wehrt sich noch gegen ihre Gefühle.«

»Wegen mir? Weil ich sie so oft besuche?«, frage ich angespannt.

»Kayleen dachte immer, dass du der einzige Mann bist, den sie lieben wird. Das hat sich jetzt geändert und das macht ihr Angst.«

»Meine Mum meinte, ich soll Kayleen genügend Freiraum geben.« Verzweifelt fahre ich mit beiden Händen durch meine Haare. »So, wie während der Schwangerschaft, als ich mich nicht mehr so oft im Spiegel zeigen durfte.«

»Danny, es geht nicht darum, was du darfst oder sollst, du bist nicht mehr bei Kayleen, sondern hier.« Sanft greift sie nach meiner Hand, als würde sie mich festhalten wollen.

»Ich bin jetzt mit dir zusammen«, murmele ich.

Ein wunderschönes Lächeln legt sich auf ihr Gesicht. »Ja, dass auch, aber du solltest für dich und Kayleen einen Weg finden, der für euch beide funktioniert.« Sie stellt sich auf ihre Zehenspitzen und drückt mir einen Kuss auf die Lippen. »Sollte Kayleen nicht auch jemand anderen küssen dürfen?«

»Es fällt mir nur so verdammt schwer.« Ich berühre ihre Wange. »Und das ist dir gegenüber nicht fair, ich weiß.«

»In erster Linie ist es Kayleen gegenüber nicht fair. Sie hat ein Recht darauf, sich wieder zu verlieben.« Schnell drückt sie mir einen weiteren Kuss auf die Lippen. »So wie du auch.« Damit dreht sie sich um und huscht zur Tür. »Ich werde Jake einen Schubs geben, damit er zu ihr fährt.« Sie sieht mich über die Schulter hinweg an. »Kommst du mit?«

Ich schüttle den Kopf. »Nein.«

Schulterzuckend verlässt sie mein Zimmer.

Ich will, dass Kayleen glücklich ist. Aber ich will sie nicht an einen anderen Mann verlieren. Ist dieser Gedanke egoistisch? Wie würde Kayleen wohl reagieren, wenn sie mich mit Gillian zusammen sehen könnte? Wir haben uns geküsst. Mehrmals. Wir hatten Sex. Auch mehrmals. Kayleen fühlt sich bestimmt geborgen, wenn Jake sie festhält. Trotzdem will ich nicht beobachten, wenn er sie küsst, weil ich tief in mir drin immer noch der eifersüchtige Ex bin.

»So eine verdammte Scheiße!« Ich lasse mich rücklings auf mein Bett fallen.

»Was ist passiert?« Alan betritt mein Zimmer. »Sorry, ich habe geklopft, allerdings hast du ...«

Ich winke ab und setze mich wieder auf.

»Also?« Er lässt sich in den Sessel fallen. »Was ist passiert?«

»Nichts.«

»Nichts?«

Verzweifelt raufe ich mir die Haare. »Ich muss einen guten Mittelweg finden, der für uns alle passt.«

»Für dich und Kayleen?«

Ich nicke. »Und für Gillian.«

»Für Gillian?«, fragt mein Schutzengel mit einem breiten Grinsen.

»Gibt es etwa auch Dinge, die du nicht schon weißt, bevor ich dir davon erzähle?«

»Die gibt es tatsächlich, Danny.« Er schlägt ein Bein über das andere und sieht mich auffordernd an. Das amüsierte Grinsen in seinem Gesicht lässt seine grünen Augen leuchten. »Zum Beispiel, was zwischen dir und anderen Schutzengeln passiert, wenn es mich nicht selbst betrifft.« Er verschränkt die Arme. »Also? Gibt es Neuigkeiten?« Ich spüre, wie mir das Blut in die Wangen schießt, deshalb senke ich den Blick.

»Wir ähm ...« Ich stocke und räuspere mich. »Ich hab mit ihr geschlafen.«

»Großartig, und?«

»Was und? Willst du Details hören?«

Lachend winkt er ab. »Nein, natürlich nicht. Aber wirst du es wieder tun?«

Ich streiche mir durch die Haare. »Das hoffe ich doch.«

Jetzt kichert er wie ein kleiner Junge.

»Wenn du mit Claire zusammen bist, hast du dann Sue gegenüber ein schlechtes Gewissen?«

»Natürlich. Allerdings ist Sue mittlerweile mit Peter zusammen.« Mein Schutzengel mustert mich eindringlich.

»Das Leben geht weiter, Danny, und jeder hat das Recht, sich wieder zu verlieben.«

»Hm.«

Alan lässt mich nicht aus den Augen. »Kayleen wird lernen, damit umzugehen und ihre Gefühle zuzulassen. Genau wie du.«

Wieder schießt mir diese eine Frage durch den Kopf, deshalb seufze ich genervt auf und stütze den Kopf in beiden Händen ab.

»Habe ich sie überfordert, weil ich sie immer wieder besucht habe? Weil Danielle mich sehen kann und Kayleen dadurch weiß, wenn ich da bin?«

Alan steht auf und setzt sich zu mir aufs Bett. »Das kann sein, aber sie braucht deine Besuche, deshalb darfst du auf keinen Fall damit aufhören.«

»Warum nicht?«

»Dann könnte sie denken, dass du mit ihrem neuen Leben nicht einverstanden bist.« Alan legt den Arm um meine Schultern. »Du musst ihr zeigen, dass es richtig ist, sich wieder zu verlieben und du nicht eifersüchtig bist, weil du selbst auch jemanden gefunden hast.« Er zwinkert mir zu. »Bist du in Gillian verliebt?«

»Keine Ahnung.« Ich zucke mit den Schultern. »Vielleicht.«

In ihrem Traum sitzt Kayleen mit angezogenen Beinen auf der Couch und hat ihren Kopf auf den Knien abgestützt, als wäre sie tief in Gedanken versunken, deshalb beobachte ich sie einen Moment, bevor ich das Wohnzimmer betrete.

»Danny?« Sofort bildet sich ein wunderschönes Lächeln auf ihren Lippen.

»Hallo Kay, wie geht es dir?« Mit Alans Worten im Kopf trete ich langsam näher.

»Müde«, murmelt sie. »Ich habe letzte Nacht schlecht geschlafen.«

»Ich weiß.« Ich setze mich neben sie und verschränke unsere Finger miteinander.

»Danny, ich ...« Sie stockt. »Ich habe ...«

Weil ich weiß, was sie sagen will, drücke ich ihre Hand. »Es ist in Ordnung, Kay.«

»Ich bin mir nicht sicher, ob ich ...« Mit einem verzweifelten Atemzug bricht sie ab. »Ob ich Jake das geben kann, was er will.« In ihren Augen schimmern Tränen. »Jetzt meine ich.«

»Es ist nicht wichtig, was Jake will, Kay.« Liebevoll streiche ich über ihre Wange. »Es ist nur wichtig, was du willst.«

Sie schluckt. »Das weiß ich auch nicht.«

»Hast du mit Jake gesprochen?«

Kayleen nickt. »Er war heute Nachmittag hier.«

Wirklich? Was hat Gillian getan? Und warum habe ich das verpasst?

»Und?«

»Er hat sich entschuldigt und gesagt, dass er mir alle Zeit geben wird, die ich brauche. Aber er hat mich auch gebeten, nicht aus seinem Leben zu verschwinden, weil er gerne Zeit mit mir verbringt und er immer viel Spaß mit Danielle hat. Er möchte mich zum Essen einladen, damit wir uns besser kennenlernen können. Ganz zwanglos, hat er gesagt, und dann auch noch, dass er ...« Die Worte sprudeln aus ihr heraus, weil sie alles sofort loswerden und mir nichts verschweigen will, deshalb hebe ich die Hand, um sie zu unterbrechen.

»Willst du das auch? Mit ihm befreundet sein? Mit ihm ausgehen? Ihn besser kennenlernen?«

Mit dem Ärmel ihres Pullovers wischt sie sich über ihr Gesicht und nickt vorsichtig. »Ich glaube schon.« Als sie mich wieder ansieht, ist ihr Blick unsicher und sie beißt sich auf die Lippe, als müsse sie sich für ihre nächste Aussage entschuldigen. »Ich bin gerne in seiner Nähe.« Wieder ein tiefer Atemzug. »Auch, wenn er mich meistens total aus dem Konzept bringt.« Jetzt schüttelt sie über sich selbst den Kopf. »Und das konntest eigentlich nur du.«

»Was denn?«

Ihre Hand zittert, als sie sanft meine Wange streichelt. »Wenn ich in deine Augen sehe, vergesse ich meinen Namen, Danny. Jedes Mal.« Verlegen senkt sie den Blick. »Jake schafft das auch.«

»Baby, ich glaube, das beruht auf Gegenseitigkeit.« Um ihren Kopf wieder anzuheben, lege ich meinen Zeigefinger unter ihr Kinn. »Du weißt gar nicht, was du mit deinen Augen anrichten kannst.«

Sie lächelt schüchtern. Und sexy. In meinem früheren Leben hätte ich sie jetzt in meine Arme gezogen, sie geküsst und wir hätten uns hier auf der Couch geliebt. Aber das geht nicht mehr. Ich bin jetzt ein Schutzengel und ich habe Gillian. Ich schlucke angestrengt. Kayleen hat Jake.

»Was hast du Jake gesagt?«, frage ich, nachdem ich wieder in meinem Zimmer bin und Gillian mich bereits erwartet.

»Was meinst du?« Sie setzt sich auf.

»Ich war gerade bei Kayleen.« Seufzend lasse ich mich neben sie auf mein Bett sinken.

»Ach so, na er hat überlegt, ob er zu voreilig war. Ob er sie mit dem Kuss überfordert hat.« Gillian lehnt ihren Kopf an meine Schulter, während ich lieber schweige, weil ich meine Eifersucht im Zaum halten will.

»Ich habe ihm, wie man so schön sagt, einen kleinen Tritt in den Allerwertesten verpasst, und ihn überzeugt, dass er Kayleen nicht alleine lassen darf, weil sie genauso verwirrt ist wie er.«

Ein gequältes Seufzen verlässt meine Lippen.

»Die beiden haben zusammen mit Danielle einen Spaziergang im Park gemacht. Er hat ihre Hand gehalten, ungefähr so.« Jetzt verschränkt sie ihre Finger mit meinen. »Er kann sich vorstellen, wie schwer es ihr fallen muss, sich auf jemand Neues einzulassen, trotzdem will er sie nicht verlieren.« Sie sieht mich eindringlich an. »Er will mit ihr zusammen sein. Als ein Freund.«

»Als Freund?« Skeptisch hebe ich die Brauen. Das geht doch gar nicht. Das kann nicht funktionieren. Jake ist ...

Gillian lächelt. »Ja, Jake ist nicht der Schürzenjäger, für den du ihn hältst, Danny. Er will mit Kayleen befreundet sein, damit sich alles, was zwischen den beiden sein kann, langsam entwickelt.«

»Hm«, brumme ich und Gillian löst ihre Hand aus meiner, um auf meinen Schoß zu klettern. Eine Hand berührt meine Wange und sie lehnt sich zu mir, bis ihre Lippen fast auf meinen liegen. Ihre Finger schicken kleine Stromstöße durch meinen Körper und ich will sie am liebsten sofort küssen, sie auf dieses Bett werfen und ...

»Tut mir leid, dass ich so doof bin«, murmele ich.

»Du bist nicht doof.« Gillian lächelt. »Ein bisschen verbohrt vielleicht.« Jetzt legt sie beide Hände in meinen Nacken. »Aber dafür unheimlich sexy.«

Kapitel Drei

Jake

»Hat sie dich auch geküsst?«, fragt Shane bei unserem nächsten Treffen zum wöchentlichen Fußballmatch, als ich ihm eine Flasche Bier in die Hand drücke. Mit einem breiten Grinsen lehnt er sich auf meiner Couch zurück und streckt die Füße aus. Ich kann nur nicken. »Und dann hat sie abgebrochen?«, hakt er neugierig nach.

Schnaufend lasse ich mich neben meinen besten Freund sinken. »Ja, ich glaube, es hat sie erschreckt, dass ich …« Das Bier zischt beim Aufdrehen der Flasche. »Ich war zu voreilig.«

»Hm, hm«, brummt Shane nur. »Aber ihr habt das geklärt?«

Dieses unbekannte Gefühl in meinem Magen müssen die Schmetterlinge auslösen, die eine Extrarunde drehen, weil ich an Kayleen denke. Während wir mit Danielle im Park waren, habe ich ihre Hand gehalten und es hat sich so gut angefühlt. So richtig. Als wäre ich genau an dem Ort, an dem ich sein sollte und mit den beiden Menschen zusammen, die ich immer gesucht habe, ohne zu wissen, dass ich überhaupt auf der Suche war.

»Ich habe ihr gesagt, dass sie sich Zeit lassen soll, und dass ich warten kann«, antworte ich endlich, worauf mein

Kumpel lauthals anfängt zu lachen, während er sich mit dem Handrücken über die Lippen wischt.

»Kannst du das denn?«

Schnell greife ich nach einem Kissen und pfeffere es in seine Richtung. »Natürlich kann ich!« Kayleen ist eine besondere Frau. Schon bei unserem ersten Treffen hat sie mich fasziniert. Damals im Pub, als sie sich zu mir gesetzt hat, sah sie umwerfend aus. Das luftige Kleid, ihre langen blonden Haare und der süße kleine Babybauch, den ich erst beim zweiten Hinsehen bemerkt habe. Der funkelnde Diamantring an ihrer Hand hat meine Vermutung bestätigt, dass ich nie eine Chance bei ihr haben würde. In Australien wollte ich sie vergessen und habe mich deshalb mit verschiedenen Frauen eingelassen. Trotzdem ist sie mir nie aus dem Kopf gegangen. Und dann saß sie, als ich zum ersten Mal aus Sydney zurückgekommen bin, traurig und allein mit ihrem Baby am Flughafen. Ich wusste sofort, dass ich nicht zurück nach Australien gehen werde. Nicht für immer jedenfalls, sondern, dass ich bei Kayleen sein will. Jetzt habe ich sie geküsst. Zweimal. Ihre Lippen fühlen sich unglaublich weich an und ich will unbedingt mehr davon. Mehr von ihr. Aber Kayleen ist noch nicht bereit dazu, deshalb werde ich warten, bis sie mich lässt.

»Also seid ihr jetzt zusammen?« Shanes Stimme holt mich aus meinen Gedanken.

»Nein, wir sind Freunde.«

»Aha«, murmelt mein Kumpel. »Sam und ich wollten euch nämlich zum Essen einladen, aber wenn ihr euch nicht mehr ausstehen könnt, weil ihr geknutscht habt, wäre das nicht so prickelnd, deshalb wollte ich mal vorsichtig ...«

»Ach halt die Klappe, McCreaven!« Ich werfe ein weiteres Kissen nach ihm. Ein Wiedersehen mit Kayleen, das Grinsen in meinem Gesicht schraubt sich weiter in Richtung meiner Ohren. »Wann?«

Shane beobachtet mich skeptisch, weil er mich wahrscheinlich noch nie so euphorisch erlebt hat, wenn es um ein simples Abendessen geht, dabei es geht um so viel mehr als das.

»Bist du nächstes Wochenende in der Stadt?«, fragt mein Kumpel.

»Na klar!« Ich proste ihm zu. Selbst wenn ich dafür Termine verschieben müsste, würde ich da sein.

Die Tage bis zum Essen bei Shane und Sam vergehen schleppend langsam. Immer wieder schwebt mein Finger über den Tasten des Telefons, weil ich Kayleen so gerne anrufen will. Ich will ihre sanfte Stimme hören. Ich will wissen, wie es ihr geht und was sie denkt. Aber ich halte mich an das, was ich ihr versprochen habe. Sie soll nicht das Gefühl haben, dass ich sie zu irgendetwas dränge. Stattdessen betrachte ich ihre Bilder in meiner Kartei. Ihre wunderschönen, tiefen Augen. Sie sind dunkelbraun, aber wenn die Sonne scheint, leuchten sie wie guter Whisky.

Mit einer Tasse Kaffee in der Hand lehne ich mich zurück. Wenn sie lächelt, bilden sich kleine Grübchen an den Mundwinkeln. Manchmal nagt sie nervös an ihrer Unterlippe und wenn sie kichert, hält sie sich ab und zu die Hand vor den Mund, als müsse sie ihr Lachen verstecken, dabei ist ihr Lachen einfach umwerfend und ansteckend. Ich stelle meine Tasse auf den Schreibtisch und berühre ihr Gesicht auf dem Bildschirm. Ihre Haut war so weich. Sie hat winzige Sommersprossen auf der Nase, deshalb frage ich mich, ob es im Sommer vielleicht mehr werden. Mein Blick schweift zum Fenster, wo Regentropfen gleichmäßig gegen die Scheibe trommeln und der Wind mit den kahlen Zweigen der Bäume spielt. Ein Bild in meiner Kartei zeigt Danielle und Kayleen zusammen auf meiner Party. Danielle hat große blaue Augen. Sie sind ganz anders als Kayleens, eher wie die ihres Vaters. Ich habe Fotos von ihm in Kayleens Wohnung gesehen. Er war ein gutaussehender Typ. Groß. Blond. Breite Schultern. Muskulöse Arme, die sich besitzergreifend um Kayleens zierlichen Körper legen. Danielle ähnelt ihm sehr. Nur ihre Nase, die hat sie von ihrer Mutter. Fällt es Kayleen schwer, ihn jeden Tag in ihrer Tochter zu sehen? Wie soll sie sich jemals neu verlieben, wenn er ihr durch Danielle so nah ist? Ein tiefes Seufzen verlässt meine Kehle.

Der Kaffee ist inzwischen kalt, ich trinke ihn trotzdem aus, bevor ich den Computer ausschalte und mir im Schlafzimmer meine Sporttasche schnappe. Ich muss ins Fitnessstudio und mich ablenken. Hier werde ich sonst nur depressiv.

»Hey Jake, auch mal wieder da?« Amanda, ein ausgesprochen hübsches Mädchen, steht am Empfang. Sie trägt hautenge Leggings und ein Tank Top, dass ihre Oberweite noch mehr zur Geltung bringt. Sie hat mir schon vor Monaten ihre Nummer gegeben, allerdings habe ich nie angerufen.

»Hi Am. Wie geht's?« Ich reiche ihr meinen Mitgliedsausweis.

»Gut.« Sie spielt aufreizend mit ihrem Zopf und wirft mir eindeutige Blicke zu. »Ich hab um vier Feierabend.« Jetzt reicht sie mir die Karte zurück und zwinkert mir zu.

»Hm, schön für dich«, murmele ich abwesend, bevor ich schnell meine Tasche schultere, um zu den Umkleiden zu verschwinden. Früher hätte ich so ein Angebot nicht ausgeschlagen, aber da kannte ich Kayleen noch nicht. Jetzt will ich nur sie. Und das, obwohl wir uns nur geküsst haben.

Auf dem Rückweg nach Hause hole ich meinen Anzug aus der Reinigung ab. Das Mädchen hinter der Kasse kritzelt ihre Nummer auf den Kassenbon, aber ich werfe den Zettel draußen in den Müll. Zu Hause angekommen, lege ich die Schlüssel aufs Sideboard neben der Tür und hänge den Anzug an die Garderobe. Im oberen Stockwerk klingelt das Telefon, deshalb sprinte ich nach oben und erreiche atemlos das Wohnzimmer.

»Hallo?« Ich lasse mich über die Rückenlehne der Couch fallen.

»Hi Jake.«

»Kay!« Schnell setze ich mich auf. »Schön, dass du anrufst.«

»Störe ich? Du äh ... klingst so abgehetzt.«

»Nein, natürlich nicht.« Ich kicke meine Schuhe von den Füßen. »Ich war beim Sport.«

»Ach so.« Sie räuspert sich. »Ähm, also wegen des Abendessens bei Sam und Shane.« *Bestimmt kaut sie auf der Unterlippe.* »Ich wollte dich fragen, ob du mich vielleicht abholen kannst, weil die U-Bahn dicht gemacht wird. Ich bringe Danielle abends zu Dad und Judy, dann bin ich schon in Notting Hill und könnte ...«

»Natürlich kann ich dich abholen«, antworte ich grinsend. »Um halb sieben?«

»Gerne.« Sie klingt so erleichtert, wie ich mich fühle.

Am Samstag bin ich zum ersten Mal aufgeregt, als ich eine Frau abhole. Ich streiche mir durch die Haare und atme tief durch, bevor ich die Haustür erreiche. Bob und Judy kenne ich schon seit dem Studium, nervös bin ich trotzdem. Nachdem ich auf den Klingelknopf gedrückt habe, dauert es nicht lange, bis Kayleen mit einem schüchternen Lächeln öffnet. Sie trägt enge schwarze Jeans, ein helles Shirt und eine braune Strickjacke. Ihre Haare fallen offen über ihre Schultern und ihre Füße stecken in braunen Stiefeln.

»Hallo Kay.« Als ich mich zu ihr lehne, um ihre Wange zu küssen, steigt mir ihr berauschender Duft in die Nase. »Schön siehst du aus.«

»Danke.« Unsicher kaut sie auf ihrer Unterlippe. »Komm rein, ich hole meine Jacke.«

Als ich den Flur betrete und die Tür hinter mir schließe, tritt Judy mit Danielle auf dem Arm aus dem Wohnzimmer. Sofort strahlt die Kleine mich an und all meine Nervosität verfliegt. Ich begrüße Shanes Mum mit einem Küsschen auf die Wange und wende mich zu Danielle.

»Na Prinzessin, wie geht es dir? Wirst du heute bei deiner Grandma schlafen?«, frage ich mit einem sanften Kniff in Danielles Pausbäckchen.

»Jay!«, kichert sie, während sie aufgeregt in die Hände klatscht.

»Es ist schön, dass du Kayleen mitnehmen kannst. Die haben schon wieder die U-Bahn-Tunnel gesperrt. Die District Line fährt gar nicht und die Central Line nur bis South Kensington.«

»Ich weiß, hab davon gelesen.«

Kayleen hat ihre Jacke übergezogen. »Bis morgen, mein Schatz, sei schön brav.«

»Mommy. Jay. Kuss!« Danielle klatscht wieder.

Mit roten Wangen streichelt Kayleen über den blonden Haarschopf ihrer Tochter. »Musst du immer alles verraten, Süße.« Judy grinst nur. »Danke, Judy. Ich hole sie morgen früh wieder ab.«

»Keine Eile, Kayleen. Wir freuen uns, sie hier zu haben. Genießt euren Abend und grüßt Shane und Sam.«

Draußen spanne ich den Regenschirm über uns auf, um sie zu meinem Wagen zu begleiten.

»Neues Auto? Wo ist der Audi?« Kayleen streicht vorsichtig über die regennasse Oberfläche. »Schick.«

»Danke.« Ich halte ihr die Tür auf und lasse sie einsteigen, bevor ich zur rechten Seite sprinte und mich auf den Fahrersitz sinken lasse. Grinsend starte ich den Motor und fahre rückwärts aus der Einfahrt. »Der Audi war ein Leihwagen, den Jag habe ich vorgestern abgeholt.« Kayleen knetet nervös ihre Finger. Keiner von uns sagt ein Wort, deshalb drehe ich die Heizung auf und schalte das Radio ein, um die Stille zu überbrücken.

»Welche Musik hörst du?«

»Ich mag die irische Boyband, die gerade die Charts stürmt«, haucht sie schüchtern.

»Ja, die sind cool.«

»Das sagst du jetzt nur so.« Kayleen wirkt skeptisch.

»Nein, ich finde die wirklich gut«, antworte ich, während ich den Wagen auf eine andere Fahrspur lenke. »Sie sind aus Irland.«

Kayleen lacht. »Ach so, weil du auch aus Irland kommst, findest du die Band gut?«

»Na klar. Solidarität unter Landsleuten.« Ich zappe durch das Radioprogramm und finde tatsächlich einen ihrer Songs. »Ich habe die Fotos für das Album gemacht.«

»Wirklich? Für das neue?« Überrascht starrt Kayleen mich an.

»Ja, letzten Monat. Die Jungs sind echt super.« An einer Ampel beobachte ich sie aus den Augenwinkeln.

»Sam und ich waren auf dem Konzert. Es war toll.« Sie strahlt wie ein junges Mädchen, sieht dabei aber so unglaublich sexy aus, dass es mir ganz warm wird.

»Es wird nächstes Jahr wieder eine Tour geben, vielleicht bekomme ich Tickets und wir gehen zusammen hin?«

Kayleens Augen leuchten. »Ja, das könnten wir machen.«

Durch die U-Bahn-Sperrung sind mehr Autos unterwegs und in dem Viertel, in dem Shane und Sam wohnen, ist kein Parkplatz zu finden, deshalb drehe ich eine weitere Runde um den Wohnblock und wende mich schließlich seufzend zu Kayleen. »Sieht aus, als müssten wir laufen.«

»Ja, vermutlich«, antwortet sie mit einem sexy Lächeln, das meinen Herzschlag weiter beschleunigt. Ich parke den Wagen an einer der geschlossenen U-Bahn-Stationen zwei Blocks entfernt und hole den Regenschirm aus dem Kofferraum, bevor ich Kayleen auf der Beifahrerseite abhole.

»Oh, ein Gentleman.« Sie kichert.

Ich reiche ihr meine Hand. »Aber natürlich.«

Unter dem Regenschirm hakt sie sich bei mir unter. »Hast du schon etwas aus Shane herausbekommen?«

Im ersten Moment weiß ich nicht, was sie meint. »Wegen was?«

»Na, ob Sam schwanger ist. Sie sagt absolut nichts, allerdings es geht ihr schon besser als auf der Party.« Sie zuckt mit den Schultern. »Vielleicht war es wirklich ein Virus?«

»Ja, möglich. Shane rückt auch nichts raus.« Ehrlich gesagt, habe ich vergessen zu fragen, weil es bei unserem Treffen nur um Kayleen und mich ging. Oder um Fußball.

»Hm, vielleicht weihen sie uns heute Abend ein?« Ich werfe ihr einen Blick zu. »Wir könnten ihnen gemeinsam auf den Zahn fühlen?«

»Sehr gerne.«

»Hey, ihr zwei!« Sam öffnet uns die Tür. »Schön, dass ihr zusammen ankommt. Könnte ich mich dran gewöhnen.« Sie zwinkert Kayleen zu und ich stelle den Regenschirm in die Ecke, bevor ich die Haustür schließe.

»Warte, ich helfe dir.« Als ich Kayleens Jacke nehme, schenkt sie mir wieder dieses atemberaubende Lächeln, das ich bis in den südlichen Regionen meines Körpers spüre.

»Danke.«

»Das Essen ist auch gleich fertig.« Sam huscht zurück nach oben. Auf der Treppe lege ich meine Hand an Kayleens Rücken, und sie wirft mir einen Blick zu, ohne etwas zu sagen. In der Küche duftet es nach Tomatensoße.

»Was trinkt ihr?« Sam dreht sich zu uns um.

Kayleen grinst. »Wein?«

Ich ahne, was sie vorhat, deshalb gehe ich auf ihr Spiel ein. »Gerne ja. Ein Glas geht sicher.«

Sam reagiert nicht, sondern holt wortlos eine Flasche Rotwein aus dem Regal hinter der Tür und reicht sie an mich weiter.

»Machst du die auf? Gläser sind im Schrank im Wohnzimmer.« Sie dreht sich zu ihrer Fensterbank, um ein paar grüne Blätter abzuzupfen und diese in die Tomatensoße zu werfen. Mit einem Grinsen folge ich Kayleen ins

Wohnzimmer, die schon zwei Gläser auf den Tisch gestellt hat und sich jetzt wieder zum Schrank umdreht. Als sie mir anschließend den Korkenzieher reicht, berühren sich unsere Hände und mich durchzuckt ein leichter Stromschlag.

»Danke.« Ihre Haut ist warm und weich, ihre Augen so unfassbar dunkel. Ich schlucke angespannt, weil sie so nah ist, dass ich ihr Gesicht berühren könnte. Ich könnte sie an mich ziehen, küssen und ...

»Kannst du den Tisch ...« Sams Blick wandert von ihrer Freundin zu mir und zurück zu Kayleen. »Störe ich?«

Kayleen entzieht mir ihre Hand. »Nein.« Eilig nimmt sie Sam die Teller ab. *Mist.* Der Moment ist vorbei, deshalb stelle ich die Flasche auf den Tisch.

»Ist Shane im Büro?« Besser verschwinde ich einen Moment, bevor Kayleen merkt, welche Wirkung sie auf mich hat.

»Ja!«, trällert Sam, die wieder in die Küche verschwindet, während Kayleen sich geschäftig dem Arrangieren der Teller widmet. Seufzend wende ich mich ab und schlurfe über den Flur, um meinen besten Freund zu suchen.

»Hey, da bist du ja endlich!« Shane setzt den Kopfhörer ab und begrüßt mich mit einem Handschlag.

»Ja, sorry. Wir mussten ziemlich weit weg parken und sind ...«

Shanes Mundwinkel berühren förmlich seine Ohren und er schaltet wie nebenbei den Computer aus. »Dann seid ihr jetzt doch zusammen?«

»Nein. Die Central Line ist gesperrt.«

»Schade eigentlich. Ihr würdet super zusammenpassen.« Er klopft mir auf die Schulter. »Na los. Ich bin am Verhungern.«

Stimmt, schade eigentlich. Ich folge ihm zurück zu den Frauen. Kayleen hat den Tisch gedeckt und stellt zwei Weingläser zurück in den Schrank, wobei ich nicht verhindern kann, dass ich auf ihren Hintern starre, als sie sich zum obersten Fach streckt.

»Sam möchte keinen Wein und sagt, dass auch Shane verzichtet.« Sie bemerkt meinen Blick, deshalb räuspere ich mich und streiche mir verlegen durch die Haare.

»Dann bleibt mehr für uns«, antworte ich schulterzuckend. Sam kommt mit einem riesigen Topf dampfender Nudeln zurück ins Zimmer.

»Warte, Schatz, ich mach das.« Shane nimmt ihr den Topf ab.

»Ich hole die Soße«, verkündet Kayleen, weil Sam sich auf ihren Platz setzt und nach der Wasserflasche greift.

»Für mich auch, Baby«, ruft Shane, der sich zu seiner Stereoanlage umgedreht hat, deshalb runzele ich irritiert die Stirn. Mein bester Freund hat zwar auf meiner Party etwas zu tief ins Glas geschaut, aber er würde nie freiwillig einen guten Wein zum Essen ausfallen lassen. Mit skeptischem Blick setze ich mich an den Tisch und schenke Kayleen und mir Rotwein ein. Sie kommt zurück, stellt den zweiten Topf auf den Tisch und nimmt neben mir Platz.

»Also Leute, worauf trinken wir?« Ich hebe mein Glas an.

Sam und Shane tauschen einen Blick. »Keine Ahnung, vielleicht sagt ihr es uns?«

Kayleen wird wieder rot, aber ich gehe nicht auf diese Ablenkung ein und versuche es erneut. »Mein Geburtstag war schon und Weihnachten kommt erst noch. Also?«

Shane hebt sein Wasserglas an. »Auf die Freundschaft.«

Nach dem Essen siedeln wir auf die Couch um, und weil ich mit dem Auto hier bin, reicht Shane mir eine Flasche Cola, während Kayleen sich Rotwein nachschenkt, bevor sie sich ebenfalls zu uns setzt. Ob ich nach ihrer Hand greifen soll? Wird sie ihre wegziehen? Im Park hat sie es zugelassen. Ich warte einen Augenblick und lege meine Hand auf ihre. Ein zaghaftes Lächeln formt sich auf ihren schönen Lippen, aber sie zieht ihre Finger nicht weg. Sam klettert über Shanes Beine, bemerkt natürlich unsere Hände und wirft ihrer Freundin einen fragenden Blick zu. Shane legt den Arm um sie und küsst ihre Wange, um ihr etwas ins Ohr zu flüstern.

»Leute, jetzt sagt schon. Wie lange wollt ihr uns noch im Ungewissen lassen?«, fordere ich schließlich, weil ich diese Heimlichtuerei zwischen meinem Kumpel und seiner Freundin echt leid bin. Ich will endlich wissen, ob sie wieder schwanger ist.

Kayleen grinst. »Genau, raus mit der Sprache. Ihr habt uns sicher nicht eingeladen, weil ihr wollt, dass Jake und ich Händchen halten.«

Sam versucht immer noch, die Ahnungslose zu spielen. »Warum nicht? Händchenhalten ist doch toll.«

Kayleen verdreht die Augen. »Verarsch mich nicht, Samantha Walsh. Wie weit bist du?« Ich beobachte meinen Kumpel und dann wieder seine Freundin. Seit die beiden letztes Jahr das Baby verloren haben, hat sich ihre Beziehung verändert. Sie sind sich noch näher und ich beneide ihn ein bisschen darum. Es wäre das Beste, wenn sie bald wieder ein Baby haben würden.

»Oh scheiße! Du weißt es?« Sam springt hastig auf und huscht aus dem Zimmer, deshalb sieht Kayleen ihr irritiert hinterher, bevor sie sich zu ihrem Bruder umdreht.

»Ich hatte recht?«

Shane nickt grinsend. »Ja.«

Kayleen steht auf, um ihn zu umarmen. »Oh, das freut mich für euch.«

Shane strahlt glücklich, bevor er sich ebenfalls erhebt. »Ich seh' besser mal nach ihr.«

Jetzt sind wir allein. Als Kayleen ihren Bruder umarmt hat, hat sie meine Hand losgelassen, deshalb fühle ich mich plötzlich irgendwie einsam.

»Du hattest recht«, murmelt sie, während sie sich nach vorne lehnt, um ihr Weinglas auf dem Tisch zu erreichen. Dabei rutscht ihr Shirt ein Stück nach oben und ein kleines Tattoo blitzt an ihrem Rücken auf, aber natürlich bemerkt sie auch diesmal meinen Blick. »Starrst du mir auf den Hintern?«

Mit einem verlegenen Grinsen blicke ich wieder in ihre Augen. »Nein, ich habe versucht zu erkennen, was dein Tattoo darstellt.«

»Hm, schon klar.« Sie lehnt sich wieder zurück. »Es sind Abdrücke von Pfoten.«

»Wirklich? Cool.«

»Ja, von unseren Geparden. Danny hat das gleiche Tattoo ...« Sie bricht ab. »Hatte. Ich meine, er hatte das gleiche. Ungefähr da, wo du deines hast.« Sie deutet auf meinen Arm, deshalb schiebe ich meinen Ärmel nach oben.

»Hier?«

Sie stellt ihr Glas wieder ab und dreht sich zu mir um. »Ja, etwas weiter unten.« Ihre Finger berühren meinen Arm. »Was ist das?«, fragt sie dann.

»Der Sonnenaufgang an der Küste von Malin Head, der nördlichste Punkt Irlands.«

»Und was steht da?«, fragt sie.

»Life.« Ihre Hand liegt immer noch auf meinem Arm und ihr Mund ist so nah, dass ich mich einfach nach vorne beugen und sie küssen könnte, aber leider kommen Shane und Sam zurück und zerstören auch diesen besonderen Moment.

Kayleen dreht sich sofort um. »Alles ok?«

Ich schiebe meinen Ärmel wieder nach unten und werfe meinem Kumpel einen Blick zu.

»Ja.« Shane reicht Sam ein Glas Wasser, sobald sie sich wieder auf die Couch gesetzt hat. »Woher wusstest du es?«

Kayleen nickt mir zu. »Eigentlich war es Jake, der darauf gekommen ist, und plötzlich haben die letzten Wochen Sinn ergeben.«

Ich zucke mit den Schultern, weil ich nur das Offensichtlichste vermutet habe.

Kayleen steht auf, um Sam zu umarmen. »Ich freu mich so für euch. Wie weit bist du?«

»Erst in der neunten Woche! Wir waren gestern beim Arzt.« Sam hat Tränen in den Augen, deshalb stehe ich auch auf, um ihr zu gratulieren.

»Herzlichen Glückwunsch, Sam, ihr habt es verdient!«

»Danke, Jake.« Sie wischt sich die Tränen aus den Augen.

Ich ziehe auch meinen Freund in eine herzliche Umarmung. »Komm her, Daddy!« Shane strahlt wie ein Honigkuchenpferd.

»Dr. Kiefer meinte, dass wir es ruhig angehen lassen sollen.« Sam senkt entschuldigend den Blick. »Angst habe ich trotzdem.«

Kayleen umarmt sie ein weiteres Mal. »Das verstehe ich, du musst einfach daran glauben, dass diesmal alles gut gehen wird.«

Sam nickt zaghaft. »Das hoffe ich.«

»Mir hat sie es erst gesagt, als wir zum Geburtstag zu ihren Eltern geflogen sind. Da hat sie die Bombe platzen lassen.«

Sam wird rot. »Es ging nicht anders, ich habe am laufenden Band gekotzt und meine Mutter hätte es sowieso gemerkt.« Sie nimmt seine Hand. »Eigentlich wollte ich ihn mit zum Arzt nehmen und überraschen.«

Kayleen hat sich wieder neben mich gesetzt und nimmt ihr Glas in die Hand. »Wann ist der Termin?«

»Im Juli.« Sam steht auf und kramt in ihrer Handtasche nach einem Ultraschallbild. »Hier.«

Während Kayleen das schwarz-weiße Bild in ihren Händen begutachtet, lehne ich mich zu ihr. »Also ich kann da nichts erkennen.«

»Das können Männer nie.« Lächelnd zeigt sie auf das Bild. »Das hier ist der Kopf.« Sie ist so nah, dass ich mich weder auf das Bild noch ihre Erklärung konzentrieren kann.

»Hmhm«, brumme ich nur, weil mir ihr Duft die Sinne vernebelt.

»Und hier die Füße.« Sie hält inne. »Du siehst gar nicht hin.«

»Doch.« Ich zeige irgendwo auf das winzige Bild. »Hier ist der Kopf.«

»Du hast nicht aufgepasst.« Lachend schlägt sie mir mit dem Bild auf die Finger und reicht es an Sam zurück. »Marc und Johanna bekommen auch ein Baby!« Auf einmal klingt ihre Stimme zittrig und verunsichert.

»Wirklich, das ist ja toll!« Sam grinst, aber irgendwie habe ich das Gefühl, dass sie das längst wusste.

»Ja, und heiraten werden sie auch! Er hat sie letzte Woche gefragt.«

Trotzdem kommt es mir so vor, als würde diese Flut an guten Nachrichten Kayleen überfordern. Ihre Finger sind krampfhaft in den Stoff ihrer Strickjacke gekrallt, als müsste sie sich daran festhalten. Zu gerne würde ich meinen Arm um sie legen und ihr Halt geben.

»Schatz, es tut mir leid, ich habe dir versprochen, nichts zu trinken, aber auf diese Neuigkeiten brauche ich jetzt echt was Stärkeres«, meint Shane, bevor er in die Küche verschwindet und ich ihm hinterherrufe, dass er mir etwas mitbringen soll.

»Und ich muss von jetzt an alleine trinken«, meckert Kayleen kopfschüttelnd.

»Das ist die Rache, weil du mich in diese Bar geschleppt hast und ich diesen blauen Schnaps probieren sollte.«

»Du hast es eben übertrieben«, kichert Kayleen. »Jedes Mal.«

»Dann nimm beim nächsten Mal Jake mit, der ist Ire und verträgt schon aus Prinzip mehr.« Sam wirft mir einen Seitenblick zu.

»Wohin soll ich mit?«, hake ich nach.

»In die südafrikanische Bar am Leicester Square. Da war ich mit Sam, als ich in London angekommen bin, und danach war sie ziemlich betrunken. Marc und Johanna ging es an meinem Geburtstag genauso.« Kayleen gluckst. »Ich war schwanger und hatte eine Ausrede, das Teufelszeug nicht zu probieren.«

»Dann müssen wir das nachholen.« Ich lege meinen Arm wieder auf die Sofalehne und kann so Kayleens Schulter berühren.

»Hüte dich vor dem blauen Zeug.« Shane reicht mir einen Whisky.

»Ok, Leute, dann stoßen wir an.« Er hebt sein Glas. »Auf Sam!« Er drückt seiner Freundin einen Kuss auf die Wange. »Und auf unser Baby.«

Sam hält ihren Orangensaft in die Höhe. »Nein, auf Kayleen und Jake, und darauf, dass sie in der Bar so richtig abstürzen werden!«

Kapitel Vier

Kayleen

Als Danielle und ich am nächsten Morgen das Haus von Dad und Judy verlassen, hat es aufgehört zu regnen, deshalb entscheide ich mich für den Umweg bis zur nächsten U-Bahn-Station, die nicht übers Wochenende außer Betrieb genommen wurde. Danielle lässt ihre Puppe noch eine Weile auf ihrem Schoß tanzen und schläft ein, als die Reifen des Buggys gleichmäßig im Kies des Parks knirschen. Es ist kalt. Mein Atem formt kleine Wolken vor meinem Mund. In einiger Entfernung spielt ein Mann mit seinem Hund und eine Frau schiebt ebenfalls einen Kinderwagen mit einem schlafenden Baby an mir vorbei. Eine Gruppe Touristen fragt mich nach dem Weg zum Kensington-Palast und ein Jogger kommt auf mich zu. Er hat Kopfhörer über den Ohren. Ich bleibe stehen, um Danielles Puppe aufzuheben, die ihr aus den Händen gerutscht ist, und stopfe sie in den Korb unter dem Kinderwagen.

»Kay?«, höre ich jemanden neben mir sagen, deshalb richte ich mich wieder auf und blicke in Jakes dunkle Augen.

»Jake? Was ähm ... Was machst du denn hier?«

Er nimmt die Kopfhörer ab. »Wie geht es dir?«, fragt er, ohne auf meine Frage zu antworten, weil er sie anscheinend nicht gehört hat.

»Müde.« Nervös streiche ich eine Haarsträhne zurück unter meine Mütze. »Ich habe ziemlich schlecht geschlafen.«

Er grinst. »Ich auch, deshalb wollte ich mich auspowern, bevor ich übermorgen nach Prag fliege.«

»Was fotografierst du diesmal?«

»Autos.« Jake schaltet die Musik seines MP3-Players aus. »Für ein Werbeprospekt.« Er wirft einen Blick zu Danielle. »Die Prinzessin scheint einen anstrengenden Abend bei deinem Dad gehabt zu haben.«

»Ja, sieht ganz so aus.«

»Hast du schon gefrühstückt, oder darf ich dich auf einen Kaffee einladen?« Er deutet in Richtung des Parkausgangs.

»Wir haben bei meinem Dad gefrühstückt, aber Kaffee ist trotzdem eine gute Idee«, antworte ich und drehe den Kinderwagen um.

»Wo wolltest du eigentlich hin?«, fragt er, als wir ein kleines Café in der Nähe von Knightsbridge erreichen und Jake mir die Tür aufhält. Der Duft von frischem Kaffee und Kuchen empfängt uns.

»Danke schön. Ach, ich dachte nur, ich nutze die Zeit, in der es nicht regnet, um ein bisschen frische Luft zu schnappen.« Ich parke den Kinderwagen an einem Tisch in der Ecke, ziehe meine Jacke aus und Jake rupft sich seine Mütze vom Kopf. Mit beiden Händen versucht er, seine verstrubbelten Haare zu glätten.

»Dann war es eine gute Idee, heute Morgen zu joggen, sonst hätte ich dich erst in zwei Wochen wiedergesehen.«

Er setzt sich auf den Stuhl mir gegenüber, während ich Danielles Jacke öffne und ihr die Mütze vom Kopf nehme.

»Wieso in zwei Wochen?«

Eine junge Kellnerin mit einem grünen und einem blauen Zopf auf den Schultern tritt an unseren Tisch. »Guten Morgen, was darf's sein?«, fragt sie mit deutlich südafrikanischem Akzent, deshalb muss ich schmunzeln.

»Ich nehme bitte einen großen Milchkaffee.«

Jake dreht sich zu dem Mädchen um. »Kaffee, bitte. Schwarz.« Sie notiert unsere Bestellung, wirft einen Blick zu Danielle und verschwindet wieder zum Tresen.

»Ich habe noch einen Auftrag dazu bekommen und fliege von Prag weiter nach Marokko und dann direkt nach München«, erklärt Jake jetzt. »Ich komme erst am achten wieder und dann gehen wir in diese mysteriöse Bar.«

»Hm, ich weiß gar nicht, ob die im Dezember geöffnet haben.«

Er legt den Kopf schief. »Willst du nicht mit mir ausgehen?«

Meine Wangen fangen an zu glühen. »Doch, doch, ich ...«

Grinsend berührt Jake meine Hand. »Kay, ich meine, was ich gesagt habe. Ich möchte Zeit mit dir verbringen. Warum also nicht in dieser Bar?«

Seine Augen machen mich nervös und lassen mich keinen klaren Gedanken fassen. Natürlich hat er recht, deshalb höre ich mich sagen: »Ok, ja.«

»Sehr gut, und was machst du heute noch? Was hältst du von einem Besuch auf dem Indoor-Spielplatz mit Danielle, danach Pizza und vielleicht eine DVD, wenn die Prinzessin im Bett ist?«

»Das klingt gut, aber meinst du nicht, sie ist dafür ...«

»Mommy?« Danielles Schnuller landet auf dem Boden, während sie sich die müden Augen reibt und Jake sich bückt, um ihn aufzuheben.

»Ich bin hier, Schatz. Gut geschlafen?« Ich löse ihre Gurte, damit ich sie aus dem Wagen nehmen kann.

»Hallo Prinzessin, na, ausgeschlafen?« Jake reicht ihr den Schnuller zurück, aber Danielle lässt ihren Kopf an meine Schulter sinken.

»Gib ihr einen Moment zum Wachwerden.« Zärtlich streiche ich über ihre erhitzte Wange und durch ihre Haare.

»Na klar, soll ich noch was für sie bestellen?« Er steht auf. »Ich geh' mal für kleine Jungs.«

»Ok, danke, aber ich habe alles.« Jake verlässt unseren Tisch und Danielle sieht mich wieder an. »Möchtest du etwas trinken, Schatz?« Ich krame die kleine Thermosflasche mit dem heißen Wasser und ihr Fläschchen aus der Tasche, um ihren Tee zuzubereiten, und Danielle reibt sich erneut die Augen, bevor sie nach ihrem zweiten Schnuller an der Kette grapscht.

Am Abend trägt Jake meine schlafende Tochter ins Haus und geradewegs in ihr Zimmer. Ich folge den beiden und beobachte ihn dabei, wie er sie in ihr Bettchen legt und ihr die Schuhe auszieht, dann deckt er sie zu und streicht über ihre Wange. »Gute Nacht, Prinzessin.«

Ich schalte das Nachtlicht und das Babyfone an. »Danke.«

»Das mache ich gerne, Kay.« Mit einem liebevollen Lächeln verlässt er Danielles Zimmer und ich lehne die Tür an. »Die Kinder meiner Geschw...« Er bricht ab und streicht sich durch die Haare, bevor er abwinkt. »Ach egal, meine Nichten und Neffen sehe ich nicht so oft, und Danielle ist echt toll.«

»Möchtest du etwas trinken?«, frage ich, als ich die Küche erreicht habe. Jake ist nett und zuvorkommend. Er ist lustig und sexy. Er vergöttert Danielle und sie liebt es, mit ihm Quatsch zu machen. Trotzdem macht er mich nervös.

»Gerne«, höre ich ihn gedämpft sagen, weil er im Flur seine Jacke aufhängt.

»Bier habe ich keines da, aber vielleicht Wein?« Als ich mich wieder umdrehe, steht er so dicht vor mir, dass ich seinen Atem in meinem Gesicht spüren kann. Ich schlucke angestrengt.

»Egal, auch Wasser. Ich nehme, was du trinkst.« Um meinen rasenden Herzschlag zu beruhigen, greife ich schnell nach der angebrochenen Flasche Weißwein, bevor ich im oberen Fach nach den Weingläsern angele. »Warte, lass mich.« Ich spüre seine Hand an meiner Seite, als er hinter mir steht. »Hier.« Er stellt die Gläser ab und ich drehe mich zu ihm um. Seine Hand liegt immer noch an meiner Taille und unsere Blicke verschmelzen miteinander. Angestrengt halte ich die Luft an und alles, was ich höre, ist mein hämmernder Herzschlag. Vorsichtig hebt er die Hand, um mit den Fingern meine Wange zu berühren.

»Ich weiß, du hast gesagt, dass du …« Seine Stimme klingt kratzig und rau, fast so, als wäre er genauso nervös. »Trotzdem würde ich dich gerne noch mal küssen«, haucht er, aber ich bin nicht in der Lage zu antworten, deshalb deutet Jake mein Schweigen als Zustimmung und beugt sich zu mir, um seine Lippen auf meine zu legen. Seine Zunge streicht zärtlich über meine Unterlippe, bettelt sanft um Einlass in meinen Mund und ich schließe die Augen, bevor ich beide Hände in seinen Nacken lege. Vorsichtig empfängt meine Zunge seine eigene, während

Jakes Finger zu meiner Taille wandern und er mich fester in seine Arme zieht. Sein Kuss schmeckt nach dem Bier, das er vorhin getrunken hat, und der Pizza, die wir uns geteilt haben. Seine Hände gleiten zu meinem Po und ein heißeres Seufzen dringt aus seiner Kehle, ich klammere mich an ihm fest wie eine Ertrinkende, während seine Daumen die nackte Haut kurz oberhalb von meiner Hose berühren, aber als ich seine Hände unter meinem Shirt spüre, löse ich den Kuss.

»Sorry.« Er sieht mich entschuldigend an und berührt mein Gesicht. »Zu voreilig?« Unfähig zu antworten, senke ich den Blick, aber Jake legt seine Hand unter mein Kinn. »Sieh mich bitte an.« Ich schlucke wieder. »Du bist wunderschön.« Seine Stimme ist nur ein Flüstern. »Ich möchte dich nicht unter Druck setzen.« Wieder dieses spitzbübische Grinsen. »Aber ich bin verliebt in dich, Kay. Ich will nur, dass du mich lässt.«

»Ich will …« *Ich weiß nicht, was ich sagen soll.* »Jake, ich will …«

Er legt seinen Zeigefinger auf meine Lippen und schüttelt den Kopf, bevor er seinen Mund wieder auf meinen legt. Vorsichtig schiebt seine Zunge meine Lippen auseinander und fordert meine zu einem liebevollen Spiel auf. Seine Hände wandern über meine Arme zurück zu meiner Taille und pressen mich fest an ihn. Erneut lege ich meine Hände in seinen Nacken. Es fühlt sich gut an. Sein Körper drückt mich gegen den Küchentresen. Es fühlt sich richtig an. Wieder dringt ein leises Seufzen aus seiner Kehle und meine Hände entwickeln ein Eigenleben. Ich lasse sie über seine durchtrainierten Schultern und seinen Rücken gleiten. Sein Kuss wird fordernder und das Klingeln des Telefons höre ich zuerst gar nicht. Mein Körper will mehr davon. Mehr von ihm. Mein Herz rast. Erst, als Jake den

Kuss löst, um seine Lippen über meine Wange zu meinem Ohr gleiten zu lassen, bemerke ich das Klingeln.

»Oh, warte kurz.« Eilig löse ich mich aus seiner Umarmung, und husche in den Flur zum Telefon. »Hallo?«

Ich atme tief durch und streiche mir nervös durch die Haare. Warum komme ich mir so ertappt vor? Ich begrüße Dannys Bruder und nicke Jake zu, der mir gefolgt ist und auf die DVD deutet, die wir ausgeliehen haben. Marc erzählt mir, dass er für Johanna heute Nachmittag den Arzt rufen musste, und will wissen, ob die Schwangerschaftsübelkeit bei mir auch so schlimm war. Um ihn von seiner Angst abzulenken, erzähle ich von Sams zweiter Schwangerschaft.

»Die beiden haben es uns gestern Abend gesagt.«

»Wer ist denn uns?«, fragt Marc skeptisch, deshalb wende ich mich zu Jake, der mit der Fernbedienung in der Hand vor dem Fernseher steht und sich durch das Menü auf dem Bildschirm klickt. »Kay? Bist du noch dran?«

»Sorry. Ich ...« Jetzt berichte ich von unserem Abendessen bei Sam und Shane und dass es Jake war, der den Verdacht hatte. Jake dreht sich mit einem Grinsen zu mir um und berührt im Vorbeigehen meine Hand, bevor er in der Küche verschwindet, um unsere Weingläser zu holen.

»Verbringst du viel Zeit mit ihm?«, will Marc wissen.

Ich schlucke. »Ja, na ja, manchmal. Wir waren heute mit Danielle auf dem Indoor-Spielplatz und danach Pizzaessen.«

»Aha.«

»Marc, was soll diese Fragerei? Ja, Jake und ich verstehen uns gut.« Jake kommt zurück ins Wohnzimmer und sieht mich fragend an, aber ich schüttle den Kopf, deshalb stellt er unsere Gläser zusammen mit der Weinflasche auf den Tisch.

»Ist das auch so ein Sportlertyp?«

»Nein! Was willst du hören, dass ich sofort mit ihm in die Kiste springe?« Meine Stimme überschlägt sich fast. Warum reagiert Marc so eifersüchtig? Eigentlich sollte er sich freuen. Bei Seb hat er mich sogar ermutigt.

»Tut mir leid, Kay. Die ganze Situation mit Hannah ... ich bin etwas angespannt«, entschuldigt er sich schnell, aber ich bin immer noch wütend und muss mich zwingen, ruhig zu antworten.

»Ja, das scheint so.«

Marc beruhigt sich wieder und fragt, ob es mir gut geht. Dabei klingt er wieder wie der große Bruder und es tut mir leid, dass ich ihn so angepflaumt habe. Eigentlich hatte ich nach dem Reinfall mit Seb nicht vor, mich so schnell wieder auf einen Mann einzulassen, aber Jake stellt diese Absicht gehörig auf die Probe. Seine unglaublichen Augen, seine Küsse, die zärtlichen Hände und ...

»Was meint Danielle?« Marc holt mich aus meinen Gedanken.

»Danielle findet ihn toll.« Ich drehe mich wieder zu Jake um. Er sitzt mit einem breiten Grinsen auf der Couch. »Marc, hör auf, dir Gedanken zu machen. Kümmere dich um deine schwangere Verlobte.«

»Kommst du zu unserer Hochzeit nach Kapstadt?«

Ich seufze. Eine Reise zurück nach Afrika hatte ich nicht so schnell vor. Doch im Moment scheint alles anders zu kommen als gedacht.

»Ja, natürlich. Danielle und ich.«

»Und dieser Jake?« Wenn er nicht tausende Kilometer entfernt wäre, würde ich ihm jetzt gegen den Arm schlagen.

»Fang nicht schon wieder an, Marc Gilbert.« Ich werfe Jake einen Blick zu. »Das weiß ich noch nicht.«

»Ja, ja. Ok. Sorry.« Marc seufzt. »Wir verschicken die Einladungen erst, wenn es Johanna besser geht und wir ein Datum wissen, vielleicht verschieben wir auch alles, bis das Baby da ist.«

»So, wie es euch am besten passt. Es soll schließlich für alle ein schöner Tag werden.«

»Pass auf dich auf, Kay. Und sag diesem Jake das Gleiche, was ich Seb gesagt habe.«

»Was denn?«

»Dass ich ihm aufs Maul haue, wenn er dein Herz bricht.«

»Richte ich aus, grüß du dafür deine Eltern und Johanna.« Ich lege das Telefon auf das Sideboard und drehe mich zu Jake um.

»Ärger?« Er streckt die Hand nach mir aus und ich atme tief durch, bevor ich mich zu ihm auf die Couch setze.

»Nein. Marc macht sich Sorgen.«

»Denkt er, ich würde über dich herfallen?« Grinsend verschränkt er seine Finger mit meinen.

Ich versinke in seine Augen. »Nein, dass ich mich in dich verlieben könnte und du mich verlässt.«

»Echt? Das hat er gesagt?«

»Nicht wörtlich, nur, dass er dir aufs Maul haut, wenn du mein Herz brichst.«

Jake streicht über zärtlich meine Wange. »Das habe ich nicht vor, Baby.«

Baby, da ist es wieder. Er nennt mich *Baby.* Anders als bei Seb finde ich es richtig. So wie bei Danny. Es fühlt sich gut an.

Kapitel Fünf

Danny

Ich kann mir das nicht ansehen, deshalb lasse ich mich auf mein Bett fallen. Kayleen und Jake. Er hat sie geküsst. *Wieder.* Jetzt sitzen sie auf der Couch in ihrer Wohnung und halten Händchen. Warum macht mich das so fertig? Ich habe letzte Nacht auch mit Gillian verbracht, bin mit ihr in meinen Armen eingeschlafen. Es hat sich richtig angefühlt. Sicher fühlt es sich für Kayleen genauso richtig an, sich wieder neu zu verlieben. Wir haben sogar darüber gesprochen, trotzdem kann ich meine Eifersucht auf Jake nicht unterdrücken.

»Hey!« Gillian steckt ihren Lockenkopf durch die Tür.

»Hey«, brumme ich. Ohne mich zu rühren, lausche ich ihren Schritten, dann bewegt sich die Matratze, als sie sich zu mir setzt, und ich spüre ihre warme Hand auf meinem Arm.

»Jake ist nach Hause gegangen.«

»Hm.«

»Hast du mich gehört?« Sie lehnt sich so weit zu mir, dass ihre Haare mein Gesicht kitzeln. »Sieh mich an, Danny!«

Ich wende ihr meinen Kopf zu und sie berührt meine Wange. »Jake ist nach Hause gegangen.«

»Das habe ich verstanden.«

»Und? Was sagt dir das?«

»Was soll es mir denn sagen?« Ich setze mich auf. Mit einem verführerischen Grinsen auf den Lippen zwirbelt sie ihre Locken um einen Finger.

»Vielleicht, dass du dich entspannen und mich endlich wieder küssen kannst.«

»Da könnest du recht haben.« Mit einem Ruck ziehe ich sie auf meinen Schoß und Gillian legt kichernd ihre Hände in meinen Nacken, aber plötzlich beschleicht mich ein seltsames Gefühl.

»Was ist los?«, fragt Gillian angespannt.

»Ich muss zu Laura!« Eilig schiebe ich sie von meinem Schoß und stürme zur Tür. Sofort, nachdem ich mein Zimmer verlassen habe, steige ich mit meinem Schützling ins Auto. Sie ist mit einer Freundin zum Abendessen und ins Kino verabredet. Mittlerweile kennt sie die Fahrt in die Stadt, in der auch Anthonys Spielgruppe stattfindet, auswendig und singt gut gelaunt zu ihrer Lieblingsmusik mit. Bestimmt sehen die Mädchen sich einen Liebesfilm an, deshalb überlege ich kurz, warum ich Gillian nicht mitgenommen habe. Die Ampel vor uns schaltet auf Rot und Laura hält den riesigen Geländewagen an, der ihr zu Beginn ihrer Zeit in Amerika solche Angst gemacht hat. Sie zappt zu einem anderen Musiksender, bei dem gerade ein Konzert beworben wird, von der Band habe ich zwar noch nie gehört, aber ich bin seit fast zwei Jahren tot und stamme aus dem Busch. Also nicht wirklich, allerdings waren wir auf der Farm meistens weit entfernt von den Trends der Stadt. Darüber beklagt sich auch Lauras Freundin Gina, die kleine Südafrikanerin. Ihr Vater besitzt eine ähnliche Lodge wie die der Schneiders im Kruger Park. Ich war sogar schon mal dort, weil ich bei einem

Buschbrand mit den anderen Rangern zusammengearbeitet habe.

Laura fährt weiter und biegt um die Kurve in Richtung des Parkhauses zur Einkaufsmall. Plötzlich tauchen hinter ihr blaue und rote Lichter auf und sie zuckt erschrocken zusammen, als einmal kurz die Sirene des Polizeiwagens aufheult.

»Scheiße!«, flucht sie leise auf Deutsch und erinnert sich an das, was ihr Gastvater ihr beigebracht hat. Niemals aussteigen, bevor der Cop es verlangt. Die Hände auf das Lenkrad, und das Fenster herunterlassen. Der Polizist kommt im John Wayne-Style auf sie zu. Lauras Herz hämmert wie wild und nimmt meinen eigenen Herzschlag mit, deshalb lege ich meine Hand auf ihren Arm. Sie holt tief Luft und wendet sich dem Cop zu, der ihr neugierig mit der Taschenlampe ins Gesicht leuchtet.

»Etwas zu schnell, Miss, wie?«, fragt er mit tiefer Stimme. Laura zittert am ganzen Leib.

»Ganz ruhig, Laura, atme. Du schaffst das«, flüstere ich neben ihr. Sie nickt langsam und entschuldigt sich, dass sie die Ampelkreuzung bei Orange überquert hat. Der Polizist leuchtet in den hinteren Bereich des Wagens, wo Anthonys Kindersitz befestigt ist.

»Führerschein und Fahrzeugpapiere, bitte!«, fordert er in barschem Ton. Laura schluckt, bevor sie sich nach ihrer Handtasche bückt, die im Fußraum bei meinen Turnschuhen steht. »Wo sind die Papiere? Scheiße, was mache ich jetzt. Ich hab keine Ahnung, wo die Papiere sind. So ein verdammter Mist.« Mit zitternden Händen stellt sie ihre Tasche auf den Schoß.

Ich werfe dem bulligen Cop einen Blick zu. »Hast du nichts Besseres zu tun, als junge ausländische Mädchen anzuhalten, weil sie bei Orange über die Kreuzung gefahren sind?« Natürlich hört er mich nicht und Laura wendet sich wieder zu ihm. »Ganz langsam, Laura. Er kann dir nichts.« Hoffe ich, denn ich kenne die amerikanischen Gesetze genauso wenig wie sie.

»Ähm, also das hier ist mein deutscher Führerschein«, sagt Laura mit bebender Stimme. Sie spricht gut Englisch, aber wenn sie aufgeregt ist, hört man ihren Akzent. Der Cop mustert sie, wirft einen Blick auf die kleine Plastikkarte in seiner Hand, auf der er sicher kein Wort lesen kann. »Und das hier ist mein internationaler Führerschein«, fügt Laura hinzu. Ihre Gedanken rasen, denn jetzt wird sie sagen müssen, dass sie keine Ahnung hat, was die Papiere des Wagens sind oder wo sie diese findet. Er mustert beide Dokumente, leuchtet wieder in ihr Gesicht und zum Kindersitz auf der Rückbank.

»Stell dich nicht so an!«, rufe ich ihm zu. »Sie hat nichts falsch gemacht.« *Glaube ich.*

»Deutsch, hm?«, fragt er. Laura nickt langsam und er gibt ihr die beiden Führerscheine zurück. »Beim nächsten Mal etwas langsamer, Miss.«

Ohne die Papiere zu überprüfen, schlendert er zurück zu seinem Streifenwagen und wartet, bis Laura den Geländewagen wieder gestartet hat und mit klopfendem Herzen und zitternden Händen ins Parkhaus gefahren ist. Junges, deutsches Mädchen fährt nagelneuen, monströsen Geländewagen mit Kindersitz. Da hat sogar der John Wayne-Verschnitt geschnallt, dass sie als Au-pair hier ist.

In einer Parkbucht angekommen, lässt sie ihren Kopf aufs Lenkrad sinken und schließt für ein paar Sekunden die Augen. »Glück gehabt!« Laura grinst. »Ich muss William unbedingt fragen, wo diese verdammten Papiere sind.«

Es dauert zwei Nächte, bis ich wieder in Kayleens Traum komme, und sie mich im Türrahmen zu Danielles Kinderzimmer entdeckt.

»Hallo Danny!« Sie hat eine Jogginghose und eines meiner Shirts an. Ihre Haare sind zu einem Zopf gebunden.

Normalerweise würde ich sie jetzt fragen, wie es ihr geht. Allerdings habe ich ziemlich Schiss, dass ihre Antwort etwas mit Jake zu tun haben könnte, deshalb lasse ich es bleiben.

Skeptisch runzelt sie die Stirn. »Danny, ist alles in Ordnung?«

»Ja, natürlich ich …« Unsicher streiche ich mir durch die Haare. »Ich bin nervös.« Sind wir noch verlobt? Habe ich sie betrogen? Mit Gillian? Aber ich bin tot. Kayleen hat ein neues Leben angefangen. Mit Danielle. Und vielleicht mit Jake.

»Ist es wegen Jake? Weil ich …« Sie stockt. In ihren Augen stehen genauso viele Fragen, wie sie mir durch den Kopf schießen. »Danny, ich habe das gemacht, was du gesagt hast. Ich habe versucht, mir ein neues Leben vorzustellen, und vielleicht wird Jake darin eine Rolle spielen …«

»Kay, Baby, bitte.« Ich nehme ihre Hände in meine. »Du musst dich nicht rechtfertigen. Ich habe auch …«

Kayleen lässt mich nicht ausreden.

»Danny, es passiert gerade so viel auf einmal. Ich weiß gar nicht, wie ich das alles verarbeiten soll.« Mit weit aufgerissenen Augen starrt sie mich an. »Ich weiß nicht, ob ich das schaffe.« Jetzt löst sich eine erste Träne aus ihren dichten Wimpern.

»Natürlich schaffst du das, Kay.« Liebevoll berühre ich ihre Wange, um ihr zu zeigen, dass sie nicht allein ist. »Du schaffst alles, und ich bin bei dir.«

Ein gequältes Seufzen verlässt meine Kehle.

»Sam bekommt ein Baby. Vielleicht macht Shane ihr einen Antrag und sie werden bald heiraten. Marc und Johanna werden heiraten. Ein Baby ist auch unterwegs. Und ich ...« Mit einer hastigen Handbewegung wischt sie sich über die Wangen. »Danny, ich glaube, ich könnte mich wirklich in Jake verlieben.«

Ich weiß.

»Nicht weinen, Kay. Du musst dich nicht entschuldigen.«

»Wirst du mich dann weiterhin besuchen?« Jetzt schluckt sie schwer. »Und Danielle?«

»Natürlich werde ich das.« Ich drücke ihre Hand. »Und Danielle auch. Wir haben diese ganz spezielle Verbindung, die uns niemand erklären kann und die werde ich nutzen, solange ich kann.«

Ihre Wangen färben sich rot. »Jake und ich, wenn wir ...« Sie stockt erneut. »Ich habe nicht mit ihm geschlafen, Danny. Wirklich nicht.« Hektisch streicht sie sich eine nicht vorhandene Haarsträhne hinter ihr Ohr. »Ich finde es schön mit ihm. Er ist ...« Angespannt sucht sie nach den richtigen Worten. »... aufmerksam und zärtlich.« Jetzt kaut sie auf ihrer Unterlippe. »Was machst du, wenn wir uns küssen?«

»Ich halte mir die Augen zu, drehe mich um und summe laut vor mich hin«, antworte ich grinsend, deshalb boxt sie gegen meinen Arm.

»Du bist doof!«

Es ist schön, sie lachen zu hören, deshalb reibe ich grinsend über die Stelle, die sie geschlagen hat.

»Im Ernst, du kannst uns sehen, oder?«

»Ja, ich könnte es. Aber ich bin sehr oft bei meinem Schützling oder bei …«

»Bei dieser Gillian? Ist sie deine neue Freundin?« Kayleen legt den Kopf schief.

Ertappt beiße ich mir auf die Lippen und betrachte stattdessen meine Finger.

»Ja. Vielleicht.«

Es dauert einen Moment, bis sie antwortet. »War es das, was der Arzt im Krankenhaus meinte? Als er gesagt hat, dass Gott noch andere Pläne mit mir hat.«

Ach so das. Der Arzt, der mich aufgegeben hat. Ich habe alles gesehen. Sie haben nicht weiter um mich gekämpft. Ich war dabei.

»Vielleicht meinte er uns beide damit?« Kayleens Stimme holt mich aus meinen Erinnerungen an die Nacht des Unfalls.

»Ja, kann sein.«

Kapitel Sechs

Jake

»Das hat er gesagt?«, fragt Shane lachend, nachdem ich ihm von Kayleens Telefonat mit diesem Marc erzählt habe. Für meinen Kumpel ist der Beschützerinstinkt von Dannys Bruder nichts Neues.

»Ja.« Ich reiche ihm eine Bierflasche. Seit Sam wieder schwanger ist, hat er ihr versprochen, ebenfalls auf Alkohol zu verzichten, außer heute, denn heute ist Männerabend. Mit Fußball und mit Bier. Und wir werden Sam nichts davon verraten. Ich lasse mich seufzend neben meinen Kumpel auf die Couch fallen und schalte den Fernseher ein.

»Was hast du geantwortet?«

»Die Wahrheit, dass ich das nicht vorhabe.«

»Und dann hast du sie wieder geküsst?«

»Ja.« Mit einem breiten Grinsen muss ich an die vorsichtigen Küsse denken, die langsam leidenschaftlicher und auch stürmischer geworden sind. Ihre sanften Hände in meinem Nacken und die weiche Haut an ihrem Hals. Sie ist unterhalb ihres Ohrläppchens kitzelig und …

»Auch noch mehr?«, will Shane wissen, und holt mich aus meinen Gedanken. Wahrscheinlich würde Shane mich genauso verprügeln, wenn ich seiner Schwester wehtue. Und im Gegensatz zu diesem Marc muss er nicht um die halbe Welt fliegen, was noch ein Grund ist, die Sache mit Kayleen richtig anzugehen. Wenn ich es mit ihr verbocke, verliere ich nicht nur sie, sondern vermutlich auch meinen besten Freund.

»Nein, aber es ist mir verdammt schwergefallen, an diesem Abend nach Hause zu fahren.« *Mit einem Hammerständer.*

»Das kann ich verstehen.« Er trinkt einen Schluck Bier. »Trotzdem. Sie braucht Zeit.«

Ich lehne mich seufzend zurück. »Ich weiß.«

»Kayleen ist in den letzten beiden Jahren durch die Hölle gegangen. Kaum, dass Danny von der Schwangerschaft wusste, haben sie schon Hochzeitspläne geschmiedet. Vielleicht hat sich Marc nach seinem Tod sogar Hoffnungen gemacht, sie doch noch zu bekommen, aber als sie nach London gegangen ist, war sie für ihn außer Reichweite. Und über Seb reden wir jetzt lieber nicht.«

»Marc ist mit dieser Johanna zusammen, oder nicht?«

»Die hat er erst nach Kayleens Abreise kennengelernt.« Shane grinst. »Marc war wie du, Jake. Immer viele Affären. Nie etwas Ernstes. Nur Kayleen. Sie hat ihn von Anfang an gefesselt. Marc hat Danny versprochen, immer auf sie aufzupassen, was von Kapstadt aus ziemlich schwierig ist.« Er trinkt noch einen Schluck und wischt sich mit dem Handrücken über die Lippen. »Deshalb werde ich dir genauso aufs Maul hauen, wenn du meiner Schwester das Herz brichst!«

Entwaffnend halte ich meine Arme in die Höhe. »Das werde ich nicht, Shane! Ich weiß, dass ich Kayleen und Danielle nur im Doppelpack haben kann, und das stört mich nicht. Für Danielle spiele ich gerne den Daddy.«

»Lass das mal nicht Danny hören, sonst vermöbelt er dich auch.« Shane kichert über seinen Scherz, aber ich starre ihn nur verständnislos an.

»Wie meinst du das?«

»Ach nichts.« Er nimmt mir die Fernbedienung ab und zappt zum Sportsender.

Ich sehe ihn eindringlich an. »Danny ist tot, oder?«

Mein Kumpel angelt nach den Chips auf dem Tisch. »Ja.«

»Wie soll er mich dann hören?« Shane antwortet nicht, sondern stopft sich eine Handvoll Chips in den Mund. »Warum ruft Danielle manchmal nach ihm?«, hake ich weiter nach. Mein Kumpel zuckt mit den Schultern. »Sie kennt ihn gar nicht. Er ist vor ihrer Geburt gestorben.« Jetzt nickt er und spült die Chips mit Bier hinunter. »Kayleen sagt, sie erzählt ihr von ihm und deshalb würde sie nach Danny fragen, aber Danielle ist noch ein Baby, woher weiß sie so genau, wer ihr Daddy ist?« Shane antwortet immer noch nicht, deshalb nehme ich ihm die Fernbedienung ab, um den Ton auszuschalten. »Jetzt sag schon!«

»Schaltest du dann wieder ein?«

»Nur, wenn es eine gute Erklärung ist.«

Er trinkt murrend noch einen weiteren Schluck. »Danielle kann Danny sehen.«

»Wie soll das denn gehen? Er ist tot.«

Shane versucht vergeblich, an die Fernbedienung zu kommen.

»Na ja, Kayleen hat ihr Fotos gezeigt und ihr von ihm erzählt. Sie weiß schließlich auch, wer Elsa oder Siyanda sind, ohne dass sie jemals in Südafrika war.« Arsenal schießt ein Tor, was Shane fluchen lässt, allerdings ist mir das Spiel völlig egal.

»Sie kann ihren toten Vater sehen?«

Shane nickt nur.

»Kann Kayleen das auch?«

»Er besucht sie«, murmelt Shane, ohne den Blick vom Bildschirm zu nehmen, als wäre dieses verdammte Spiel ohne Ton so viel wichtiger als unser Gespräch. Wie kann er so gelassen bleiben?

»Wie besuchen? Wann?« Verwirrt streiche ich mir durch die Haare. »Ist er auch da, wenn ich ...« Ich muss an unseren Kuss denken, an meine Hände unter ihrem Shirt. Hat sie den Kuss deshalb abgebrochen?

Shane zuckt wieder mit den Schultern, schnappt sich die Fernbedienung aus meiner Hand und schaltet den Ton wieder ein.

»Mach doch, du Pfeife, das Tor ist in der anderen Richtung!« Er lässt sich genervt nach hinten fallen. »Seb steht frei!«

Danielle sieht ihren toten Vater? Nur durch Shanes Aufspringen bekomme ich mit, dass Seb getroffen hat. Danny besucht Kayleen? Abwesend trinke ich einen Schluck Bier. Danielle ist jetzt fünfzehn Monate alt. Danny ist also schon seit fast zwei Jahren tot.

»Kayleen hat gesagt, Danny besucht sie in ihren Träumen«, fügt Shane hinzu.

Ich stoße einen erleichterten Atemzug aus. »Also ist er nicht da, wenn ich ...«

Jetzt klopft er sich lachend auf die Oberschenkel. »Ha, was hast du denn gedacht, dass eine unsichtbare Hand aus dem Nichts auftaucht, und dich im Kragen packt, um dich nach draußen zu ziehen und dich dort so richtig zu vermöbeln, weil du seine Frau angefasst hast?«

Jetzt greife ich wieder nach der Fernbedienung auf dem Tisch und schalte das Spiel aus.

»Hey!«, motzt er.

»Was heißt das, Shane?«

Er leert murrend seine Bierflasche und steht auf. »Ich brauch noch eines, du auch?«

»Nein.« Ich schüttle den Kopf. »Eher was Stärkeres.« Seufzend lasse ich mich nach hinten sinken und Shane verschwindet in die Küche. In ihre Träume? Ruft Danielle deshalb nach ihrem Daddy, wenn sie aufwacht?

»Wenigstens ohne Ton?«, fragt mein Kumpel, als er mit zwei neuen Flaschen Bier zurückkommt.

»Nein.«

Er dreht die Flasche auf und lehnt sich zurück. »Als Kayleen nach London gekommen ist, war sie verzweifelt. Sie hatte zwar Dad und Mum, oder Sam und mich, aber eigentlich war sie allein. Und schwanger. Sie hat sich immer wieder eingebildet, sie würde Danny sehen, im Spiegel oder im Schaufenster. Anfangs dachte ich, dass Kayleen durchdreht, weil sie Danny so sehr vermisst und nicht ohne ihn leben will. Wir dachten alle, dass das vorbeigehen würde, wenn das Baby Kayleens ganze Aufmerksamkeit fordert.«

Das klingt plausibel, trotzdem unterbreche ich Shane nicht mit meinem Kommentar. Ich will erst den Rest der Geschichte hören.

»An ihrem Geburtstag waren Marc und Johanna zum ersten Mal hier. Ich wollte Marc bitten, ihr den Quatsch auszureden.« Shane verdreht schnaubend die Augen. »Aber er meinte, er wäre der Falsche dafür, weil sein kleiner Bruder ihn in seinen Träumen besucht.«

»Und Danielle träumt auch von ihm?«, hake ich jetzt doch nach.

»Nein, sie kann ihn immer sehen und niemand weiß, wie das geht.« Shane greift nach den Chips. »Auch Danny nicht.«

»Das ist irgendwie gruselig.«

»Marc hat mir erklärt, dass Danny sich während Kayleens Schwangerschaft nichts mehr gewün...«

Irritiert hebe ich die Hand, um ihn zu unterbrechen. »Er kann auch mit ihm sprechen? Wie?«

»Im Traum. Kayleen kann das auch.« Shane legt seine Hand auf meinen Arm. »Weißt du, Kumpel, seit Leah nicht mehr da ist, denke ich, dass es schön ist, wenn das Leben nach dem Tod irgendwie weitergeht.«

Stirnrunzelnd wende ich mich ihm zu. »Meinst du, Leah ist auch dort, wo Danny ist?«

Er zuckt mit den Schultern. »Keine Ahnung, ich wünsche es mir. Vielleicht durfte sie deshalb nicht bei uns bleiben.« Er seufzt. »Weil sie dort gebraucht wurde.«

Einen Moment lang denke ich über seine Worte nach. Für ihn ist es ein beruhigender Gedanke sich vorzustellen, dass seine Tochter an einem besseren Ort ist. Und Kayleen weiß so, dass Danny trotzdem weiterlebt. Irgendwo. Irgendwie.

»Was sind das für Träume? Träumt sie oft von ihm?« Die Fragen sprudeln nur so aus mir heraus.

Shane stellt seine Flasche auf den Tisch und angelt nach der Fernbedienung. »Bis zu Danielles Geburt konnte Kayleen ihn nur in spiegelnden Oberflächen sehen. Sie war nicht bereit, von der Zukunft zu träumen.«

»Und jetzt kann sie es? Also von der Zukunft träumen?«

»Ja. Sie ist jetzt Mutter, Danielle ist ihre Zukunft und deswegen kann Danny sie besuchen. Sie hat akzeptiert, dass sie ihre Vergangenheit nicht ändern kann.«

Ich seufze enttäuscht.

»Mach nicht so ein Gesicht, Jake. Kayleen hätte nie damit gerechnet, dass sie so schnell nach Dannys Tod wieder jemanden finden würde, mit dem sie sich wirklich eine Zukunft vorstellen könnte.«

»Hat sie das gesagt?«

»Nicht wörtlich.« Shane sieht mich eindringlich an. »Was willst du, McTavish? Willst du sie nur flachlegen und dann zur Nächsten übergehen, wie du es immer getan hast?« In seinem Blick steht der große Bruder. Der Beschützer. »Oder bist du tatsächlich in meine Schwester verliebt und willst sie glücklich machen?«

Das hat er mich schon einmal gefragt, zwar nicht mit einer solchen Ernsthaftigkeit, trotzdem muss ich auch diesmal nicht überlegen, bevor ich antworte.

»Ja, das kann ich.« Nie habe ich zugelassen, dass ich bei Frauen irgendwelche Gefühle entwickle. Bis jetzt.

»Und Danielle?« Shane lässt mich nicht aus den Augen. »Sie gehört dazu und auch wenn Kayleen sie mal zum Übernachten zu Dad oder zu uns bringen kann, sie ist immer da. Willst du das auch? Eine Familie?«

»Natürlich.« Meine eigene Familie ist eine einzige Lüge, deshalb ist es mir umso wichtiger, eine Familie mit Kayleen zu haben. Shane legt lachend den Arm um meine Schultern.

»Gut.« Er nimmt mir die Fernbedienung ab und schaltet das Spiel wieder ein. Mich interessiert nicht, was dort passiert, stattdessen hänge ich weiter meinen Gedanken nach. Ich bin wirklich verliebt. Vielleicht zum ersten Mal überhaupt. Frauen hatte ich viele, nur nie eine feste Freundin. Kayleen hingegen ist besonders. Aber muss ich die Frau, die ich will, jetzt mit einem Geist teilen? Wird sie auch von Danny träumen, wenn sie irgendwann mal in meinen Armen einschläft? Wird sie überhaupt in meinen Armen einschlafen?

Am nächsten Morgen mache ich mich gerädert von einer weiteren schlaflosen Nacht auf den Weg zum Flughafen. Erst in zwei Wochen kann ich mit Kayleen über die Geistersache und diese Träume sprechen. Zwei Wochen, in denen ich sie nicht küssen werde. Zwei Wochen, in denen ich Danielle nicht hochheben, durch die Luft wirbeln und sie zum Lachen bringen kann. Als ich den Wagen an einer Ampel anhalte, entdecke ich eine junge Frau mit einem Kinderwagen am Straßenrand, deshalb werfe ich einen Blick auf die Uhr und ändere beim Anfahren die Fahrspur. An der Kreuzung biege ich ab und parke den Wagen zwanzig Minuten später vor Kayleens Haus. Eilig sprinte ich durch den Vorgarten zur Tür. Es dauert nicht lange, bis sie öffnet und mich verwirrt anstarrt.

»Jake?« Sie trägt eine alte Jogginghose und ein viel zu großes T-Shirt. Wahrscheinlich von Danny. Ihre Haare sind offen und in ihrem Mundwinkel klebt Schokoladencreme. *Himmel, sie ist so sexy.* »Hast du nicht gesagt, du fliegst nach Prag?«

»Ich musste dich sehen.« Grinsend strecke ich meine Hand aus und wische ihr die Schokolade von der Lippe, bevor ich sie in meine Arme ziehe und zärtlich küsse.

»Huch, was ist denn hier los?« Sam lugt in den Flur, sodass Kayleen erschrocken unseren Kuss löst.

»Hallo Jake, na, ist die Sehnsucht so groß?«, lacht Sam jetzt.

»SAM!«, brüllt Danielle aus der Küche.

»Ich komme schon, Prinzessin!« Sie wirft uns einen weiteren Blick zu. »Weiter machen.«

»Möchtest du reinkommen? Ich meine, hast du noch Zeit?« Kayleens Wagen glühen und sie kaut auf ihrer Unterlippe.

»Leider nicht, aber ein Kuss ist sicher noch drin, oder?«

Sie kichert. »Bestimmt.«

Ich lege meine Hände an ihre Seiten und presse sie gegen die Wand neben der immer noch offenstehenden Haustür.

»Dani und ich bekommen kalte Füße!«, meckert Sam aus der Küche, deshalb kicke ich gegen die Tür, bis sie ins Schloss fällt. Kayleen schlingt ihre Arme um mich und vertieft unseren Kuss. Vorsichtig lasse ich meine Hände zu ihrem Po wandern, meine Daumen berühren die nackte Haut am Bund ihrer Hose und Kayleen seufzt leise in meinem Mund. Danielles Lachen und Sams Gekicher verschwinden im Hintergrund. Es gibt nur Kayleen und mich. Ihre Hände, die sich an mich klammern. Ihr zierlicher Körper dichtgedrängt an meinem. Vorsichtig schiebe ich ihr Shirt nach oben und streiche über die nackte Haut an ihrem Rücken. Diesmal lässt sie meine Berührung zu und ihre Hände wandern unter meine Jacke, deshalb muss ich unseren Kuss abbrechen. »Oh Gott, Baby, hör auf.«

Sie grinst. »Warum?« Ihre Finger gleiten vorsichtig über den Stoff meines Shirts nach oben.

»Können wir das bitte ein anderes Mal vertiefen?«

Sie lächelt. »Sonst verpasst du deinen Flieger?«

»Nein, ich könnte den nächsten nehmen, aber ich will Zeit für dich haben. Für uns.«

Sie berührt meine Unterlippe mit dem Zeigefinger. »Das klingt gut.«

»Darf ich dich anrufen?« Zärtlich streiche ich über ihre Wange.

»Unbedingt«, antwortet sie mit leuchtenden Augen, deshalb beuge ich mich zu ihr, damit ich sie ein letztes Mal küssen kann.

Kapitel Sieben

Kayleen

Nachdem ich die Tür hinter Jake geschlossen habe, lehne ich mich dagegen, um mein rasendes Herz zu beruhigen. Ich habe mich ihm hingegeben und ihm sogar Hoffnung auf mehr gemacht.

»Alles ok?«, fragt Sam, die jetzt ihren Kopf in den Flur steckt.

Seufzend stoße mich von der Haustür ab. »Ja.«

Das Grinsen auf dem Gesicht meiner besten Freundin könnte nicht breiter sein. »Was war das denn?«, fragt sie, als ich die Küche erreicht und mich auf meinen Stuhl gesetzt habe.

»Keine Ahnung«, antworte ich ehrlich.

»Bist du verliebt?«

»Vielleicht.« Meine Hand zittert, als ich nach meiner Kaffeetasse greife. Sam ist neugierig und will wissen, was nach dem gemeinsamen Abendessen noch passiert ist, aber ich muss sie enttäuschen, weil ich Jake nach Hause geschickt habe, was ihm sicher nicht leichtgefallen ist. Und mir auch nicht. Ich erzähle ihr, von unserem Treffen im Park und dem Tag auf dem Spielplatz mit Danielle, genauso wie von unserem Pizzaessen und davon, dass er versprochen hat, mir Zeit zu geben.

Während die zwei Wochen bis zu Jakes Rückkehr schleichend langsam vergehen, melde ich Danielle für das neue Jahr in einer Spielgruppe an, von der mir eine Mutter in Judys Laden erzählt hat. Wir besuchen Dad im Büro, weil Tanja und Mary Danielle unbedingt wiedersehen wollen und treffen ein paar Tage später im Park auf Bryan und Harry. Danielle streckt ihre Puppe aus, aber der Junge zeigt ihr stattdessen sein Auto.

»Hallo Bryan, was macht ihr denn hier?« Der eisige Wind hat seine Wangen rot gefärbt, seine Augen sind dick und verquollen wie bei einem heftigen Schnupfen. »Geht es dir gut?«

Bryan blickt zurück auf den Weg, über den er gekommen ist. »Wir waren an Janines Lieblingsplatz. Es ist ihr Geburtstag.«

»Oh, das ähm …« An Dannys Geburtstag geht es mir auch immer beschissen und am liebsten möchte ich mich nur einschließen. »Habt ihr Blumen für sie mitgebracht?«

»Ja.« Bryan nickt mit einem zaghaften Lächeln. »Dort hinten in der Nähe des Eingangs zum Kensington-Palast war unser Platz.« Er stockt. »Na ja, eigentlich ist es nur eine Bank unter einem Baum, aber wir haben uns dort immer in der Mittagspause getroffen. Dort habe ich ihr auch den Antrag gemacht.«

»Wie schön.«

»Ich möchte, dass Harry diesen Platz kennt. Ein Friedhof ist deprimierend, dabei war Janine immer so fröhlich und lebenslustig, deshalb ist unser Platz diese Bank.«

»Das kann ich verstehen. Ich habe bei uns im Garten einen Rosenbusch gepflanzt.«

»Das ist auch eine schöne Idee.« Bryan deutet auf den Weg. »Sollen wir ein Stück zusammen gehen?«

»Ja, gerne.« Wir wenden die Kinderwagen und ich hebe Danielles Puppe auf, die in den Dreck gefallen ist. Bryan schiebt Harry, der mit seinem Auto herumfuchtelt und Danielle lautstark davon erzählt, neben mir her.

»Du siehst gestresst aus, Kayleen, alles in Ordnung?«, fragt er nach einer Weile.

Statt einer Antwort frage ich mich, ob Janine ihn wirklich nicht besucht, so, wie Danny es kann oder ob er mir nicht davon erzählt, weil es so verrückt ist.

»Ich werde Tante«, antworte ich schließlich. »Zweimal.« Ich sehe ihn von der Seite her an. »Also mein Bruder und Dannys Bruder werden beide ungefähr zur selben Zeit Daddy. Beide sind unglaublich glücklich, aber es erinnert mich ständig daran, dass Danny diese Zeit nicht mehr erlebt hat.«

»Das glaube ich dir. Freust du dich trotzdem für die beiden?«

»Ja, natürlich.« Das tue ich tatsächlich, auch wenn es mich manchmal traurig stimmt.

Bryan bleibt abrupt stehen und sieht mich an. »Darf ich dich etwas fragen?«

»Klar.«

»Wie geht dein Freund damit um?«

»Mein ...« Unsicher breche ich ab.

»Jake? Er ist doch dein Freund, oder?«

»Ähm, na ja, ich ...« Ich muss an die zärtlichen Küsse und die lieben Worte denken, die Jake und ich getauscht haben. Seit er unterwegs ist, telefonieren wir jeden Tag und ich freue mich auf seine Anrufe genauso wie auf Dannys Besuche. »Ja, ich denke, das ist er, obwohl wir das zwischen uns nie mit diesem Label versehen haben, er ist sehr ... rücksichtsvoll mit mir.«

»Klingt gut. Noch alles ganz neu?«

»Um ehrlich zu sein, waren wir nicht zusammen, als du bei uns warst, das war nur …«

»Also habe ich etwas in die Situation hineininterpretiert, was noch nicht war, aber jetzt ist?«

Meine Wangen glühen und trotz der Kälte ist mir furchtbar heiß. »Ja.«

»Ich freu mich für dich, Kayleen.« Sein Lächeln lässt seine Augen strahlen und zaubert kleine Grübchen in seine stoppeligen Wangen, was ihn nicht mehr so traurig aussehen lässt. »Ich weiß nicht, ob ich wieder bereit sein werde, mich auf ein Date einzulassen.«

Wir gehen langsam weiter und das ständige Geplapper der Kinder ist leiser geworden, weil sie beide müde werden. »Heißt das, es gibt da jemanden?«

Jetzt sind es seine Wangen, die sich dunkelrot färben.

»Du musst dich nicht schämen, ich bin mir sicher, dass Janine nicht will, dass du für immer alleine bleibst.«

»Ihr Name ist Mary und sie arbeitet im Café bei uns um die Ecke.« Er reicht Harry einen Keks und hält mir die geöffnete Dose hin, aber Danielle hat ihre Augen schon geschlossen, deshalb winke ich ab. »Ich hole mir morgens meinen Kaffee bei ihr und ich …«

»Du würdest sie gerne zu einem Date einladen?«

Seufzend betrachtet er seine Hände in den schwarzen Handschuhen und nickt. »Na ja, wer will schon mit einem alleinerziehenden Vater ausgehen, für den sein Sohn immer an erster Stelle steht?«

»Vielleicht Mary?«

Irritiert wendet er mir seinen Blick zu. »Meinst du?«

»Das wirst du nur herausfinden, wenn du sie fragst.« Ich lege den Kopf schief. »Ich hatte nicht den Eindruck, dass du besonders schüchtern bist.«

Jetzt grinst er wieder und wirkt dabei um Jahre jünger. »Ich muss jemanden finden, der auf Harry aufpassen kann. Ich kann meinen Sohn nicht ...«

»Das sind Ausreden, Bryan. Ich bin mir sicher, dass du Harry zu seiner Großmutter bringen kannst.«

»Ich will nicht, dass sie denkt, ich würde ...«

»Ausreden, schon wieder. So, wie du mir von Janines Mutter erzählt hast, freut sie sich, wenn Harry bei ihr ist.«

Er atmet tief durch und hebt seinen Arm an. »Darf ich dich umarmen, Kayleen?«

»Nur, wenn du mir versprichst, Mary zum Essen einzuladen.«

Er nickt. »Ja.« Seine Arme sind stark und er riecht nach dem gleichen Aftershave, das auch Ewan immer benutzt hat. Es fühlt sich gut an, jemanden zu kennen, der in einer ähnlichen Situation ist wie ich und den die Tatsache, dass das Leben weitergeht, manchmal genauso überfordert.

Abends berichte ich Jake vom Treffen mit Bryan und wie gut es sich angefühlt hat, ihm Mut zu machen. Jake erzählt von seinem Auftrag und dass es schon seit Stunden schneit. Auf den Straßen ist kein Durchkommen mehr, deshalb wurde das Shooting für morgen abgesagt.

»Wenn ich wieder in London bin, habe ich eine Überraschung für dich«, sagt er mit seiner samtweichen Stimme, die mir jedes Mal eine Gänsehaut beschert.

»Ach ja? Was denn?«

»Wird nicht verraten.«

»Du bist gemein.«

»Und du bist also neugierig, das muss ich mir merken.«

Schmollend lehne ich mich auf der Couch zurück und Jake fängt an zu lachen. Selbst sein Lachen geht mir durch und durch und schickt die Schmetterlinge in meinem Bauch auf Reisen.

»Ich vermisse dich, Kay.«

Mein ganzer Körper kribbelt bei seinen liebevoll geflüsterten Worten und mein Herz klopft ein bisschen schneller. »Ich vermiss' dich auch.«

Es ist schön, seine Stimme zu hören und zu wissen, dass er genauso oft an mich denkt wie ich an ihn. Im Traum erzähle ich Danny davon, aber er weiß natürlich schon wieder alles.

Kapitel Acht

Danny

Nachdem ich Kayleens Traum verlassen habe, suche ich nach Gillian, aber ihr Zimmer ist leer. Kayleen ist verliebt. In Jake. Sie hat es selbst gesagt und sie freut sich darauf, wenn er zurück ist. Genau wie ich, wenn Gillian zurückkehrt.

Statt Zeit mit meiner Freundin zu verbringen, besuche ich Laura in New York. Sie wird heute eine wichtige Unterhaltung mit ihrer Gastfamilie führen, die sie schon zu lange vor sich hergeschoben hat, doch ich bin mir sicher, dass William dies längst ahnt. Als ich das Wohnzimmer der Familie betrete, steht Laura mit einem schüchternen Grinsen vor ihren Gasteltern und knetet nervös ihre Hände.

»Na los, du schaffst das«, murmele ich, neben ihr und sie atmet tief durch, bevor sie William und Christin in die Augen sieht.

»Mein Freund würde mich gerne über Weihnachten besuchen. Meint ihr, das würde gehen?«

»Natürlich geht das, Christin und ich sind zu Hause und du kannst dir frei nehmen«, antwortet William. *Das war leicht.* Ich lasse mich auf die Couch fallen, weil über den Fernsehbildschirm eine Afrikadoku flackert. William hat den Ton abgeschaltet, als Laura hereingekommen ist, aber die Bilder meiner Heimat reichen mir schon. »Ihr wollt sicher zusammen wegfahren, oder?«, fragt William jetzt, deshalb hebe ich erstaunt den Kopf. Laura starrt ihren Gastvater fragend an.

»Na ja, ein paar Tage bestimmt, aber er würde gerne bis zum ersten Januar bleiben.«

William nickt und wirft seiner Frau einen kurzen Blick zu. *Ok, das war zu einfach, irgendetwas kommt noch.* Ich stehe wieder auf.

»Christin und ich würden uns freuen, deinen Freund kennenzulernen«, sagt der dunkelhäutige Mann mit einem Lächeln. »Dennoch möchten wir nicht, dass ihr beide hier im Haus übernachtet. Versteht du das?«, fährt William fort. »In erster Linie geht es hier um Anthony, wir möchten nicht, dass er vielleicht ins Bad rennt und dort einen fremden Mann sieht.«

»Jetzt stell dich nicht so an.« Empört schüttle ich den Kopf. »Es ist ihr Freund!« Laura nickt unsicher, obwohl sie fieberhaft überlegt, wie sie für den Besuch ein Hotel bezahlen soll. Ich trete einen Schritt nach vorne und schubse William an. »Du sagst immer, dass sie zur Familie gehört, jetzt ist die Gelegenheit, es zu beweisen.«

William legt seine Hand auf ihre Schulter. »Warte einen Moment, ich muss kurz telefonieren. Vielleicht habe ich etwas für euch.« Er marschiert ins Nebenzimmer und greift nach dem Telefon auf dem Sideboard. Ich betrachte meinen Schützling. Ihr Herz rast und sie weiß nicht, wohin sie ihren Blick richten soll. Christin sitzt immer noch auf der Couch und streichelt lächelnd über ihren winzigen Babybauch. Neben mir seufzt Laura angespannt, während sie ungeduldig wartet, bis ihr Gastvater das Gespräch beendet und zurück ins Wohnzimmer kommt.

»Ich habe mit meinem Vater gesprochen. Meine Eltern haben noch eine Wohnung in Bronxville, zehn Minuten von hier.« Das breite Grinsen in seinem Gesicht lässt seine weißen Zähne strahlen.

Wie jetzt? Will er, dass sie auszieht? Laura denkt genau das Gleiche. Ich kann ihre rasenden Gedanken förmlich hören.

»Die Wohnung steht leer, solange wir keine Mieter dafür finden, und du könntest mit deinem Freund dort übernachten, wenn du möchtest.«

Lauras Augen weiten sich überrascht. »Wirklich?«

»Na also!« Ich klatsche in die Hände.

William nickt. »Wenn ihr nach Weihnachten von eurem Kurztrip zurückkommt, könnt ihr in der Wohnung bleiben. Dort seid ihr unter euch und es ist nicht weit zum Bahnhof. Oder zu uns.«

Laura fällt dem kleinen Mann stürmisch um den Hals. »Danke, William, das ist superlieb von euch.«

Er drückt sie an sich. »Kein Problem, Laura. Du gehörst schließlich zur Familie.«

»Sag ich doch!«

Ich beobachte meinen Schützling, wie sie ihre Gastmutter umarmt und sich zum wiederholten Mal bedankt. Ob Williams Einlenken mein Verdienst war, weil ich ihn geschubst habe, oder ob er alleine auf die Idee mit der leer stehenden Wohnung gekommen ist, weiß ich nicht. Alles, was für mich zählt, ist, dass Laura glücklich ist.

Nach einem Blick auf den Bildschirm muss ich feststellen, dass jetzt Nachrichten laufen, deshalb verlasse ich das Haus der Gastfamilie, als Laura nach oben in ihr Zimmer huscht. Zurück in meinem Sessel beobachte ich, wie Kayleen im Schlaf lächelt, aber ich werde mich nicht neben sie legen, so wie früher. Ich habe jetzt Gillian und Kayleen hat Jake, deshalb werde ich alleine in meinem Bett schlafen.

»Wie habt ihr in Afrika Weihnachten gefeiert?«, fragt Shane, als er mit einem Glas Orangensaft ins Wohnzimmer kommt, während Kayleen und Sam dabei sind, den Weihnachtsbaum schmücken. Danielle liegt in einem Meer aus Kissen auf der Couch und lutscht gleichmäßig auf ihrem Schnuller, während ich ihre Hand halte und das Gespräch verfolge. Kayleen betrachtet den kleinen silbernen Engel, den sie an einen der Äste gehängt hat, ehe sie sich zu ihrem Bruder umdreht.

»Genau wie hier, nur ohne Schnee und mitten im Hochsommer.«

Sam lacht. »Wirklich so mit Baum und Lichterketten, Kerzen und Keksen?« Kayleen nimmt als nächstes eine weiße Kugel. »Nein, ohne Baum, aber ich habe jedes Jahr Kekse gebacken und auf der Farm hatten wir einen großen Plastik-Weihnachtsbaum im Aufenthaltsraum. Zu Hause in unserer Wohnung habe ich Lichterketten aufgehängt und einen Mistelzweig über der Tür zum Wohnzimmer befestigt.«

Danielle dreht ihren Kopf in die andere Richtung, während ich zärtlich über ihren Bauch streiche.

»Einmal habe ich sogar Sterne und Engelsfiguren mit Kunstschnee an die Fenster gesprüht, die haben allerdings nicht lange gehalten.« Sie hängt die Kugel an einen der Äste und bückt sich erneut in die Kiste mit dem Weihnachtsschmuck.

»Warum nicht?« Sam reicht Shane die Weihnachtsbaumspitze.

»Die Sonne hat sie zerlaufen lassen und hässliche Ränder hinterlassen. Danach habe ich nur noch Lichterketten aufgehängt und Danny hat versucht, einen kleinen Plastikbaum zu finden.« Sie betrachtet die nächsten beiden Engel, die sie aus der Kiste geholt hat. »Seine Eltern hatten einen großen echten Baum in der Eingangshalle stehen. Weihnachten dort war immer sehr schön.« *An Weihnachten habe ich ihr den Antrag gemacht.* Sam nimmt Shane das Glas ab, damit er auf einen Stuhl klettern kann, um die Spitze am Baum zu befestigen. Kayleen hängt die beiden Engel nebeneinander in die Zweige und wirft Danielle einen Blick zu.

»Vermisst du Danny an Weihnachten besonders?« Shane klettert wieder vom Stuhl und ich hebe den Kopf. Ob er sie jetzt auf Jake ansprechen wird?

»Nein, ich vermisse ihn immer.« Sie wendet sich zu unserer Tochter und ich frage mich, ob sie weiß, dass ich dort sitze? Bevor Danielle aufwacht und mich verrät, mache mich auf den Weg nach München, wo Jake irgendwelche jungen Mädchen für eine Fernsehsendung fotografiert. Gillian ist mit Sicherheit direkt an seiner Seite.

»Sieh nicht mich an!«, fordert Jake hinter der Kamera, als ich das Dach eines Hochhauses betrete. Das Mädchen, das für ihn posiert, trägt Unterwäsche und versucht, sich sexy zu geben, aber es ist ihr erstes Shooting und sie zittert am ganzen Körper.

»Ja, genau!«, tönt Jakes dunkle Stimme durch den eisigen Wind, während er über das Kabel an seiner Kamera klettert. Im Zelt hinter ihm lehnt Gillian in einer dicken Jacke, die sie sich aus der Garderobe geliehen hat, über einem Bildschirm und beobachtet die Fotos, zusammen mit einer blonden Frau und zwei Männern. Ein paar andere Models warten in flauschige Bademäntel gekuschelt auf ihren Einsatz.

»Perfekt, ja.« Jake fordert das Mädchen auf, sich umzudrehen und die Beine durchzustrecken, damit sie länger wirken, allerdings sieht sie ihn nur fragend an, deshalb steht die Blondine auf, um ihr die Pose vorzumachen und es in ihre Sprache zu übersetzen. Das Mädchen nickt und Jake knipst weiter.

Er lässt die Kamera sinken und dreht sich zu der Frau um. »Ich glaube, das reicht, oder?«

Sie studiert die Bilder auf dem Bildschirm und nickt, bevor eine Assistentin dem halb nackten Model einen Bademantel bringt. Schon muss das nächste Mädchen in Unterwäsche bei Nieselregen und frostigen Temperaturen für Jake posieren. Seine Fotos sind großartig, nur die Mädchen tun mir leid. Ich trete hinter meine Freundin und lege die Hände an ihre Hüften, bevor ich ihr einen Kuss auf die Wange drücke.

»Hey, Baby.«

Mit einem sexy Lächeln auf den Lippen dreht sie sich in meinen Armen um und legt ihre Hände in meinen Nacken, damit sie mich küssen kann. Wie selbstverständlich wandern meine Hände zu ihrem Po und ich presse sie fest an mich. Ihre Zunge gleitet zwischen meine Lippen und ihre Finger wandern in meine Haare.

»Hm, ich hab dich vermisst«, haucht sie, als wir uns voneinander lösen. Lächelnd nimmt sie meine Hand. »Warst du bei Kayleen?«

»Ja, aber ich habe in meinem eigenen Bett geschlafen.«

Gillian berührt meine Wange. »Du weißt, dass du das meinetwegen nicht machen musst. Du kannst Kayleen beistehen, wenn sie dich braucht.«

»Sie hat auch ohne mich gut geschlafen.« Ich nicke zu Jake. »Er hatte sie vorher angerufen und ihr gesagt, dass er sich auf sie freut.«

»Er vermisst sie.« Gillian beobachtet ihren Schützling einen Augenblick.

»Bestimmt will er mit ihr schlafen.«

»Möglich, trotzdem wird er Kayleen zu nichts drängen, jetzt, wo er weiß, dass du in der Nähe bist.«

Irritiert starre ich sie an. »Was? Wieso weiß er davon? Hat Kayleen ihm ...«

Gillian schüttelt den Kopf. »Nein, Shane. Er hat ihm alles erzählt.«

»Warum das denn? Jetzt wird Jake sie sicher darauf ansprechen und ihr schlechtes Gewissen bestärken.«

»Kann sein.« Gillian nimmt meine Hand. »Ich glaube allerdings nicht, dass sich dadurch etwas an ihren Gefühlen ändern wird.« Sie kuschelt sich in meine Arme. »Das ist doch gut so, oder? «

Ich lege meine Lippen an ihren Hals. »Ja, vermutlich.« Gillian kichert, als ich mit meiner Zunge die Haut unterhalb ihres Ohrs berühre. »Lass uns abhauen, Baby. Er kommt auch ein paar Stunden ohne dich aus.«

Kapitel Neun

Jake

Sofort nachdem ich in London gelandet bin, fahre ich zu Kayleen. Ich halte es keine Sekunde länger ohne sie aus. Ok, nicht im wörtlichen Sinne, aber ich ... ach egal. Vor ihrer Haustür atme ich tief durch. Ich bin total nervös. Schon wieder. Mein Herz rast und meine Hände sind schweißnass, das passiert mir sonst nie. Schnell wische ich meine Finger an der Hose ab und drücke auf die Klingel. Es dauert nicht lange, bis ich ihre Schritte hinter der Tür höre und sie öffnet.

»Hi.«

Kayleen strahlt. »Auch hi.«

Wow, sie ist so wunderschön.

»Komm doch rein.«

Atmen, Jake. Du musst atmen. Ich trete neben ihr in den Flur. Jetzt stehen wir voreinander wie zwei Teenager beim ersten Date und erst Danielles Weinen im Wohnzimmer unterbricht unser Schweigen.

»Sorry.« Eilig dreht sie sich um und huscht zu ihrer Tochter, so habe ich ein paar Sekunden länger Zeit, mein hämmerndes Herz zu beruhigen. Ich schließe die Tür und folge ihr, nachdem ich meine Jacke aufgehängt habe. Danielle hat versucht, ihrer Mutter hinterherzugehen und ist dabei die kleine Stufe im Wohnzimmer heruntergefallen. Kayleen nimmt sie auf den Arm, um ihre Tränen zu trocknen.

»Ich bin doch wieder da, Schatz. Nicht weinen.« Sie küsst sanft ihre Wange. Danielle deutet entsetzt auf die Stufe, aber ihr Sturz ist sofort vergessen, als sie mich im Türrahmen entdeckt.

»Jay!«

»Hallo Prinzessin.« Ich berühre ihre Pausbäckchen. »Hast du dir wehgetan?« Danielle hält sich ihren Kopf.

Kayleen lacht. »Du musst aufpassen, Süße. Mommy hat gesagt, du sollst warten.«

»Jay!« Sie streckt ihre kleinen Arme nach mir aus. »Fiegaa!«

Himmel, was habe ich die beiden vermisst. Ich nehme Kayleen ihre Tochter ab und hebe Danielle hoch. »Fliegen willst du, ja?«

Danielle kichert. »Fiegaa!« Ich drehe mich vorsichtig mit ihr im Kreis, dabei lacht sie ihr gluckerndes Babylachen, während Kayleen uns lächelnd beobachtet.

»Möchtest du etwas trinken?«

»Gerne.« Ich nehme Danielle wieder herunter und greife nach Kayleens Hand. »Und einen Kuss.«

Sie grinst. »Nur einen? Ich bin enttäuscht.«

Ich ziehe sie in meine Arme, was Danielle quietschen lässt.

»Jede Menge!« Mit meinen Lippen verschließe ich ihre. *Endlich.* Kayleen klammert sich an meinem Arm fest und ihre Zunge begrüßt meine mit einem zärtlichen Stupsen.

Danielle klatscht aufgeregt und zappelt auf meinem Arm. »Mommy. Jay. Kuss!«

Ich löse unseren Kuss und setze sie auf den Boden. »Warte kurz, Süße, erst Mommy.« Jetzt ziehe ich Kayleen wieder an mich und presse meine Lippen auf ihren Mund. Sie schlingt ihre Arme um meinen Hals, wobei ein leises Seufzen aus ihrer Kehle klingt. Vorsichtig schicke ich meine Hände auf Wanderschaft, berühre die nackte Haut unter ihrem Pullover, worauf sie sich enger an mich drängt. *Zu Hause.* Ich bin endlich zu Hause. Ein lautes Plonk lässt uns auseinanderfahren, als Danielle einen weiteren Bauklotz in die Hand nimmt.

»Meine Tochter fordert mehr Aufmerksamkeit.« Kayleen löst sich von mir und geht neben Dani in die Knie, damit die Kleine aufhört, bunte Holzklötze gegen den Schrank zu pfeffern.

Ich lasse mich neben ihr auf den Boden sinken. »Na, Prinzessin. Sollen wir einen Turm bauen?«

Kayleen lächelt dankbar. »Ich hole dir etwas zu trinken.« Sie steht auf und verschwindet in der Küche. Danielle reicht mir einen Bauklotz.

»Ok, du fängst an.«

Zurück im Wohnzimmer setzt Kayleen sich mit einem warmen Lächeln auf die Couch. Ich lege einen blauen Bauklotz auf Danielles roten.

»Hattest du nicht irgendetwas von einer Überraschung gesagt?«, fragt sie leise. Sie ist wirklich neugierig, das werde ich nutzen.

Ich drehe mich um. »Das habe ich.« Ich reiche Danielle einen grünen Klotz, aber die Kleine klettert auf meinen Schoß, um sicherzugehen, dass sie meine ungeteilte Aufmerksamkeit hat. »Ich kann gerade nicht, die junge Dame lässt mich nämlich nicht gehen.« Grinsend hebe ich Danielle hoch. »Komm her, du kleines Monster.« Ich pikse sie in die Seite, um sie zu kitzeln. »Ich bin auch ein Monster.« Kichernd windet sie sich. »Ich bin das Kitzelmonster!« Wie ein Käfer auf dem Rücken strampelt sie mit allen vieren. Kayleen zieht ihre Beine an und stützt ihren Kopf auf ihren Knien ab. Danielle rollt sich lachend auf den Bauch, um vor mir zu flüchten.

»Na warte, das Kitzelmonster fängt dich trotzdem.« Auf allen vieren folge ich ihr durchs Wohnzimmer. Danielle erreicht ihre Mutter und zieht sich an der Couch in eine stehende Position.

»Mommy!« Sie streckt ihre kleinen Ärmchen nach ihr aus.

»Soll ich dich vor dem Monster retten?« Lachend nimmt sie ihre Tochter auf den Schoß und schließt schützend die Arme um sie. »Komm her, Süße. Hier bekommt er dich nicht.« Danielle quietscht vor Vergnügen und klammert sich an ihrer Mutter fest, als ich mich ebenfalls auf die Couch fallen lasse.

»Dann kitzle ich euch beide!« Kayleen lehnt sich mit Danielle im Arm nach hinten und liegt jetzt unter mir. Ihre Augen sind tief und dunkel und so wunderschön. Ich kneife Danielle in die Pausbäckchen. »Pause, Süße. Ich muss deine Mommy unbedingt noch mal küssen!« Zärtlich drücke ich meine Lippen auf ihre und stupse mit der Zunge in ihren Mund.

»Mommy! Jay!«, kichert Danielle wieder, während ich eine Hand neben Kayleens Schulter aufstütze und unseren Kuss schließlich löse.

»Später, vielleicht?«

Kayleen grinst. »Ja. Vielleicht.«

Wir setzen uns wieder auf und Danielle rutscht auf den Boden, um vor dem Kitzelmonster zu fliehen. Ich nehme Kayleens Hand in meine und sie lässt ihren Kopf an meine Schulter sinken.

»Bekomme ich jetzt meine Überraschung?«, fragt Kayleen, nachdem sie Danielle, nach unserem gemeinsamen Mittagessen, ins Bett gebracht hat und jetzt mit einem lasziven Grinsen im Türrahmen zur Küche lehnt. *Neugierig und sexy.*

»Das möchtest du wohl gerne?« Ich reiche ihr einen Kaffee.

Sie sieht mich über den Rand ihrer Tasse hinweg an. »Ja.«

Grinsend stelle ich mein Getränk ab. »Ich habe ein paar Telefonate geführt und einen neuen Auftrag bekommen«, antworte ich, ohne sie aus den Augen zu lassen. Sie trinkt schweigend einen Schluck Kaffee. »Im April werde ich den Tour-Start einer gewissen Band begleiten.«

Jetzt weiten sich ihre Augen und sie lässt die Tasse sinken.

»Ich glaube, du magst diese Band ziemlich gerne«, füge ich hinzu, worauf das Grinsen süße Grübchen in ihren Wangen formt. »Die Jungs sind echt cool und freuen sich schon, dich kennenzulernen.«

Sie macht den Mund auf, um etwas zu sagen, schließt ihn aber wieder und starrt mich fassungslos an.

»Echt jetzt?«, fragt sie, nachdem sie tief Luft geholt hat.

»Ja, echt.« Im Flur fische ich die Konzertkarten und Backstage-Pässe aus der Innentasche meiner Jacke.

Kayleen strahlt. »Jetzt komme ich mir vor wie ein kleines Mädchen, das sich auf ihre Lieblingsband freut!« Mit roten Wangen senkt sie den Blick, dabei sieht sie unglaublich sexy aus. Da ich mir ihre Reaktion auf den Rest der Überraschung denken kann, nehme ich ihr vorsorglich die Kaffeetasse ab.

»Ich habe vier Karten und dachte, Sam und Shane wollen uns begleiten.« Ich halte die Tickets hoch und Kayleen fällt mir um den Hals. Unsere Lippen finden sich zu einem stürmischen Kuss, deshalb werfe ich die Tickets unachtsam auf den Tisch. Ihr zierlicher Körper dicht an meinen gedrängt lässt mich leise aufstöhnen. Ich presse sie gegen den Küchentresen, um sie auf die Arbeitsplatte zu heben und Kayleen öffnet ihre Schenkel für mich, damit ich zwischen ihren Beinen stehe. Unsere Zungen spielen ein erotisches Spiel und meine Hände unter ihrem Shirt wandern nach oben zum Verschluss ihres BHs. *Ich will sie spüren.* Jetzt ist sie es, die in meinem Mund seufzt und sämtliches Blut in meinem Körper nimmt den Expresszug in Richtung Süden. Ich lasse meine Lippen über ihre Wange zu ihrem Ohr und ihren Hals gleiten, sie lehnt genießerisch ihren Kopf zurück, während sich ihre Brustwarzen unter der Berührung meiner Finger verhärten und ihre Beine mich gefangen halten. Mit den Lippen an der weichen Haut an ihrem Hals entlocke ich ihr ein leises Stöhnen, ungeduldig zerrt sie am Stoff meines Shirts, bis ich es mir über den Kopf reiße. Kayleen mustert mich einen Moment, in dem sie ihre sanften Finger vorsichtig über meine nackte Brust gleiten lässt, als sie meinen Bauch erreicht hat, ziehe ich scharf die Luft ein. *Sie macht mich wahnsinnig.*

»Wir sollten das nicht tun.« Ihre Stimme ist ein atemloses Flüstern, deshalb fürchte ich schon, dass sie wieder zurück in ihr Schneckenhaus kriecht, aber sie schenkt mir ein liebevolles Lächeln. »Nicht hier, meine ich.«

Ich stoße einen erleichterten Atemzug aus, bevor ich sie an mich ziehe und vom Küchentresen hebe, um sie in ihr Schlafzimmer zu tragen. Kayleen klammert sich kichernd fest und wir taumeln über den Flur. Als ich sie vorsichtig auf ihrem Bett ablege, streiche ich zärtlich über ihre Wange.

»Du bist so schön, Kay.« Ihre Antwort ersticke ich mit einem weiteren Kuss, bevor sich meine Lippen erneut den Weg über ihren Hals zu ihrem Ohr und zu ihrem Schlüsselbein suchen. Ich schiebe ihr Shirt nach oben, bedecke jedes frei gewordene Stückchen Haut mit sanften Küssen und gelange so zum Material ihres BHs. Ein leises Stöhnen entfährt ihren Lippen, während sie mich, mit ihren Armen über den Kopf auffordert, ihr den Pullover auszuziehen. Grinsend befreie ich sie von dem lästigen Kleidungsstück und plötzlich klingelt es an der Tür. Kayleen setzt sich erschrocken auf.

»Oh Mist! Warte!« Sie klettert aus dem Bett, greift hastig nach ihrem Pullover und zieht sich wieder an, um den Störenfried davon abzuhalten, Danielle zu wecken.

Seufzend lasse mich auf den Rücken fallen. »Scheiße!«

Mein Herz rast. Meine Atmung ebenso. Die Jeans spannt. Ich schließe die Augen und versuche, tief durchzuatmen, während ich im Flur die Stimme meines Kumpels höre.

»Hab ich dich geweckt?«

»Äh, nein, ich ...«, stammelt Kayleen, deshalb bin ich mir sicher, dass sie rot wird und sich verlegen durch die Haare streicht. Die Haustür klickt ins Schloss und Shane plappert etwas von Mittagessen. So schnell wird sie nicht zurückkommen, deshalb stehe ich auf und trete nach einem weiteren tiefen Atemzug in den Flur.

»Jake? Oh!« Mein Kumpel mustert meinen nackten Oberkörper. »Ich, ähm ... kann auch wieder gehen.«

Im Vorbeigehen drücke ich Kayleen einen Kuss auf die Wange und husche in die Küche, um mein Shirt aufzuheben.

»Jetzt komm schon rein, Shane. Sonst weckst du Danielle«, zischt Kayleen.

»Ich hab euch gestört, oder?«

»Ja«, antworte ich ehrlich und greife nach ihrer Hand.

»Nein.« Kayleen senkt verlegen den Blick, bevor sie mich ansieht. »Ja.«

Shanes Mundwinkel schrauben sich nach oben und fast so, als hätte sie es geahnt, beginnt Danielle zu weinen.

»Ich bin gleich wieder da«, murmelt Kayleen, bevor sie aus der Küche verschwindet. Shane wartet, bis er ihre Stimme im Babyfone hört, dann verschränkt er die Arme vor seiner Brust. Ich nehme meine Tasse vom Tresen.

»Was?«, frage ich nach einem Schluck des mittlerweile kalten Kaffees. Mein Kumpel grinst weiterhin.

»Wolltest du gerade meine Schwester flachlegen?«

»Nein. Ich wollte mit ihr schlafen, das ist ein Unterschied.«

»Aha. Na, wenn du das sagst.«

Ich boxe ihm gegen den Arm. »Blödmann!«

»Vielleicht sollte Danielle mal bei uns übernachten. Zur Übung, meine ich.« Er zwinkert mir zu. »Dann hättet ihr sturmfrei.«

»Das muss Kayleen entscheiden.«

»Was muss ich entscheiden?« Mit Danielle auf dem Arm tritt sie wieder in die Küche und Shane dreht sich zu ihr um.

»Shan!«, ruft Dani mit einem süßen Grinsen, bei dem ein winziges Zähnchen sichtbar ist.

»Na, Prinzessin. Wenn ich nicht geklingelt hätte, hättest du deine Mommy und Jake gestört, oder?«

»Jay! Mommy! Kuss!«

Shane nimmt sie auf seinen Arm. »Ja, genau. Geknutscht haben sie bestimmt auch.« Kayleen wird wieder rot und dreht sich schnell zum Kühlschrank.

»Möchtest du etwas trinken, Shane?«

»Ja gerne.« Er hebt Danielle über seinen Kopf und sie fängt an zu kichern.

»Jay! Fiegaa!«

»Ach ja, Jake kann das viel besser, was?« Shane mustert mich skeptisch, aber ich zucke nur grinsend mit den Schultern.

Kayleen stellt eine Packung Orangensaft ab, angelt im Regal nach drei Gläsern und dabei rutscht ihr Pullover nach oben. Ich berühre grinsend die nackte Stelle an ihrem Rücken und lege meine Lippen an ihren Hals. »Du hast den Pulli falsch rum an, Baby.« Ihre Wangen färben sich noch einen Tick dunkler.

»Ich habe gerade vorgeschlagen, dass Dani mal bei uns schläft, damit ihr mehr Zeit habt«, sagt Shane, nachdem er sich mit Danielle auf dem Schoß an den Küchentisch gesetzt hat. Das ist die beste Idee, die er seit Langem hatte, aber diesen Gedanken behalte ich lieber für mich.

Kapitel Zehn

Kayleen

»Shane hatte schon immer das großartige Talent, genau dann aufzutauchen, wenn er garantiert stört«, sagt Sam, nachdem ich ihr von gestern Nachmittag erzählt habe. Sie stellt eine Tasse Tee vor mir ab und setzt sich neben mich auf die Couch.

»Ich weiß gar nicht, ob es mich wirklich gestört hat«, murmele ich leise, bereue es aber sofort wieder.

»Wie meinst du das? Willst du nicht mit Jake schlafen?«

Ich weiß nicht, was ich sagen soll. Jake hat sofort ja gesagt, als Shane wissen wollte, ob er uns stört. Er wollte mit mir schlafen. Er hat mich ins Schlafzimmer getragen. Mich geküsst. Meine Brüste gestreichelt und meinen Pullover ausgezogen. Ich habe es genossen, aber ich habe keine Ahnung, ob ich weitergegangen wäre?

Sams Hand auf meiner lässt mich aufblicken. »Was ist los, Kay?«

Seufzend trinke ich einen Schluck Tee. »Ich glaube, ich habe Angst, Sam.«

»Vor was? Jake?«

»Nein, nicht vor ihm. Eher davor, mich restlos in ihn zu verlieben und …« Ich breche wieder ab und starre in den Dampf, der aus meiner Tasse aufsteigt.

»Also, ich glaube, dafür ist es schon zu spät. Du bist verliebt, Kay. Bis über beide Ohren. McTavish hat dich verzaubert.« Sie drückt meine Hand. »Und du ihn auch. Er hat zu Shane gesagt, dass er noch nie verliebt war.«

Ein zaghaftes Lächeln bildet sich auf meinen Lippen. »Wirklich?«

Sam nickt mit einem breiten Grinsen. »Ja, wirklich. Ich kenne Jake genauso lange wie Shane und ich habe ihn noch nie so erlebt.«

»Vielleicht bin ich einfach nur feige«, hauche ich.

Sam grinst. »Weil du nicht mit ihm schlafen willst?«

»Nein, weil ich es schon so lange nicht mehr gemacht habe und gar nicht mehr weiß, wie das geht.«

»Also ich glaube nicht, dass man das verlernt.« Sam drückt wieder meine Hand. »Weißt du, Kay, es ist sicher nicht dasselbe, aber nachdem wir Leah verloren haben, konnte ich auch nicht mit Shane schlafen. Ich weiß, dass es ihn gestört hat, nur wollte ich mich ihm nicht öffnen. Ich konnte es nicht.« Sie macht eine Pause und sieht mich liebevoll an. »Als es wieder passiert ist, war es sehr schön, deshalb denke ich, dass du dich fallen lassen musst. Du musst dich auf Jake einlassen, mit allem, was dazu gehört, und wenn es dann so weit ist, wird es ganz wunderbar sein.«

»Das klingt, als wäre ich ein Teenager vor seinem ersten Mal und du bist meine Mutter, die mich aufklärt.«

Sam fängt an zu lachen. »Also meine Mum hat mich nie aufgeklärt.«

»Meine auch nicht.«

An dem Abend, als ich mit Jake endlich die afrikanische Bar besuchen will, bringe ich Danielle zu Dad und Judy und fahre mit der U-Bahn in die Innenstadt. Jake hat ein Shooting in der Nähe und wird mich direkt dort treffen, deshalb habe ich noch etwas Zeit, mich auf mein erstes Date seit Seb einzustellen. Ich bin zu früh dran, so wie immer, daher schlendere ich vom Leicester Square zum Covent Garden und betrachte die Schaufenster der umliegenden Geschäfte. Es ist Freitagabend und entsprechend viel los. In der Straße, in der die Bar liegt, lasse ich eine Gruppe schnatternder Mädchen in viel zu kurzen Röcken und hohen Schuhen vorbei und bleibe schließlich vor dem Schaufenster des südafrikanischen Shops neben der Bar stehen. Hier sind Rugby-Trikots der Springboks und typisch südafrikanische Artikel, von Tee, über Biltong, bis hin zu Büchern mit Geschichten aus dem Busch oder Reiseführern ausgestellt. Dieses Jahr hat es für Südafrika in der Weltmeisterschaft nur bis zum Viertelfinale gereicht und letzte Woche hat England Australien im Finale besiegt. Sam und Shane können mit diesem Sport nichts anfangen, deshalb habe ich die Spiele auch nicht gesehen, aber in Afrika hat es Spaß gemacht, mit Danny, Marc und den anderen Rangern die Springboks anzufeuern.

Mein Blick fällt auf ein Schild am Eingang zur Bar und ich muss grinsen.

»Hi!« Jakes plötzliches Auftauchen neben mir lässt mich kurz zusammenzucken. »Sorry, ich wollte dich nicht erschrecken.« Wie immer sieht er verboten gut aus und sofort steigt mir sein Duft in die Nase.

»Hi.«

Jake beugt sich zu mir, um mir einen Kuss auf die Wange zu drücken. »Wartest du schon lange?«

»Nein, allerdings haben wir wohl Pech.« Ich deute auf das Schild.

»Warum?« Er runzelt die Stirn. »Was steht da?«

»Na ja, also das hier heißt Frohe Weihnachten.« Ich zeige auf die entsprechende Stelle, die ich lesen kann. »Mein Afrikaans ist leider nicht so gut. Ich glaube, sie haben bis ins neue Jahr geschlossen.«

»Es hört sich sexy an, wenn du diese Sprache sprichst«, haucht er dicht an meinem Ohr.

»Und was jetzt?«

»Alles, was du willst, Baby. Wir betrinken uns woanders, oder wir gehen irgendwo etwas essen.« Vorsichtig streichelt er meine Wange. »Aber ich will dich unbedingt noch mal küssen.«

»Ja, das wäre schön.«

Auf seinen Lippen bildet sich ein liebevolles Lächeln, das kleine Grübchen in seine Wangen zaubert, und seine Augen selbst in der Dämmerung glänzen lässt. Seine Lippen sind weich und sanft, als sie auf meine treffen. Vorsichtig, als würde er mich sonst überfordern, stupst seine Zunge gegen meine Lippen, deshalb öffne ich den Mund für ihn und lege beide Hände in seinen Nacken. Seitdem wir beinahe miteinander geschlafen haben, sind vier Tage vergangen. Ich habe ihn vermisst. Seine Nähe. Seine Hände. Seine Küsse. Jake zieht mich fester in seine Arme und vertieft unseren Kuss mit einem leisen Seufzen, während seine Hände zu meinem Hintern wandern. Die Zeit ist stehengeblieben, die Geräusche der vorbeieilenden Menschen und Autos verschwinden im Hintergrund und es gibt nur uns. Jake und mich. Und diesen Kuss. Vielleicht sollten wir das Essen oder Trinken oder was auch immer ausfallen lassen und nach Hause fahren, damit wir ...

Ich habe keine Ahnung, wie lange es dauert, bis wir uns voneinander lösen. Seine Finger streicheln über meine Wange und stecken mir eine Strähne hinters Ohr.

»Was machst du nur mit mir, Kay?«

Ich versinke in seinen Augen. »Ich weiß nicht. Was denn?«

Wieder streichelt er mein Gesicht. »Wäre es zu viel verlangt, wenn ich sage, dass ich jetzt unheimlich gerne mit dir allein wäre?«

Ich schlucke angestrengt und schüttle den Kopf. »Nein, das will ich auch.«

An der U-Bahn-Station lehne ich mich gegen die kühlen Fliesen und stecke meine Hände tief in meine Jackentaschen. Wird es heute passieren? Werde ich heute mit ihm schlafen? In meinem Traum hat Danny gesagt, dass ich ihn loslassen und mich auf Jake einlassen muss. Aber will ich das?

»Woran denkst du, Baby?«, haucht Jake. Ich spüre seinen warmen Atem in meinem Gesicht und ertrinke aufs Neue in seinen Augen. Bei ihm fühle ich mich sicher. Geborgen. Und ich mag es, wenn er mich *Baby* nennt. Ganz anders als bei Seb. Bei Jake ist es so, wie es bei Danny war. Danny war einfühlsam und zärtlich. Aufbrausend und leidenschaftlich. Mit ihm konnte ich mich fallenlassen.

Vorsichtig streichelt Jake über meine Wange. »Kay, wir müssen nichts tun, was du nicht willst.« Er lehnt seine Stirn an meine. »Ich will einfach nur bei dir sein.«

Die Bahn rast durch den Tunnel und Durchsagen wegen Verspätungen auf der Strecke und einer Sperrung einer anderen Linie dröhnen durch die Lautsprecher. Jake nimmt meine Hand und wir drängen uns in den vollen Waggon. Wir kommen nicht weiter als bis kurz hinter die Tür, deshalb lehne ich mich gegen die Wand und Jake steht direkt vor mir. Seine Augen sind so tief, liebevoll und zärtlich. Bei ihm kann ich mich auch fallenlassen. Glaube ich ... Seine Lippen auf meinen und seine sanfte Zunge, die um Einlass in meinen Mund bettelt, lassen mich aus meinen Gedanken auftauchen. Jake vertieft den Kuss mit einem leisen Seufzen und erst das Gedränge am Piccadilly Circus lässt uns auseinanderfahren.

Weil seine Wohnung näher liegt, verlassen wir die Bahn in Knightsbridge und erreichen Jakes Appartement nur wenige Minuten später. Mein Herz schlägt mir bis zum Hals, meine Hände schwitzen und ich habe das Gefühl, am ganzen Körper zu zittern. Jake hält meine Hand und lässt mich vorangehen. Er drückt auf den Knopf für den Aufzug und hält mir die Tür auf. Während ich angespannt an meiner Unterlippe nage, bemerke ich seinen eindringlichen Blick.

»Du musst nicht nervös sein Kay.« Er hebt seine Hand und berührt meine Lippe. »Und mach das nicht, damit siehst du so unfassbar sexy aus, dass ich vergesse, wie ich heiße.«

Sofort schießt mir das Blut in die Wangen und ich senke verlegen den Blick. Der Fahrstuhl erreicht die obere Etage und Jake legt seine Hand in meinen Rücken, bevor wir durch den Flur zu seiner Wohnungstür gehen. Seine Finger zittern, als er aufschließt und das beruhigt mich, weil ich weiß, dass er mindestens genauso aufgewühlt ist wie ich. Es ist wirklich so, wie Sam gesagt hat. Jake ist nicht mehr der Schürzenjäger, der die Frauen wechselt wie andere die Unterwäsche. Er hat sich geändert. Für mich. Ich atme tief durch und betrete nach ihm seine

Wohnung. Hier unten sind nur das Gästezimmer, in dem ich mit Danielle übernachtet habe, eine Toilette und der Billardtisch.

Jake nimmt wieder meine Hand. »Komm.«

Im Wohnzimmer knipst er das Licht an und zieht seine Lederjacke aus, bevor er sich zu mir umdreht, um mir ebenfalls aus meiner zu helfen. Er atmet tief durch, als würde ihn das beruhigen, und streicht sich durch die Haare.

»Hast du Hunger, sollen wir etwas zu essen bestellen?«

»Nein, danke«, antworte ich leise. Es ist süß, wie nervös er ist.

Vorsichtig greift er nach meiner Hand. »Sollen wir uns setzen?«

»Gerne.« Seine Berührung lässt sofort die Schmetterlinge abheben und meinen Herzschlag stolpern. »Du hast die Couch anders hingestellt, oder?«

»Ja, so kann ich beim Fernsehen die Füße ausstrecken«, antwortet er mit einem schiefen Grinsen.

Wir haben vor der Bar schon geknutscht und an der U-Bahn-Station, genauso wie in der Bahn. Warum ist es plötzlich so verkrampft zwischen uns? Jake streichelt mit seinen weichen Fingern über meinen Handrücken. »Darf ich dich noch mal küssen?«

»Beim letzten Mal hast du auch nicht gefragt«, grinse ich, bevor ich seine Hände in meine nehme und näher zu ihm rutsche. Jake legt seinen Arm um mich und drückt seine Lippen auf meine.

Kapitel Elf

Jake

Als ich in der Nacht aufwache, bin ich alleine im Bett. Wo ist Kayleen? Ist sie wieder abgehauen? Langsam stehe ich auf und ziehe mir meine Boxershorts an. Mit beiden Händen fahre ich mir durch die Haare und werfe einen Blick ins Bad, bevor ich mich durch den Flur und an der Küche vorbei taste, bis ich Kayleen auf der Couch im Wohnzimmer finde. Sie ist völlig in Gedanken versunken und trägt nur einen Slip und einen Pullover. *Meinen Pullover*. Ihre Haare fallen wild um ihr schönes Gesicht, während sie ihren Kopf auf den Knien abstützt und abwesend ihren Verlobungsring betrachtet. *Dannys Ring*. Ich schlucke angespannt. Waren wir zu voreilig? Hätten wir warten sollen? Sie hat sich mir hingegeben. Wir hatten Sex. Nein, es war mehr als das. Es war wunderbare und leidenschaftliche Liebe und sie ist mit einem glücklichen Lächeln auf den Lippen in meinen Armen eingeschlafen. Aber jetzt sitzt sie hier, betrachtet ihren Verlobungsring und dreht seufzend den Diamanten nach innen.

»Baby?«, frage ich leise, um sie nicht zu erschrecken, und sie hebt den Kopf. »Was machst du hier?« Ihre nackten Beine sind eiskalt, als ich mich neben sie setze. »Alles ok?«

Sie nickt vorsichtig. »Ich konnte nicht schlafen.«

Mit einer Hand angele ich nach einer Decke und lege den Arm um sie. »Im Bett ist es einsam ohne dich«, hauche ich, nachdem ich ihr einen Kuss ins Haar gedrückt habe.

Sie atmet tief ein, bevor sie sich an mich schmiegt. »Sorry.«

Ich nehme ihre linke Hand und öffne ihre Faust. »Du musst den Ring nicht verstecken.«

Tausend Fragen stehen in ihren Augen und ein angespanntes Seufzen dringt aus ihrer Kehle. »Ich dachte, dass er dich vielleicht stört?«

Kopfschüttelnd drehe ich den Diamanten zurück nach außen. Es ist ein schöner Ring, bestimmt hat Danny ziemlich viel Geld dafür ausgegeben. Das Mondlicht, das durch das Fenster scheint, spiegelt sich in den beiden kleinen Steinen, genauso wie in dem großen Diamanten, den sie umschließen. Er passt perfekt zu Kayleen. Trotzdem ist es der Ring eines anderen, deshalb schlucke ich erneut und drücke ihr einen Kuss auf die Wange.

»Er stört mich nicht, Kay. Du kannst ihn so lange tragen, wie du willst.« Jetzt schlinge ich beide Arme um ihren zierlichen Körper und küsse ihren Hals. Kayleen kichert, weil meine Bartstoppeln sie kitzeln, deshalb windet sie sich in meinen Armen und ich ziehe sie mit einem Ruck auf meinen Schoß. Vorsichtig stehe ich mit ihr auf dem Arm auf und trage sie zurück in mein Schlafzimmer, um dafür zu sorgen, dass sie den Ring vergisst.

Am nächsten Morgen liegt ihr Kopf an meiner Brust, während Kayleen mit ihren Fingern kleine Kreise auf meiner nackten Haut zeichnet und ihre Haare meine Nase kitzeln. Als ihre Handfläche meinen Oberkörper streift, spüre ich den nach innen gedrehten Diamanten.

»Du bist unglaublich schön, Baby.«

Sie rutscht ein Stückchen höher, bis ihre Lippen fast auf meinen liegen. »Mit dir ist es schön, Jake.«

»Hm, sehr.« Ihre Augen sind im Halbdunkeln fast schwarz. »Ich habe Shane und Sam immer beneidet für das, was sie miteinander haben, ich hätte nie gedacht, dass mir das auch mal passiert.«

»Warum nicht? Weil du ein Macho bist?«

»Weil ich noch nie eine so wunderbare Frau kennengelernt habe.«

»Ich wette, du kennst viele Frauen.« Sie kichert.

»Aber keine ist wie du.« Ich drücke meine Lippen auf ihre und öffne sie mit meiner Zunge. Die vergangene Nacht war unglaublich. Zuerst die vorsichtigen Küsse auf der Couch, dann ihr kleiner runder Po in meinem Schoß, der mich fast in den Wahnsinn getrieben hat. Ich habe ihren Pullover ausgezogen und sie hat quälend langsam mein Hemd aufgeknöpft, bis ich endlich ihre nackte Haut spüren konnte. Jetzt drückt meine Erregung gegen ihren Oberschenkel und ein heißeres Stöhnen klingt aus meiner Kehle. Kayleens Zunge begrüßt meine und ich schicke meine Hand auf Wanderschaft. Wieder öffnet sie ihre Schenkel für mich und ich streiche über die Innenseiten zu ihrer feuchten Mitte, bis sie in meinem Mund seufzt.

»Du hast wohl nie genug, Jacob McTavish«, haucht sie mit einem Lächeln, als sie unseren Kuss gelöst hat.

»Von dir?« Zärtlich drücke ich ihr einen Kuss auf die Nasenspitze. »Niemals.«

Jetzt lächelt sie wieder und kuschelt sich an mich. »Halt mich fest, Jake.«

Ich ziehe sie in meine Arme. »Baby, ich lass dich nie mehr los.«

Erschrocken hebt sie den Kopf und starrt mich mit weitaufgerissenen Augen an. »Sag das nicht.«

»Was? Warum nicht?«

Sie drückt mir einen Kuss auf die Lippen und legt ihren Kopf wieder auf meine Brust. »Nie ist eine ziemlich lange Zeit«, flüstert sie und ich muss schlucken. *Verdammt.* Bestimmt hat Danny das zu ihr gesagt, aber er musste sie loslassen. Früher, als er gedacht hatte.

Wieder küsse ich ihre Haare. »Es tut mir leid, Baby.«

Ihre Finger streichen über meine Brust. »Muss es nicht. Einfach nur festhalten, das reicht.«

Ich schlinge meine Arme um sie. »Unbedingt.«

»Hast du gut geschlafen?«, hauche ich an ihrem Hals.

Kayleen beugt sich zu mir und drückt ihre Lippen auf meine. »Ja, ziemlich gut«, nuschelt sie in unserem Kuss. »Ich sollte aufstehen.«

»Warum?« Über ihre Schulter linse ich zum Wecker. »Es ist erst zehn und es ist Wochenende.«

Sie lässt sich zurück in die Kissen sinken. »Ich muss Danielle abholen.«

»Ok, das ist ein Argument, wir wollen die Prinzessin schließlich nicht warten lassen.«

Ich strecke meine Hand aus, damit ich ihre Wange streicheln kann, bevor ich mich auf den Ellbogen aufstütze, um über ihr zu liegen. »Allerdings weiß dein Dad doch, dass wir uns gestern betrinken wollten, oder?«

Kayleen kichert. »Ja.«

Meine Lippen liegen fast auf ihren, ihr Blick hält mich gefangen. »Gut, dann rechnet er sicher nicht vor heute Nachmittag mit dir.« Bevor sie irgendwelche Widerworte geben kann, presse ich meine Lippen auf ihre und Kayleen schlingt ihre Arme um meinen Hals.

Nachdem wir es geschafft haben, aufzustehen, lehnt Kayleen am Tresen in meiner Küche und ich reiche ihr eine Tasse Kaffee. Dabei entdecke ich wieder den nach innen gedrehten Verlobungsring. Mich stört der Ring nicht, aber vielleicht werde ich ihr irgendwann so einen schenken. Würde sie Dannys Ring gegen meinen ... ich beende den Gedanken nicht. Shane hat gesagt, dass Danny sie besucht. Ist er jetzt auch hier? Ich habe keine Ahnung, was ich machen würde, wenn ich tot bin und meine Freundin mit einem anderen Kerl ins Bett geht. Wahrscheinlich würde ich nicht hinsehen können ... Ich räuspere mich. Beobachtet er uns überhaupt? Shane meinte, dass Danny seine Eltern besucht und seinen Bruder. Vielleicht ist er im Moment in Afrika unterwegs.

»Wie lange bist du diesmal in der Stadt?«, unterbricht Kayleen meine Gedanken.

»Ich fliege Dienstag nach Miami, bis dahin habe ich frei und kann Zeit mit meiner Freundin verbringen.«

Kayleen schenkt mir ein liebevolles Lächeln. »Es ist schön, wenn ich deine Freundin bin.«

Ich nehme ihre Hand und lehne mich zu ihr. »Hast du etwas Bestimmtes mit deinem Freund vor?«

Jetzt grinst sie. »Also zuerst muss ich wirklich Danielle abholen und dann brauche ich noch ein paar Weihnachtsgeschenke.«

»Darf ich mitkommen?«, frage ich mit meinem besten Hundeblick.

»Natürlich, sehr gerne. Danielle würde sich sicher freuen.«

Überrascht sehe ich sie an. »Und du nicht?«

»Doch natürlich, aber ich …« Ihre Wangen färben sich dunkler und an ihrem Hals bilden sich hektische Flecken. »Na ja, ich dachte, dass du vielleicht …«

»Baby, du glaubst doch nicht, dass ich dich nach so einer Nacht einfach verschwinden lasse. Lass uns zusammen Weihnachtseinkäufe machen.« Ich schließe beide Arme um sie. »Was wünschst du dir zu Weihnachten?«

Kayleen greift nach ihrer Kaffeetasse. Mist, schon wieder habe ich sie an Danny erinnert. Natürlich wünscht sie sich, dass er bei ihr wäre, um mit ihr und Danielle Weihnachten zu feiern. Stattdessen bin ich …

»Ich würde mir wünschen, dass du Weihnachten bei uns bist«, flüstert Kayleen jetzt. »Aber du fliegst sicher nach Irland zu deiner Familie und wir sind bei Dad und Judy und …«

Mein Herz macht einen Sprung und ich lehne meine Stirn gegen ihre. »Ich verbringe Weihnachten sehr gerne mit euch.«

Kayleen kaut auf ihrer Unterlippe. »Pete und Ellen kommen aus Kapstadt.«

Dannys Eltern. Ich schlucke und Kayleen nimmt meine Hand. »Wir können auch allein mit Danielle feiern und ich treffe die beiden nur kurz, aber sie waren schon an Danis Geburtstag nicht hier, deshalb wollen sie jetzt …«

Mit meinem Zeigefinger an ihren Lippen bringe ich sie zum Schweigen und schüttle den Kopf. Sie hat mir längst erzählt, dass das Verhältnis zu ihrer Mutter immer sehr angespannt war und dass Dannys Eltern sie sofort in die Familie aufgenommen haben.

»Baby, wenn du möchtest, dass ich Dannys Eltern kennenlerne, freue ich mich darauf.«

»Wirklich?«

Zärtlich drücke ich meine Lippen auf ihre. »Wirklich.«

Kapitel Zwölf

Kayleen

Nachdem wir Danielle bei Dad und Judy abgeholt haben, machen wir uns auf den Weg zurück zur U-Bahn. Danielle linst an mir vorbei zu meinem Vater und ich weiß, dass er beobachtet, wie Jake seinen Arm um mich legt und meine Wange küsst. Bestimmt hat er ein breites Grinsen im Gesicht. Danielle plappert fröhlich vor sich hin und erzählt ihrer Puppe den neusten Klatsch, während Jake und ich schweigend nebeneinander hergehen. Es fühlt sich gut an. Mit ihm. Die letzte Nacht war unglaublich. Er hat die nackte Haut unter meinem Pullover gestreichelt, meine Brüste geküsst und mich danach im Schlafzimmer mit seinen Lippen verwöhnt und dabei vorsichtig ausgezogen. Immer wieder hat er mir in die Augen gesehen, als müsse er sich für den nächsten Schritt meine Zustimmung holen. Mein Körper hat vor Sehnsucht nach ihm gebrannt, seine Hände sind unheimlich zärtlich, seine Lippen so wahnsinnig sanft. Er hat sich, genau wie er nach seinem ersten Überfall an der Haustür gesagt hat, wirklich Zeit für uns genommen. Natürlich habe ich seine Erregung an meinem Körper gespürt, aber auch als wir beide endlich nackt waren, hat er sich die letzte Erlaubnis in meinem Blick geholt und nach einem Päckchen Kondomen im Nachttisch geangelt. Wir beide haben nicht lange gebraucht, bis wir keuchend und stöhnend unseren Höhepunkt erreicht haben.

Bevor wir eingeschlafen sind, hat Jake mich an sich gezogen und mich geküsst. Als ich in der Nacht aufgewacht bin, habe ich meine Hand ausgestreckt, um sein Gesicht zu berühren. Er hat die Nase kraus gezogen, ist aber nicht aufgewacht, deshalb habe ich mich aus seinen Armen befreit und bin aufgestanden. Am Boden konnte ich in der Dunkelheit nur meinen Slip und seinen Pullover finden, also bin ich damit zuerst ins Bad und dann ins Wohnzimmer geschlichen. Auf der Couch habe ich den Duft aus seinem Pullover eingeatmet und dabei meinen Verlobungsring betrachtet. Ich weiß nicht, wie lange ich so dagesessen habe und immer wieder den Ring an meinem Finger gedreht habe. Ich habe sogar überlegt, ihn abzunehmen. Dann kam Jake, nur in Boxershorts, ins Wohnzimmer und hat mich in seine Arme gezogen. Er hat mir gesagt, dass ihn der Ring nicht stört, aber es ist Dannys Ring, natürlich stört es ihn. *Irgendwie.*

Wir nehmen den Fahrstuhl zum Bahngleis und ich ziehe die Handschuhe aus. Sofort fällt mein Blick wieder auf den nach innen gedrehten Ring.

Jake küsst meine Wange. »Hör auf, darüber nachzudenken, Baby. Es ist ok.«

Ich berühre sein Gesicht und drücke ihm einen Kuss auf die Lippen. »Danke.«

Mit einem liebevollen Lächeln schiebt er Danielles Wagen aus der Kabine.

»Puh, hier unten ist es immer so warm«, schnaufe ich und öffne den Reißverschluss meiner Jacke. Mit einem schelmischen Grinsen lehnt sich Jake zu mir, um die nackte Haut an meinem Hals zu küssen.

»Du bist ein Nimmersatt, Jacob McTavish.«

»Hm, kann sein, aber du riechst so gut.«

Seine Lippen kitzeln und als die Bahn einfährt, schiebt Jake den Wagen an einen Platz neben der Tür. Es sind keine Sitzplätze mehr frei, deshalb muss ich mich, als die Bahn ruckartig anfährt, an ihm festklammern. Das sexy Lächeln auf seinen Lippen lässt mein Herz stolpern und als er seinen Arm um mich legt, lehne ich den Kopf an seine Schulter. Auf den Sitzplätzen gegenüber tuscheln zwei junge Frauen miteinander und beobachten Jake, aber er bemerkt ihren Blick nicht, weil er sich auf eine Werbeanzeige für eine Fotoausstellung konzentriert. Die Frauen mustern mich von oben bis unten.

»Alles ok, Baby?«

»Die beiden beobachten uns.«

Er dreht sich um, als die beiden aufstehen, um an der nächsten Station auszusteigen. Jetzt können wir uns auf die freien Plätze setzten, und natürlich werfen sie ihm noch einen prüfenden Blick zu, doch er grinst nur.

»Kennst du die?«

»Ja, flüchtig«, antwortet er schulterzuckend, deshalb belasse ich es dabei, weil ich weiß, dass Jake einige lockere Frauenbekanntschaften hatte, bevor wir uns näher kennengelernt haben.

Am Sonntag schneit es zum ersten Mal in diesem Winter und wir machen uns dick eingepackt auf den Weg zu Dad und Judy. Jake kennt meinen Vater und Judy, trotzdem wirkt er nervös, streicht sich vor der Tür noch einmal durch die Haare und atmet tief durch.

»Hey.« Liebevoll lege ich eine Hand an seine Wange. Seine Augen glänzen in der Wintersonne. »Mein Dad wird dich nicht fressen.«

Jake grinst gequält. »Na ja, er kennt mich schon ziemlich lange.«

Ich stelle mich auf die Zehenspitzen. »Eben, und mich auch«, hauche ich und drücke ihm einen Kuss auf die Lippen. Während er unseren Kuss vertieft, öffnet Shane die Tür.

»Hey, so stürmisch?«, lacht mein Bruder, als Jake und ich uns ertappt voneinander lösen.

»Mommy! Jay! Kuss!«, ruft Danielle.

»Oh ja, das stimmt. Die knutschen ziemlich oft, oder?« Shane geht in die Knie, um Danielles Anschnallgurte zu lösen und ihr die Mütze vom Kopf zu rupfen, bevor er sie aus dem Wagen hebt. »Na, Prinzessin, hast du Schnee mitgebracht?«

»Ja!«, verkündet sie freudestrahlend, auch wenn sie momentan einfach zu allem *Ja* sagt. Mein Bruder stellt sie auf den Boden, um ihr die Jacke und die Schneehose auszuziehen, während ich meinen eigenen Mantel an die Garderobe hänge und Jake sich aus seiner Jacke schält.

»Wo ist Sam?«, frage ich, als Shane Danielle wieder auf den Arm nimmt.

»Oben. Sie hat sich hingelegt. Es geht ihr nicht so gut, sie hat sich übergeben.«

»Oh je, die Arme.« Ich nehme die südafrikanischen Soetkoekies, die ich gebacken habe, und öffne die Tür zur Küche. Dad dreht sich mit einer Kanne Kaffee in der Hand zu uns um.

»Ah, Kay. Schön, dass ihr da seid.« Er begrüßt er mich mit einem Küsschen und Jake mit einem Handschlag. »Hallo Jake.«

Ich beobachte meinen Freund, der jetzt erleichtert aufatmet und nicht mehr so angespannt wirkt, und werfe ihm einen Blick zu. Dad stellt den Kaffee ab, damit er Danielle auf den Arm nehmen kann.

»Ich geh mal nach oben«, murmelt Shane, bevor er eine Tasse Tee füllt und zur Tür verschwindet.

Mit einem Seufzen wendet sich Dad zu uns. »Er macht sich Sorgen.«

»Das verstehe ich.«

»Samm!«, quakt Danielle.

»Ja, Schatz. Sam ist krank und kann nicht mit uns Kaffeetrinken.«

»Da ist ja das Engelchen!«, freut sich Judy, die jetzt in die Küche kommt.

»Dudy!«, ruft sie aufgeregt und wedelt mit ihrer neuen Puppe, die Jake ihr gestern beim Einkaufen geschenkt hat.

»Die ist sehr schön, Schätzchen. Soll sie mit uns Kuchen essen?«

»Platzies!«

Judy schnappt sich die Kaffeekanne und betritt das Wohnzimmer, während Dad ihr mit Danielle folgt. Jake legt seinen Arm um mich, drückt mir einen Kuss auf die Wange und hält mir lächelnd die Tür auf. Nachdem Dad Danielle in ihren Hochstuhl gesetzt und ihre Hände abgewischt hat, schenkt er uns nach der Reihe Kaffee ein und Judy verteilt Kuchen. Danielle streckt sich nach meinem Teller, deshalb reiche ich ihr ein Stückchen von einem der Gewürzplätzchen, die diesmal wirklich gelungen sind, weil ich zum ersten Mal beim Backen nicht an Danny denken musste und geweint habe.

»Daddy!«, ruft Danielle plötzlich mit einem strahlenden Lächeln, weshalb Jake sie überrascht anstarrt.

Gestern Nachmittag, als ich auf der Couch eingeschlafen bin, war Danny bei mir und hat mir gesagt, dass es für ihn in Ordnung ist, wenn ich seinen Ring ablegen würde. Außerdem hat er zugegeben, dass er auch eine Freundin hat. Diese Gillian. Mit einem spitzbübischen Grinsen im Gesicht meinte er, dass sie ihn schlagen wird, wenn sie erfährt, dass er mir von ihr erzählt, deshalb hoffe ich, dass sie ihn nicht zu fest geschlagen hat. Mit einem Lächeln auf den Lippen beobachte ich meine Tochter, die jetzt wieder auf ihrem Plätzchenteig lutscht. Danny hat Soetkoekies immer geliebt.

»Mommy. Platzies!« Danielles Stimme holt mich aus meinen Gedanken, deshalb gebe ich ihr die andere Hälfte des Plätzchens, bevor ich mir selbst einen nehme.

»Die sind echt lecker, Kay«, lobt Judy. »Verrätst du mir, wie die gemacht werden, dann könnte ich sie im Laden anbieten.«

»Ja gerne, diesmal habe ich sie auch nicht zu Stein werden lassen.«

Judy lacht. »Ach was, das ist mir auch schon passiert.«

»Ganz bestimmt, Judy. Seit ich dich kenne, backst du die besten Kuchen und Torten und hast nie irgendwelche Unfälle dabei.«

Schmunzelnd schüttelt meine Stiefmutter den Kopf. »Du weißt nicht, wie meine Küche dabei aussieht und wie nah ich am Verzweifeln bin.«

»Oh ja, das kann ich bezeugen«, gibt Dad dazu, worauf Judy ihm gespielt böse gegen den Arm boxt.

Danielle fängt an zu lachen. »Pa aua!«

»Genau, meine Süße. Deine Oma schlägt mich.« Dad streichelt über Danielles Haare.

»Sam?«, frage ich leise, als ich mit einer Tasse Tee und einem Teller Suppe nach oben gehe, um nach meiner Freundin zu sehen, während Shane im Wohnzimmer mit Jake und Danielle beschäftigt ist.

Ich betrete mein ehemaliges Kinderzimmer, das Zimmer, in dem ich die erste Zeit nach meiner Ankunft in London gelebt habe, und schließe die Tür. Bevor ich mich zu meiner Freundin umdrehe, blicke ich kurz in den Spiegel, in dem Danny immer aufgetaucht ist.

»Wie geht es dir?«, frage ich, als ich das Tablett auf dem Nachttisch abstelle.

Sam setzt sich auf. »Scheiße.«

Ihre Haare sind strähnig und nass geschwitzt, ihre Haut blass, die Lippen trocken und aufgeplatzt. Ich setze mich neben sie und nehme ihre Hand in meine. Sie ist schweißnass und eiskalt. »Du hast Fieber.«

Sam nickt müde. »Ja, schon seit gestern. Auf dem Weg hierher musste Shane anhalten, weil ich kotzen musste, und hier war ich auch nur auf dem Klo.« In ihrer leisen Stimme klingt die pure Verzweiflung. »Ich hab Angst, Kay.«

Ich drücke ihre Hand. »Ich glaube nicht, dass es etwas mit deinem Baby zu tun hat, Sam.«

»Meinst du? Was, wenn ich zu schwach bin, um richtig für es zu sorgen? Was, wenn ich …« Sie spricht den Satz nicht zu Ende.

»Du hast dir irgendwo eine heftige Infektion eingefangen und musst einfach ein paar Tage das Bett hüten. Deinem Baby geht es bestimmt gut.«

Sie lehnt sich wieder zurück. »Das hoffe ich.«

Ich streiche ihr über die erhitzte Stirn. »Möchtest du Suppe?«

Sie schüttelt den Kopf und setzt sich plötzlich ruckartig auf, um ihren ohnehin leeren Magen in dem Eimer vor dem Bett zu versenken. Ich stehe auf, damit ich ihr ein feuchtes Tuch holen kann, und leere den Eimer in die Toilette.

»Schlaf dich aus, Sam.« Ich stelle den Eimer wieder vor ihr Bett. »Soll ich die Suppe wieder mitnehmen?«

Sie nickt erschöpft. »Danke, Kay.«

Kapitel Dreizehn

Danny

»Kayleen ist krank«, gähne ich, als ich mich in der Cafeteria neben Gillian und Alan auf einen Stuhl fallen lasse. Ich drücke meiner Freundin einen Kuss auf die Lippen, während Alan mir eine Tasse Kaffee zuschiebt.

»Warst du bei ihr?«

»Ja, aber sie träumt nicht, weil sie entweder selbst ins Bad rennt oder sich um Danielle kümmern muss.« Ich nippe an meinem Kaffee.

»Jake musste sein Shooting in Florida absagen. Jetzt ist er im Hotel.« Gillian lehnt sich zurück. »Ich bin so froh, dass wir nicht mehr krank werden können. Das ist echt widerlich.« Sie nimmt mir meine Tasse ab und trinkt einen großen Schluck.

Alan nickt. »Stimmt, es scheint überall zu sein, Cal hat es auch erwischt. Genau wie Sue und die Kinder.«

»Hoffentlich bekommt Laura es nicht auch. Ihr Freund kommt heute an.«

»Oh, der große Tag?« Gillian strahlt. »Darf ich mitkommen?«

»Klar.« Ich leere den restlichen Kaffee und stehe auf, während Alan unsere Tassen stapelt, um sie zu Claire an den Tresen zu bringen.

»Viel Spaß, ihr zwei!«

Als wir in New York ankommen, ist es später Nachmittag. Laura steigt gerade mit ihrem Gastvater ins Auto, um ihren Freund vom Flughafen abzuholen. Gillian und ich quetschen uns auf die Rückbank neben den Kindersitz.

»Es ist seltsam, wie die Skyline ohne die beiden Türme des World Trade Centers aussieht«, murmelt sie.

»Das stimmt.« Ich nehme ihre Hand. Auch Laura beobachtet die Wolkenkratzer und William erzählt ihr von seinen Erlebnissen am Tag des Anschlags. Ich seufze. Tja, so schnell kann alles vorbei sein. Egal, ob durch einen Unfall im Busch, der mich aus dem Leben gerissen hat, Gillians Tod durch die japanischen Bomben auf Pearl Harbor, oder zwei Flugzeuge, die in die Hochhäuser fliegen und Tausenden von Menschen das Leben kosten.

»Das war nach Pearl Harbor der erste Angriff gegen Amerika auf unserem eigenen Boden«, sagt Gillian und drückt meine Hand. Ich schlucke angestrengt.

»Puh, ich weiß nur, dass ich an diesem Tag mit Kayleen in Pretoria war. Sie hat ihre Prüfung geschrieben und wir wollten danach feiern, stattdessen haben wir die Nachrichten verfolgt.«

»Jake war am Flughafen in Los Angeles und sollte eigentlich nach New York fliegen«, murmelt sie.

»Ich glaube, jeder kann sich irgendwie erinnern, was er an diesem Tag gemacht hat, oder?«

»Bestimmt.«

Am Flughafen angekommen prüft Laura erneut ihren Zettel, auf dem sie die Ankunftszeit ihres Freundes aufgeschrieben hat, während William ihr sagt, dass er am Parkplatz auf sie warten wird. Sie nickt schnell und springt aufgeregt aus dem Wagen. Gillian und ich folgen ihr in die Ankunftshalle, wo sie nach dem richtigen Bereich sucht und sich gut sichtbar an die Absperrung stellt. Während Gillian die umliegenden Geschäfte durchstreift, lehne ich mich an das Absperrgitter neben meinem Schützling. Dabei muss ich an den Tag denken, als Kayleen Marc und Johanna abgeholt hat und ich gegen den Mülleimer getreten habe. Damals habe ich zum ersten Mal bemerkt, dass ich auch außerhalb der Träume eine Verbindung zu Kayleen habe. Es dauert noch eine Weile, bis die großen Glastüren endlich aufgehen. Lauras Nervosität steigt mit jeder Sekunde, während sie die vielen Menschen beobachtet, die durch die Türen strömen und ihren Freunden und Verwandten um den Hals fallen.

»Ist er da?«, fragt Gillian, die jetzt wieder neben mir auftaucht.

»Nein, noch nicht.«

Laura kaut nervös auf ihrer Lippe. Was, wenn er den Flieger beim Umsteigen in Lissabon verpasst hat? Was, wenn er es sich anders überlegt hat? Ihre Gedanken rasen und sie knetet aufgeregt ihre Hände, deshalb stoße ich mich vom Gitter ab und lege meine Hand auf ihre Schulter, damit sie weiß, dass sie nicht alleine ist. Die Türen schließen sich wieder und Laura seufzt enttäuscht.

»Er wird kommen«, murmele ich, weil ich den dunkelhaarigen Mann bereits entdeckt habe, als die Türen zuvor aufgegangen sind. Ohne ihn zu kennen, weiß ich, dass er es ist. Die Türen gleiten erneut auf, und sie überlegt, ob sie sich getäuscht hat, aber dann erkennt sie das breite Grinsen in seinem Gesicht und auch er beschleunigt seine Schritte, bevor er durch die letzte Absperrung tritt, um sie endlich wieder in seine Arme zu nehmen. Ich beobachte die Begrüßung der beiden und drehe mich zu Gillian um, die sich in meine Umarmung kuschelt.

Erst drei Nächte später kann ich endlich wieder in Kayleens Traum. Mit einer Tasse Tee sitzt sie an ihrem Küchentisch, blättert in einem Katalog und hebt den Blick, als sie meinen Schatten in der Tür bemerkt.

»Danny.« Ein sanftes Lächeln bildet sich auf ihren Lippen.

»Hey.« Ich setze mich zu ihr. »Wie geht es dir?«

»Besser, glaube ich. Dani und ich haben den schlimmsten Teil überstanden.«

»Und Sam? Ist alles in Ordnung?«

»Ja. Shane geht seit heute wieder arbeiten, aber Sam will noch zu Hause bleiben, sie muss aufpassen, dass sie sich nicht wieder ansteckt.«

»Das stimmt.«

»Sie wird dieses Baby nicht verlieren, oder? Sie hat solche Angst davor.«

Ich nehme ihre Hand. »Das weiß ich nicht, Kay. Sam ist stark und ihr Baby ist es auch.«

»Ist ihr Schutzengel bei ihr?«

Ich muss an die Frau denken, die Sam zur Seite gestanden hat, als die kleine Leah sterben musste, und schlucke angestrengt, bevor ich nicke. »Ja, bestimmt ist sie das.«

Kayleen lächelt erleichtert. »Du kennst sie?«

»Wir haben uns schon einmal getroffen, ja. Ich sollte dir besser nichts davon erzählen.«

»Bekommst du sonst Ärger?«

»Hm, kann sein«, antworte ich mit einem Grinsen.

»Ich hoffe, ihr passt gut auf sie auf. Auf Sam und ihr Baby.«

»Machen wir«, antworte ich mit einem Zwinkern und deute auf den Katalog. »Was ist das? Hast du noch nicht alle Weihnachtsgeschenke?«

»Doch, ich habe für Danielle ein Puppenhaus gekauft und es zu Dad liefern lassen.« Sie deutet auf ein zweistöckiges Holzhaus mit Einrichtung. »Ich glaube, wir werden es in ihrem Zimmer bei Dad stehen lassen. Ihr Zimmer hier ist zu klein und im Wohnzimmer stapeln sich die Spielsachen.«

»Jake wird ihr etwas aus Florida mitbringen.«

Kayleen grinst. »Ich weiß, er hat es mir gesagt.«

Es ist schön, mit ihr über Jake und über Gillian zu sprechen. Wir beide leben weiter. Irgendwie zumindest, und Danielle ist diejenige, die uns zusammenhält.

Kapitel Vierzehn

Kayleen

»Hmm, das habe ich vermisst!«, murmelt Jake, als er drei Tage vor Weihnachten wieder zu Hause ist und wir, weil Danielle bei meinem Vater übernachtet, schon den Nachmittag im Bett verbracht haben. Zärtlich berührt er meine Wange und ich versinke in seinen Augen, bevor er mich erneut küsst und sich dann umdreht, damit er über mir liegt. Ich schlinge meine Arme um seinen Hals und stelle mein Bein angewinkelt auf die Matratze, damit ich ihm zeige, wie sehr ich ihn spüren will.

Seine Hand streichelt über meine Brüste und meinen Bauch, vorsichtig schiebt er meine Beine auseinander und taucht seine Finger in mich ein, deshalb lehne ich den Kopf mit geschlossenen Augen nach hinten. Jake legt seine Lippen an meinen Hals und lässt sie langsam nach unten wandern. Dabei saugt er sanft an der weichen Haut, gleitet zu den Schultern und meinem Busen. Seine Finger verwöhnen mich liebevoll, während seine Zunge meine harten Brustwarzen umkreist und mir ein heiseres Stöhnen entlockt. Ich spüre sein Grinsen, als er den Bauchnabel erreicht und schließlich zwischen meine Beine gleitet, wo er seine Lippen mit einem leisen Seufzen auf meine erregte Mitte senkt. Langsam saugt er an meiner Knospe und ich kralle mich mit beiden Händen in seine dunklen Haare, bevor er weiter nach unten und schließlich wieder nach oben leckt, bis ich hungrig nach mehr aufstöhne. Alles in mir pulsiert gegen ihn, meine Muskeln spannen sich an und sein Griff wird fester, weil ich mich unter ihm winde.

Jetzt lasse ich seine Haare los und kralle mich stattdessen in die Bettlaken fest, bis ich mich nicht mehr zurückhalten kann und meinen Orgasmus herausschreie. Mit einem zufriedenen Grinsen rutscht er wieder zu mir nach oben, um mich zu küssen. Er vertieft den Kuss mit einem Seufzen und angelt dabei nach den Kondomen auf dem Nachttisch.

»Jay!«, ruft Danielle, als es am Morgen des Heiligen Abends an der Tür klingelt.

»Ich bin doch hier, Süße!« Jake kommt mit nassen Haaren aus dem Bad und drückt mir im Vorbeigehen einen Kuss auf die Lippen.

»Ich mach auf, das sind sicher Ellen und Pete.« Ich wende mich noch einmal zu meinem Freund und er schenkt mir dieses atemberaubende Lächeln.

»Mommy!« Danielle grapscht nach meinem Bein, deshalb nehme ich ihre Hand, damit wir zusammen zur Haustür gehen.

»Oh, da seid ihr ja!«, freut sich Ellen und umarmt mich stürmisch, bevor sie in die Hocke geht, um ihre Enkeltochter zu begrüßen. »Die junge Dame läuft richtig gut.« Danielle versteckt sich hinter meinen Beinen, weil sie ihre Großeltern schon so lange nicht gesehen hat, deshalb nehme ich sie auf den Arm.

»Ja, sie ist manchmal schneller, als ich blinzeln kann.« Ich wende mich zu Dannys Vater. »Hallo Pete, kommt rein.«

»Danke, Kay.« Er küsst meine Wange.

»Schatz, sagst du Hallo?«, frage ich leise und streiche durch ihre Haare, aber Danielle schweigt.

»Lass nur, Schätzchen. Wir haben Zeit.« Pete hängt seine Jacke auf und hilft seiner Frau aus ihrem Mantel. Danielle und ich gehen zurück in die Küche, wo Jake den Frühstückstisch gedeckt hat und sich mit einem Grinsen zu uns umdreht.

»Guten Morgen, es freut mich, Sie kennenzulernen«, sagt er und streckt förmlich seine Hand aus.

»Hallo Jake, es ist schön, dich endlich kennenzulernen.« Ellen umarmt ihn herzlich, und ich kann spüren, wie die Anspannung von ihm abfällt. Auch wenn er es nicht zugeben wollte, er hatte Panik vor diesem Treffen.

»Freut mich auch. Wie war der Flug?« Jake drückt ihr ein Küsschen auf die Wange.

»Ach, lang wie immer, aber ich habe viel geschlafen«, antwortet Ellen, mit einem Lächeln, während Jake auch Pete begrüßt.

»Möchtet ihr Kaffee?«, frage ich, nachdem ich Danielle in ihren Hochstuhl gesetzt und ihr ihren Trinkbecher gegeben habe.

»Sehr gerne.« Pete rückt für Ellen einen Stuhl zurück, damit sich beide an den Tisch setzen können. Ich stelle die Kaffeekanne in die Mitte und Jake holt die Brötchen aus dem Ofen. Als sein Handy klingelt, entschuldigt er sich und huscht aus dem Zimmer. Ellen reicht Danielle ihren Löffel.

»Guck!«, ruft meine Tochter, die jetzt auftaut, und Ellen ihren Teller mit Mickey und Donald-Motiv zeigt.

»Der ist sehr schön, Süße. Was möchtest du frühstücken?«

»Dass!« Aufgeregt zeigt sie auf die Schokoladencreme.

»Das ist eine gute Idee.« Pete greift nach einem Brötchen und seinem Messer, während Dani ihn eindringlich beobachtet und dabei mit ihrem Löffel auf den Plastikteller hämmert. Pete bestreicht eine Ecke mit Schokolade und schneidet sie für Danielle ab. »Hier, Schätzchen.«

Danielle nimmt das Brot an sich und leckt zuerst die Schokocreme ab, was Ellen zum Kichern bringt, weil Danny das auch immer gemacht hat. Ich spüre Petes Hand auf meiner und ich blicke in seine blauen Augen. *Dannys Augen.*

»Bist du glücklich, Kay?«, fragt er leise, gerade, als Jake zurück in die Küche kommt. Natürlich bemerkt er Petes Hand und deutet auf die Tür.

»Äh, soll ich ...«

Pete schüttelt den Kopf. »Ach was, nein. Setz dich zu uns, Junge. Ich habe Kayleen nur gefragt, ob sie glücklich ist.« Ich stelle meine Tasse ab und greife nach Jakes Hand.

»Ja, das bin ich.« Ich führe seine Hand an meine Lippen und platziere einen zärtlichen Kuss darauf. »Sehr«, füge ich hinzu.

»Ich auch«, antwortet Jake mit einem liebevollen Lächeln und drückt mir einen Kuss auf die Wange.

»Mommy! Jay! Kuss!«, ruft Danielle lautstark, wobei ihr Trinkbecher zu Boden purzelt. Nicht nur Jake war nervös, ich hatte auch Angst vor diesem Tag. Dem Tag, an dem Dannys Eltern meinen neuen Freund kennenlernen und ich meinen Beinahe-Schwiegereltern den Vielleicht-Ersatz-Daddy für Danielle vorstelle.

»Ihr passt toll zusammen, Kay«, sagt Ellen, als sie mir nach dem Frühstück in Danielles Zimmer gefolgt ist. Ich setze meine Tochter in ihr Bettchen, damit ich ihre Sachen aus dem Schrank holen kann. Sofort greift sie nach ihrem Äffchen, das Ellen und Pete ihr beim letzten Besuch mitgebracht hatten. »Und Jake ist sehr zuvorkommend«, meint Ellen jetzt.

»Ja, das ist er wirklich und er will uns beide.« Ich drehe mich wieder um und lege Danielles Klamotten auf den Wickeltisch. »Nicht nur mich.«

Ellen zieht mich in ihre Arme. »Das ist sehr schön, Kayleen. Du verdienst es, wieder glücklich zu sein.«

Wie so oft, wenn Ellen in der Nähe ist, steigen mir die Tränen in die Augen, deshalb löse ich mich aus ihrer herzlichen Umarmung und betrachte meinen nach innen gedrehten Verlobungsring.

»Warum nimmst du ihn nicht ab?«

»Ich weiß nicht, ob ich das kann. Jetzt, meine ich«, antworte ich mit einem Seufzen.

»Du hast mit Danny darüber gesprochen, oder?« Aufmunternd lächelt sie mich an.

»Ja, habe ich.«

Ellen greift nach meinen Fingern und dreht den Diamanten zurück nach oben. »Es ist Dannys Ring, Kay.« Sie tätschelt meine Hand. »Du bist jetzt mit Jake zusammen.«

Eine Träne rinnt über meine Wange. »Danny hat gesagt, ich könnte ihn irgendwann an Danielle weitergeben.«

»Das ist doch eine sehr schöne Idee«, antwortet sie liebevoll. Meine Tochter hat mittlerweile einen Schnuller gefunden und steckt ihn sich in den Mund. Mit einem tiefen Atemzug streife ich den Ring ab und betrachte ihn einen Augenblick.

»Ich lass dich einen Moment alleine.« Ellen schließt meine Hand um den Ring und nickt mir aufmunternd zu. Ich setze mich in den Schaukelstuhl und beobachte Danielle in ihrem Bettchen. Ob Danny jetzt hier ist? Hat er das Gespräch zwischen seiner Mutter und mir mitangehört? Ich öffne meine Hand. Der Diamant funkelt im Licht der Dezembersonne, die durch den Türspalt ins Zimmer scheint. Mein Finger fühlt sich nackt an. Zwei Jahre habe ich ihn getragen und nur abgelegt, wenn ich es wegen Danielle musste, aber Ellen hat recht. Ich bin jetzt mit Jake zusammen. Nach einem tiefen Atemzug stehe ich wieder auf und öffne die oberste Schublade in Danielles Sideboard. Mit Tränen in den Augen lege ich den Ring hinein und halte kurz die Luft an, bevor ich die Schublade schließe.

»Alles ok, Baby?« Jake lugt, mit einem zärtlichen Lächeln auf den Lippen, durch den Türspalt und ich wische mir schnell über die Augen. »Weinst du?« Er betritt das Zimmer und zieht mich in seine Arme.

»Warum jetzt?«, fragt er leise, nachdem er bemerkt hat, dass ich den Ring nicht mehr trage.

»Weil Ellen recht hat. Es ist Dannys Ring und ich bin jetzt mit dir zusammen.« Ich spüre sein Grinsen an meiner Schulter. Mit geschlossenen Augen atme ich seinen Duft ein und kuschele mich in seine Arme.

Kapitel Fünfzehn

Danny

Ich verlasse Danielles Zimmer zusammen mit meiner Mutter und linse in die Küche, wo Jake gerade die Spülmaschine einschaltet und sich dann zu meinem Vater umdreht. Gillian lehnt in der Ecke der Küche und ich ziehe sie in meine Arme. »Kay hat den Ring abgenommen.«

»Stört dich das?«, fragt sie leise.

»Nein, irgendwann musste sie es tun.« Ich atme ihren Duft ein. Jake verlässt nach einem Blick zu meiner Mutter die Küche, um zu Kayleen zu gehen, und Mum dreht sich zu Dad um.

»Er liebt sie sehr«, murmelt sie.

Dad nimmt ihre Hand. »Ja.«

»Lass uns gehen, Baby«, flüstere ich in Gillians Ohr, bevor ich nach ihrer Hand greife. »Wir kommen später wieder.«

Kayleen und Jake erreichen das Haus von Bob und Judy am Abend zur gleichen Zeit wie das Taxi von Mum und Dad. Mum umarmt Kayleen und nimmt Danielle auf den Arm.

»Komm her, Engelchen. Hast du Hunger mitgebracht? Ich habe gehört, deine Oma Judy kann ganz wunderbaren Kuchen backen.«

»Ja!« Danielle nickt überschwänglich, lutscht aber weiter auf ihrem Butterkeks. Jake nimmt die Tasche aus dem Kofferraum und tritt neben Kayleen auf den Gehweg.

»Lasst uns reingehen, es ist furchtbar kalt«, sagt Kayleen, als sie sich zur Haustür umdreht. Mum und Dad folgen ihr, genau wie Jake, Gillian und ich.

»Ich hatte schon lange kein richtiges Familienessen am Weihnachtsabend mehr«, murmelt Gillian neben mir.

»Warum nicht? Was hat Jake in den letzten Jahren gemacht?« Gillian legt den Kopf schief. »Ok, sag es nicht«, grinse ich schließlich und sie kichert.

»Kommen Sam um Shane auch?«, will Gillian wissen, als alle im Flur begrüßt werden und ihre Jacken aufhängen.

»Nein, sie sind gestern nach Schottland zu Sams Eltern geflogen.«

Gillian huscht an mir vorbei ins Wohnzimmer. »Hier riecht es total lecker nach Keksen und Zimt, bei uns zu Hause gab es Weihnachten frisch gepflückte Orangen aus dem Garten.«

Ich werfe einen Blick zu meinen Eltern. »Bei uns auch.«

Gillian betrachtet die Bilder auf dem Sideboard und an der Wand. Der Weihnachtsbaum leuchtet in Gold und Silber und im Hintergrund läuft leise Musik.

»Wann bist du eigentlich Jakes Schutzengel geworden?«, frage ich, während ich die Familie am Tisch beobachte. Jake hat Danielle in den Hochstuhl gesetzt und lehnt sich zu Kayleen, um ihr einen Kuss auf die Wange zu geben, bevor er sich neben sie setzt. Sie schenkt ihm ein liebevolles Lächeln. Ihr Blick fällt kurz auf ihre linke

Hand und den leeren Ringfinger, bevor sie sich wieder Danielle widmet, die angefangen hat, mit ihrem Plastiklöffel auf den Tisch zu klopfen.

»Als er geboren wurde«, antwortet Gillian, ohne sich von der Wand mit den vielen Babybildern von Danielle abzuwenden.

»Wirklich? Ich meine, Alex hat mir gesagt, dass er am Tag von Pats Geburt sein Schutzengel geworden ist, aber Alan meinte doch, dass die Menschen ihren Schutzengel ansehen.«

Gillian tritt wieder zu mir. »Wer sagt denn, dass Babys ihren Schutzengel nicht ansehen, Danny?«

»Jake hat dich angesehen?«

Sie grinst. »Nein, ich glaube, es war seine Mutter. Sie war so überfordert und ängstlich, dass sie mehr als nur ein Stoßgebet zum Himmel geschickt hat, jemand möge ihr helfen. Ich habe das kleine zerknitterte Baby in ihren Armen betrachtet und wusste, dass ich das sein werde.«

Ich beobachte Jake neben Kayleen. »Da hat er verdammt viel Glück gehabt.«

Lachend lässt sich Gillian auf die Couch fallen, bevor sie ihre Finger in die Keksdose steckt, um Judys Weihnachtsplätzchen zu probieren.

Nach dem Abendessen bei Bob und Judy fahren Kayleen und Jake zurück nach Hause und Mum und Dad in ihr Hotel.

»Ich möchte mit meiner Mutter reden«, murmele ich, als wir unsere Cafeteria erreichen.

»Und zu Laura willst du auch, oder?«

»Erst später. Sie wird mit ihrem Freund schon heute Abend die Geschenke austauschen, weil das in Deutschland so üblich ist.«

»Ach echt? Das wusste ich gar nicht.«

»Du kannst ja mitkommen, wenn du willst.«

»Gerne, ich warte hier.« Ich lehne mich zu ihr und drücke ihr einen Kuss auf die Wange.

»Bis später, Baby.«

Im Traum meiner Mutter betrete ich das Hotelzimmer, als sie gerade aus dem Bad kommt und sich die Hände eincremt.

»Danny! Wie schön.«

»Hi Mum.« Ich küsse ihre Wange und sie greift nach meinen Händen, so, wie immer, wenn ich sie im Traum besuche, als fürchte sie, es könnte das letzte Mal sein. Der Duft von Rosen steigt mir in die Nase. »Wie geht es dir?«

»Gut. London ist wunderschön im Schnee. Wir waren heute Nachmittag im Park spazieren.«

»Und das Abendessen?«

»Ach herrje, Judy hat sich selbst übertroffen. Es ist unglaublich, was diese Frau kochen kann.«

»Hm, und backen.«

Mum grinst. »Oh ja, die Vanillekekse waren toll, oder?«

»Ich mag die mit Schokolade.«

Jetzt lacht sie. »So wie Danielle.«

Ich zucke mit den Schultern. »Meine Tochter eben.«

»Ja, das ist sie wirklich.« Mum berührt meine Wange. »Du weißt sicher schon, dass Kayleen deinen Ring abgelegt hat, oder?«

»Ich war dabei.«

»Und wie geht es dir damit?«

»Es ist richtig so. Es ist so, wie du gesagt hast, Kayleen ist mit Jake zusammen und sie ist glücklich.«

Meine Mutter nickt. »Er liebt sie wirklich.«

»Das will ich ihm auch raten.«

Nachdem ich Gillian abgeholt habe, erreichen wir ein halbdunkles Hotelzimmer, in dem Laura und ihr Freund Geschenke austauschen. Gillian und ich warten im Hintergrund. Laura hat ein gerahmtes Bild von ihnen und Theaterkarten für einen Comedy-Club in Manhattan besorgt, während er ihr zuerst die Geschenke ihrer Familie weiterreicht und ihr schließlich eine kleine Schmuckschatulle gibt. Laura strahlt, aber in ihrem Kopf rasen die Gedanken.

»Oh je«, murmelt Gillian neben mir. »Ist es das, was ich denke?«

»Keine Ahnung.« Ich beobachte meinen Schützling, die genau das Gleiche denkt wie Gillian, deshalb stoße ich mich von der Wand ab und setze mich neben Laura.

»Würdest du Ja sagen, wenn er dich jetzt fragt, seine Frau zu werden?« Laura blickt wieder zu der Schatulle und löst mit zittrigen Händen die Schleife, allerdings ist die Box leer, deshalb macht sie vor Schreck den Deckel wieder zu. *Oh Gott, er wird mich wirklich fragen, so wie in dem Film.* Mit weit aufgerissenen Augen starrt sie ihren Freund an.

»Was?«, fragt der junge Deutsche irritiert.

»Es …« Sie schluckt. »Es ist nichts drin.«

»Wie meinst du das? Nichts drin?«

Sie öffnet die Schatulle erneut, um sich davon zu überzeugen, dass sie tatsächlich leer ist, und dreht sie schließlich zu ihm um.

»Was?!« Er steht entsetzt auf. Kein Heiratsantrag also. Ich blicke zu Gillian, die jetzt über seine Schulter lugt, während ich mich wieder zu meinem Schützling wende. Ein bisschen hatte sie damit gerechnet, es vielleicht sogar gehofft. Mit einem Seufzen reicht Laura ihm die Schatulle.

»Das gibt's ja nicht!«, schimpft er und springt wütend auf.

Laura sieht ihn überrascht an. »Das ist kein Scherz, oder?« Sie klingt ehrlich enttäuscht, deshalb zieht er sie liebevoll in seine Arme.

»Oh nein, es tut mir so leid, ich hatte den Hund dabei, als ich einkaufen war, und die Verkäuferin war so verliebt in sie, dass sie bestimmt vergessen hat, die Ohrringe einzupacken.« Er küsst sie zärtlich. »Es tut mir leid.«

Jetzt atmet Laura erleichtert auf. »Und ich dachte, es wäre wie in dem Film, den ich letzten Monat gesehen habe«, haucht Laura, während sie sich in seine Arme schmiegt und sich mit einem Lächeln auf den Lippen die Tränen aus den Augen wischt.

Er streichelt über ihren Rücken und küsst ihre Wange. »Welcher Film?« Lauras Wangen färben sich dunkel.

»Na ja, in dem Film, bekommt die Frau ein Geschenk von ihrem Freund. Darin war eine kleinere Kiste, in der auch eine Kiste war. Das ging so lange weiter, bis sie schließlich eine leere Schmuckschatulle gefunden hat.«

Ihr Freund streichelt über ihre Wange. »Es tut mir wirklich leid.«

»Im Film hatte er sich in einer Ecke des Zimmers versteckt und gewartet, bis sie sich umdreht, um ihr dann den Ring zu zeigen und zu sagen, dass sie ihn erst bekommt, wenn sie Ja sagt.« Er umarmt sie wieder und verschließt ihre Lippen mit einem zärtlichen Kuss.

Gillian nimmt meine Hand und zieht mich mit sich. »Lass uns gehen, Danny.«

Kapitel Sechzehn

Kayleen

»Puh, das war der Wahnsinn.« Jake lässt sich auf die Couch sinken und lehnt seinen Kopf nach hinten. »Ein Weihnachtsessen mit der Familie ist gar nicht so übel.«

Ich drehe mich mit zwei Gläsern Wein zu ihm um. »Warum sprichst du nie über deine Familie?«

»Es ist kompliziert.«

»Warum? Wie ist Weihnachten bei Familie McTavish?«, frage ich, nachdem ich ihm sein Glas gegeben und mich neben ihn gesetzt habe. Jake nippt an seinem Wein.

»Na ja, zuallererst sind wir ein ziemlich verlogener Haufen.«

»Das klingt nicht sehr nett.« Über den Rand meines Glases beobachte ich ihn und sehe die Traurigkeit in seinen Augen. Irgendetwas Schlimmes ist passiert. Ich kenne das, ich habe mich auch ständig mit meiner Mutter gestritten. Sie hat Danny immer schlecht gemacht und hätte ihn am liebsten gefeuert. Am Tag nach dem Unfall hat sie mir sogar eine Affäre mit Marc unterstellt. Ich schlucke hart und nippe an meinem Wein.

»Wir haben alle eine komplizierte Familiengeschichte«, antworte ich schließlich. »Ich bin das Ergebnis einer Affäre zwischen Chef und Sekretärin, schon vergessen. Mein Dad ist auch nicht ohne.«

Jake nimmt meine Hand. »Bob hat eben nichts anbrennen lassen, wahrscheinlich war er einsam in Deutschland.«

»Ja, sicher. Ich will gar nicht wissen, wie viele Frauen er in London hatte, während er in Irland eine Affäre mit Judy und in Deutschland eine mit meiner Mutter hatte.«

»Deine Mutter hat er geheiratet.«

»Das stimmt, allerdings nur, weil Judy schon verheiratet war.«

»Kann sein, aber du hast immer von Shane und Judy gewusst. Du hattest einen Bruder.«

»Und du hast fünf Brüder.«

Er schüttelt den Kopf. »Nein, drei. Zwei Schwestern.« Er verzieht die Mundwinkel zu einem gequälten Grinsen. »Hatte ich zumindest.«

Erschrocken sehe ich ihn an. »Warum hattest? Was ist passiert?«

»Sie haben mich belogen.« Wieder nippt er an seinem Glas und wirkt auf einmal ganz weit weg.

»Möchtest du mir davon erzählen?«

»Nein.« Er lehnt sich nach vorne, um sein Glas abzustellen, und nimmt meine Hand in seine. »Nicht jetzt, Baby. Stattdessen möchte ich, dass Weihnachten so aufhört, wie es angefangen hat.«

»Ach ja und wie?«

Ruckartig zieht er mich auf seinen Schoß und lässt seine Hände über meinen Rücken zu meinem Po und unter meinem Shirt zum Verschluss meines BHs wandern.

»Ich zeig's dir.« Damit steht er auf und trägt mich ins Schlafzimmer.

»Mommy!«, ruft Danielle am nächsten Morgen lautstark und ich drehe mich in Jakes Armen um. Es ist noch dunkel draußen. »Mommy!«, tönt Danielles Stimme erneut.

Jake linst auf die Uhr. »Halb fünf.«

Grinsend lehne ich mich zu ihm und drücke ihm einen zärtlichen Kuss auf die Lippen. »Schlaf weiter.«

Ich rutsche aus dem Bett und ziehe mir meinen Slip und ein Shirt an, bevor ich aus dem Schlafzimmer schleiche, um nachzusehen, warum meine Tochter vor dem Weihnachtsmann aufstehen will. In ihrem Zimmer sitzt sie mit Tränen in den Augen im Bett.

»Mommy!«

»Was ist denn los, mein Schatz, warum bist du schon wach?« Ich schalte das Babyfone aus, damit wir Jake nicht stören, und hebe sie aus dem Bett. Danielle kuschelt sich in meine Arme und schließt wieder die Augen. »Hast du etwas Schlimmes geträumt?« Ich reiche ihr einen Schnuller und trage sie zum Wickeltisch, damit ich ihre Windel wechseln kann, aber Danielle klammert sich so fest an meinem Hals, dass ich sie nicht ablegen kann. »Ok, dann gehen wir ein bisschen ins Wohnzimmer, oder?« Ich knipse das Nachtlicht aus und trete auf den Flur. »Sollen wir einen Tee machen, Süße?«

»Ja«, nuschelt sie mit ihrem Schnuller zwischen den Lippen.

In der Küche schalte ich das Licht an und schließe die Tür. Mit einer Hand fülle ich den Wasserkocher und stelle ihn an. Danielle klammert sich fest an mich, deshalb nehme ich ihr Fläschchen und einen Teebeutel aus dem Schrank. Bis das Wasser kocht, gehe ich mit ihr auf und ab, so, wie ich es gemacht habe, als sie klein war. Jetzt ist sie schon ein Jahr alt und hatte wahrscheinlich ihren ersten richtigen Albtraum. Ich streiche über ihren Rücken und fülle das Fläschchen nur zur Hälfte, bevor ich mit kaltem Wasser aufgieße. Draußen hat es wieder angefangen zu schneien. Ich nehme den Teebeutel aus ihrem Fläschchen und prüfe die Temperatur, bevor ich den Deckel zuschraube.

»Hier, Schatz.«

Danielle rührt sich nicht, deshalb gehen wir nach nebenan ins Wohnzimmer. Unsere Weingläser stehen noch auf dem Tisch und ich muss daran denken, dass Jake nicht mit mir über seine Familie sprechen wollte. Ich reiche Danielle das Fläschchen und sie nimmt ihren Schnuller aus dem Mund, bevor sie anfängt zu trinken. Während ich zärtlich ihr Gesicht streichle, beobachte ich meine Tochter, wie sie sich zurücklehnt und die Augen schließt. Eine gute Tasse Tee vertreibt alle bösen Geister, hat Zulu in Afrika immer gesagt und ich glaube, sie hatte recht. Wahrscheinlich war Danny heute nicht bei Danielle im Zimmer und konnte sie nicht beruhigen, deshalb hat sie nach mir gerufen.

Mit einer Hand greife ich nach einer Decke, um uns zuzudecken. Ich lausche dem gluckernden Geräusch, wie Danielle Luft holt, dann wieder das gleichmäßige Saugen. Irgendwann rutscht ihr das Fläschchen aus der Hand und sie ist eingeschlafen. Ich stelle es auf den Tisch, bevor ich mich bequemer hinsetze und ebenfalls die Augen schließe.

In meinem Traum drehe ich mich in der Küche um, als Danny in der Tür auftaucht.

»Ich hatte gehofft, dass du vorbeikommst«, sage ich, während ich die Arbeitsfläche abwische und mir dann die Hände abtrockne.

»Es tut mir leid, ich war in New York.«

»Bei deinem Schützling?«

»Ja, sie dachte, dass sie heute einen Heiratsantrag bekommt.«

»Und hat sie nicht?«

»Nein, es war ein Versehen, die Box mit den Ohrringen war leer.«

»Oh je, die Arme.«

Danny nickt. »Ihr Freund hat ein furchtbar schlechtes Gewissen und wird sofort nach den Feiertagen in Deutschland beim Juwelier anrufen.«

»Und du warst bei ihr, um ihr beizustehen?«

Er nickt stolz. »Ja, um ihre Nerven zu beruhigen.«

»Du bist sicher gut in deinem Job.« Ich hänge mein Küchenhandtuch über den Heizkörper. »Ich habe Brötchen gebacken. Deine Eltern kommen zum Frühstück.«

»Ich weiß.« Er lugt an mir vorbei Richtung Kuchenglocke. »Was ist da drin?«

»Schokoladenkuchen.«

Das breite Grinsen auf seinem Gesicht lässt ihn jugendlich aussehen. Und sexy. Ich schlucke. »Danielle hatte einen Albtraum.«

»Tut mir leid, dass ich nicht da war.«

»Das muss es nicht, sie muss sich daran gewöhnen, dass du nicht immer bei ihr sein kannst.« Ich reiche ihm ein Stück von dem Kuchen und mein Blick fällt auf meinen nackten Ringfinger. »Hier probier' mal.«

»Lecker«, nuschelt er mit vollem Mund. »Da sind Schokoladenstückchen drin.«

»Ja, Judy hat mir gesagt, wie ich es machen soll, damit sie nicht schmelzen.«

»Super.« Er grinst wieder und wischt sich mit dem Handrücken über die Lippen.

»Was machst du sonst, wenn du nicht bei deinem Schützling bist?«, frage ich, als ich ihm ein Handtuch für seine Finger reiche.

»Ich war bei Marc zum Surfen. Die Bretter sind echt gut.«

»Du hast sie gekauft, Danny. Es sind deine«, antworte ich grinsend.

»Er erlaubt niemandem sonst, sie zu benutzen.«

»Das sieht deinem Bruder ähnlich, meinst du, ich darf sie ausprobieren, wenn wir irgendwann in Afrika sind?«

»Na klar, das werde ich ihm schon verklickern.« Danny grinst. »Wirst du zur Hochzeit nach Kapstadt fliegen?«

»Erst mal müssen wir abwarten, wann es Johanna wieder besser geht.«

»Kommt Jake auch mit? Mum findet ihn toll.«

Ich boxe ihm gegen den Arm, doch Danny weicht aus und nimmt meine Hand. »Weißt du, Kay, ich mochte ihn am Anfang nicht. Gil und Alan haben mir immer gesagt, dass er nett ist und er sich wirklich in dich verliebt hat, aber ich wollte dich für mich alleine haben.«

Ich schlucke und blicke in seine blauen Augen. Danielles Augen.

»Ich glaube, das will Jake auch.« Ich atme tief durch. »Also mich für sich alleine, meine ich.«

Danny nickt und hebt meine Hand, die mir ohne seinen Ring schrecklich leer und fremd vorkommt. »Es war richtig, den Ring abzunehmen, Baby.«

Verlegen senke ich den Blick. »Trotzdem fühlt es sich komisch an.«

Mit einer Hand unter meinem Kinn hebt er mein Gesicht an, damit ich ihn wieder ansehe.

»Jake liebt dich.«

Ich starre ihn an. Danny hätte nie zugegeben, dass ein anderer Mann mich liebt. Danny hätte ... Ich schüttle den Kopf über diesen Gedanken. Danny ist tot. Das hier ist ein Traum. Trotzdem wische ich mir die Tränen aus den Augen.

»Besuchst du ihn auch? Also Jake, meine ich.«

Danny schüttelt den Kopf. »Nein, zumindest nicht so, aber ich kenne seinen ...«

Plötzlich lässt er meine Hand los und betrachtet ertappt seine Füße. Bestimmt hätte er das nicht sagen dürfen und diese Gillian wird ihn wieder schlagen, weil er sich verplappert hat.

»Du kennst seinen Schutzengel?«, frage ich, ohne ihn aus den Augen zu lassen. Er verzieht die Mundwinkel. »Danny?«, frage ich wieder. »Kennst du unsere Schutzengel? Oder den von Jake?«

Jetzt sieht er mich wieder an und nickt. »Ja.«

Ich muss grinsen und wische mir eine letzte Träne aus den Augen. Danny angelt nach einem weiteren Stück Schokoladenkuchen, weil er nicht weiter darauf eingehen will.

»Lass das! Der ist für deine Eltern!«, schimpfe ich, aber Danny leckt sich schon die Finger ab.

»Hm, Mum wird es sicher verstehen.«

Ich verdrehe die Augen und Danny lehnt sich zu mir, um mir einen Kuss auf die Wange zu geben. »Gib den an Mum weiter und sag ihr, dass ich sie bald wieder besuche.«

»Du gehst schon?«, frage ich, weil ich mir jedes Mal wünsche, dass diese Träume ewig dauern und Danny weiter den Kuchen nascht, dabei aussieht wie ein kleiner Junge. Ich will, dass er ...

»Du wirst bald aufwachen, Kay.« Er drückt mir noch einen Kuss auf die andere Wange. »Der ist für dich. Frohe Weihnachten.«

Kapitel Siebzehn

Jake

Es ist noch dunkel draußen und nur die kleine Stehlampe in der Ecke wirft warmes Licht auf Kayleen und Danielle, die in einer engen Umarmung auf der Couch liegen. Danielle streichelt die Wange ihrer Mutter und Kayleen hat ein wunderschönes Lächeln auf den Lippen. Ob das so ein Traum ist, von dem Shane mir erzählt hat? Spricht sie gerade mit Danny?

Als Danielle mich entdeckt, strahlt sie von einem Ohr zum anderen und fängt an zu zappeln, deshalb lege ich den Zeigefinger an meine Lippen.

»Warte, Süße, langsam. Lass deine Mommy schlafen«, flüstere ich und löse Kayleens Arm um ihre Tochter.

»Hm, guten Morgen«, murmelt sie verschlafen, während sie sich mit sexy verstrubbelten Haaren aufsetzt und sich die Augen reibt.

»Na, hast du etwas Schönes geträumt?«, frage ich leise, als ich mich mit Danielle auf dem Schoß neben sie setze und mich zu ihr lehne, damit ich sie küssen kann.

Sie lächelt. »Ja, ich denke schon.«

»Hattest du Besuch?«, frage ich leise, weil ich einfach wissen muss, was an dieser Traumsache dran ist.

»Was? Wie? Du …« Unsicher bricht sie ab, deshalb hebe ich meine Hand und streiche zärtlich über ihre Wange.

»Shane hat mir davon erzählt.«

Kayleens Augen weiten sich ungläubig. »Wann?«

Ich nehme ihre Hand. »Als ich dich zum ersten Mal geküsst habe und nicht wusste, ob ich damit alles zerstört habe.«

»Was hat mein Bruder noch erzählt?«, fragt Kayleen.

»Nur, dass Danny dich besucht und Shane dir zuerst nicht glauben wollte.«

»Danny ist Schutzengel«, murmelt sie.

»Wirklich?« Das klingt noch unglaublicher als die Traumsache. Wir reden hier über einen Toten, so, als wäre er immer noch da. Aber für Kayleen und Marc ist er genau das. Er ist da. Ich blicke zu Danielle, die jetzt ihr Äffchen betrachtet, als hätte sie es ewig nicht gesehen.

»Na ja, er hat es mir verbotenerweise gesagt. Er verplappert sich manchmal und dann …« Mit einem verlegenen Grinsen und glühenden Wangen bricht sie ab. »Du glaubst mir nicht.«

»Doch, ich finde es toll, dass dein Danny eine Möglichkeit hat, euch zu besuchen und dass du mit ihm sprechen kannst. Shane hat gesagt, dass Danny dich sogar dazu ermutigt hat, dich auf mich einzulassen, dafür bewundere ich ihn, denn ich könnte das wahrscheinlich nicht.«

Aus ihrem Grinsen wird ein glückliches Lächeln. »Es ist komisch.«

»Was?«

»Du wusstest die ganze Zeit Bescheid und hast keinen Ton gesagt.«

»Ich habe lange überlegt, ob ich dich danach fragen soll.«

»Warum hast du nicht?«

Ich zucke mit den Schultern. »Keine Ahnung, vielleicht hatte ich Angst, dass du mir nicht davon erzählst und ich eifersüchtig auf einen Geist sein muss.«

Sie sieht mich an. »Bist du das denn?«

»Eifersüchtig? Na klar, ich teile ungern und ich glaube, er hat dir gerade im Traum einen Kuss gegeben.«

Mit einer Hand berührt sie ihre Wange. »Ja, er hat gesagt, ich soll ihn an seine Mum weitergeben.«

»Na dann ist ja gut.« Ich ziehe sie in meine Arme. »Was hat Danny noch gesagt?«

Kayleen kichert. »Er kennt unsere Schutzengel.«

Diese Unterhaltung klingt total verrückt. »Mit deinem Schutzengel scheint er öfter zusammen zu sein. Vielleicht ist es diese Gillian? Seine neue Freundin.«

»Er hat 'ne Freundin?« Skeptisch runzele ich die Stirn. »Dannys Freundin ist mein Schutzengel?«

Kayleen zuckt kichernd mit den Schultern. »Keine Ahnung. Vielleicht hat er sie kennengelernt, weil du so oft in meiner Nähe bist.«

»Irgendwie komisch, oder?«

»Warum?«

»Na ja, dann kenne ich den Namen meines Schutzengels und weiß genau, wen ich rufen muss, wenn ich in Schwierigkeiten bin?«

»Wenn sie wirklich dein Schutzengel ist, ist sie immer da.«

Ich beuge mich zu ihr, bis meine Lippen fast auf ihren liegen. »Das hoffe ich.« Kayleen kuschelt sich in meine Arme und verschließe ihren Mund mit meinem. Nie mehr werde ich sie loslassen. Nie ist eine lange Zeit, hat sie gesagt und damit hat sie recht, aber ich werde die Zeit, die wir zusammen haben, ausnutzen. Solange sie eben dauert.

Während Kayleen unter der Dusche ist und ich im Wohnzimmer auf Danielle aufpasse, klingelt mein Handy, nach einem Blick aufs Display will ich am liebsten nicht drangehen, nehme den Anruf aber schließlich an.

»Hi Jason.«

»Jake! Frohe Weihnachten.«

»Danke, dir auch. Was willst du?«

»Oh, doch so gut gelaunt. Ich wollte fragen, ob du zu Mums Geburtstag kommst, du hast noch nicht auf die Einladung geantwortet.«

»Ich hab keine Lust«, brumme ich genervt. Danielle reicht mir einen dunkelblauen Bauklotz, deshalb stelle ich ihn neben den roten.

»Es ist ihr Geburtstag, Jake. Sie ist …«

»Sie ist nicht meine Mutter«, unterbreche ich ihn etwas lauter, worauf Danielle mich erschrocken ansieht, deshalb streiche ich zärtlich durch ihre blonden Haare.

Jason seufzt. »Jules wird auch da sein.«

Ich verdrehe die Augen. »Noch schlimmer.«

»Jake, warum bist du so stur. Mum hat dich aufgezogen wie ihren eigenen Sohn. Du bist ihr Sohn! Du solltest zu ihrem Geburtstag kommen.«

»Sie hat mich angelogen.« Damit ich ihn nicht anschreie, stehe ich auf und atme tief durch. »Ihr habt mich alle angelogen!«

»Wir wussten es nicht«, beharrt er. »Du bist unser Bruder.«

»Du hast es gewusst und deshalb bin ich nicht euer Bruder.« Jahrelang bin ich mit dem Wissen aufgewachsen, fünf ältere Geschwister zu haben, und nur durch einen dummen Zufall fiel dieses Kartenhaus aus Lügen zusammen. Jetzt habe nichts mehr.

»Doch das bist du«, versichert Jason eindringlich. »Ich werde nie dein Onkel sein, Jake. Für mich bist du immer die kleine Nervensäge, die von Mum alles bekommen hat, während wir immer Rechenschaft ablegen mussten. Dir hat sie alles durchgehen lassen. Sie hat sich wegen dir sogar mit Dad gestritten.«

Kayleen betritt mit nassen Haaren das Wohnzimmer und sieht mich kurz verwundert an, bevor sie sich zu Danielle auf den Boden kniet. Das hier sollte unser erstes gemeinsames Familien-Weihnachten sein. Ellen und Pete kommen zum Frühstück und danach packen wir die Geschenke aus. Stattdessen habe ich meinen Bruder ... Onkel an der Strippe, der versucht, mich zu einem Besuch in Dublin zu überreden. Einem Besuch, bei meiner Mutter ... Großmutter. *Ach scheiße.* Einem Besuch, bei dem ich die verlogene Bande wiedersehen werde. Seufzend streiche ich mir durch die Haare. Ich will nicht nach Dublin.

»Jake, bist du noch da?« Jason ist genauso hartnäckig wie der Rest der Familie. Er wird nicht aufgeben.

»Ich hab trotzdem keine Lust.«

»Vielleicht wäre es eine gute Gelegenheit, mit Jules zu reden?«, fragt Jason jetzt.

»Worüber denn, dass sie mich nicht wollte!«

»Du bist ungerecht, Jake. Sie war dreizehn!«

»Ja, Mann, das weiß ich!« Wütend springe ich auf und verlasse das Zimmer, weil ich nicht will, dass Kayleen oder Danielle mich so zornig erleben. Sie weiß nichts von meinen Familienschwierigkeiten, aber sie hat ein ähnlich angespanntes Verhältnis zu ihrer Mutter. Sie musste ihren Vater immer mit Shane und Judy teilen und hat ihn nach der Trennung ihrer Eltern verloren. Ich hatte immer einen Vater, obwohl er eigentlich mein Großvater war. Meine Mutter ... Großmutter. *Verdammt.*

Ich betrete die Küche. »Ich muss darüber nachdenken, Jason«, brumme ich schließlich. »Ich ruf' dich an.«

Ich stütze beide Hände auf einer Stuhllehne ab und schließe kurz die Augen, bevor ich mich wieder umdrehe und zurück ins Wohnzimmer trotte. Zwischen Kayleen und Danielle legen verschiedene Holzpuzzleteile und Danielle hat ihre kleine Zunge angestrengt in den Mundwinkel gesteckt.

»Alles ok?«, fragt Kayleen leise.

Ich lege das Handy auf den Tisch. »Sie wollen, dass ich nach Dublin komme.«

»Deine Familie?«

Ächzend lasse ich mich auf die Couch fallen. »Ja.«

»Was ist so schlimm an Dublin?« Kayleen steht auf und setzt sich neben mich.

»Eigentlich nichts.« Ich stütze meinen Kopf auf beiden Händen ab und massiere mir die Schläfen. Danielle freut sich, weil sie ein Puzzleteil an die richtige Stelle gesetzt hat.

»Jay. Guck!«, ruft sie freudig. Ich schenke ihr ein müdes Lächeln und Kayleen berührt meinen Arm.

»Möchtest du mir sagen, was mit deiner Familie vorgefallen ist?«

Danielle zeigt mir eines ihrer Puzzleteile. »Was ist damit, Süße? Passt es nicht?«

Sie linst zu ihrem Puzzle und wieder zu mir. »Jay!«

Kayleen beugt sich zu ihr und zeigt auf die freie Stelle. »Versuch's mal hier, Dani.« Danielle drückt das Teil hinein und fängt an zu lachen, weil es tatsächlich passt. Kayleen reicht ihr ein weiteres. »Probier' das hier.« Ich beobachte meine Freundin mit ihrer Tochter. Danielle schafft es, noch ein Teil zu legen, und strahlt ihre Mutter freudig an. »Sehr gut, Schatz.« Danielle widmet sich wieder ihrem Puzzle, nimmt ein gesetztes Teil heraus, legt es daneben und nimmt ein falsches in die Hand.

»Sie ist nicht meine Mutter«, hauche ich, deshalb dreht sich Kayleen zu mir um.

»Wer?«

»Die Frau, bei der ich aufgewachsen bin.«

»Und das hast du nicht gewusst? Bist du deshalb so sauer auf deine Familie?«

»Sie haben mich angelogen.«

»Warum?«

»Eigentlich ist sie meine Großmutter.« Ich stütze wieder meinen Kopf in den Händen ab. »Ach verdammt, es ist alles so verflucht kompliziert.« Hastig stehe ich auf und stapfe zum Fenster. Es schneit und wir werden nachher bestimmt viel Spaß mit Danielle haben.

Ich spüre Kayleens Hand an meinem Arm, deshalb drehe ich mich zu ihr um. Ich muss es ihr sagen. Alles. Sie wird wissen, was ich machen soll. Kayleen hat bisher immer einen Weg gefunden. Sie ist eine starke und mutige Frau, die als Teenager alleine nach Afrika ausgewandert und dann alleine mit einem ungeborenen Baby nach London zurückgekehrt ist. Aber wo fange ich an? Ich verstehe meine komplizierte Familiengeschichte schließlich selbst nicht. Seufzend blicke ich in ihre dunklen Augen, sie lächelt zärtlich und drückt meine Hand.

»So schlimm?«

»Schlimmer«, stoße ich gepresst hervor.

»Was hast du damit gemeint, dass deine Mutter eigentlich deine Großmutter ist?«, fragt sie leise. Ich schlucke.

»Ich bin in dem Wissen aufgewachsen, fünf ältere Geschwister zu haben. Mein Vater hatte einen kleinen Pub im Dorf und es war immer was los. Ich war das Nesthäkchen, aber ich habe mich nie gewundert, warum meine Geschwister alle mindestens zehn Jahre älter sind als ich. Ich durfte alles und meine Schwester Jules hat mich behütet wie ...« Ich breche ab.

Kayleen legt den Kopf schief. »Wie ihr eigenes Kind?«

Ich verziehe die Mundwinkel. »Ja.«

Sie streichelt über meine Hand. »Was ist passiert?«

»Beim vierzigsten Geburtstag meiner ... von Jules, habe ich einen Streit mit angehört.«

»Ist Jules deine Schwester?«

Ich schüttle den Kopf. »Bis dahin dachte ich das, aber in Wahrheit ist sie meine Mutter. Sie wurde vergewaltigt, als sie dreizehn war, und ich bin das Ergebnis.«

Ihre Lippen formen ein erschrockenes O, aber sie drückt meine Hand, um mir Halt zu geben.

»Sie hat nicht gewusst, dass sie schwanger ist, bis es zu spät war ... na ja, meine Mum ... nein, ihre Mum hat ihr gesagt, dass sie das gemeinsam schaffen werden. Sie hat mich aufgenommen und behauptet, ich wäre ein Nachzügler. Ein Unfall, von dem niemand etwas mitbekommen hat. Jeder im Viertel hat es geglaubt, niemand hat die harmonische Beziehung meiner ... ach egal. Auch die anderen Kinder hatten keine Ahnung. Nur Jules wusste Bescheid.«

»Und dein Vater ... äh Großvater?«

»Ich habe keine Ahnung, ob er die Wahrheit kannte. Aber selbst wenn, ich war immer sein Sohn.«

Kayleen nickt. »Und was hast du gemacht, als du es erfahren hast?«

»Ich habe meinem Bruder ... Onkel, ach, was weiß denn ich. Ich hab Jason eine verpasst und mich volllaufen lassen.« Ich ziehe sie an mich und drücke meine Nase in ihre feuchten Haare. Kayleen legt ihre Arme um mich.

»Und jetzt wollen sie, dass du kommst?«, fragt sie leise. Draußen fährt ein Taxi vor und es sind Stimmen zu hören.

»Ja, meine Mutter, also meine Großmutter, feiert ihren fünfundsechzigsten Geburtstag und Jules wird auch da sein. Sie will mit mir reden.«

Ihre Hand an meiner Wange zwingt mich, sie anzusehen. »Es wird nicht einfacher, wenn du dich davor drückst. «

»Ich weiß.«

»Wir haben alle eine komplizierte Familiengeschichte, das habe ich dir gestern schon gesagt.« Sie grinst. »Trotzdem ist Familie das Einzige, was immer bleibt.«

»Ich hab dich.« Über ihren Kopf hinweg linse ich zu Danielle, die ihr Puzzle wieder auseinandergenommen hat und von vorne anfängt. »Und Dani.«

»Wann ist der Geburtstag?«, fragt Kayleen.

»Am 10. Januar.«

»Dann hast du noch etwas Zeit, aber ich denke, du solltest wirklich mit deiner Mutter reden. Ich bin mir sicher, dass ihr alles sehr leidtut.«

»Für mich ist sie Jules.«

»Das wird sie bestimmt verstehen.« Kayleen streichelt über meine Wange. »Für ein dreizehnjähriges Mädchen war es sicher nicht leicht, ein Kind zu bekommen, von dem sie nichts wusste, und außerdem ihrer Mutter die Vergewaltigung zu beichten. Jules kann froh sein, dass deine ... ähm ihre Mutter so reagiert hat und ihr dadurch beide die Chance auf eine normale Kindheit hattet.« Sie blickt in meine Augen. »Du und Jules hattet Glück, Jake.«

In meiner Wut habe ich diese Sichtweise immer ignoriert. Jules war ein Kind. Irgendein Wichser hat sie auf dem Nachhauseweg überfallen und sich an ihr vergangen. Sie wurde schwanger, ohne es zu wissen, trotzdem hat sie mich nicht gehasst. Sie war immer die große Schwester, mit der ich mich am besten verstanden habe. Sie war immer für mich da, hat jeden Blödsinn gedeckt und mich beschützt. Jetzt weiß ich, warum.

»Komm her, Baby.« Ich ziehe sie wieder an mich. »Danke.«

Kayleen kuschelt sich in meine Arme. »Wofür denn?«

»Dafür, dass du bei mir bist.« Zärtlich küsse ich ihre Wange. »Dafür, dass du mir beistehst.«

Sie wendet mir ihr Gesicht zu und ich lehne meine Stirn gegen ihre. Ich ertrinke in ihren Augen. Jedes Mal. Ich muss sie bei mir haben. Immer.

»Kommst du mit?«, frage ich deshalb.

Sie lächelt. »Wohin?«

»Nach Dublin.«

Kayleen stellt sich auf die Zehenspitzen und drückt ihre Lippen auf meine. »Meinst du nicht, es könnte etwas viel werden, wenn du deine Freundin und ein fremdes Kind mitbringst?«

»Das ist mir egal. Ich brauche euch dort.«

Es klingelt an der Tür.

»Wir kommen gerne mit, Jake. Ich war schon ewig nicht mehr in Irland.«

Ich drücke ihr einen Kuss auf die Lippen. »Danke.«

Kayleen lächelt wieder und dreht sich um, damit sie mit Danielle auf dem Arm zur Tür gehen kann und Dannys Eltern nicht länger im Schneegestöber warten müssen.

Kapitel Achtzehn

Kayleen

»Mommy!« Danielle weint lautstark, deshalb drehe ich mich in Jakes Armen um. Ein Blick auf die Uhr verrät mir, dass es nicht mal zwei Uhr morgens ist.

»Noch ein Albtraum?«, brummt Jake neben mir.

»Vielleicht.« Ich drücke ihm einen Kuss auf die Lippen und rutsche aus dem Bett, als meine Tochter ein weiteres Mal nach mir ruft. In ihrem Zimmer ist es warm und Danielle sieht mich mit verweinten Augen und schmerzverzerrtem Gesicht an.

»Hey, mein Schatz, was ist denn los?« Ich schalte das Babyfone aus und hebe sie aus dem Bettchen. »Komm her, Süße, alles ist gut. Mommy ist da.« Danielle klammert sich an mir fest, hört aber nicht auf zu weinen, deshalb setze ich mich mit ihr in den Schaukelstuhl. Sie steckt sich ihre Faust in den Mund und sabbert auf Jakes Shirt, das ich übergezogen habe. Ihr Gesicht ist vom Weinen rot und ihre Wangen heiß.

»Wirst du schon wieder krank werden, Schatz?« Zärtlich streiche ich über ihre Wangen und während sie auf ihrer Faust lutscht, versiegen ihre Tränen. Ich wische über ihre Augen und küsse ihre Stirn. »Ich hoffe, du bekommst kein Fieber.«

»Alles ok?«, fragt Jake von der Tür aus.

»Ich weiß nicht, sie ist ganz warm, aber das kann auch vom Weinen kommen.«

Er tritt näher. »Vielleicht die Zähne?«, fragt er mit einem Blick auf ihre nasse Faust und die Spuckefäden, die sich bilden, als sie die andere Hand nimmt.

»Ja, möglich.« Ich betrachte meine Tochter ausgiebig und versuche, ihre Hand aus dem Mund zu ziehen. Sie fängt sofort wieder an zu weinen und Jake reicht mir einen Beißring aus dem Bett.

»Danke.«

Er zwinkert mir zu. »Ich mach mal Tee.«

»Jake?«, rufe ich ihm nach, deshalb dreht er sich an der Tür noch einmal zu mir um.

»Sag jetzt nicht, ich muss das nicht machen und soll wieder ins Bett gehen, denn das werde ich nicht. Dani hat Schmerzen und du brauchst Hilfe.« Er grinst und verlässt Danielles Zimmer.

»Jetzt schläft sie endlich«, ende ich meine Erzählung für Ellen am nächsten Tag.

Dannys Mutter sieht mich mitfühlend an. »Ich kenne das, Liebes. Manchmal haben Babys schon Schmerzen vom Zahnen, obwohl der eigentliche Zahn erst Monate später kommt.«

»Super, das kann ja heiter werden.« Seufzend stütze ich meinen Kopf auf einer Hand ab.

»Möchtest du dich hinlegen, ich bin da und kann mich um Danielle kümmern, wenn sie aufwacht.«

»Nein, ach was. Ich hab schon die eine oder andere Nacht mit ihr durchgemacht.«

Ellen lächelt sanft. »Wo ist denn Jake?«

»Einkaufen. Er war die ganze Nacht mit uns wach, hat Danielle abwechselnd mit mir durch die Wohnung getragen und wollte uns jetzt etwas zum Mittagessen holen.«

»Es ist gut, dass er dich unterstützt.« Sie drückt meine Hand, dabei wünscht sie sich bestimmt, Danny wäre noch am Leben und an Jakes Stelle.

»Ja, das tut er wirklich.« Ich nippe an meinem Tee und höre die Schlüssel an der Haustür, gerade, als Pete aus dem Wohnzimmer zurückkommt und sein Handy wieder einsteckt.

»Entschuldigung, wir entwickeln gerade eine Wohnanlage und die Fotovoltaik-Firma lässt meine Kollegen verzweifeln.«

Jake schiebt sich mit zwei Einkaufstüten an Pete vorbei.

»Du solltest nicht den halben Supermarkt leerkaufen.« Ich springe eilig auf, damit ich ihm helfen kann.

»Hab ich auch nicht, nur das Nötigste.« Grinsend stellt er die Tüten ab, damit er Dannys Eltern begrüßen kann. »Hi.« Er drückt mir einen Kuss auf die Lippen. »Schläft Dani?«

»Ja, endlich. Setz dich, ich räume das weg.«

»Nichts da.« Mit beiden Händen auf meinen Schultern drückt er mich zurück auf den Stuhl und beginnt, die Einkäufe wegzuräumen. Ellen legt ihre Hand auf meine und Pete lehnt sich grinsend zurück.

»Es war sehr schön bei euch.« Ellen umarmt mich herzlich, als wir nach den Feiertagen vor der Zollkontrolle am Flughafen stehen. »Passt gut auf euch auf.« Sie deutet mit einem Lächeln auf Jake und Danielle, die jetzt von einem Stand mit Süßigkeiten zurückkommen.

»Das werde ich.«

»Komm her, Kleines.« Pete zieht mich in seine Arme und hebt mich hoch, so, wie Marc es immer gemacht hat. »Wir sehen uns spätestens zur Hochzeit, oder?«

»Mommy guck!« Danielle zeigt auf ihren rosafarbenen Lolli.

»Sehr schön, Schatz. Komm her und sag auf Wiedersehen.« Ich nehme meine Tochter auf den Arm, damit sich Pete und Ellen von ihr verabschieden können.

»Mach's gut, Süße.« Ellen streichelt zärtlich über Danielles Wange, während Jake Pete mit einem Handschlag verabschiedet und Ellen ihn herzlich umarmt. »Du kommst mit zur Hochzeit nächstes Jahr, oder? Du könntest die Fotos machen?«

Jake legt seinen Arm um mich. »Wenn Kayleen mich mitnimmt, komme ich gerne.«

»Gehst du auch mit mir Surfen?«, frage ich kichernd.

Er drückt mir einen Kuss auf die Wange. »Na klar.«

»Kommt gut ins neue Jahr, ihr drei, und grüßt Judy, Bob, Sam und Shane.«

»Ja, das machen wir. Guten Flug.« Ich umarme Dannys Mutter ein weiteres Mal und atme tief durch, bevor ich sie loslasse und den beiden zuwinke, während sie hinter der Zollkontrolle verschwinden. Jake legt seinen Arm um mich.

»Und jetzt gehen wir was essen.«

»Tuchen!«, quietscht Danielle.

»Nein, keinen Kuchen, Schatz. Wir essen was Richtiges und anschließend gehst du ins Bett.«

»Nein, Mommy.« Sie schüttelt den Kopf und steckt sich demonstrativ ihren Lolli in den Mund.

Das erste Silvester mit Jake und Danielle feiern wir mit Sam und Shane in Jakes Wohnung. Danielle wird mit verspäteten Weihnachtsgeschenken von Sams Eltern aus Schottland überhäuft und meine Freundin sieht mit ihrem winzigen Babybauch wunderschön und entspannt aus. Natürlich will sie alles über Jakes Treffen mit Dannys Eltern wissen und fragt mich über meinen Ring aus. Es fühlt sich auch eine Woche später immer noch komisch an, aber ich weiß, dass es richtig war.

Danielle schläft vor dem Feuerwerk ein, deshalb lege ich sie im Schlafzimmer in das Reisebettchen, das Jake für sie aufgebaut hat.

»Zehn, neun, acht ...« Bevor der Countdown auf dem Bildschirm des Fernsehers zu Ende geht, steigen die ersten Raketen in den Himmel und schicken Tausende von Sternen zurück zur Erde. Jake legt seine Arme um meine Schultern und küsst zärtlich meine Wange. »Fünf, vier, drei ...«, zählen die Moderatoren weiter. Shane und Sam betreten die Dachterrasse und reichen jedem von uns ein Glas Champagner. Sam hält ein Glas Orangensaft in der Hand. Die herabrieselnden Funken spiegeln sich in Jakes unfassbar schönen Augen. »Zwei, eins ...«, geht der Countdown zu Ende.

»Happy New Year!« Sam und Shane umarmen sich und versinken in einem zärtlichen Kuss, während die unzähligen Raketen, die jetzt in den Himmel geschossen werden, London bunt aufleuchten lasen. Ich kuschele mich seufzend in die Arme meines Freundes.

»Frohes neues Jahr, Baby.« Unsere Gläser klirren zusammen und er lehnt sich zu mir, um mich zärtlich zu küssen. Sein Kuss schmeckt nach Champagner und nach Liebe. Nach Zukunft.

Kapitel Neunzehn

Jake

»Jake! Fiegaa!« Danielle zeigt aufgeregt aus dem Fenster des Flugzeugs. Sie zappelt auf Kayleens Schoß herum und drückt ihre kleine Nase an das Bullauge. Kayleen dreht sie um, damit sie sich anschnallen kann. Ich schließe meinen eigenen Gurt und nehme ihre Hand in meine. Kayleen schenkt mir ein aufmunterndes Lächeln, weil sie mich in meiner Entscheidung, nach Dublin zu fliegen und mich dem Chaos zu stellen, bestärken will. Danielle quietscht vergnügt, als die Stewardess ihr einen kleinen Kobold mit einem Kleeblatt in der Hand reicht.

»Was sagst du, Dani?«

Danielle starrt die fremde Frau vor unserer Sitzreihe mit großen Augen an und versteckt sich dann an Kayleens Schulter.

»Danke«, murmelt Kayleen zu der Flugbegleiterin.

Nachdem das Flugzeug in den Wolken über der Stadt verschwindet, schließt Dani die Augen und nuckelt gleichmäßig an ihrem Schnuller.

»Wann warst du zuletzt in Irland, Baby?«, frage ich leise. Der Kapitän erzählt etwas über das Wetter in Dublin und wie schnell wir dort sein werden.

Kayleen braucht einen Moment, bevor sie antwortet, als müsse sie erst ihre Erinnerungen sortieren. »Vor Ewigkeiten, ich glaube, als meine Tante gestorben ist.«

»Bevor du nach Afrika gegangen bist?«

Sie nickt. »Ja, ich war vierzehn oder so.«

»Wir könnten mit Dani in den Zoo gehen. Oder entlang der Liffey in den Park.« Es ist mir egal, was wir machen, solange ich weniger Zeit mit meiner verlogenen Familie verbringen muss. Aber Kayleen durchschaut mich und drückt meine Hand.

»Zuerst besuchen wir deine Familie, gehen zu diesem Geburtstag und dann machen wir uns noch ein schönes Wochenende.«

Seufzend lehne ich mich zurück. »Na gut.«

»Jake!« Strahlend breitet sie die Arme aus und zieht mich an sich. »Ich freu mich so, dass du da bist.« Ihr Duft nach Tee, Kaminfeuer und dem typischen Parfum, erinnert mich an meine Kindheit. Evelyn hat Tränen in den Augen, als sie mich wieder loslässt.

»Hi Mu...« Ich räuspere mich. »Evelyn.«

Sie tupft sich die Tränen aus den Augen und lässt die Schultern sinken. »Bitte nenn' mich Mum.«

Ich seufze ein »Ok«, drehe mich zu Kayleen um und nehme ihre Hand. »Das ist meine Freundin Kayleen und ihre Tochter Danielle.«

Jetzt lächelt sie zaghaft und geht einen Schritt auf Kayleen und Danielle zu.

»Herzlich willkommen, Kayleen. Es ist so schön, euch kennenzulernen.« Sie streckt ihre Hand aus und berührt Danielles Wange. »Und du Schätzchen, sollen wir die Kätzchen suchen?«

Danielle dreht ihren Kopf weg und versteckt sich an der Schulter ihrer Mutter.

»Sie hat im Auto geschlafen und ist noch nicht wach«, erklärt Kayleen mit einem entschuldigenden Lächeln.

»Das macht nichts, die Kätzchen laufen nicht weg. Kommt rein.« Mum stößt die Tür hinter sich auf und lässt uns ins Wohnzimmer eintreten. »Möchtet ihr Tee?« Sie blickt zu Kayleen. »Oder lieber Kaffee? Und für die kleine Maus einen Kakao?« Sie ist aufgeregt, genau wie ich. Ich wische mir meine schwitzigen Hände an meiner Jeans ab.

»Gerne.« Kayleen setzt sich auf die Couch und Danielle starrt Evelyn mit großen Augen hinterher, als sie mit schwingendem Rock den Raum verlässt. Ich nehme neben meiner Freundin Platz und streiche über Danielles Haare. Sie gibt mir ihren Schnuller, bevor sie von Kayleens Schoß auf meinen klettert. Wenn sie wüsste, wie viel Anspannung sie mir damit nimmt. Seufzend atme ich den Duft ihres Babyshampoos ein und kann mich endlich zurücklehnen. Kayleen schenkt mir ein zärtliches Lächeln und drückt meine Hand.

»Entspann dich, Jake.«

Ich lege meine Arme um Danielle. »Ich bin entspannt.«

Evelyn kommt mit einem klappernden Tablett zurück, stellt es auf den Tisch und reicht Danielle einen Keks.

»Hier, Liebes.« Grinsend nimmt Danielle den Keks in ihre Hand, während Evelyn für uns Kaffee und sich selbst Tee einschenkt, bevor sie sich schließlich in den Sessel setzt. »Ich bin so froh, dass ihr hier seid.« Ohne mich aus den Augen zu lassen, rührt sie in ihrem Tee. Ich habe noch nie erlebt, dass sie etwas anderes trinkt. Immer die gleiche Sorte. Sie hat ein eingespieltes Ritual, denn sie kippt zuerst die Milch in die Tasse und schließlich den Tee, während sie einen Augenblick die sich vermischenden Flüssigkeiten betrachtet und schließlich doch noch umrührt.

Danielle schmiert die Schokolade von ihrem Keks an meine Jeans und hält ihre Schokofinger in die Luft. »Mommy da!«

»Oh warte, Schatz.« Kayleen stellt eilig ihre Tasse ab und angelt in ihrer Handtasche nach einem Tuch.

»Jules und ihr Mann Michael kommen heute Abend zum Essen, wenn dir das recht ist«, sagt Evelyn jetzt. Sie hat noch nicht von ihrem Tee getrunken.

»Keine Ahnung«, antworte ich seufzend, deshalb schubst Kayleen mich an.

Evelyn stellt ihre Tasse ab und berührt meinen Arm. »Es tut mir wirklich leid, wie das alles gelaufen ist, Jake. Wir hätten es dir schon viel früher sagen sollen, aber dann wurde bei Jules der Krebs diagnostiziert und alles andere ist in den Hintergrund gerückt.«

»Verstehen kann ich es trotzdem nicht«, murmele ich und beiße in den Keks, den Danielle mir vor die Nase hält.

»Möchtest du zuerst mit Jules darüber sprechen, oder soll ich es dir erzählen?«

Weil ich keine Ahnung habe, was es ändern soll, wer mir die Lügen erzählt, werfe ich Kayleen einen Blick zu und zucke mit den Schultern.

»Vielleicht gehe mit Danielle ein bisschen raus, damit ihr euch in Ruhe unterhalten könnt?«, schlägt sie vor, aber ich schließe meine Arme enger um Danielle, weil ich sie nicht loslassen will. Ich will nicht, dass Kayleen geht. Ich will nicht mit Evelyn alleine reden. Ich will ... Kayleen berührt meine Hand und nickt mir aufmunternd zu, deshalb lasse ich Danielle widerwillig los.

»Komm, Schatz. Ich glaube, ich habe hinter dem Haus einen See gesehen.«

Evelyn lächelt ihr zu. »Ihr könnt in der Küche neben der Tür die Tüte mit dem Brot für die Enten mitnehmen, das mache ich immer, wenn die anderen Kinder da sind.«

Auf dem Weg nach draußen plappert Danielle etwas von Enten und ich höre Kayleens Schritte auf der Holztreppe hinter dem Haus, dann klappt die Tür und ich bin mit Evelyn alleine. Ich atme tief durch.

»Warum?«, frage ich schließlich. »Warum habt ihr mir nicht von Anfang an die Wahrheit gesagt?«

»Jules war erst dreizehn, Jake. Ein junges Mädchen, total überfordert und ängstlich.«

»War es deine Idee?«

Sie nickt. »Ja. Ich wollte meine Tochter beschützen und habe dafür einen wunderbaren Sohn bekommen.«

Ich schlucke, weil es das ist, was Kayleen gesagt hat.

»Wollte Jules mir irgendwann die Wahrheit sagen?«

»Ja, aber es kam immer etwas dazwischen. Zuerst ihre Krankheit, dann der Tod von deinem ... ihrem Vater. Dann kam der Krebs zurück und jetzt, wo es ihr wieder besser geht, wollte sie dich nicht mehr anlügen.«

»Wer ist mein Vater?«, frage ich jetzt.

»Das wissen wir nicht, Schatz. Wahrscheinlich ein Tagelöhner aus dem Hafen. Jules hat dort im Büro geholfen.«

»Warum haben James, Jason oder Jerry sie nicht begleitet? Warum musste sie alleine nach Hause gehen?«

»Jake, diese Frage stelle ich mir seit über sechsundzwanzig Jahren, aber ich kann sie dir nicht beantworten. Ich bin nur froh, dass meinem kleinen Mädchen nicht mehr passiert ist und sie wieder nach Hause gekommen ist.«

Seit ich Danielle in mein Herz geschlossen habe, weiß ich, was es heißt, ein Kind beschützen zu wollen. Seitdem denke ich anders darüber. Kayleen würde alles dafür tun, um ihre Tochter in Sicherheit zu wissen. Ich sehe Evelyn an. *Meine Mutter.* Ihre grauen Haare sind zu einem langen Zopf geflochten und ihre Augen leuchten in einem tiefen Grün, das mich früher immer an die mit Algen bewachsenen Steine im Fluss erinnert hat. Ein liebevolles Lächeln liegt auf ihren dünnen Lippen. Sie war immer meine Mutter. Sie hat alles für Jules getan. *Und für mich.* Ich hatte eine gute Kindheit, ich durfte als Nesthäkchen alles und Jules hat mich nie aus den Augen gelassen. Seufzend lehne ich mich zurück. Aber kann ich den beiden diese Lüge wirklich verzeihen?

»Wie geht es dir nach dem Gespräch mit deiner Mum?«, fragt Kayleen später in unserem Hotelzimmer, als wir uns fertig machen, um zum Abendessen wieder zurückzufahren.

»Keine Ahnung.« Langsam knöpfe ich mein Hemd zu. »Ich verstehe jetzt, warum sie Jules helfen wollte, und weil ich für sie wirklich wie ein Sohn war, hat es keine Rolle mehr gespielt, dass meine leibliche Mutter nicht die Frau ist, die mir das Pflaster aufs Knie geklebt hat, wenn ich vom Fahrrad gefallen bin.«

»Aber für dich spielt es eine Rolle?« Sie reicht Danielle ihren neuen Kobold, den sie von der Fluggesellschaft bekommen hat.

Ich zucke mit den Schultern. Kayleen kommt auf mich zu und stellt sich auf die Zehenspitzen, um mich zärtlich zu küssen, dann legt sie ihre Hände in meinen Nacken.

»Jake, es ist überhaupt nicht wichtig, wer deine leibliche Mutter ist. Du bist bei einer Familie aufgewachsen, die dich liebt und dich beschützt hat.« Sie berührt meine

Wange. »Shane hat auch erst mit vier erfahren, dass Dad sein Vater ist und nicht der Mann, der gestorben ist, als er noch ein Baby war. Wohingegen ich immer mit dem Wissen eines großen Bruders aufgewachsen bin, auch wenn er eine andere Mutter hat.«

»Hat deine Mum von Shane gewusst?«

Danielle quengelt, weil ihr Schnuller unter das Bett gekullert ist und sie ihn nicht erreichen kann, deshalb dreht Kayleen sich um und geht in die Knie.

»Meine Mum hat Dad immer vorgehalten, dass er ein Kind mit einer anderen gezeugt hat, aber das war vor ihrer Beziehung und deshalb hat er sie streng genommen nicht betrogen.« Sie gibt Danielle den Schnuller zurück und steht wieder auf. »Ihre Ehe hat es trotzdem belastet, vor allem, weil Dad für Shane da sein wollte und verlangt hat, dass ich ihn kennenlernen kann. Als Bruder.«

»Deine Mum fand das nicht gut.«

»Nein, sie hat sich gezwungenermaßen damit abgefunden und Shane durfte uns sogar in Deutschland besuchen. Meine Freundinnen sind total auf ihn abgefahren, weil er so niedlich Englisch gesprochen hat.« Kayleen macht dabei Shanes aufgesetzten irischen Akzent nach, den er immer spricht, wenn er Judy ärgern will, und ich fange an zu lachen, weil sie so sexy die Nase kräuselt. »Denk nicht darüber nach, dass sie dich belogen haben, sondern daran, dass sie dich beschützen wollten.«

Ich drücke ihr einen Kuss auf die Wange. »Womit habe ich eine so schlaue Frau verdient?«

»Das weiß ich auch nicht.« Lächelnd greift sie nach dem Autoschlüssel, während ich Danielle auf den Arm nehme. »Bist du bereit?«

Es bleibt mir schließlich nichts anderes übrig, deshalb atme ich tief durch und wir verlassen gemeinsam das Zimmer.

Kapitel Zwanzig

Danny

Beim Abendessen mit Jakes leiblicher Mutter und ihrem Mann herrscht zuerst eine angespannte Stimmung. Gillian sitzt dicht neben Jake, während ich das Essen von der Tür aus beobachte. Zumindest Danielle hat Spaß. Sie kleckert mit Soße und zermatscht den Brokkoli mit ihren Händchen, bis Kayleen aufsteht, um sie sauber zu machen.

Jules ist eine hübsche Frau, ihre Haare sind genauso dunkel wie die von Jake und reichen bis zu ihrem Kinn. Ihre Augen leuchten, wenn sie ihn betrachtet, und sprühen vor Stolz, wenn er von seiner Arbeit und den Reisen erzählt. Kayleen kommt mit Danielle zurück und Jakes Griff um seinen Dessertlöffel ist nicht mehr so verkrampft, deshalb wirft Gillian mir ein liebevolles Lächeln zu. Ich weiß, dass sie Danielle heute Nachmittag benutzt hat, um Jake zu beruhigen. Meine Tochter entspannt ihn und das ist gut so.

Jules und Michael erzählen von ihrem Haus in Schottland und das Jules vorhat, wieder als Hebamme zu arbeiten, wenn die Ärzte bei der nächsten Untersuchung grünes Licht geben. Jake nickt nur, deshalb schubst Gillian ihn an und er antwortet, dass er hofft, dass Jules bald wieder fit genug ist.

»Jay!«, quakt Danielle, die mit dem Stiel ihres Löffels kleine Muster in die Tischdecke zeichnet. Jake atmet tief durch und wendet sich an seine Mutter.

»Es tut mir leid, dass ich so wütend war, es ist nur ...«

Jules legt ihre Hand auf seine. »Ich bin froh, dass du hier bist, Jake.«

Er schluckt zuerst, blickt dann kurz zu Kayleen und wendet sich wieder an seine Mutter.

»Warum wusste Jason davon?«

Jules stellt ihr Glas ab. »Jason ist Arzt, Jake. Bei meiner zweiten Krebserkrankung hat er Nachforschungen angestellt und ist durch einen blöden Zufall auf unsere beiden Blutgruppen gekommen.« Sie seufzt. »Du kennst doch deinen Br...« Sie bricht ab. »Du kennst Jason, wenn er etwas wissen will, lässt er nicht locker.«

»Er hat herausgefunden, dass du meine ...« Jake braucht einen weiteren Atemzug, bis er Jules wirklich seine Mutter nennen kann.

Jules nickt. »Ja und ich habe ihn gebeten, dir nichts zu sagen, weil ich das selbst machen wollte, wenn ich aus dem Krankenhaus komme.« Sie drückt seine Hand. »Die Aussprache mit dir war mein größter Ansporn, wieder gesund zu werden. Es tut mir leid, dass es trotzdem so lange gedauert hat.«

»Was machen Schutzengel, wenn ihre Menschen so schwer krank sind, wie Jules es war?«, frage ich, als Gillian und ich zusammen mit Jake und Kayleen zurück ins Hotel fahren.

»Hoffen. Warten. Beten«, antwortet Gillian und nimmt meine Hand. »Wir können schlimme Krankheiten nicht wegzaubern, Danny. Wir sind genauso machtlos wie die Menschen. Alles, was wir machen können, ist, sie zu unterstützen, und versuchen, ihnen Kraft zu geben. Während ihrer ersten Erkrankung war Jake an der Uni und hat sich schreckliche Sorgen um seine Schwester gemacht, aber Jules wollte nicht, dass er sein Studium vernachlässigt und hat es ihm gegenüber runtergespielt.« Ihre Augen leuchten im Schein der vorbeiziehenden Straßenlaternen. »Jules ist eine starke Frau.«

In dieser Nacht kann Jake nicht schlafen, deshalb verlässt Gillian unser Zimmer wieder und huscht ins Hotelzimmer zu ihrem Schützling, während ich am Fenster sitze und den Freund meiner Verlobten beobachte. Er sitzt im Sessel neben dem Babybettchen von Danielle und beobachtet meine Tochter beim Schlafen. Vielleicht macht er sich Gedanken, weil Danielle nicht seine leibliche Tochter ist, er aber mehr ein Vater für sie ist, als ich es je sein kann. Ich jedenfalls bin ihm sehr dankbar dafür.

Bei der Geburtstagsfeier wippt Jake nervös mit dem Bein auf und ab, bis Kayleen ihre Hand auf sein Knie legt. Er streckt die Arme nach Danielle aus und nimmt sie auf seinen Schoß, damit die Anspannung von ihm abfällt. Jules und ihr Mann betreten das Restaurant und begrüßen zuerst Evelyn und ihre Schwester Jelena mit ihrem Mann, bevor sie sich zu Jake und Kayleen umdrehen. Allerdings setzt sich Jason, der Älteste der McTavish-Geschwister, gerade neben ihn.

»Cool, dass du da bist, Mann!«

Jake sieht ihn mit böse funkelndem Blick an. Ich bin mir sicher, dass er seinen Bruder oder Onkel nur deshalb nicht anschreit, weil Danielle sich an ihm festklammert und Kayleen neben ihm sitzt, stattdessen stellt er seine Begleitung kurz vor und behauptet dann, dass Danielle die Windeln voll hat. Kayleen verlässt ebenfalls den Tisch, nachdem sie sich entschuldigt hat. Jason bleibt seufzend zurück.

Gillian taucht wieder neben mir auf. »Hast du den Kuchen probiert?«

Stirnrunzelnd sehe ich sie an. »Nein, du etwa?«

Statt einer Antwort nimmt sie meine Hand. »Ich brauche dringend was Süßes.« Gillian braucht immer Süßigkeiten, wenn sie bei Jake viel zu tun hat. Ich habe auch schon gemerkt, dass es verdammt anstrengend ist, andere Menschen zu benutzen, um den eigenen Schützling zu unterstützen. Ich mache das mit Anthony oder Lauras Freundin. Danach bin ich immer wahnsinnig müde. Gillian ist das Gegenteil, sie ist total aufgedreht und futtert Schokolade.

Während ich neben Kayleen sitze und Danielle ein Kuscheltier zuschiebe, tritt Jules neben Jake. »Hast du einen Augenblick Zeit, um mit mir spazieren zu gehen?«

Er stellt sein Bier ab und blickt zu Kayleen, die ihm aufmunternd zulächelt. Gillian springt auf und Jake nickt schließlich.

»Daddy!«, quakt Danielle jetzt und Kayleen blickt in meine Richtung. Mist, ich war so auf Jake und Gillian fixiert, dass ich vergessen habe, dass Dani mich sehen kann. Evelyn fragt Kayleen, ob Danielle Jake ihren Daddy nennt, deshalb erzählt Kayleen ihr die gleiche Geschichte, die bei Fremden immer funktioniert: Dass Danielle manchmal nach mir fragt, weil Kayleen ihr vor dem Mittagsschlaf Geschichten von mir und Afrika erzählt. Auch Jake hat diese Lüge am Anfang geglaubt, aber mittlerweile weiß er Bescheid. Ob er auch weiß, dass Gillian jetzt bei ihm ist?

Kapitel Einundzwanzig

Kayleen

Seitdem Jake gestern Abend Shane und Sam die Geschichte erzählt hat und mein Bruder es ganz genau wissen wollte, hat er nicht mehr über seine Mutter, Evelyn oder seine Geschwister gesprochen. Ich weiß, dass er letzte Nacht, genau wie die Nacht nach dem Abendessen mit Jules und Michael, nicht richtig geschlafen hat und sich stattdessen ständig hin und her gewälzt hat, bis er schließlich aufgestanden ist. Im Hotel hat er im Sessel gesessen und Danielle beobachtet, letzte Nacht habe ich ihn im Wohnzimmer gefunden, als er auf der Couch eingepennt ist. Es ist eine blöde Situation für ihn und er hat viel zu verarbeiten, aber Jules und Michael haben ihm angeboten, dass er jederzeit nach Schottland kommen oder sich immer melden kann. Jake will im Moment nicht reden, das weiß ich, deshalb habe ich ihn in Ruhe gelassen. Er ist wie Marc, wenn ihn etwas belastet, will er das zuerst mit sich selbst ausmachen. Danielle hilft ihm, zu entspannen und seine Arbeit in New York wird ihn ablenken.

»Wann kommst du wieder?«, frage ich, als er seinen Kaffee geleert hat und aufsteht, um die Tasse in die Spüle zu stellen.

»Jay!«, ruft Danielle, die ihm ihren angesabberten Toast zeigt.

»Am achtzehnten Januar.« Jake drückt mir einen Kuss auf die Lippen. »Vielleicht versuchen wir es dann noch mal mit der afrikanischen Bar.«

»Mommy! Jay! Kuss!« Danielle klatscht in ihre Hände.

»Oh.« Ich schlucke angespannt und Jake sieht mich fragend an.

»Was ist los, Baby?«

»Ähm, na ja, der Achtzehnte ist ...« Er nimmt meine Hand und ich schlucke wieder, bevor ich tief durchatme. »Es ist Dannys Geburtstag.«

Jetzt legt er den Kopf schief. »Und du möchtest an diesem Tag lieber alleine sein?«

Ich zucke mit den Schultern. »Ich weiß nicht, ich ...«

Zärtlich zieht er mich in seine Arme. »Baby, es ist ok, wenn du alleine sein möchtest, aber ich kann auch zu dir kommen und wir feiern gemeinsam.«

»Letztes Jahr waren Shane und Sam hier«, flüstere ich.

»Und es gibt bestimmt Kuchen, oder?«

Grinsend hebe ich den Blick. »Schokoladenkuchen.«

»Meinst du, Danny gibt mir ein Stück ab?«

Er lehnt seine Stirn gegen meine und streichelt zärtlich über meine Wange, deshalb lege ich die Hände in seinen Nacken und Jake senkt seine Lippen auf meine. Dieses Jahr werde ich Dannys Geburtstag mit meinem neuen Freund feiern.

Weil ich Jake versprochen habe, wach zu bleiben, bis er anruft, knipse ich den Fernseher ein und versuche, mich auf einen Krimi zu konzentrieren, schnappe mir allerdings dann doch das Buch, das Sam mir geschenkt hat.

Trotzdem fallen mir fast die Augen zu, als endlich das Telefon klingelt. Lächelnd nehme ich das Gespräch an und fühle mich dabei wie ein Teenager.

»Hi.«

»Hey Baby.« Seine Stimme schafft es sogar, über das Telefon und mit so vielen Kilometern zwischen uns, mir eine Gänsehaut zu bescheren. Ich schließe seufzend die Augen und lehne mich zurück.

»Wie war dein Flug?«, frage ich, während ich mir vorstelle, wie er in einem luxuriösen Hotelzimmer auf dem Bett liegt.

»Lang, aber ich hab gepennt.« Jake grinst, das kann ich hören.

»Gut, dann ist der Jetlag nicht so schlimm.« Bei Jake ist es erst später Nachmittag, während es hier schon fast Mitternacht ist.

»Ich vermiss dich trotzdem«, murmelt er jetzt und sofort zieht sich mein Herz zusammen. Ich hätte nie gedacht, dass ich nach Dannys Tod noch mal so für einen anderen Mann empfinden könnte.

»Du bist erst ein paar Stunden weg«, antworte ich, um ihm nicht zu zeigen, wie sehr er mir fehlt.

»Das ist mir egal«, protestiert er.

»Ich vermiss dich auch«, gebe ich jetzt zu. Ein leises Seufzen dringt aus seiner Kehle und er will wissen, was wir heute Nachmittag gemacht haben, also erzähle ich ihm, dass wir in den Park wollten, es aber angefangen hatte zu regnen und wir deshalb hier im Wohnzimmer gepuzzelt und gemalt haben.

»Hört sich nach Spaß an«, kichert er. »Baby, hier klopft jemand. Ich ruf dich morgen wieder an. Schlaf gut.«

»Du auch, Jake«, hauche ich und überlege, ob ich ihm sagen soll, dass ... aber ich traue mich nicht und schweige stattdessen.

»Kay?«, dringt seine Stimme wieder zu mir durch, deshalb halte ich die Luft an. Habe ich gerade wirklich gedacht, ich könnte ihm sagen, dass ...

»Hm?«, brumme ich nur, während ich meine Gedanken ordne.

»Ich liebe dich!« Diese drei Worte ziehen mir den Boden unter den Füßen weg, aber nicht im Schock. Wir sind erst seit knapp zwei Monaten zusammen und es ist toll mit ihm. Ich habe Schmetterlinge im Bauch, wenn er mich anruft. Seine Küsse und seine Hände lösen so wunderbare Gefühle in mir aus, dass ich mir wirklich vorstellen könnte, wieder zu sagen, dass ich ... Ich schlucke angespannt, während Jake wartet.

»Ich dich auch«, hauche ich schließlich. Das ist nicht ganz das Gleiche, dennoch es ist alles, wozu ich im Stande bin. Erneut höre ich das Klopfen an seiner Tür.

»Ich muss, Baby. Ich ruf dich morgen wieder an, ok?«

»Ich freu mich drauf.«

»Schlaf gut und ...« Jake bricht kurz ab, trotzdem weiß ich, was er sagen will, bevor er es ausspricht. »Träum was Schönes.«

In dieser Nacht liege ich, obwohl ich total müde bin, noch lange wach. Ich liebe Jake. Angestrengt starre ich an die Decke und überlege, ob Danny es gehört oder vielleicht gesehen hat? War er hier, als wir telefoniert haben? Weiß er, dass ich Jake liebe? Wird er mich besuchen und mir sagen, dass es richtig war?

Ich stehe auf und tapse über den Flur zu Danielles Zimmer. Danny hat gesagt, dass er manchmal im Schaukelstuhl sitzt und unsere Tochter beim Schlafen beobachtet. Jetzt auch? Eine bunte Steppdecke liegt im Schaukelstuhl und Danielles Teddybär sitzt auf dem Platz, an dem ich sie immer gestillt habe. Es sind nur Danielles gleichmäßige Atemzüge und das Rascheln ihres Schlafsacks zu hören, das Nachtlicht wirft blaues Licht auf ihren Körper und der Luftbefeuchter in der Ecke spuckt leise Dampf aus. Mit einem letzten Blick zum Schaukelstuhl verlasse ich das Zimmer wieder, um mir in der Küche etwas zu trinken zu holen.

»Hallo Kay«, murmelt Danny, als er im Traum in der Tür lehnt.

Ich habe genauso gehofft, dass er kommen wird, wie ich es gefürchtet habe, und ich bin mir sicher, dass er das weiß. Langsam tritt er näher zu mir.

Ich atme tief durch. »Ich hatte schon Angst, dass du nicht mehr kommst.«

Danny greift nach meinen Händen. »Weil du Jake gesagt hast, dass du ihn liebst?«

Ertappt lasse ich den Kopf sinken, ohne zu antworten.

»Sieh mich an, Kay«, fordert er sanft, deshalb hebe ich den Blick und versinke in den blauen Tiefen seiner Augen. »Du wolltest es sagen, bevor er es ausgesprochen hat, nicht wahr?«

Ich schlucke wieder und nicke schließlich. »Ich hab mich nicht getraut.«

Meine Zähne graben sich tief in meine Unterlippe, bis es fast wehtut, deshalb legt Danny seine Hand unter mein Kinn und berührt mit dem Daumen meine Lippe.

»Ich liebe Jake, wirklich, Danny.«

Er nickt. »Das weiß ich und das ist gut so.« Zärtlich lehnt er seine Stirn an meine. »Ich werde euch weiter besuchen, solange du mich lässt, Kay.«

Kapitel Zweiundzwanzig

Jake

Mit einem glücklichen Grinsen auf den Lippen lege ich auf und gehe zur Tür. Ich liebe Kayleen und sie liebt mich auch. Diese drei Worte machen ihr immer noch Angst, aber sie liebt mich. Kayleen ist das Beste, was mir passieren konnte, und ich kann es kaum erwarten, nach dem Shooting nach Hause zu fliegen, um endlich mein Weihnachtsgeschenk für sie einzulösen und sie mit nach Paris zu nehmen. Sie und Danielle. Ein kleiner Familienurlaub. Die beiden sind meine Familie. Bevor ich zur Tür eile, halte ich noch einen Moment inne und grinse in mein leeres Hotelzimmer. Zum ersten Mal habe ich einer Frau gesagt, dass ich sie liebe. Gutgelaunt reiße ich die Tür auf und blicke in Ashleys Gesicht.

»Hey Jake!«, begrüßt sie mich strahlend, und ein nacktes Bein blitzt aus ihrem Bademantel hervor.

»Ashley?«, frage ich verwirrt, weil ich gehofft hatte, sie erst morgen beim Shooting zu treffen. Sie öffnet den Ausschnitt ihres Bademantels so, dass es ihr üppiges Dekolleté in Szene setzt, hebt ihren Fuß an und streicht damit über meinem Schritt. »Willst du mich nicht reinlassen?«

Mit festem Griff umfasse ich ihren Knöchel. »Lass das!«

»Warum?« Sie stellt ihr Bein auf den Boden und berührt mit einer Hand mein Hemd.

»Du sollst aufhören, Ash!«

Jetzt leckt sie sich lasziv über ihre Lippen. »Ach bitte, Jake. Ich bin total heiß und hab schon auf dich gewartet.« Sie nimmt meine Hand und legt sie auf ihren Busen.

»Nein!« Ich entziehe mich ihr wieder. »Ich habe eine Freundin!«

»Ach?« Etwas Spöttisches liegt in ihrem Blick. »Doch nicht etwa die Blonde von der Gala?«

»Genau die.«

»Na und, sie ist doch bestimmt in London.« Mit einer schnellen Bewegung öffnet sie den Gürtel ihres Bademantels. »Du bist hier.« Wieder leckt sie sich über die Lippen. »Sie wird nicht erfahren, wenn wir ein bisschen Spaß zusammen haben.«

Als sie nach dem letzten Shooting so vor meiner Tür stand, habe ich sie nicht abgewiesen. Dieses Mal fasse ich nach dem Gürtel ihres Bademantels und verschließe ihn. Ein älteres Ehepaar passiert uns kopfschüttelnd und ich höre, wie sie etwas sagt, das klingt wie: »Unmöglich, diese jungen Leute!«

»Du gehst jetzt besser, Ash«, zische ich, aber als ich die Tür schließen will, legt Ashley ihre Hand gegen das Holz.

»Es ist nur Sex, Jake!« Damit huscht sie an mir vorbei ins Zimmer und lässt vor meinem Bett den Bademantel fallen, bevor sie rückwärts auf die Matratze klettert und dabei darauf achtet, dass ich ihre gespreizten Beine sehen kann. »Komm schon.« Sie steckt sich einen Finger in den Mund und lässt diesen über ihren nackten Körper gleiten. Ashley ist eine wunderschöne Frau, der Sex mit ihr war immer genial, trotzdem kann ich das nicht. Ich hebe ihren Bademantel auf und werfe ihn über sie.

»Zieh dich an, Ash!«

Sie spreizt ein weiteres Mal ihre Beine und benutzt ihren Finger, um meinen Blick zu lenken, aber ich wende mich von ihr ab.

»Du sollst gehen, Ash!« Ich öffne die Tür zum Balkon und trete in die kühle Abendluft. Mit beiden Armen auf dem Geländer abgestützt, blicke auf die Straßen unter mir. Hupende Taxis. Menschenmassen. Autos. Busse.

»Vielleicht überlegst du es dir ja noch anders.« Ashley steckt ihren Kopf nach draußen. Der Straßenlärm übertönt beinahe ihre leise Stimme. »Ich bin in Zimmer 2009.«

Ich antworte nicht.

Am nächsten Tag erwische ich Ashley alleine in der Mittagspause auf dem Balkon. Das Shooting verläuft planmäßig, allerdings führt sie sich auf wie eine Diva und pöbelt alle an. Wieder trägt sie einen Bademantel, weil nach der Pause das Unterwäsche-Shooting dran ist.

»Warum bist du so ein Biest, Ash?«, frage ich, als ich mit genügend Abstand vor ihr stehenbleibe.

»Du hast mich noch nie abgewiesen, Jake.« Mit einem aufreizenden Lächeln klimpert sie mit den aufgeklebten Wimpern. »Wir hatten schon so viele Shootings zusammen und immer hast du mich mit auf dein Zimmer genommen.« Jetzt tritt sie näher und legt ihre Hände um meinen Hals. »Gefalle ich dir nicht mehr?«

»Ashley, ich habe eine Freundin, das habe ich dir gesagt.« Ich löse ihre Arme und schiebe sie sanft, aber bestimmt von mir. »Ich werde mich nicht mehr durch die Modelwelt vögeln.«

Sie legt den Kopf schief. »Es reicht doch, wenn du mich vö…«

»Mr McTavish, wir sind dann so...« Die Assistentin lugt um die Ecke. »... oh, störe ich?«

Ich werfe Ashley einen Blick zu. »Lass dir die Haare richten, Ash. Du bist die Nächste.«

Sie kichert. »Sehr gerne.«

Ich verdrehe die Augen und lasse sie stehen.

Weil es in London mitten in der Nacht ist, kann ich Kayleen nicht mehr anrufen, als ich nach einem langen Shooting mit einer anstrengenden Ashley endlich in meinem Zimmer bin. Früher hätte ich mich jetzt ins New Yorker Nachtleben gestürzt, heute schnappe ich mir meine Sporttasche, um mich im Fitnessraum des Hotels auszupowern. Allerdings komme ich nicht weiter als bis zur Tür, wo mich meine Assistentin erwartet.

»Jake!« Kate stürmt ohne weiteren Kommentar ins Zimmer.

»Was ist los?«

Kate steht mit verschränkten Armen vor mir. »Bist du von allen guten Geistern verlassen, Jacob McTavish!«, poltert sie los.

»Keine Ahnung, sag du's mir.«

»Wie konntest du Ashley das antun?« Ihre Stimme überschlägt sich fast.

»Was meinst du? Sie wurde heute Nachmittag nach dem Shooting von ihrem Fahrer abgeholt, danach habe ich sie nicht mehr gesehen.«

»Die Polizei war gerade bei mir.« Kate kramt in ihrer Handtasche und zeigt mir ein Foto von Ashley. Mit blauen Flecken übersät, ein Auge zugeschwollen und die Lippe aufgeplatzt.

»Was soll das, Kate? Glaubst du etwa, ich hätte ...« Ich breche ab. »Hat Ash gesagt, ich hätte ihr das ...«

Kate funkelt mich böse an. »Das kostet dich den Job, McTavish!«

»Ich habe sie nicht angefasst!« Empört reiße ich ihr das Bild aus den Händen. »Ich schlage keine Frauen!«

»Das dachte ich auch, Jake. Ich hätte meine Hand für dich ins Feuer gelegt, aber Ashley hat deinen Namen gesagt.«

»Wo ist sie jetzt?«

»Wer? Ashley? Im Krankenhaus natürlich!«

»Sie lügt!« Verzweifelt raufe ich mir die Haare. »Ich habe nach ihr noch Ines und Jane fotografiert. Zusammen mit Carl und der Make-up-Assistentin bin ich ins Hotel gefahren. Da war Ashley schon stundenlang weg.«

Kate verschränkt schnaubend die Arme vor der Brust. »Das musst du der Polizei sagen. Nicht mir.«

Eilig greife ich nach meiner Jacke, die ich zuvor über die Couch geworfen habe.

»Ok, gut, lass uns gehen. Wer auch immer Ashley das angetan hat, ist irgendwo da draußen! Ich war es nicht.« Kate öffnet die Tür, wo zwei Polizisten auf uns warten, deshalb blicke ich zuerst zu ihr und dann zu den beiden Bullen. »Was soll das?«

»Mr McTavish?«, fragt einer von ihnen mit donnernder Stimme.

Ich nicke. »Ja.«

»Wir müssen Sie mitnehmen.«

»Ich kann das klarstellen!«

Der Polizist nickt nur. »Ja, auf der Wache.«

Kate begleitet mich im Polizeiwagen, aber sie sagt kein Wort. Sie glaubt mir nicht. Die Lichter der Stadt fliegen nur so an uns vorbei. Meine Gedanken rasen. Was soll ich tun? Ich linse auf die Uhr. In Europa ist es mitten in der Nacht. Soll ich Bob trotzdem anrufen? Er ist Anwalt. Er hat mir schon einmal geholfen, als ich betrunken Auto gefahren bin und einen Mann verletzt habe. Dank Shanes Vater habe ich ein paar Wochen Müll eingesammelt und eine Turnhalle von Graffiti befreit, einen Haufen Geld bezahlt und meinen Führerschein für ein komplettes Jahr abgegeben. Kate sitzt mit verkrampftem Kiefer neben mir und starrt stur geradeaus.

»Kate?«

Langsam wendet sie mir ihren Blick zu.

»Kate, du kennst mich.«

Sie seufzt. »Du solltest dir einen verdammt guten Anwalt nehmen.« Ich greife nach ihrer Hand, doch sie entzieht sich mir. »Kate! Du glaubst doch nicht wirklich, dass ich …«

»Ich weiß nicht mehr, was ich glauben soll, Jake.«

Der Wagen hält und die Tür wird aufgerissen. Die Polizisten begleiten mich ins Innere des Gebäudes und Kate muss draußen warten, als ich in ein Verhörzimmer gebracht werde.

»Robert McCreaven, Kate. Er ist in London. Du musst ihn anrufen!«, rufe ich ihr zu. »Bitte!«

»Setzen!« Der Polizist deutet auf einen Stuhl.

Ich starre ihn an. »Geht das auch etwas freundlicher?«

Er drückt meine Schultern nach unten und schiebt mich auf den Stuhl. Dann verlässt er den Raum und ich bin allein. Es ist wie im Film. Ein kahler Tisch. Zwei Stühle. Glatte Wände. Kein Fenster. Kühles Licht der Leuchtstoffröhren. Ein Spiegel, der von der anderen Seite sicher ein Fenster ist. Ich lehne mich zurück und verschränke die Arme vor der Brust. Diese miese Schlampe. Nur weil ich sie gestern nicht in mein Bett gelassen habe, verbreitet sie solche Lügen. Unfähig sitzen zu bleiben, springe ich wieder auf und wandere ungeduldig an der Wand auf und ab. Vor dem Spiegel bleibe ich stehen.

»Ich will telefonieren!«

Keine Antwort.

Ich drehe mich wieder um und marschiere weiter. Kurz lasse ich mich auf den Stuhl sinken, stehe aber sofort wieder auf. Keine Ahnung, wie lange es dauert, bis sich die Tür öffnet und ein bulliger Kerl in Lederjacke reinkommt.

»Mr McTavish?«

»Ich will telefonieren!«

»Setzen Sie sich.« Er legt seine Unterlagen auf den Tisch und nimmt Platz. »Bitte.«

Ich stütze meine Arme auf dem Tisch ab und sehe ihn eindringlich an.

»Was werfen Sie mir vor? Warum werde ich behandelt wie ein Schwerverbrecher?«

Er wartet, bis ich mich mit einem genervten Stöhnen auf den Stuhl fallen lasse, die Arme vor der Brust verschränke und ihn ausgiebig mustere. Er ist kleiner als ich, hat breite Schultern und eine polierte Glatze.

»Kennen Sie Miss Ashley Baker?«, fragt er jetzt.

»Kennen ist zu viel, wir haben zusammengearbeitet.«

»Heute?«

»Ja, und davor auch schon. Sie ist Model. Ich bin Fotograf.«

»Sie wurde brutal überfallen. Vergewaltigt und zusammengeschlagen«, fasst er das Verbrechen grob zusammen.

»Aber nicht von mir!«

»Wann haben Sie Miss Baker zuletzt gesehen?«

Ich linse auf die Uhr. »Heute Nachmittag so gegen drei. Sie hat das Shooting vor den anderen beendet, weil sie einen weiteren Termin hatte.«

»Sind Sie vom Shooting direkt ins Hotel gefahren?«

»Ja.«

»Gibt es Zeugen dafür?«

»Der Lichtassistent, Carl Terran, und eine der Make-up-Artists, Lysa James, waren mit mir im Taxi. Sie wohnen im gleichen Hotel, wir arbeiten für dieselbe Agentur.«

»Gut, wir werden das prüfen.« Er kritzelt meine Aussage auf den Block. »Was haben Sie im Hotel gemacht?«

»Ich wollte ins Fitnessstudio.«

»Wollten?«

»Na ja, dann sind Sie aufgetaucht.«

»Haben Sie sonst noch jemanden getroffen?«

»Nein.«

Jetzt steht er auf und reicht einem Kollegen, der vor der Tür gewartet hat, den Zettel.

»Warum nennt Miss Baker ausgerechnet Ihren Namen?«, fragt er, als er zurück zum Tisch kommt.

»Woher soll ich das wissen?«

»Sie sagen, Sie haben sie den restlichen Nachmittag und Abend nicht mehr gesehen oder gesprochen?« Er setzt sich wieder mir gegenüber.

»Nein.«

»Fällt Ihnen sonst jemand ein, der Miss Baker so etwas antun könnte?« Sein Blick ist eindringlich, als würde er in meinem Gesicht nach Anzeichen für eine Lüge suchen.

»Nein, wie schon gesagt, sie ist Model. Ich kenne sie nur vom Shooting.«

»Hatten Sie ein intimes Verhältnis mit Miss Baker?«

»Wir haben ein paar Mal miteinander geschlafen«, seufze ich. »Letztes Jahr.«

»Danach nicht mehr?«

»Nein, verdammt. Ich habe eine Freundin.«

»Könnte Miss Baker sich verstoßen gefühlt haben und versuchen, Ihnen deshalb die Gewalttat unterzuschieben?«, hakt er stirnrunzelnd nach.

Ich setze mich auf. »Sie hat gestern Abend bei mir am Hotelzimmer geklopft.«

»Was wollte sie von Ihnen?«

Entnervt starre ich ihn an. »Na was wohl.«

»Sex?«

»Ja.«

»Und?«

»Was und? Nichts! Ich habe sie weggeschickt!«

»In Ordnung. Warten Sie hier.« Die Tür fällt hinter ihm ins Schloss und ich bin wieder allein. *Warten Sie hier.* Haha, was soll ich denn sonst tun? Das Schloss knacken und flüchten? Glaubt er mir? Werden Carl und Lysa bezeugen, dass wir zusammen ins Hotel gefahren sind? Was hat Ashley wirklich gesagt? Hat Kate Bob angerufen? Ich raufe mir verzweifelt die Haare und stütze meinen Kopf in den Händen ab. *So eine verdammte Scheiße.*

Kapitel Dreiundzwanzig

Danny

»Gil, du musst ihm helfen! Diese Frau will Jake was anhängen!« Zusammen mit Gillian bin ich zum Revier gefahren, gerade hat der zuständige Polizist den Raum verlassen und Jake rauft sich verzweifelt die Haare.

»Er hat nichts getan, Danny.« Gillian steht, mit ihrer Hand auf Jakes Schulter, neben ihrem Schützling, allerdings springt Jake wieder auf und marschiert erneut an der Wand auf und ab.

Ja, das wissen wir beide, trotzdem ändert es nichts an dieser beschissenen Situation. Jake hat diese aufdringliche Frau abgewiesen, weil er Kayleen liebt. Sie hat sogar seine Hand auf ihren nackten Busen gelegt und sich mit gespreizten Beinen auf sein Bett gesetzt. Nicht jeder Mann wäre bei diesem Anblick stark geblieben.

Jakes Assistentin betritt unsicher den Raum, um ihm sein Handy, das er vorhin am Empfang lassen musste, zu geben.

»Hier«, murmelt sie nur.

»Danny!« Gillians Stimme lässt mich aufblicken. »Vielleicht könntest du dafür sorgen, dass Bob den Anruf annimmt?«

Die Assistentin legt Jake eine Hand auf die Schulter, wünscht ihm viel Glück und verschwindet wieder.

»Wie soll ich das denn machen?«

Gillian sieht mich eindringlich an. »Beeil dich, Danny!«

Na gut, auch wenn ich keine Ahnung habe, wie ich Kayleens Dad mitten in der Nacht davon überzeugen soll, ans Telefon zu gehen, mache ich mich auf den Weg nach London und erreiche das dunkle Haus von Bob und Judy. Mein Blick fällt auf die leuchtende Uhr am Backofen-Panel. Drei Uhr morgens. Könnte Bob ausgerechnet jetzt wach werden? Einfach so? Vielleicht muss er ja aufs Klo. Ich schüttle über meinen Gedanken den Kopf und schleiche nach oben. Im Schlafzimmer dreht Judy sich auf die andere Seite und zieht sich die Bettdecke bis zur Nasenspitze. Kayleen hat das auch immer gemacht. Bob hat die Hände auf der Brust gefaltet und schnarcht leise. Wenn Marc geschnarcht hat, habe ich ihm immer die Nase zugehalten. Ob das jetzt auch möglich ist?

Im Erdgeschoss klingelt das Telefon. Wie viel Zeit habe ich? Oder Jake? Wie lange wird er es klingeln lassen? Ich trete ans Bett und strecke meine Hand aus, um zwei Finger an Bobs Nase zu legen. Zuerst schnauft er, dann öffnet er den Mund, um zu atmen und schüttelt schließlich den Kopf. Das Telefon klingelt immer noch, ich trete einen Schritt zurück und Bob tastet verschlafen nach dem Lichtschalter, bevor er sich stöhnend aufsetzt.

Judy blinzelt in die plötzliche Helligkeit. »Ist was mit den Kindern?« Typisch. Mütter denken immer zuerst an die Kinder, das wäre bei meinen Eltern genauso.

»Schlaf weiter, Schatz, ich geh dran«, murmelt Bob, bevor er ihre Stirn küsst und aus dem Zimmer schlurft. Eilig folge ich ihm nach unten. Bob schaltet auch hier das Licht an, während ich angestrengt die Luft anhalte und hoffe, dass Jake nicht auflegt.

Endlich greift Bob nach dem Hörer. »Hallo?«

Ich atme wieder aus und warte.

»Jake? Ist etwas passiert?«

Noch nicht ganz wach kratzt Bob sich die Bartstoppeln.

»Warte, langsam. Ich brauche etwas zum Schreiben.« Jetzt betritt er die Küche und knipst das Licht an, bevor er sich an den Tisch setzt und nach einem Stück Papier und einem Stift greift. »Ok, jetzt noch mal von vorne.« Er kritzelt auf dem Blatt herum. »Und was wollen die von dir?«

Grinsend beobachte ich Kayleens Dad. Er wird Jake bestimmt helfen, das bedeutet, ich habe genug Zeit, dieser Ashley einen Besuch abzustatten. Was denkt sie sich dabei, solche Lügen zu verbreiten? Ich verlasse das Haus in London und betrete kurz darauf das Krankenhauszimmer in New York. Es ist dunkel. Ashley hat die Lider geschlossen. Ihr linkes Auge ist extrem geschwollen, eine Hand verbunden und auf der Lippe klebt ein Pflaster.

»Warum hast du das getan?«, frage ich leise, als ich an ihrem Bett stehe. »Was erhoffst du dir dadurch?« Ich weiß, dass sie mich weder hören kann noch antworten wird. Trotzdem rede ich weiter. »Er ist jetzt mit Kayleen zusammen! Nur, weil er dich beim letzten Mal in sein Bett gelassen hat, heißt das nicht, dass er das immer noch will.«

Ich beobachte die Monitore neben ihrem Bett. Ihr Herz schlägt regelmäßig, der Blutdruck ist schwach, aber konstant, und ihre Atmung flach.

»Er liebt Kayleen!«, schimpfe ich jetzt lauter. Noch vor ein paar Monaten hätte ich ihn nie verteidigt, aber Jake hat sich oft genug bewiesen.

Ashley dreht den Kopf und stöhnt vor Schmerzen. »Du musst das richtigstellen!«, fordere ich energisch. Vielleicht kann irgendein Teil in ihr mich hören. Den Schutzengel in mir. Vorsichtig öffnet sie das rechte Auge. »Wer war das wirklich?«

»Ein Verehrer, den sie nicht wollte«, haucht plötzlich eine männliche Stimme in der Ecke, deshalb hebe ich den Blick. Ist er ihr Schutzengel? Er ist kleiner als ich und auch älter. Seine Haare hängen bis zu den Schultern, sein Gesicht wirkt in dem dezenten Licht fahl und seine Augen sind wie schwarze Kohlen.

»Was heißt das? Warum sagt sie, dass Jake sie geschlagen hat?«

Er kommt langsam näher, stützt mit purer Erschöpfung in seinem Blick beide Hände auf dem Bettgestell ab. »Das hat sie gar nicht.«

Ich starre ihn an. »Hat sie nicht?«

»Nein, sie hat überhaupt nichts gesagt, nur Jakes Namen, weil sie ihn gerade anrufen wollte, um ihn um Hilfe zu bitten.«

Ich wende mich erneut zu Ashley, aber sie ist wieder eingeschlafen.

»Warum wurde Jake dann verhaftet?«

»Weil ihre Freundin, die sie gefunden hat, vermutet hat, dass Ashley ihr den Täter sagen wollte. Wo ist dein Jake jetzt?«

Irritiert runzele ich die Stirn. »Wieso mein Jake?«

»Bist du nicht sein Schutzengel?«

»Nein, ich bin …« Ich stocke mitten im Satz. »Meine Freundin ist sein Schutzengel.«

»Ah. Ok.« Er nimmt Ashleys Hand. »Ich hoffe wirklich, dass sie es schaffen wird und alles richtigstellen kann.«

Als ich das Verhörzimmer wieder betrete, steht der glatzköpfige Polizist in der Tür. »Sie können jetzt gehen, Mr McTavish!«

Gillian hüpft mit einem freudigen Grinsen vom Tisch. Es ist mittlerweile auch in New York nach Mitternacht.

Jake greift müde nach seiner Jacke. »Warum jetzt auf einmal?«

»Ihr Anwalt hat angerufen, er wird Sie morgen kontaktieren. Fahren Sie ins Hotel und halten Sie sich zu unserer Verfügung.«

Gillian greift nach meiner Hand und drückt mir einen Kuss auf den Mund. »Was hast du gemacht?«

»Ich habe Bob die Nase zugehalten, weil er geschnarcht hat, dann ist er wach geworden, als das Telefon geklingelt hat.«

Sie lacht. »Es hat gewirkt. Bob hat einen Kollegen hier in der Stadt verständigt.«

Kapitel Vierundzwanzig

Jake

»Mr McTavish?« Mit schnellen Schritten kommt ein Mann im schicken Anzug und einer Aktentasche in der Hand auf mich zu, deshalb stelle ich meine Kaffeetasse ab und stehe auf. »Oliver Gardner, schön, Sie persönlich kennenzulernen.« Er streckt mir die Hand entgegen.

Heute Morgen hat mich seine Sekretärin angerufen und dieses Treffen im Hotel arrangiert. Ich habe den Rest der Nacht nur unruhig geschlafen, weil ich keine Ahnung habe, wie es weitergeht. Bin ich nach wie vor der Hauptverdächtige?

»Danke, dass Sie so schnell Zeit hatten.« Ich deute auf den Sitzplatz gegenüber. »Setzen Sie sich.«

»Gerne.« Er stellt seine Tasche neben dem Sessel ab und bestellt einen Espresso bei der herbeigeeilten Kellnerin, während ich mich ächzend wieder auf meinen Sitzplatz sinken lasse. »Ich habe mit Officer van Dyck gesprochen.« Er schlägt seine Mappe auf.

»Ich habe Ashley nicht angerührt!«, platzt es aus mir heraus.

»Das gilt es zu beweisen, Mr McTavish.«

Seufzend lehne ich mich zurück. »Und wie? Es glaubt mir doch niemand.« Ich bin müde und in meinem Kopf ist eine ganze Marschkapelle unterwegs.

Die Kellnerin bringt Mr Gardner seinen Espresso, den er dankend annimmt.

»Miss Baker wurde von ihrer Mitbewohnerin gefunden und diese hat zu Protokoll gegeben, dass sie nur ihren Namen gehört hat, bevor Miss Baker ohnmächtig wurde.«

»Deswegen werde ich verdächtigt?«

»Ich hoffe, mit dieser Mitbewohnerin sprechen zu können und dass Miss Baker bald vernehmungsfähig ist.«

»Was heißt bald? Wie lange muss ich hierbleiben? Ich wurde gestern wie ein Schwerverbrecher abgeführt, stundenlang befragt und festgehalten. Mein Job ist in Gefahr.«

»Mr McTavish, kennen Sie Catrina Dennis?«

Oh, nein, bitte nicht. Ich nicke zähneknirschend. »Ja.«

Er legt den Kopf schief und sieht mich an. »Wie genau? Nur flüchtig? Vom Sehen? Als Kollegen?«

»Als Model und …« Ich räuspere mich angestrengt. »Na ja, wir hatten mal …«

»Verstehe.« Er grinst. »Nun, Miss Dennis und Miss Baker sind Kolleginnen und Freundinnen. Mit beiden waren Sie intim, aber mit keiner der Damen hatten Sie eine feste Beziehung?«

Ich kann nur müde nicken.

»In Ordnung.« Er klappt seine Unterlagen zu. »Carl Terran und Lysa James haben Ihre Aussage zum Verbleib von Miss Baker gestern bestätigt, außerdem haben beide versichert, dass Sie mit Ihnen zurück ins Hotel gefahren sind. Die Kanzlei ist gerade dabei, den Taxifahrer ausfindig zu machen, der das ebenfalls bestätigt.«

»Was heißt das für mich?«

Er steckt seine Unterlagen zurück in die Aktentasche, leert seine Tasse und steht auf.

»Ich werde jetzt mit der Polizei sprechen und mich wieder bei Ihnen melden, sobald ich neue Informationen habe.«

Ich stehe ebenfalls auf. »Und was mache ich?«

»Sie bleiben hier im Hotel.«

»Ich bin für zwei weitere Shootings gebucht und muss nächste Woche nach Paris.«

»Das werden Sie absagen müssen, Mr McTavish. Auch wenn Sie womöglich unschuldig sind, werden Sie sich zunächst in New York zur Verfügung halten müssen.« Er streckt mir eine Hand entgegen. »Ich melde mich.«

»Na toll.« Nachdem er die Hotellobby verlassen hat, lasse ich mich wieder zurück in den Sessel plumpsen. »Scheiße!«

»Baby, es tut mir leid aber wir müssen unseren Trip nach Paris verschieben«, seufze ich erschöpft, als ich zurück in meinem Zimmer bin. Kayleen hat natürlich schon mit ihrem Vater gesprochen und will jetzt wissen, was passiert ist, deshalb erzähle ich ihr die Kurzfassung der letzten Nacht und was der amerikanische Anwalt gesagt hat.

»Oh Mist«, murmelt sie.

»Baby, ich war das nicht. Ich habe sie nicht angerührt, ich war länger beim Shooting und bin mit zwei Kollegen von Set zurück ins Hotel. Ich habe …«

»Jake!« Ihre Stimme ist eindringlich. »Hör auf damit! Ich weiß, dass du das nicht warst.«

Erleichtert schließe ich die Augen. Sie glaubt mir. Bob glaubt mir. Dieser Anwalt glaubt mir. Nur die Polizei tut es nicht.

»Was ist mit dem nächsten Shooting?«

»Abgesagt, ich sitze hier im Hotel fest und darf die Stadt nicht verlassen.«

»Verdammt.« Sie murmelt etwas zu Danielle. »Was sagt deine Agentur?«

»Keine Ahnung, Kate wollte mit ihnen sprechen.«

»Kann ich irgendetwas tun?«

Ich reibe mir mit der freien Hand über die Augen.

»Jay!«, ruft Danielle im Hintergrund.

»Gib der Prinzessin einen Kuss.«

»Werde ich tun, sie muss auch jetzt gleich ins Bett, aber ich will sie vorher noch baden.«

»Dann sollte ich dich nicht länger aufhalten.« Ich kann ein Gähnen nicht unterdrücken.

»Ruh dich aus, Jake, und dann sorgst du dafür, dass du schnell wieder zurückkommst. Wir vermissen dich nämlich.«

»Ich vermiss euch auch.«

»Wegen diesem ganzen Mist hier werde ich noch meinen Job verlieren!«, klage ich abends an der Bar mit Matt, der wegen eines anderen Auftrags in der Stadt ist und von meiner beschissenen Situation gehört hat.

»Ach was, das kann sich die Agentur nicht leisten«, winkt er ab, während er nach seinem Bier greift und einer Blondine hinterher schielt.

»Ich bin noch nicht so lange dabei und jetzt werde ich als Vergewaltiger hingestellt«, beharre ich.

Matt wischt sich den Schaum von den Lippen und sieht mich wieder an. »Sollen wir ausgehen? Wird guter Sex dich ablenken?« Er prostet der Blondine am anderen Ende der Bar zu.

»Nee, lass mal. Ich geh in mein Zimmer.«

»Jake, Alter. Komm schon. Die ist doch niedlich.«

Ich rutsche von meinem Barhocker, lege dem Kellner ein paar Scheine auf den Tresen und klopfe meinem Kollegen auf die Schulter. »Nimm du sie, ich hab 'ne Freundin.«

Auch in dieser Nacht kann ich nicht schlafen. Stattdessen wälze ich mich von einer Seite auf die andere und starre in die Dunkelheit. Ich stehe auf, schnappe mir eine winzige Flasche Whisky aus der Minibar und setze mich auf den Balkon, ohne sie zu trinken. Wenn ich früher Mist gebaut habe, konnte ich mit Jules sprechen. Sie war immer auf meiner Seite und hat mich in allem unterstützt. Ich hatte eine riesige Familie, viele Freunde und jede Menge Mädchen um mich. Und jetzt? Noch nie habe ich mich so einsam gefühlt wie in diesem verdammten Hotelzimmer, mitten in einer der aufregendsten Städte der Welt.

Ich schraube den Whisky auf und leere das Fläschchen in einem Schluck, allerdings hilft es auch nicht, deshalb wandere ich als nächstes durch mein Zimmer. Irgendwann schalte ich den Fernseher ein und lasse mich von einer Verkaufssendung und einem weiteren Fläschchen Whisky in den Schlaf lullen. Mitten in der Nacht wache ich durch das Klingeln meines Handys auf. Benommen taste ich nach dem kleinen Gerät auf dem Couchtisch und erreiche es gerade noch, bevor ich vom Sofa falle.

»Hm, Hallo?«

»Jake?«

Ich rappele mich wieder hoch und lasse mich auf die Sitzfläche sinken. »Wer ist denn da?«, frage ich immer noch irritiert, nachdem ich das Handy kurz vom Ohr genommen habe, um auf die Uhr zu linsen. Es ist halb fünf.

»Hier ist Jules. Geht es dir gut?«

Ich schlucke angestrengt.

»Jake? Jetzt sag doch was?« Sie klingt panisch, deshalb reiße ich mich zusammen und hole tief Luft.

»Ich bin dran. Was ähm ...«

»Du hast mir geschrieben, dass du verhaftet wurdest? Was ist passiert? Geht es dir gut? Wo bist du? Was haben sie mit dir gemacht? Wo ...«

»Stopp.« Ich nehme das Handy wieder vom Ohr und werfe einen Blick auf das Display. Vier Nachrichten. Alle von Jules.

»... brauchst du Hilfe? Können wir irgendetwas tun, hast du einen Anwalt?« Jules redet immer noch.

»Stopp, Jules. Bitte.«

Jetzt hört sie auf und holt hörbar Luft. »Entschuldige.«

Ich lehne den Kopf nach hinten und schließe kurz die Augen, bevor ich ihr erkläre, was passiert ist, was Kayleens Vater in die Wege geleitet hat und was Gardner jetzt vorhat. Jules hört schweigend zu und auch wenn ich ihr die Nachrichten vielleicht nur geschrieben habe, weil ich angetrunken war, tut es unheimlich gut, mit ihr zu sprechen. Sie ist immer für mich da. Auch jetzt, oder gerade jetzt, weil sie meine Mutter ist.

Kapitel Fünfundzwanzig

Kayleen

»Hallo Kay.« Danny betritt meinen Traum, als ich aus Danielles Zimmer komme. »Wie geht es dir?« Er berührt zärtlich meine Hand und ich versinke wie immer in seine tiefblauen Augen.

»Müde, ich habe nicht besonders gut geschlafen, weil ich lange mit Jake telefoniert habe.«

Sein Daumen streichelt über meinen Handrücken. »Das verstehe ich, aber Jake wird sicher bald zurückkommen. Ihr könnt vielleicht den Valentinstag in Paris verbringen.«

»Das wäre schön.«

Danny lächelt liebevoll und hält dabei weiter meine Hand. »Jake liebt dich, Kay.«

Stirnrunzelnd betrachte ich unsere Hände und hebe dann wieder den Blick. »Es klingt komisch, das aus deinem Mund zu hören.«

»Warum?«, fragt er grinsend.

»Weil du extrem eifersüchtig bist, Danny.«

Er zuckt mit den Schultern. »Jetzt bin ich es nicht, weil ich will, dass du glücklich bist.«

»Bist du glücklich, Danny? Mit Gillian?«

Seine Wangen werden einen Ton dunkler, als ich ihn nach seiner Freundin frage, dann nickt er.

»Und bist du bei ihr eifersüchtig?«

»Das ist ja das Gute daran, Kay, von den Lebenden kann uns niemand sehen.« Er nimmt meine Hände in seine und führt mich ins Wohnzimmer. »Gil ist nicht eifersüchtig, wenn ich bei dir bin, also sollte ich es auch nicht sein, oder?«

»Wen besucht sie? Ihre Familie? Ihren Mann?« Wir setzen uns auf die Couch, das Telefon von meinem letzten Gespräch mit Jake liegt noch auf dem Tisch.

»Sie ist gerade bei ihrem Schützling«, erklärt er.

»Bei Jake?« Ich muss ihn das einfach fragen, weil mir der Gedanke nicht mehr aus dem Kopf geht. Danny starrt mich erschrocken an.

»Wie kommst du denn darauf?«

»Ach, ich dachte nur, dass sie vielleicht sein Schutzengel ist.«

Er kaut verlegen auf seiner Unterlippe, deshalb weiß ich, dass ich recht hatte und Gillian wirklich Jakes Schutzengel ist.

»Ich verrate es nicht, Danny, versprich mir nur, dass er heil aus dieser Sache rauskommt? Jake war das nicht! Er hat diese Frau nicht angefasst. Er ...«

Danny drückt meine Hände und nickt. »Das weiß ich, Kay, es fehlen nur die richtigen Beweise und dann wird es die Polizei auch kapieren.«

»Kannst du nicht nachhelfen?«

»Nein, ich kann nur hier bei dir sein und dir die Zuversicht geben, dass Jake wieder zu dir zurückkommen wird.« Jetzt sieht er mich an. »Ich war es, der deinen Dad aufgeweckt hat.«

Er klingt stolz dabei, aber ich habe keine Ahnung, was er meint.

»Ich war in New York, als Jake verhaftet wurde, weil Gillian ihn nicht alleine lassen wollte, bin ich nach London gegangen, als er telefonieren durfte. Ich habe deinen Dad dazu gebracht, aufzuwachen und ans Telefon zu gehen.«

»Wie hast du das gemacht? Ich denke, wir können euch nicht sehen?«

»Ich habe seine Nase zugehalten, weil er geschnarcht hat.«

»Wirklich? Das klingt total komisch.« Stirnrunzelnd betrachte ich meinen ... hm, was ist er jetzt? Mein Freund? Mein Verlobter? Mein Ex? Ich zucke mit den Schultern. »Na ja, es klingt irgendwie gruselig, ähm ... ach, ich weiß auch nicht.«

»Warum?«

»Wenn ich mir überlege, dass unsichtbare Fremde mich berühren oder dass du vielleicht hier bist, wenn ...« Ich beende den Satz nicht, weil mir das Blut in die Wangen schießt.

»Ich bin nicht hier, wenn du mit Jake im Bett bist, Kay.«

Jetzt betrachte ich unsere verschränkten Hände.

»Aber wir sind immer da, mal mehr und mal weniger sichtbar.«

Ich atme tief durch und als ich ihn wieder ansehe, strahlt er vor Stolz. Er hat schon immer gerne anderen geholfen und sie beschützt.

Am nächsten Tag durchqueren Danielle und ich auf dem Rückweg von der Spielgruppe den Park. Heute ist Dannys

Geburtstag und eigentlich wäre Jake heute zurückgekommen, damit wir morgen nach Paris fliegen. Jetzt sehen unsere Pläne anders aus.

»Mommy. Da!« Aufgeregt deutet Danielle auf ein kleines Mädchen mit einem Luftballon.

»Ja, Schatz, der ist toll nicht wahr.« Ich streiche ihr durch die Haare. »Möchtest du auch einen Ballon?«

Sie strahlt mich an. »Ja!«

Wie immer schafft sie es, mich von meinen düsteren Gedanken abzulenken, und nachdem ich ihr einen roten Ballon gekauft und an ihr Handgelenk gebunden habe, lacht sie ihr gluckerndes Babylachen. Sie beobachtet den Ballon dabei, wie er über ihrem Kinderwagen durch die Luft tanzt und ihren Bewegungen folgt. In der U-Bahn muss ich ihn festhalten, damit er die anderen Fahrgäste nicht stört, trotzdem zupft Danielle immer wieder ungeduldig an der Schnur.

»Gleich, Süße.« Wir müssen nicht lange fahren, bis wir in eine weniger überfüllte Bahn umsteigen. Im Aufzug zur Straße kichert Danielle über den tanzenden Ballon und lehnt ihren Kopf weit nach hinten, um ihn zu beobachten. »Solltest du nicht müde sein, Schatz?«, frage ich leise und streiche ihre Mütze zurück, die bei ihren Verrenkungen über die Augen gerutscht ist, aber wahrscheinlich hat sie den müden Punkt nach der Spielgruppe überwunden und dreht jetzt erst richtig auf.

»Babonn!«, flötet sie, als ich sie zu Hause aus dem Wagen hebe und im Flur abstelle. Sie zeigt auf das rote Objekt über ihrem Kopf und freut sich darüber, dass er scheinbar von Zauberhand ihren Bewegungen folgt. »Warte kurz, wir müssen dich ausziehen, bevor wir Daddys Kuchen essen.«

»Daddy!« Danielle strahlt.

»Ja, genau. Daddy hat heute Geburtstag.«

Nachdem ich Danielle aus ihrer Jacke befreit habe, wackelt sie zielstrebig über den Flur. Sie zieht an der Schnur und kichert über den Tanz, den der Ballon über ihr veranstaltet. Während Danielle durch die Küche tänzelt, stelle ich den Schokoladenkuchen auf den Tisch, den ich für Danny gebacken habe.

»So mein Schatz, komm her.« Ich schnappe mir meine Tochter und löse das Band um ihr Handgelenk.

»Babonn!«, ruft sie, als der rote Luftballon zur Decke steigt. »Da!«

»Du kannst ihn nachher wieder haben.« Ich hebe sie hoch, damit wir ihre Händchen waschen können, und setze sie in den Hochstuhl.

»Daddy!«, ruft sie aufgeregt, während sie mit ihrem Plastiklöffel auf den Tisch klopft.

»Ja, genau.« Ich streiche ihr über den Kopf. Heute wäre Danny sechsundzwanzig geworden. Der zweite Geburtstag, den wir nicht zusammen verbringen. Danielle beobachtet immer noch ihren Ballon an der Decke.

»Möchtest du Kuchen, Dani?«

»Ja, Mommy!« Sie grinst genau wie Danny und ich wünsche mir, dass sie gleich in eine bestimmte Richtung zeigt, weil Danny hier bei uns ist. Aber gerade, als ich die Kerze auf dem Kuchen angezündet habe, klingelt es an der Tür. »Daddy!«, freut sich Danielle. »Babonn!«

»Ich glaube nicht, dass Daddy klingelt, Schatz.« Ich rücke den Kuchen weit genug von ihr weg, damit sie nicht an die Kerze kommt. »Ich bin gleich wieder da.«

»Hallo!« Sam stellt ihren Regenschirm in die Ecke und tritt in den Flur.

»Sam? Was machst du denn hier?«

»Ich war bei Dr. Kiefer und ich dachte mir, hier bei euch gibt es bestimmt Kuchen.« Sie zieht grinsend ihre Jacke aus.

»Da hast du aber Glück, dass wir noch nicht angefangen haben.« Ich bin froh, dass sie hier ist, um mich von Danny abzulenken, genau wie letztes Jahr, als wir Fotos aus Afrika angesehen haben.

»Sam!« Danielle strahlt, als sie ihre Patentante entdeckt und Sam begrüßt sie mit einem Küsschen. »Babonn!«

»Oh wow, ein neues Spielzeug.«

Danielle nickt überschwänglich. »Daddy Tuchen!«

»Genau, meinst du, Tante Sam und das Baby dürfen auch ein Stück essen?« Sam setzt sich an den Tisch und ich reiche ihr einen Teller. »Danke Kay.«

Mit meinem eigenen Teller und der Kaffeekanne setze ich mich zu meiner Freundin, die sich jetzt mit einem entspannten Lächeln auf den Lippen zurücklehnt, während ich einen Moment die tanzende Flamme der Kerze beobachte.

»Alles klar, Kay?« Sams leise Stimme und ihre Hand auf meiner holt mich aus meinen Gedanken, deshalb wende ich ihr meinen Blick zu.

»Ja. Danielle will bestimmt die Kerze auspusten, oder?« Danielle klatscht aufgeregt in ihre Hände und ich schiebe den Kuchen zu ihr. »Fest pusten, Süße!« Mit aufgeplusterten Bäckchen sieht sie aus wie ein Eichhörnchen, trotzdem muss ich ihr von der Seite helfen. Sam nimmt das Messer, um die einzelnen Portionen aufzuteilen, und schneidet für Danielle extra kleine Stücke ab.

»Was hat Dr. Kiefer gesagt?«, frage ich nach einem Schluck Kaffee. »Ist alles in Ordnung?«

Sie nickt. »Ja, alles super.«

»Das ist gut, dann wisst ihr schon, was es wird?«

»Nein, und ich habe im Gegensatz zu dir auch überhaupt keine Ahnung.«

»Warte, Schatz, ich helfe dir.« Ich nehme Danielle den Löffel ab, damit sie ihren Trinkbecher besser greifen kann.

»Vielleicht kommt das noch und wenn nicht, dann wird es eben ein Baby.« Ich stecke mir ein Stück Kuchen in den Mund.

»Ja, hoffentlich ein gesundes Baby, das ich diesmal länger im Arm halten darf«, murmelt Sam traurig, deshalb lege ich jetzt meine Hand auf ihre.

»Bestimmt wirst du das, Sam. Es wird alles gut werden.«

»Ja.« Seufzend greift sie nach ihrem Tee. »Wie geht es dir? Heute meine ich? Hat Jake schon angerufen?«

»Nein, aber er meldet sich sicher gleich. Er hat noch einen Termin mit dem Anwalt.«

»Tuchen!« Danielle grinst ein breites Schokoladengrinsen.

»Und Danny?«, hakt Sam nach. »Hat er dich besucht?«

Ich nicke. »Er war letzte Nacht wieder hier und hat sich einen Schokoladenkuchen gewünscht.« Ich wische über Danielles Gesicht. »Du siehst aus wie ein Schwein, Schatz.« Danielle schüttelt kichernd den Kopf.

»Weiß Jake schon, wann er nach Hause darf?«, will meine Freundin wissen.

»Nein. Er musste noch ein weiteres Shooting nächste Woche absagen und hofft jetzt, dass seine Agentur ihn nicht feuert.« Danielle klopft mit ihrem Trinkbecher auf den Tisch und verteilt ihren Saft auf der Platte.

»Langsam, Schatz. Mach nicht so eine Sauerei!« Ich nehme ihr den Becher ab und hebe sie aus dem Hochstuhl. »Komm, wir müssen dich erst mal sauber machen!« Es klingelt an der Haustür, als ich mit Danielle auf dem Arm in ihr Zimmer gehe. »Sam! Kannst du bitte aufmachen!« Ich setze Danielle auf den Wickeltisch.

»Daddy?«

Ich ziehe ihr ein frisches Shirt an. »Nein, Schatz, Daddy klingelt nicht, das weißt du doch. Er ist einfach so da.« Ich werfe den schokobeschmierten Pullover in die Wäsche und blicke auf dem Weg zurück in die Küche in den Spiegel, aber Danny taucht nicht auf.

Zurück in der Küche hat Shane gerade seine Jacke ausgezogen und seine Freundin begrüßt.

»Hi Kay!« Er nimmt mir Danielle ab. »Na, Prinzessin! Komm her.« Ich blicke zu Sam. Sie hat das geplant. Beide wollen mich heute nicht alleine lassen. Grinsend hole ich einen weiteren Kuchenteller aus dem Schrank.

»Babonn!«, verkündet Danielle, nachdem sie ihr neues Spielzeug wieder an der Decke entdeckt hat. Shane zieht an der Schnur.

»Der ist toll, nicht wahr?« Er lässt den Ballon auf und ab tanzen und bringt Danielle damit zum Lachen.

»Habt ihr was dagegen, wenn wir das im Wohnzimmer fortsetzen?«, fragt Sam, die sich beim Aufstehen den Rücken hält.

»Nein, natürlich nicht, dort kann Danielle auch besser spielen.« Shane dreht sich mit Danielle auf dem Arm um und marschiert sofort ins Nebenzimmer, während der Ballon hinter ihm her tanzt.

Sam stellt ihre Tasse auf den Tresen, um sich Tee nachzuschenken. »Wir lassen dich nicht ohne uns feiern, Kay.«

Ich nicke erleichtert. »Ich weiß, danke.« Sie nimmt ihre Teetasse und ich folge ihr mit einem Kaffee und einen Stück Kuchen für Shane.

»Hier, bitte.« Ich stelle alles auf den Tisch, damit Danielle es nicht erreichen kann. Dann gehe ich zurück in die Küche, um meinen eigenen Kaffee zu holen. Auf meinem Handy blinkt eine Nachricht von Jake.

Esst ein Stück Kuchen für mich mit, melde mich später. Ich liebe dich.

Grinsend gehe ich zurück ins Wohnzimmer. Der Ballon schwebt an der Decke neben dem Fenster, während Shane mit Danielle auf dem Boden sitzt und bis zu den Schultern in ihrem kleinen Zelt verschwunden ist, das Ellen und Pete ihr geschenkt haben. Ihr gluckerndes Babylachen klingt aus dem Inneren und Sam hat es sich mit ihrem Tee in der Hand auf der Couch gemütlich gemacht. Ich setze mich in den Sessel. Es ist schön, meine Freunde hier zu haben.

Kapitel Sechsundzwanzig

Jake

»Jake!«, ruft Kayleen, nachdem sie mich am Flughafen entdeckt hat, und eilt auf mich zu. Sofort lasse ich meinen Rucksack fallen, um sie in meine Arme zu ziehen. Unsere Lippen finden sich zu einem stürmischen Kuss. *Endlich. Zu Hause.* Als ich sie hochhebe und Kayleen auch noch ihre Beine um mich schlingt, klatschen die anderen Passagiere um uns herum Beifall, aber das interessiert mich nicht. Es gibt nur uns. Ihre Lippen auf meinen. Ihr zierlicher Körper fest in meinen Armen. Sanft und warm spüre ich ihre Zunge in meinem Mund. Zwei Wochen ohne sie. Jetzt stelle ich sie vorsichtig auf den Boden, versinke in ihren Augen und streiche zärtlich über ihre Wange, damit ich ihr eine Haarsträhne hinter ihr Ohr klemmen kann.

»Du bist wunderschön, Baby.«

Mit roten Wangen senkt sie den Blick. »Danke.«

Ich lege meinen Finger unter ihr Kinn und zwinge sie mich anzusehen. »Ich hab dich vermisst.«

»Ich dich auch.« Mit einem verführerischen Lächeln greift sie nach meiner Hand. »Lass uns gehen.«

Ich lege den Arm um sie. »Wo hast du die Prinzessin gelassen?«

»Bei Judy.« Kayleen grinst. »Sie meinte, wir hätten ein bisschen Zeit allein verdient.«

»Hm, das klingt gut.« Ich küsse ihre Wange. »Zu dir oder zu mir?«

Sie reicht mir meinen Autoschlüssel. »Wohin du willst.«

»Ok, dann zu mir.« Grinsend lege ich den Arm um sie und führe sie zum Parkhaus. Es ist Dienstagnachmittag, deshalb dauert die Fahrt in die Stadt ewig. Ich lege meine Hand auf Kayleens Knie, woraufhin sie mich mit einem sexy Lächeln auf den Lippen ansieht. Sie erzählt mir, dass Danielle, die in den letzten beiden Wochen erneut Probleme mit den Zähnen hatte, und jetzt ein weiteres Zähnchen zeigt. Nach einer Stunde im Stau fängt sie an, nervös auf ihrem Sitz herumzurutschen.

»Oh Gott, ich muss pinkeln«, murmelt sie, während sie den Wagen vor uns mit zusammengebissenen Zähnen beobachtet.

»Ich auch, wir fahren hier ab.« Ich lenke den Wagen auf die Abbiegespur und kann nach weiteren zehn Minuten endlich Gas geben. Kayleen hat ihre Schenkel zusammengepresst und einen gequälten Ausdruck im Gesicht, deshalb lege ich meine Hand wieder auf ihr Knie. »Gleich, Baby.«

Sie seufzt nur, trotzdem dauert es noch eine halbe Stunde, bis ich endlich in der Tiefgarage zu meiner Wohnung parke. Ich reiche ihr die Schlüssel und sie springt aus dem Wagen, um zum Aufzug zu sprinten, während ich erst mein Gepäck auslade, bevor ich ihr nach oben folge. Kayleen ist im Gäste-WC im unteren Stockwerk verschwunden, deshalb haste ich nach oben.

»Das war knapp?«, frage ich grinsend, als ich aus dem Bad trete und Kayleen nach oben kommt.

Sie nickt. »Oh ja, sorry.«

Ich nehme ihre Hände in meine. »Komm her, Baby.«

Zärtlich ziehe ich sie an mich und presse meine Lippen auf ihre. Wieder schlingt sie ihre Arme um meinen Hals und meine Hände wandern unter ihren Pullover, während ihre Zunge in meinen Mund stupst, und meine zu einem erotischen Spiel auffordert. Mit einem Ruck hebe ich sie hoch und drehe mich um, damit ich sie ins Schlafzimmer tragen kann. Erst, als sie unter mir auf der Matratze liegt, löse ich unseren Kuss und versinke in ihren faszinierenden Augen.

Kayleen lächelt dieses sexy Lächeln, das ich in New York jede Nacht vor mir gesehen habe. Ich werde sie verwöhnen. Ganz langsam. Zärtlich senke ich meinen Mund auf ihren. Himmel, ich habe sie so wahnsinnig vermisst. Sie klammert sich an mir fest und, ihre Brustwarzen stellen sich unter meinen Berührungen erwartungsvoll auf. Jetzt legt sie ihre Hände über ihren Kopf, damit ich ihren Pullover nach oben schieben kann, und ich lasse meinen Mund zu ihren Brüsten wandern. Ich sauge am weichen Material ihres BHs und entlocke ihr ein Seufzen, während sie ihre Schenkel für mich öffnet.

Während ich mit den Zähnen an ihren Brustwarzen knabbere, schiebe ich mit einer Hand ihren Slip zur Seite und Kayleen stöhnt genießerisch auf. Meine Lippen gleiten tiefer und die Zunge taucht in ihren Bauchnabel ein, während Kayleen ihre Hände in meinen Haaren vergräbt und ich schließlich wieder höher rutsche, damit ich ihr den BH ausziehen kann. Sie sieht mich an und leckt sich über die Lippen, bevor sie auf meinen Schoß klettert. Eilig stülpe ich mir mein Shirt über den Kopf, ihre Schenkel pressen sich gegen mich und meine Jeans ist viel zu eng. Sie schlingt ihre Arme um mich und wir fallen zurück aufs Bett. Kayleen verwöhnt mich mit den Lippen, genauso, wie ich es zuvor bei ihr getan habe. An meinem Bauchnabel angekommen, sieht sie mich mit lustverschleierten Augen an und öffnet quälend langsam die Knöpfe meiner Jeans. Ein heiseres Stöhnen entfährt meinen Lippen.

»Ich will dich, Baby.«

Lächelnd lässt sie eine Hand zu der Beule an meiner Hose gleiten. »Dann solltest du das ausziehen.«

Da hat sie recht. Ich stehe auf, damit ich meine Jeans zusammen mit den Boxershorts auf den Boden fallen lassen kann, dann umfasse ich Kayleens Po und hebe ihn an, um sie ebenfalls auszuziehen. Jetzt liegt sie nackt unter mir. Mein Körper brennt vor Sehnsucht und meine Erregung stellt sich ihr entgegen, deshalb bücke ich mich, um die Kondome aus meiner Hosentasche zu holen, aber Kayleen legt ihre Hand an meine Schulter, deshalb halte ich kurz inne und sehe sie an.

»Ich nehme die Pille«, haucht sie. Grinsend lasse ich meine Hose wieder fallen und halte das Päckchen in die Luft.

»Heißt das, wir brauchen die Dinger nicht mehr?«

Mit ihrem sexy Lächeln schüttelt sie den Kopf und stellt ihre Beine auf der Matratze auf, um ihre Schenkel für mich zu öffnen. Ich stütze mich über ihr ab und blicke in ihre tiefen Augen.

»Ich hab noch nie ohne.«

Sie nimmt mir die Gummis ab und lässt sie zu Boden fallen, bevor sie ihre Finger über meine Brust und meinen Bauch zu meinem harten Schwanz gleiten lässt. Schon diese kleine Berührung, lässt mich atemlos aufstöhnen, deshalb beiße ich mir auf die Lippen, bevor ich ihren Mund erneut mit meinem verschließe, Kayleen ihre Arme um meinen Hals legt und ich endlich in sie eindringen kann. Seufzend muss ich unseren Kuss unterbrechen und blicke in ihre Augen, bevor ich anfange, mich in ihr zu bewegen. Sie fühlt sich so gut an. Ohne Kondom noch besser. Ihre Hände wandern über meinen Rücken und nach hinten zum Metallrahmen des Bettes. Meine Bewegungen werden schneller. Kayleen hat die Augen geschlossen und leckt sich über die von unserem Kuss feuchten Lippen.

»Sieh mich an.«, flehe ich atemlos. »Ich will dich dabei ansehen.«

In ihren Augen steht Lust und Liebe. Ich stoße fester in sie und entlocke ihr ein weiteres Stöhnen. Mit beiden Händen am Metallrahmen des Bettes wölbt sie sich mir entgegen, und seufzt meinen Namen, als ich mich in ihr verliere und sie die Welle des Orgasmus mitnimmt. Atemlos lasse ich meinen Kopf an ihre Schulter sinken und schmecke das Salz auf ihrer Haut. Unser Herzschlag ist schnell. Unsere Atmung ebenfalls. Kayleens Hände schlingen sich um meinen Hals und ich hebe den Kopf so weit an, damit ich sie küssen kann.

»Du bist unglaublich, Kay.« Sie lächelt schüchtern und ich streiche zärtlich über ihr Gesicht. »Und wunderschön.« Vorsichtig rutsche ich von ihr herunter und ziehe sie in meine Arme. Kayleen kuschelt sich an mich und schließt die Augen.

Als ich wieder aufwache, ist das Bett neben mir leer, deshalb linse ich auf die Uhr.

»Acht, oh Gott.« Ich lasse mich wieder nach hinten sinken und reibe mir verschlafen über das Gesicht. Etwas klappert in der Wohnung, deshalb rutsche ich aus dem

Bett, um zur Toilette zu gehen. In der Küche finde ich Kayleen in ihrem Slip und meinem T-Shirt am Herd. Sie probiert mit einem Löffel die Soße und dreht die Herdplatte aus.

»Was machst du da, Baby?« Ich linse über ihre Schulter, als sie die Nudeln abschüttet, und drücke ihr einen Kuss auf die Wange.

»Ich dachte, du hast vielleicht Hunger«, murmelt sie, nachdem sie den Topf abgestellt und sich zu mir umgedreht hat.

»Ich will dich viel lieber wieder mit ins Bett nehmen.« Zärtlich ziehe ich sie an mich und lasse meine Hände zu ihrem nur spärlich bekleideten Hintern wandern, während ich meine Lippen auf ihre drücke. Kayleen legt ihre Arme in meinen Nacken und drängt sich an mich. Mit beiden Händen an ihrem Po hebe ich sie hoch und setze sie auf die Arbeitsplatte ab, was sie zum Kichern bringt, bevor sie einladend ihre Schenkel für mich öffnet und ihre sanften Finger über meinen nackten Rücken wandern lässt. Meine Hände schieben ihr das T-Shirt nach oben und Kayleen streckt ihre Arme aus, damit ich sie ausziehen kann. Nackt bis auf den Slip ziehe ich sie an mich und trage sie zurück ins Schlafzimmer, um sie dort erneut zu verwöhnen.

Kapitel Siebenundzwanzig

Danny

»Was machen wir heute?«, fragt Gillian, nachdem sie aus dem Bad kommt.

»Laura ist mit zwei Freundinnen in Florida angekommen. Ich würde gerne dabei sein, wenn sie in eine Achterbahn klettert.«

»Als ob sie Achterbahn fahren würde.« Gillian verdreht die Augen. »Du willst selbst fahren, gib's doch zu.« Sie setzt sich zu mir aufs Bett. »Jake ist wieder zu Hause und ich glaube nicht, dass er Kayleen heute sehr weit von seinem Bett lässt. Ich habe also frei.«

»Hm.« Ich setze mich auf. »Warst du schon mal in Florida?«

»Nein.«

Ich stehe auf und reiche ihr meine Hand. »Na dann los. Ich will Achterbahn fahren.«

Wir erreichen die drei Freundinnen vor dem Eingang eines Filmparks. Hier sind die Gebäude im Stil der Filmstudios aus ihrer Zeit gehalten, deshalb lässt Gillian neugierig ihren Blick schweifen. Ihre Augen strahlen mit der Sonne um die Wette und der weiche Stoff ihres roten Kleids, schwingt bei jedem Schritt.

»Hast du diese Filme alle gesehen?«, fragt sie ungläubig, als wir später ein weiteres 3D-Kino verlassen.

»Nein, nicht alle. Ich habe im Busch gelebt, schon vergessen?«

»Na ja, in Kapstadt oder Johannesburg gibt es doch Kinos.«

»Schon, allerdings war ich meistens zum Surfen dort. Ein paar davon kenne ich, weil sie schon älter sind und deshalb öfter im Fernsehen gelaufen sind. Als Kind habe ich immer alle Schränke durchsucht, ob nicht auch ein Außerirdischer in meinem Zimmer gelandet ist.«

»Glaubst du an so etwas?«, lacht Gillian.

Ich lege den Arm um sie. »Ich bin Schutzengel, Baby. Meine Tochter kann mich sehen und ich kann in die Träume meiner Familie gehen. Ich glaube an alles.«

»Was ist mit dem hier?« Gillian deutet auf einen riesigen Plastik-Hai, der vor dem Eingang der nächsten Attraktion hängt.

»Die Filme sind noch älter, aber ziemlich gut«, erkläre ich, während sie sich, genau wie die anderen Touristen, unter das aufgerissene Maul des Hais stellt.

»Hast du als Surfer keine Angst vor denen? Vor Hawaii gibt es einige davon und in Afrika auch, oder?«

»Ja, schon, nur habe ich beim Surfen noch nie einen gesehen. In Kapstadt waren wir mal im Käfig tauchen, um sie aus der Nähe zu sehen.«

»Wirklich? So etwas gibt es?«

Ich zucke mit den Schultern. »Ja, war ziemlich cool.«

»Du bist verrückt, Danny.«

»Nö, ich will nur möglichst viel ausprobieren.« Ich beobachte die Touristen, die sich gegenseitig vor dem Hai fotografieren. »Na ja, ich wollte so viel wie möglich ausprobieren. Jetzt haben wir nicht mal eine Kamera, um unsere Ausflüge festzuhalten.«

Gillian hakt sich bei mir unter. »Nein, dafür behalten wir es in Erinnerung.«

»Ihhh!« Gillian rennt zum nächsten Unterstand, weil wir beim Verlassen der letzten Attraktion von einem heftigen Regenguss überrascht werden. Unter einem Holzvordach ziehe ich mein triefendes T-Shirt über den Kopf und wringe es aus, während Gillian aus ihren Pumps schlüpft und das Wasser auskippt. Lachend schlingt sie ihre Arme um meinen Hals und ich presse meine Lippen auf ihre. Laura und ihre Freundinnen, wie auch ein paar andere Gäste haben sich ebenfalls hier in Sicherheit gebracht, aber auf einmal habe ich ein seltsames Gefühl im Magen, deshalb nehme ich Gillians Hand.

»Komm mit, Baby.«

»Was ist denn?« Mit ihren Schuhen in der Hand folgt sie mir barfuß über die Straße.

»Hannah. Ich glaube, sie hat Probleme.« In meinem Zimmer angekommen, werfe ich einen Blick aus dem Fenster und sehe einen Schutzengel neben Hannahs Bett. Er streichelt ihre Stirn, während sie sich unruhig hin und her wälzt. Marc liegt neben ihr, ohne etwas davon zu merken.

Gillian legt erschrocken ihre Hände an ihre Lippen. »Wird sie das Baby verlieren? Sie ist doch schon über dem kritischen Zeitpunkt, oder?«

»Sie ist im fünften Monat«, murmele ich, während ich den Mann weiter beobachte.

»Ich geh' zu ihr.« Ich drehe mich um. »Kommst du mit?«

Gillian schüttelt den Kopf. »Nein, lieber nicht. Noch ein Baby, das vor dem Termin sterben muss, halte ich nicht aus.«

Ich drücke ihr einen Kuss auf die Lippen und beeile mich, zu unserem Aufzug zu kommen. Wenig später betrete ich das dunkle Schlafzimmer. Marc hat sich auf die Seite gedreht und Hannah stöhnt leise im Schlaf. Ob sie Schmerzen hat? Ihr Babybauch zeichnet sich deutlich unter der dünnen Bettdecke ab und ich muss an Kayleen denken, als sie schwanger war, und ich jede Nacht in ihrem Bett geschlafen habe. Der Schutzengel neben ihr hebt den Blick, als er mich bemerkt.

»Hallo Danny, ich habe gehofft, dass du vorbeikommst. Ich bin Andrew.«

Ich starre ihn an, als könnte mein funkelnder Blick etwas an Hannahs Zustand ändern. »Wirst du das Baby holen?«

Er schüttelt den Kopf. »Nein, aber Hannah ist sehr schwach. Sie hat Blutungen.«

An Hannahs Beinen und auf dem Laken entdecke ich die roten Flecken. »Dann wirst du Hannah holen?«

»Nein, das hoffe ich nicht.«

Hannah wacht auf, knipst das Licht an und zieht erschrocken die Luft ein. »Marc!« Sie tastet nach meinem Bruder. »Marc, wach auf!«

»Was ist denn?«, knurrt er und dreht sich langsam um. Ich blicke wieder zu dem Mann, der Hannah nicht aus den Augen lässt.

»Was ist los, Baby?« Marc linst aus zusammen gekniffenen Augen zu seiner Verlobten. »Oh Gott, Hannah, was ist passiert?«

»Ich weiß es nicht«, schluchzt sie. »Du musst einen Krankenwagen rufen.«

Marc springt aus dem Bett und stolpert auf dem Weg zum Telefon über einen Hocker, fängt sich und hastet weiter. Seine Stimme ist ängstlich und angespannt, während er dem Notruf erzählt, was passiert ist und die Anweisung erhält, dass Hannah im Bett bleiben soll, bis der Notarzt eingetroffen ist. Marc fährt sich mit beiden Händen durch die Haare und setzt sich zu Johanna.

»Sie kommen, Hannah. Du musst liegenbleiben.«

»Ich hab Angst«, schluchzt sie, deshalb zieht er sie in seine Arme.

»Ich weiß, aber wir werden das schaffen.« Er legt seine Hände auf ihren Bauch. »Unser Baby schafft das.«

Ich schlucke und wende mich wieder zu Andrew. »Wo ist Marcs Schutzengel?«

Er grinst. »Vielleicht in dir?«

Stirnrunzelnd wende mich zu meinem Bruder, der erleichtert aufatmet und mir zunickt. Er kann mich sehen. Wieder. War immer sein Schutzengel in mir, wenn Marc mich gesehen hat? Ist das vielleicht der Grund, warum Danielle mich sehen kann? Weil ich Schutzengel bin und ihrer in meinem Körper ist? Die Sirene vor der Tür wird lauter, deshalb steht mein Bruder jetzt auf, um den Notarzt ins Haus zu lassen.

Gemeinsam beobachten wir die Ärzte, die Johanna untersuchen, bevor sie auf einer Trage nach unten und in den Krankenwagen verfrachtet wird. Marc hat sich inzwischen angezogen und klettert auf den Platz neben ihr. Er wirft mir einen weiteren Blick zu und als die Türen geschlossen werden, spüre ich diesen kühlen Hauch, der mir zeigt, dass sein Schutzengel wirklich in mir war.

Kapitel Achtundzwanzig

Jake

Mit einem Fuß gebe ich der Tür einen Schubs, dabei klirrt das Messer auf meinem Tablett und weckt Kayleen auf.

»Guten Morgen!«, murmelt sie mit einem sexy, verschlafenen Lächeln und blinzelt in die Wintersonne, die durch die großen Fenster in mein Schlafzimmer scheint, während ich unser Frühstück auf der freien Seite des Bettes abstelle.

»Sollte ich nicht Frühstück für dich machen?« Sie setzt sich auf, zieht sich die Decke zu ihren nackten Brüsten und ich lehne mich zu ihr, damit ich sie zärtlich küssen kann.

»Ich war sowieso schon wach, Baby.«

Jetzt streckt sie ihre Hand aus und berührt meine Wange. »Das riecht lecker.«

»Ich weiß, meine Freundin war einkaufen, damit ich sie verwöhnen kann.«

Kayleen kichert.

»Möchtest du Kaffee?«

»Ja, aber zuerst einen Kuss und dann muss ich ins Bad.«

Sie lehnt sich zu mir und drückt ihre Lippen auf meine. Ihre Zunge stupst in meinen Mund und die Tassen auf dem Tablett klirren, weil ich die Matratze mit einer Hand nach unten drücke, als ich mich zu ihr beuge, deshalb löst Kayleen unseren Kuss und klettert aus dem Bett. Auf dem Weg ins Bad sammelt sie ihren Slip ein und zieht sich ein Shirt über, währenddessen schenke ich uns Kaffee ein und schalte mit meinem Handy leise Musik an. Mit einem süßen Lächeln auf den Lippen kommt sie zurück ins Schlafzimmer und setzt sich zu mir.

Ich reiche ihr die Tasse mit dem Milchkaffee. »Hast du gut geschlafen?«

»Ja, sehr gut.« Sie angelt nach einem Croissant. »Und du?«

Ich drücke ihr wieder einen Kuss auf die Lippen. »Wenn du bei mir bist, schlafe ich immer gut.«

Kichernd steckt sie sich ein Stückchen Croissant in den Mund.

»Ich glaube, ich muss mich bei deinem Dad bedanken. Sein Kollege hat mich aus dem Knast geholt.«

Sie legt ihre Hand auf mein Knie. »Du warst gar nicht im Knast, Jake. Du wurdest nur verhört.«

»Ja, stundenlang. Wie ein Schwerverbrecher. Bob hat mich vor dem Knast bewahrt.« Seufzend trinke ich einen Schluck.

»Ok, wenn du möchtest, können wir alle zum Essen einladen oder wir warten, bis es wärmer wird und machen ein Braai bei mir im Garten.«

Verwirrt starre ich sie an. »Ein was?«

»Ähm, ein BBQ. Sorry. In Südafrika sagt man Braai.«

»Ach so.« Ich stelle meine Tasse ab. »In Australien sagen sie Barbie.«

»Cool, dann machen wir eine Mischung von allem.« Zielstrebig greift sie nach der Schokoladencreme und sofort denke ich an Danielles verschmiertes Gesicht, als

Kayleen zum ersten Mal hier gefrühstückt hat. Nach meiner Einweihungsparty. Als ich sie geküsst habe und sie weggelaufen ist. Sie hält mir ein Stück Croissant mit Schokolade vor die Nase. »Ich weiß, genau woran du gedacht hast.«

»Du siehst eben sehr sexy aus mit Schokolade im Mundwinkel.« Ich strecke den Finger aus, um die Spuren zu beseitigen, aber Kayleen nimmt meinen Finger in den Mund.

»Das ist natürlich auch eine gute Idee.«

Sie boxt mir gegen den Arm. »Du bist schlimm.«

Jetzt zucke ich mit den Schultern. »Du hast angefangen.«

Nach unserem Frühstück im Bett trage ich das Tablett in die Küche und betrete das Bad, als Kayleen gerade unter die Dusche klettert, deshalb lasse ich die Boxershorts fallen und ziehe sie an mich. Meine Lippen liegen auf ihren Schultern, ich schiebe ihre langen Haare zur Seite und küsse ihren Hals, während meine Hände ihre Seiten und ihren Bauch streicheln. Leise seufzend presst sie ihren Po gegen meine wachsende Erregung, dreht sich um und schlingt ihre Arme um meinen Hals. Ich hebe ihr rechtes Bein an, um zärtlich in sie einzudringen. Kayleen klammert sich an mir fest und lehnt ihren Kopf stöhnend nach hinten, als ich anfange, mich in ihr zu bewegen. Um fester in sie zu stoßen, hebe ich sie hoch und presse sie gegen die Wand. Das warme Wasser von oben, unsere leidenschaftlichen Küsse und ihr zierlicher Körper in meinen Händen lassen uns beide schnell zum Höhepunkt kommen.

»Ich liebe dich, Kay«, hauche ich dicht an ihrem Ohr, als sie atemlos wieder nach unten gerutscht ist und ich sie in meine Arme ziehe.

Sie nickt langsam. »Ich dich auch, Jake.«

Wir klettern zusammen aus der Dusche, aber bevor sie nach einem Handtuch greifen kann, hebe ich sie hoch, um sie ins Schlafzimmer zu tragen, damit ich sie dort weiter verwöhnen kann.

»Du bist ein Nimmersatt, Jacob McTavish.«

Ich lege sie auf der Matratze ab. »Oh ja, das bin ich, aber ich habe zwei Wochen alleine geschlafen, ich darf das. Außerdem hast du gesagt, wir bleiben heute zusammen hier«, murmele ich, während ich ihre Brustwarzen zärtlich mit dem Finger umkreise.

Sie kuschelt sich an mich. »Sehr gerne.«

Liebevoll küsse ich ihre aufgestellten Brustwarzen. »Nur du und ich und dieses Bett.«

»Und die Dusche«, kichert sie.

»Genau. Die Dusche.« Meine Lippen umschließen ihre Brüste und saugen das weiche Fleisch ein, deshalb hören wir das Telefonklingeln erst, als der Anrufbeantworter piept und Jerrys Stimme durch den Flur zu uns klingt.

»Oh nein, ich bin nicht da«, murmele ich unter der Decke.

»Das war dein Bruder, oder?«, fragt Kayleen leise, aber ich nicke nur, deshalb hebt sie kichernd die Bettdecke an. »Hat er gesagt, dass er gleich hier ist?«

»Wir machen einfach nicht auf.«

Sie streicht durch meine Haare. »Hast du deiner Familie eigentlich die Wahrheit gesagt?«

Ich tauche wieder auf und lege mich neben sie. »Worüber?«

»Warum du länger in New York warst.«

»Ja, ich habe mit Jules telefoniert, als ich aus dem Knast gekommen bin und sie mich stattdessen im Hotel überwacht haben.«

Sie boxt mich gegen den Arm. »Du warst nicht im Knast.«

»Klingt aber dramatischer.« Ich lasse mich auf den Rücken fallen und es klingelt an der Haustür.

»Ich bin nicht da.« Kayleen streichelt zärtlich über meine Wange und ich hebe den Blick. »Ich hab keinen Bock auf ihn.«

Es klingelt wieder.

»Er ist dein Bruder, Jake. Er ist extra aus Dublin hierhergekommen.«

»Woher weiß er überhaupt, dass ich aus dem Knast entlassen wurde?«

Sie boxt mich wieder. »Hör auf damit, du warst nicht im Knast!«

Ich ziehe sie wieder an mich. »Ich will mit dir alleine sein.«

Zärtlich küsst sie meine Wange. »Ich geh jetzt ins Bad, diesmal werde ich abschließen, während du nach unten gehst und deinem Bruder die Tür aufmachst.«

»Er ist nicht mein Bruder.«

»Dann mach halt deinem Onkel die Tür auf«, giggelt sie, aber bevor sie aus dem Bett rutschen kann, greife ich nach ihrer Hand.

»Noch ein Kuss?«

Sie lehnt sich zu mir. »Auch zwei, wenn du ihn danach nicht länger warten lässt.«

Nachdem Kayleen ins Badezimmer verschwunden ist, greife ich meine Boxershorts und ein T-Shirt und trotte die Treppe nach unten. Als ich die Wohnungstür aufreiße, steht Jerry, der jüngste der McTavish-Jungs, bereits am Fahrstuhl, wendet sich aber wieder um, als er die Tür hört. Auf seinem geröteten Gesicht bildet sich ein breites Grinsen. Er ist viel kleiner als ich, genau wie Evelyn und … ich beende den Gedanken nicht.

»Jake!« Er grinst. »Hab ich dich geweckt?«

Ich streiche mir durch die Haare. »Ja. Was gibt's?«

Er mustert mich von oben bis unten. »Ich hatte angerufen und gesagt, dass ich vorbeikommen werde.«

»Ja, fünf Minuten, bevor du vor der Tür stehst, also was willst du?«

»Ich habe gestern angerufen, aber du hast das Band sicher noch nicht abgehört.«

»Nein. Also?«

»Darf ich reinkommen? Ich habe mit Jules gesprochen und weil ich sowieso gerade in der Stadt bin, dachte ich mir, ich besuche meinen kleinen Bruder.«

»Du gibst ja doch keine Ruhe.« Ich trete zur Seite, um ihn in die Wohnung zu lassen, und schließe die Tür.

Jerry sieht sich staunend um. »Schick.«

»Danke. Willst du Kaffee?«

»Gerne, das Gebräu im Hotel kann man vergessen.«

Genervt stampfe ich zurück nach oben und Jerry folgt mir in die Küche. Auf der Anrichte stehen noch unsere Teller mit den Nudeln von gestern Abend.

»Hast du Besuch?«

Ich stelle die Kaffeemaschine an und hole drei Tassen aus dem Schrank. »Kayleen ist hier.«

»Die Kleine auch?«

»Wer?«, frage ich und stelle Zucker und Milch auf den Tisch.

»Na, die Tochter. Deine Freundin hat doch eine Tochter, oder nicht?«

»Nein, sie ist bei ihrem Großvater, wir haben ...«

»Hi«, murmelt Kayleen, die jetzt in Jeans und einem Pullover in der Tür auftaucht. Jerry starrt sie mit offenem Mund an, aber sie lächelt nur und geht auf ihn zu. »Hallo, ich bin Kayleen, schade, dass wir uns nicht schon in Dublin kennengelernt haben.«

Jerry räuspert sich. »Ja, äh ... wirklich schade, ich war in Sydney.« Jetzt greift er nach ihrer Hand. »Hi, ich bin Jeremy, also Jerry. Ich ...« Ich reiche ihm eine Tasse Kaffee.

»Hör auf zu stottern, Jerry.« Ich drücke Kayleen einen Kuss auf die Lippen. »Auch Kaffee, Baby?«

»Gerne, ja.« Sie nimmt mir die Tasse ab und Jerry lässt sich wieder auf den Stuhl sinken.

»Kayleen, das ist ein sehr schöner irischer Name«, grinst er und ich verdrehe die Augen.

»Mein Dad kommt aus Irland«, erklärt Kayleen.

Jerry lässt seinen Blick etwas zu lustvoll über ihren Körper wandern, deshalb schlage ich ihm gegen den Hinterkopf, bevor ich mich neben ihn setze.

»Ich ähm, ja ... ich ...« Schnell trinkt er einen Schluck Kaffee. »Ich habe gerade gefragt, wo deine Kleine ist?«

»Bei meinem Dad.« Kayleen zwinkert mir zu. »Wir wollten sie gleich abholen und den Nachmittag mit ihr verbringen.«

»Genau, wir wollen in den Park.« Kayleen sieht mich überrascht an, weil wir nicht darüber gesprochen haben, aber um Jerry möglichst schnell wieder loszuwerden, ist mir jedes Mittel recht.

»Schön, ja. Die Sonne scheint und es ist nicht mehr so kalt, da hat sie sicher Spaß.« Er sieht Kayleen über den

Rand seiner Tasse hinweg an. »Hat der Rest der McTavishs euch gut behandelt?«

»Der restliche Haufen hat meine Freundin auf jeden Fall nicht so lüstern angestarrt wie du.«

Jerrys Gesicht wird genauso rot wie seine Haare und er räuspert sich erneut. »Entschuldigung.«

Kayleen grinst. »Was machst du in London, Jerry?«

»Ich hatte hier einen Termin.« Er stellt seine Tasse ab. »Mit dem Anwalt meiner Frau … na ja, jetzt ist sie meine Ex-Frau.«

»Du hast dich von Tami getrennt?«, hake ich erstaunt nach, weil Jerry immer von seiner Frau geschwärmt hat, die er in einem Urlaub in Spanien kennengelernt hat und die schon nach drei Monaten schwanger war.

»Nein, sie hat sich von mir getrennt«, seufzt er. »Sie ist mit Flynn und Fiona zurück nach Australien gegangen.«

»Oh je.« Kayleen sieht ihn mitleidig an. »Und darfst du deine Kinder denn besuchen?«

»Na ja, das haben wir gerade ausgehandelt, aber Sydney liegt nicht gerade um die Ecke.«

»Das tut mir leid.«

Er seufzt. »Sie ist wieder mit ihrem Ex-Freund zusammen. Ein Model wie aus dem Katalog, da habe ich als Buchhalter aus der Provinz, mit Bauchansatz und Geheimratsecken keine Chance.«

»Sie hat keine Ahnung, was ihr entgeht«, antworte ich und Jerry mustert mich stirnrunzelnd.

»Sagt der Mann mit dem Sixpack, den Muskeln und dem Zahnpastagrinsen.«

Kapitel Neunundzwanzig

Kayleen

»Was hältst du davon, wenn wir unseren Paristrip nächste Woche nachholen?«, fragt Jake, als wir abends das Restaurant verlassen. Danielle ist schon beim Dessert eingeschlafen und schlummert seelenruhig im Kinderwagen.

»Das ist eigentlich eine gute Idee, aber hast du nicht gesagt, dass du wahrscheinlich viel arbeiten musst, um dein ramponiertes Image zu retten und der Agentur das verlorene Geld zurückzuzahlen?«

Jake legt seinen Arm um mich. »Ja, aber ich könnte auch einen Auftrag in Paris annehmen.« Mit gesenktem Kopf schiebe ich den Kinderwagen in den Aufzug an der U-Bahn-Station. Eigentlich möchte ich nicht darüber sprechen und noch weniger will ich, dass Jake denkt, er wäre mir nicht wichtig, weil ich ...

»Kay? Was ist es?« Seine Hand unter meinem Kinn zwingt mich ihn anzusehen. Der Aufzug erreicht den Bahnsteig, wodurch ich ein paar Sekunden länger Bedenkzeit habe. Wir warten an den Bänken auf die nächste Bahn. Ich schlucke und blicke in seine wunderschönen dunklen Augen. Oh Mann, wie kann ich es ihm sagen, ohne ihn von mir zu stoßen? Seufzend sortiere ich meine Gedanken.

»Was ist los? Hab ich etwas Falsches gesagt?«

»Was? Nein, ich habe nur ...« Ich breche erneut ab. »Na ja, also nächste Woche ist Dannys Todestag«, antworte ich, aber eine laute Durchsage übertönt meine Stimme, deshalb runzelt Jake fragend die Stirn. Ich hole tief Luft. »Nächste Woche ist Dannys Todestag«, wiederhole ich, als es wieder ruhiger ist.

»Oh.« Er nimmt meine Hand. »Wirklich? Wann?«

»Am achten.« Ich schlucke wieder.

»Und du möchtest an diesem Tag lieber mit Danielle alleine sein?«

In seinen Augen steht so viel Liebe und Verständnis. Zärtlichkeit. Ich schüttle den Kopf.

»Eigentlich nicht, es ist dir gegenüber nicht fair, wenn ich mich an diesem Tag verkrieche und ...«

»Du hast jedes Recht, dich zu verkriechen, Baby«, murmelt er und lehnt sich zu mir. »Aber ich verkrieche mich auch gerne mit euch.«

»Ja, das wäre schön.«

Die nächste Bahn wird angekündigt und Jake legt seinen Arm um mich.

»Erzählst du mir von ihm?«

»Von Danny?«

»Na klar.«

»Bist du sicher?«

»Ja, natürlich. Er muss ein cooler Typ gewesen sein, er hat dieses tolle Baby mit dir gemacht und er ist mit meinem Schutzengel zusammen. Ich will alles über ihn wissen.«

»Ich hab dir schon immer gesagt, dass eine deiner Affären dich mal in den Knast bringen wird«, sagt Shane zu Jake und reicht ihm eine Flasche Bier.

»Er war nicht im Knast, Shane!«, protestiere ich, als ich mit Danielle auf dem Arm in die Küche zu Sam gehe, um ihr zu helfen.

»Du hättest mir einfach deine Schwester früher vorstellen sollen«, höre ich Jake sagen, deshalb drehe ich mich noch einmal zu ihm um, woraufhin er mir zuzwinkert.

»Ihr habt euch genau zum richtigen Zeitpunkt kennengelernt«, antwortet mein Bruder und ich betrete mit einem Lächeln die Küche. Meine Freundin bückt sich umständlich, um eine Schüssel aus dem Schrank zu holen, deshalb stelle ich Danielle auf den Boden.

»Warte, ich helfe dir.«

Sam richtet sich wieder auf. »Danke.«

»Hier.« Ich reiche ihr eine hellblaue Plastikschüssel. »Geht es dir gut?«

Sam nickt. »Ja, alles ok. Nur ein kleiner Fußballer hier drin«, sagt sie, während sie liebevoll über ihren Bauch streichelt.

»Baby!«, plappert Danielle, die jetzt auf dem Boden sitzt und mit ihrem Äffchen spielt.

»Genau, Süße.« Sam stellt die Schüssel auf die Anrichte und dreht sich zu mir um. »Wie geht es Johanna, haben sie noch mal angerufen?«

Ich schlucke, weil ich Sam keine Angst machen will, aber sie wird es ohnehin erfahren, deshalb nippe ich kurz an meinem Orangensaft und nicke dann.

»Ja, Marc hat sich gestern Abend gemeldet. Sie hatte starke Blutungen und musste ins Krankenhaus.«

»Oh nein!«

»Es geht ihr gut und dem Baby auch, aber sie wird die restliche Zeit der Schwangerschaft liegen müssen.«

»Ach du scheiße.«

»Seise«, plappert Danielle am Boden und Sam hält sich die Hand vor den Mund. Ich zucke mit den Schultern.

»Wie lange hat Hannah noch?«, fragt Sam, während sie sich ächzend auf den Stuhl sinken lässt.

»Ihr Termin ist ein Monat vor deinem.«

»Baby!«, ruft Danielle wieder. Sie ist mittlerweile aufgestanden und hält ihr Äffchen in der Hand, um es zu mir zu bringen.

»Danke, mein Schatz. Möchtest du etwas trinken?«

Danielle nickt. »Ja.«

»Was ist mit Jake? Hat er noch Probleme zu erwarten, wegen der Sache in New York?«, fragt Sam, als ich Danielle einen Schluck von meinem Saft gegeben habe und sie den Becher mit einem lauten Schmatzen sinken lässt.

»Er wird viele Aufträge annehmen müssen, um das verlorene Geld zu verdienen und sein Image zu kitten.« Ich leere den Rest aus meinem Glas. »Er will nächste Woche mit uns nach Paris.«

Sam sieht mich an. »Über den achten?«

Sie kennt mich genau und weiß, dass ich an Dannys Todestag lieber zu Hause bleibe und mich in die Vergangenheit flüchte. Aber jetzt habe ich Jake von Danny erzählt. Von unserem Kennenlernen, unseren Ausflügen in den Busch, den Geparden und den Trips zum Surfen. Wir haben Fotos angesehen, so, wie Sam und ich an Dannys Geburtstag im letzten Jahr, deshalb glaube ich, dass es richtig wäre, an diesem Tag mit Jake und Danielle zusammen zu sein.

»Ja.«

»Und willst du das auch?«

Ich lasse Danielle wieder auf den Boden gleiten und nicke schließlich. »Ja, ich denke schon.«

Sam drückt meine Hand. »Jake ist genau der richtige Begleiter an diesem Tag.«

»An welchem Tag?«, fragt Jake, als er in der Tür steht.

»Jake!«, ruft Danielle, mit ihren Händen in der Luft, damit er sie hochhebt.

»Um am 8. Februar in Paris zu sein«, antwortet Sam. »Aber an meinem Geburtstag seid ihr wieder da, oder?«

»Na klar.«

Jake flüstert Danielle etwas ins Ohr.

»Sam Brusta!«, verkündet sie lautstark und klatscht aufgeregt in ihre Händchen.

Sam steht grinsend auf und kneift Danielle in die Nasenspitze. »Du kommst auch zu meinem Geburtstag, Süße, und du bringst mir was aus Paris mit, ja?«

»Ja.« Danielle nickt überschwänglich.

Kapitel Dreißig

Danny

»Bitte sag mir, dass alles gut wird, Danny.« In seinem Traum fährt Marc sich verzweifelt mit beiden Händen durch die Haare. Die Sorge steht ihm ins Gesicht geschrieben, er sieht müde und erschöpft aus.

»Johanna ist in guten Händen und eurem Baby geht es auch gut, Marc.« Ich setze mich neben meinen Bruder auf die Holzplanken vor der Surfschule.

»Sie soll die restliche Zeit nur liegen und wahrscheinlich wird das Baby früher geholt werden müssen.«

»Ich weiß, aber ich bin mir sicher, dass ihr Schutzengel nicht von ihrer Seite weicht und gut auf beide aufpassen wird.«

Marc runzelt die Stirn. »Dann stimmt es also?«

»Was denn?«

»Kayleen hat gesagt, dass du Schutzengel bist? «

Seufzend wende ich meinen Blick ab. Mist, wieder habe ich zu viel verraten. Gillian meint sowieso schon, dass ich Kayleen zu viele Details aus meinem neuen Leben erzähle. Jetzt weiß sie sogar, dass Gil Jakes Schutzengel ist.

»Danny?« Marc schubst mich an.

Ertappt sehe ich meinen Bruder an.

Jetzt grinst er. »Bist du?«

Ich zucke mit den Schultern. »Ja.«

»Aber du darfst eigentlich nicht darüber sprechen?«

»Nein, weil jeder Mensch seine eigene Vorstellung vom Leben nach dem Tod hat und wenn ich jetzt sage, dass ich Schutzengel bin, glaubt ihr vielleicht, dass jeder zu den Schutzengeln kommt. Dabei weiß niemand, warum oder wie das entschieden wird.«

»Ich finde es gut, zu wissen, dass es weiter geht. Irgendwie.« Marc malt mit seinen Fingern Kreise in den Sand zu seinen Füßen. »Im Moment will ich allerdings, dass es hier weitergeht.« Ein tiefes Seufzen klingt aus seiner Kehle. »Mit Hannah, meine ich. Und dem Baby.« Mein Bruder stützt seinen Kopf auf seinen Knien ab und blickt aufs Meer. »Wirst du Kayleen besuchen?«

»Nein. Sie ist in Paris. Mit Jake und Danielle. Sie träumt nicht.«

»Du willst nur nicht in ihre Träume gehen, wenn sie in seinen Armen liegt, oder?«

»Das auch, aber sie träumt wirklich nicht. Ich war in der Nacht vor ihrer Abreise bei ihr und habe ihr gesagt, dass sie nicht ewig traurig sein kann.«

Marc nickt. »Wie ist Jake so?«

»Er liebt Kayleen und Danielle. Er hat Kay sogar gebeten, mich zu fragen, ob er Dani als seine Tochter vorstellen darf.«

»Cool.« Marc grinst. Zum Glück lenkt ihn der Themenwechsel von seinen Sorgen ab. »Ich freu mich schon, ihn kennenzulernen.«

»Dani vergöttert ihn und er bringt sie immer zum Lachen.«

»Macht dich das traurig?«

»Nein, es freut mich. Ich will, dass meine beiden Frauen glücklich sind.«

»Und du?« Marcs Augen sind dunkel und tief. »Bist du glücklich?«

Ich muss an Gillian denken und an die zärtliche Liebe, die wir heute Nachmittag ausgetauscht haben, deshalb nicke ich grinsend. »Ja.«

Nachdem ich Marcs Traum verlassen habe, betrete ich das kleine Büro, in dem Laura den Computer ihrer Gastfamilie benutzen darf.

»So ein Mist!« Mit der flachen Hand schlägt sie auf den Schreibtisch, worauf ihre Tasse zittert und eine kleine Figur umkippt. Anthony, der auf dem Boden sitzt und mit seinen Tieren spielt, zuckt erschrocken zusammen. Ich werfe einen Blick auf den Bildschirm, um herauszufinden, was meinen Schützling so geärgert hat. Auf einer Nachrichtenseite ist die Rede von einer Virus-Epidemie in Kanada. Seufzend stützt Laura ihren Kopf in den Händen ab.

»Scheiße, jetzt kann ich Lena nicht überraschen.«

Anthony kommt langsam näher und sieht sie mit großen Augen an.

»Adi?«, fragt er leise. Niemand weiß, wie er auf diesen Namen für seine Babysitterin gekommen ist. Ich lege meine Hand auf ihre Schulter.

Laura dreht sich seufzend zu dem Jungen um.

»Weißt du, Anthony, meine Schwester kommt mich bald besuchen. Ich wollte sie überraschen und mit ihr nach Kanada fahren, zu den Niagara Fällen und nach Toronto, aber jetzt ist es nicht sicher, dorthin zu reisen.«

»Fiegen?« Er hat keine Ahnung, was sie gesagt hat oder was ihr diese Reise bedeutet hätte, trotzdem merkt er, dass seine Babysitterin traurig ist, und streckt ihr deshalb seinen Plastiklöwen entgegen. Laura nimmt seine Hand.

»Ja genau. Komm, wir spielen mit deinen Tieren, telefonieren kann ich auch später noch.«

Ich setze mich zu den beiden auf den Boden und lehne mit dem Rücken gegen die Couch. Anthony gibt Laura einen Eisbären und stellt einen umgefallenen Grizzlybären wieder auf. Laura reicht ihm den Elefanten, damit er seine Karawane erweitern kann. Grinsend muss ich an meine Safari-Touren durch den Busch denken. Früh morgens waren die meisten Tiere unterwegs zu den Wasserlöchern. In der Mittagshitze hielten sie sich versteckt und abends kamen die Nachträuber aus ihren Höhlen. Im Busch war man nie allein. Tausend Augen beobachten einen. Immer.

Ich vermisse Afrika und den Busch. Anthony hat viele Filme über Tiere gesehen und zusammen mit Laura war er schon öfter im Zoo. Sie hat ihm versprochen, dass sie wieder hingehen werden, wenn es wärmer wird. Letztes Wochenende hat es in New York noch einmal heftig geschneit, draußen türmt sich der Schnee auf den Gartenmöbeln auf. Ich mochte die Ausflüge in den Zoo, aber die Tiere hinter den hohen Zäunen und Gitterstäben tun mir leid. Während ich die beiden beim Spielen beobachte, beschließe ich, der Farm und den Geparden einen Besuch abzustatten. Siyanda war wieder trächtig und auch Bheka habe ich zuletzt in der Nähe eines männlichen Gepards gesehen. Am besten nehme ich Gillian mit, sie ist ganz vernarrt in die Raubkatzen.

»Mach's gut, Anthony, pass auf, dass dein Löwe nicht die Eisbären frisst.« Ich berühre den Jungen am Kopf, was er natürlich nicht bemerkt.

Kapitel Einunddreißig

Jake

Eine Woche nach unserem gemeinsamen Trip nach Paris fliege ich von einem Fotoauftrag in Barcelona zurück, um pünktlich zu Sams Geburtstag wieder in London zu sein. Ich weiß von Kayleen, dass es Johanna nicht besser geht und sie im Krankenhaus bleiben muss, bis das Baby soweit ist, um auf die Welt geholt zu werden. Sam macht sich deswegen große Sorgen und wollte sogar ihren Geburtstag absagen, aber Kayleen und Shane haben sie überzeugt, trotzdem zu feiern. Als ich in London ankomme, regnet es aus Kübeln, deshalb sprinte ich zum Taxistand. Heute werde ich zum ersten Mal, seit ich mit Kayleen zusammen bin, auch Seb wiedersehen, deshalb bin ich echt angespannt. Kayleen spricht nicht über ihre kurze Zeit mit ihm und mir ist das auch lieber so. Mein Handy klingelt, nachdem ich dem Fahrer die Adresse genannt habe.

»Jacob McTavish?«

»Mr McTavish, hier ist Oliver Gardner aus New York.«

Na toll, der Anwalt. »Mr Gardner, wie geht es Ihnen? Gibt's was Neues?« Ich halte die Luft an, während ich auf seine Antwort warte.

»Ich konnte mittlerweile mit Miss Baker sprechen und sie hat mich gebeten, Ihnen einen Brief weiterzuleiten.«

»Einen Brief?«

»Ja, sie möchte sich bei Ihnen entschuldigen und hat Ihnen dazu ein paar Zeilen verfasst.«

»Aha.«

»Mr McTavish, die New Yorker Polizei ermittelt immer noch, wer Miss Baker angegriffen hat.«

»Na ja, das hilft jetzt weder Ashley noch mir, oder?«

»Nein, natürlich nicht. Ich hoffe, Sie konnten ihren Job behalten und haben keinen weiteren Ärger mit ihrem Arbeitgeber bekommen?«

»Ich werde mit ganz besonderer Vorsicht gebucht und darf weder Frauen noch Kinder fotografieren.«

»Das wird sich sicher alles wieder einrenken, wenn das Verfahren erst mal eingestellt wird, und …«

»Moment mal, was meinen Sie mit eingestellt? Ich denke, die Polizei ermittelt, bis sie dieses Arschloch gefasst haben.«

»Ja, momentan noch, aber ganz ehrlich, Mr McTavish, es besteht wenig Hoffnung, den Täter zu erwischen, es sei denn, es gibt einen weiteren Angriff und er macht einen Fehler.«

»Na toll.«

»Es tut mir leid, Mr McTavish, ich werde den Brief an die Kanzlei von Mr McCreaven schicken, ist das ok?«

»Ja, natürlich.«

»Machen Sie es gut, Mr McTavish.«

»Danke, Sie auch, Mr Gardner.« Ich lege auf und starre aus dem Fenster. Na toll. Der Typ, der Ashley angegriffen hat, läuft nach wie vor frei rum, Ashley wird wahrscheinlich ewig brauchen, bis sie wieder die selbstbewusste, sexy junge Frau ist, die die Männer vor und hinter der Kamera heiß macht. Wer weiß, ob sie überhaupt wieder als Model arbeiten wird. Und ich? Ich renne von einem Auftrag zum nächsten, lasse mich für jedes noch so kleine Shooting buchen, um an Geld zu kommen. Gleichzeitig ist meine Agentur übervorsichtig, welche Aufträge sie mir überträgt.

»Wir sind da, Sir«, sagt der Fahrer und ich krame nach meiner Kreditkarte.

»Danke.« Schnell schnappe ich mir den Blumenstrauß, den ich am Flughafen gekauft habe, und die Fototasche. Der Fahrer reicht mir meinen Koffer aus dem Kofferraum, wünscht mir einen schönen Tag und braust davon. Das Tor quietscht leise und meine Schritte knirschen im Kies. Nachdem ich auf die Klingel gedrückt habe, dauert es eine Weile, bis die Tür geöffnet wird und Kayleen vor mir steht. Ein wunderschönes Lächeln bildet sich auf ihren Lippen.

»Hi Baby!« Eilig trete ich in den Flur und ziehe sie in meine Arme. Alle Anspannung wegen meines verspäteten Flugs, die Gedanken an Seb und Gardners Anruf sind verschwunden. »Endlich.« Mit einem zärtlichen Kuss verschließe ich ihre Lippen und mein Koffer fällt hinter uns um. Kayleen klammert sich an mir fest und meine freie Hand wandert zu ihrem Po. Sie trägt einen kurzen Rock und es wird mir eine Freude sein, sie heute Abend daraus zu befreien. Ich löse unseren Kuss und streiche über ihre Wange. »Du siehst toll aus.«

Sie grinst. »Du auch. So ein Fotoshooting in der Sonne ist echt besser als das trübe Regenwetter hier.«

»Beim nächsten Mal kommst du einfach mit.«

»Ja, na klar und was machen wir mit Dani?« Sie boxt mir spielerisch gegen den Arm.

»Die nehmen wir natürlich auch mit.« Es ist verrückt, aber ich kann mir ein Leben ohne sie und ohne Danielle nicht mehr vorstellen. Schnell greife ich nach ihrer Hand und mit der anderen fasse ich den Blumenstrauß neu. Oben im Flur kommt uns Sam entgegen.

»Happy Birthday, Sam!« Ich ziehe Shanes Freundin in meine Arme und drücke ihr einen Kuss auf die Wange, bevor ich ihr den Blumenstrauß reiche.

»Oh. Wow. Danke.«

»Mommy?« Shane tritt mit Danielle auf dem Arm in den Flur. »Jake!« Jetzt strahlt sie von einem Ohr zum anderen und zeigt mir einen weiteren Zahn, der sie schon in Paris geärgert hat.

»Hallo Süße, na, wie geht es dir?«, frage ich und kneife ihr in die Wange, was sie zum Kichern bringt.

»Ich glaube, sie hat die Hosen voll«, murmelt Shane mit gerümpfter Nase und Kayleen nickt grinsend zur Treppe. »Na dann, die Wickeltasche hängt unten am Wagen.«

Shane verdreht seufzend die Augen, wendet sich aber zur Treppe.

»Shane, das war nur Spaß. Ich mach das.«

»Nein, schon gut. Ich muss ja üben.« Er wirft seiner Freundin einen Blick zu und Sam fängt an zu lachen.

»Soll ich dir helfen?«

»Ja, bitte.« Die beiden verschwinden nach unten und Bob kommt zusammen mit Judy aus der Küche.

»Hallo, ihr zwei, wir wollen jetzt die Kerzen anzünden.«

»Sam und Shane wickeln Dani, ihr könnt noch einen Moment warten.«

Während Judy und Bob im Wohnzimmer verschwinden, greife ich nach Kayleens Hand.

»Ich brauche unbedingt noch einen Kuss«, murmele ich an ihren Mund und dränge sie gegen die Wand neben der Tür. *Himmel, was habe ich sie vermisst.* Es waren nur zwei Tage, aber es war furchtbar, allein im Hotelbett zu schlafen. Ihre Zunge stupst zwischen meine Lippen und meine Hände wandern wieder zu ihrem Po, während Kayleen ihre Arme in meinen Nacken legt und ihr Körper gegen meinen zu schmelzen scheint. Ein leises Seufzen entfährt ihren Lippen und ich streiche sanft die nackte Haut unter ihrem Pullover. Schade, dass wir nicht allein sind und Kayleen unseren Kuss viel zu schnell löst.

»Nicht hier«, murmelt sie mit einem sexy Lächeln.

»Später?«, frage ich hoffnungsvoll und berühre ihre Wange.

»Unbedingt.« Jetzt nimmt sie meine Hand, damit wir ihrem Vater ins Wohnzimmer folgen können.

Abends macht Kayleen in der Küche Danielles Essen warm, während Danielle auf meinem Schoß sitzt und mit den Händen auf den Tisch klopft.

»Gardner hat heute Nachmittag angerufen«, murmele ich, als Bob sich zu mir setzt.

»Und? Gibt es etwas Neues?«

Seufzend schüttele ich den Kopf und erzähle ihm, dass die Polizei ihre Suche bald einstellen muss.

Bob nickt. »Ja, das ist leider in der Mehrheit solcher Fälle so.«

»Hm«, brumme ich. »Und habe ich, außer den Problemen im Job, noch was zu befürchten? Bin ich jetzt vorbestraft und gelte als kriminell? Dann kann ich meine Karriere nämlich gleich in die Tonne treten.«

»Nein. Gardner hat mit Ashley gesprochen und auch mit ihrer Mitbewohnerin. Es war alles ein großes Missverständnis.« Er nickt mir aufmunternd zu. »Du kommst heil aus dieser Sache raus, Jake.«

»Na hoffentlich.«

Danielle lehnt ihren Kopf zurück und grinst mich an. Ich stupse ihre Nase an, bevor ich ein Küsschen auf ihre Wange drücke. Sie ahnt gar nicht, wie viel mir ihre Nähe bedeutet.

Bob steht auf und legt seine Hand auf meine Schulter. »Deine Agentur weiß, dass du gut bist, Jake. Du wirst wieder die großen internationalen Aufträge bekommen und durch die Welt reisen.«

Ich schlinge meine Arme um Danielle. »Will ich das überhaupt noch?«

Bob streichelt über Danielles blonde Haare. »Sie hat dich verzaubert, nicht wahr?«

»Beide«, antworte ich ehrlich und Bob grinst, bevor er an Seb vorbei aus dem Zimmer geht. Kayleen kommt kurz hinter dem Fußballer ins Wohnzimmer und setzt sich zu uns an den Tisch, während Seb neben seiner Schwester auf der Couch Platz nimmt.

»Mommy!« Danielle zeigt ihrer Mutter den kleinen Plastiklöffel in ihrer Hand.

»Ja, ich bin schon da. Jetzt kann's losgehen.« Sie bindet Danielle ein Lätzchen um und Seb wirft uns einen seltsamen Blick zu.

»Alles ok?«, frage ich an Kayleen gewandt, während Danielle auf ihrem ersten Löffel Brei herumlutscht.

»Ja, alles gut.« Kayleen gibt Danielle den zweiten Löffel.

»Hat er etwas gesagt?« Ich nicke zu Seb.

»Er wollte wissen, ob es mir gut geht.« Danielle öffnet ihren Mund und Kayleen schiebt ihr den Brei zwischen die Lippen.

»Aha«, brumme ich.

»Es ist ok, Jake. Er hat gefragt, ob wir jetzt zusammen sind und wie es mir damit geht«, erklärt Kayleen dann.

»Es passt ihm nicht, oder?«

Danielle hat eine Portion wieder ausgespuckt, deshalb wischt Kayleen mit dem Löffel über ihr Lätzchen. »Das ist sein Problem.«

Ich beobachte Seb wieder und spüre ihre Hand auf meinen Arm.

»Hör auf, ihn so anzustarren. Es ist alles in Ordnung.«

Ich warte, bis Seb wieder zu uns linst und lehne mich demonstrativ zu Kayleen, um sie zärtlich zu küssen.

»Mommy! Jake! Kuss!«, ruft Danielle aufgeregt und Seb konzentriert sich wieder auf das Gespräch mit Shane. Kayleen nimmt grinsend einen weiteren Löffel Brei für Danielle auf, aber Dani stößt mit der Hand dagegen und der Brei landet auf meinem Arm.

»Ups.« Danielle fängt an zu lachen, weil ich den Keksbrei selbst ablecke.

»Siehst du, Jake schmeckt es auch«, kichert Kayleen und schiebt ihr einen weiteren Löffel in den Mund. »Schnell, sonst isst er dir alles weg.« Danielle schüttelt grinsend den Kopf.

»Meinst du nicht?« Ich beuge mich zu Kayleen und öffne meinen Mund.

»Nein!« Danielle schubst mich eindringlich weg und nimmt den Brei selbst in den Mund. Seb steht auf, um seinen Teller in die Küche zu bringen, wirft uns aber noch einen komischen Blick zu. Danielle öffnet ihren Mund und Kayleen gibt ihr den letzten Löffel.

»So leer, Schatz. Sehr schön.« Sie wischt über Danielles Mund und schiebt den Teller zur Seite, während ich ihr das Lätzchen abnehme und sie auf den Boden setze. Sofort wackelt sie auf ihre Spielkiste zu und greift nach dem Äffchen, das sie überall dabeihat. Kayleen legt den Löffel auf den Teller und will aufstehen, aber ich nehme ihre Hand, um mich erneut zu ihr zu lehnen und sie zu küssen, als Seb zurückkommt.

Kapitel Zweiunddreißig

Kayleen

»Jake mag es nicht, wie Seb dich ansieht«, sagt Danny, als er meinen Traum betritt. Nach dem Babyschwimmen am Morgen ist Danielle sofort nach dem Mittagessen eingeschlafen und ich nutze die Zeit, um mich selbst ein bisschen auszuruhen. Danny setzt sich zu mir und reicht mir das Holzpferd, das Danielle hinter sich herziehen kann.

»Ich weiß«, murmele ich, während ich das Holzpferd in die Spielkiste lege.

»Ich kann ihn verstehen«, grinst Danny. »Er weiß, dass er es vermasselt hat und er an Jakes Stelle sein könnte.«

»Aber ich bin doch keine Trophäe, mit der man angeben muss«, protestiere ich, worauf Dannys Mundwinkel seine Ohren erreichen.

»Doch. Ich habe dich auch immer absichtlich geküsst, wenn Marc in der Nähe war.«

»Ach Quatsch.« Ich schubse ihm gegen den Arm, obwohl ich weiß, dass es stimmt. Danny hat mich genauso demonstrativ geküsst, so, wie Jake gestern, als Seb uns beobachtet hat. Danny legt seinen Arm um meine Schultern.

»Du bist das Beste, was mir passieren konnte, Kay.« Zärtlich küsst er meine Wange. »Und das bist du auch für Jake.«

Ich weiß nicht, was ich antworten soll. Es ist ein verwirrendes und seltsames Gefühl, hier mit meinem Verlobten oder Ex-Verlobten zu sitzen und mit ihm über meinen neuen Freund zu reden. Das alles wäre vielleicht noch normal, wenn wir uns nur getrennt hätten, aber Danny ist tot und das hier ist ein Traum. Trotzdem unterhalten wir uns wie alte Freunde.

»Bist du glücklich mit ihm, Kay?«, fragt er nach einer Weile des Schweigens. Ich schlucke und atme tief durch, bevor ich langsam nicke.

»Ja, das bin ich.«

»Gut.« Grinsend drückt er mir einen Kuss ins Haar. Sein Atem ist warm, genau wie seine Hand auf meiner Schulter. Er fühlt sich gut an, so wie immer, auch wenn er eigentlich nicht wirklich hier ist.

»Bist du auch glücklich?« Ich löse mich ein Stückchen von ihm, damit ich ihn ansehen kann. Seine Augen strahlen in einem tiefen Blau. Genau wie die von Danielle. »Mit Gillian, meine ich?«

»Ja«, antwortet er, ohne zu zögern.

Ich nehme seine Hand in meine und verschränke meine Finger mit seinen. »Ist sie bei Jake? Braucht er ihre Unterstützung?«

»Ja, aber er wird das schaffen, Kay.« Wieder spüre ich seine Lippen in meinen Haaren. »Die Agentur weiß, wie gut er ist, und er wird seinen Job nicht verlieren. Er muss nur sehen, dass er das verlorene Geld reinholt und seine Sch...« Danny bricht ab.

»Seine was?«, frage ich irritiert. »Hat er Schulden?«

Danny weicht meinem Blick aus und kaut auf seiner Unterlippe, deshalb schubse ich ihn an.

»Sag es, Danny! Hat Jake Schulden?«

»Nein, er hat nur seinen Kredit aufstocken müssen, damit er die Miete für seine Wohnung bezahlen kann, und verkauft gerade sein Auto.«

»Er hat gesagt, er ist bei einem Shooting und bei einem Termin in der Agentur.«

»War er auch, aber das Auto kostet Geld, das er im Moment nicht hat, weil er ungern auf den Luxus einer Wohnung in einem der teuersten Viertel der Stadt verzichten will.«

Seufzend verschränke ich die Arme vor der Brust. »Warum sagt er mir das nicht?«

Danny legt den Kopf schief. »Ich sollte es dir auch nicht sagen, Kay, deshalb musst du dichthalten, sonst …«

»Sonst ist nicht nur Gillian sauer, sondern auch Jake.«

Danny lehnt sich zu mir. »Er schafft das, aber er ist stolz und er ist stur. Er wird dich nicht spüren lassen, dass er finanzielle Sorgen hat.«

Abends steht Jake mit einer Flasche Champagner und einer einzelnen roten Rose in der Tür. »Hey Baby!« Er drückt mir einen zärtlichen Kuss auf die Lippen und gibt der Tür einen Schubs mit dem Fuß. »Wir müssen feiern.«

»Ach ja, und was?«, frage ich grinsend. Das ist es also, was Danny meinte, dass er mich seine Sorgen nicht spüren lassen wird, und wahrscheinlich ist es auch genau das, was Jake braucht. Er will nicht, dass ich mir Gedanken mache, und weil ich weiß, wie stur Danny manchmal war, werde ich Jake nicht drängen, schließlich habe ich das große Glück, dass meine Wohnung meinem Vater gehört und ich keine Miete bezahlen muss, sonst würde es mir sicher genauso gehen.

»Ich habe einen neuen Auftrag«, verkündet er stolz.

»Cool!« In der Küche nehme ich zwei Sektgläser aus dem Schrank, während er mit einem lauten Plopp die Flasche öffnet und uns einschenkt. »Ein großer Auftrag, wenn du schon Schampus auspackst.« *Und dein Auto verkaufst.*

Er reicht mir ein Glas und stellt die Flasche ab. »Ein sehr großer Auftrag, Baby.«

»Jetzt bin ich neugierig.«

Unsere Gläser klirren zusammen und Jake grinst von einem Ohr zum anderen. »Ich bin der Fotograf für die Sommerkataloge und die Homepage eines amerikanischen Modelabels.«

»Wow, das ist großartig.« Ich freue mich für ihn, aber wird das reichen, um ihn finanziell zu sanieren?

Weil ich es Danny versprochen habe, und ich Jake nicht verärgern will, spreche ich ihn nicht auf seine Geldsorgen an. Er fliegt von einem Auftrag zum nächsten und ist fast den kompletten März unterwegs. Er erzählt mir, dass er das Auto verkauft hat, weil er so selten in London ist und auch kein Kindersitz hineinpasst. Ich finde es toll, dass er Danielle in sein Leben einplant, und überlege zum ersten Mal, ob ich ihm vielleicht anbieten sollte, bei mir einzuziehen, damit er seine teure Wohnung nicht mehr bezahlen muss.

Eine Woche vor meinem Geburtstag kommt Jake zurück und weil Danielle bei Dad und Judy übernachtet, verbringen wir nicht nur den Nachmittag im Bett.

»Machst du von mir auch Fotos?«, frage ich ihn, als ich am nächsten Morgen in seinen Armen aufwache.

»Jetzt sofort?«, hakt er mit einem breiten Grinsen nach, während er seine Finger über meinen Hals zu meinem Bauch wandern lässt. Er sieht in meine Augen. »Nacktfotos?«

»Ach, du bist doof.« Ich stütze meinen Kopf auf einer Hand ab. »Ich dachte eher an Familienfotos, die ich nach Afrika schicken kann.«

Jake küsst meine Schulter. »Sehr gerne.« Seine Zunge wandert über meinen Hals und hinterlässt eine feuchte Spur bis zu meinem Ohr.

»Hat deine Kamera auch einen Selbstauslöser?«, frage ich kichernd, deshalb unterbricht er seine Zärtlichkeiten und hebt den Kopf.

»Warum?«

Jetzt streiche ich über seine stoppelige Wange. »Ich hätte gerne, dass du mit drauf bist.«

Sein Grinsen wird zu einem liebevollen Lächeln. »Das hört sich toll an, dann machen wir ein richtiges Familienshooting.«

Ich nicke. »Ja. Du, Danielle und ich.«

Danielle gluckert vor Lachen, als Jake hinter der Kamera auftaucht und eine Grimasse schneidet. Sam und ich stehen an der Seite und beobachten meine Tochter in einem Meer aus Kuscheltieren. Jake probiert immer wieder andere Einstellungen aus, um Danielle im besten Licht darzustellen.

»Sie ist ein Naturtalent«, kichert Sam.

»Sie hat auf jeden Fall viel Spaß.« Ich nippe an meinem Saft und Jake dreht sich zu mir um.

»Los Mommy, jetzt zusammen.«

»Mommy!«, ruft Danielle aufgeregt.

»Ja, Schatz, ich komme schon.« Eilig stelle ich mein Glas ab und helfe Sam, die Kuscheltiere zur Seite zu schieben, während Jake ein kleines Sofa vor der Backsteinwand im Fotostudio platziert und wieder die Lichteinstellungen prüft. Ich nehme meine Tochter auf den Arm und warte auf seine Anweisungen. Er drückt mir einen Kuss auf die Lippen und deutet auf die Couch.

»Setzt euch.«

Mit Danielle auf meinen Schoß posieren wir für ein paar Fotos, dann lege ich Danielle auf den Rücken und sie strampelt mit ihren Beinen in der Luft. Ein Bild nach dem anderen entsteht, während Sam hinter der Kamera auf und ab tanzt, um Danielle zum Lachen zu bringen.

»Du auch, Sam!«, fordert Jake und will, dass Danielle sich mit Sam auf die Couch setzt und Dani ihren Babybauch berührt.

»Baby!«, ruft Danielle lautstark und streichelt vorsichtig über Sams Pullover. Er macht ein paar Fotos von Sam alleine und von mir, während Danielle von Sam beschäftigt wird.

»Du bist wunderschön, Kay«, flüstert er und küsst mich wieder, bevor er ein paar große Kissen auf dem Boden verteilt und Sam seine Kamera erklärt.

»Ich fotografiere nicht zum ersten Mal, Jake!«, protestiert sie und scheucht uns zu den Kissen am Boden. Danielle sitzt zwischen meinen Beinen und Jake legt zärtlich den Arm um mich. In einer kurzen Pause bestellt Jake Pizza und ich mache Danielle sauber, bevor wir unseren Fotohintergrund zu einer Bank ändern. Danielle steht vor uns oder sitzt mit ihrem Spielzeugpferd am Boden, während Jake mich auf dem Schoß nimmt und seine Arme besitzergreifend um mich schlingt.

»Fotografierst du uns auch, wenn das Baby da ist?«, fragt Sam, als wir das Studio am Nachmittag verlassen und Jake dem Portier den Schlüssel reicht.

»Natürlich, gerne.«

Sam lächelt schüchtern. »Ja, ich will unbedingt Fotos von uns als Familie.«

»Klar, das machen wir.« Jake legt seinen Arm um mich und Sam schiebt den Kinderwagen neben uns her zur U-Bahn, als sein Handy klingelt.

»Jules!«, sagt er, nachdem er das Gespräch angenommen hat. »Ja, ich komme gerade von einem Shooting.«

Sam und ich betrachten die Auslagen in einem Babygeschäft und ihre Hände wandern zu ihrem Bauch.

»Warum gehst du nicht rein, und suchst dir was Schönes aus, Sam?«

Sie schüttelt den Kopf. »Ich hab noch alles von Leah.«

»Na und, du kannst trotzdem etwas Neues kaufen.«

»Und wenn es Unglück bringt?«

»Und wenn es Glück bringt?«, antworte ich mit einer Gegenfrage, während ich meine Hand auf ihren Arm lege.

Seufzend wirft Sam einen Blick zu Danielle, die mit ihrem Äffchen beschäftigt ist. »Ok.«

Ich drehe mich wieder zu Jake um, als Sam den Laden betreten hat und er das Gespräch mit seiner Mutter beendet.

»Sie ist nächste Woche in London«, erklärt er, während er sein Handy einsteckt.

»Schön, sie könnten zu meinem Geburtstag kommen, dann ist genügend Trubel drumherum, dass du nicht nur mit ihr reden musst, ihr aber trotzdem Zeit miteinander verbringen könnt.«

»Und willst du das auch?«, hakt er nach. »Es ist dein Geburtstag und da sollst du dich nicht mit meinen Familienproblemen befassen müssen.«

»Jake, es sind nicht nur deine Probleme.« Liebevoll streiche ich über seine Wange. »Wir sind zusammen und wir helfen uns. Du musst mich nur lassen.«

Darauf lehnt er seine Stirn gegen meine. »Ich weiß, Baby. Tut mir leid.«

Kapitel Dreiunddreißig

Jake

Kayleens Geburtstagsgeschenk habe ich schon vom Juwelier einpacken lassen, deshalb wartete das mintgrüne Päckchen bereits auf dem Sideboard im Flur. Es ist ein silbernes Armband mit unseren Initialen auf einer und Danielles Namen auf der anderen Seite. Hoffentlich nimmt Danny mir das nicht übel. Die Verkäuferin hat mich verträumt angelächelt und gesagt, dass es eine schöne Idee wäre, den Namen unserer Tochter in das Armband meiner Frau gravieren zu lassen. Ich habe sie nicht aufgeklärt, dass Kayleen weder meine Frau noch Danielle meine Tochter ist. Noch nicht, aber für mich steht fest, dass sie es irgendwann sein wird. Und wenn Danny es mir erlaubt, kann Dani auch meine Tochter sein, aber das hat Zeit.

In meinem Büro schalte ich den Computer an, um schnell noch die Aufträge zu überprüfen. Nächste Woche fliege ich wieder nach Amerika, diesmal nach Los Angeles. Dort werde ich zwei Modeshootings machen und für eine Autofirma fotografieren. Der Verkauf meines Autos und die Aufstockung meines Kredits haben mir wieder mehr Spielraum gegeben und die neuen Aufträge werden großzügig bezahlt, deshalb könnte ich Kayleens Geburtstagsgeschenk erweitern und einen kleinen Urlaub dranhängen. Grinsend greife ich nach dem Telefon.

»Tasha. Hi, hier ist Jake.«

»Hallo Jake. Was gibt's? Hast du nicht frei, ich habe dir deine Termine per Mail geschickt.«

»Ja, alles ok. Habe ich gesehen. Kannst du mir einen Gefallen tun?«

»Klar. Was denn?«

»Kannst du das Zimmer in Los Angeles in ein Doppelzimmer ändern und ein Babybett dazu buchen?«

»Ein Babybett? Hab ich was verpasst?«

Mit einem breiten Grinsen im Gesicht lehne ich mich zurück. »Ich werde meine Freundin und ihre Tochter mitnehmen. Sie war noch nie in Amerika und ein kleiner Urlaub in der Sonne kann sicher nicht schaden.«

»Oh. Ich wusste gar nicht, dass du ...« Tasha räuspert sich. »Ja klar, mache ich. Ich schicke dir die Daten.«

»Du bist ein Schatz, Tash! Den Flug buche ich selbst.«

»Guten Morgen«, hauche ich, als Kayleen an ihrem Geburtstag in meinen Armen aufwacht. Zärtlich drücke ich einen Kuss auf ihre Schulter und sie kuschelt sich mit einem verführerischen Lächeln auf den Lippen in meine Arme. »Gut geschlafen?«

Sie hebt ihren Kopf an und streichelt über meine nackte Brust. »Hm. Ja.« Ihre Lippen legen sich auf meine Haut. »Sehr gut.« Mit einem Ruck begrabe ich sie unter mir, um sie zärtlich zu küssen und zu verwöhnen, aber Danielles quakendes Stimmchen im Babyfone lässt uns keine Zeit, deshalb seufze ich leise und Kayleen kichert, bevor sie sich aus meiner Umarmung befreien will, um Danielle zu uns zu holen.

»Nichts da, du bleibst liegen.« Noch ein kurzer Kuss auf ihren Mund und ich stehe auf. Ich greife nach meinen Boxershorts und T-Shirt auf dem Boden und verlasse das Schlafzimmer.

»Guten Morgen, Prinzessin. Du bist aber früh heute!«

»Jake!« Danielle steht mit beiden Armen auf dem Geländer abgestützt in ihrem Bettchen und strahlt mich an.

»Komm her, Süße, wir gehen zu Mommy ins Bett.«

»Mommy Bett!« Sie reibt sich gähnend die Augen.

»Siehst du, du bist auch noch müde.« Zärtlich kneife ich in ihre Pausbäckchen und trage sie ins Nebenzimmer.

»Mommy!«

Kayleen hat sich in der Zwischenzeit ein Shirt und einen Slip angezogen und schlägt jetzt die Decke zur Seite, damit Danielle sich zu ihr kuscheln kann, während ich ihr Geburtstagsgeschenk aus meinem Rucksack krame.

»Happy Birthday!«, murmele ich und drücke ihr einen Kuss auf die Wange, bevor ich ihr das kleine Päckchen reiche.

Sie streicht sich die zerzausten Haare aus dem Gesicht und sieht mich mit strahlenden Augen an. »Danke.«

Danielle streckt ihre kleinen Händchen nach der dunklen Schleife aus.

»Vorsichtig, Schatz.« Kayleen lehnt sich gegen die Rückwand und ich lege meinen Arm um sie. »Willst du Mommy helfen?« Sie zeigt Danielle, wo sie an der Schleife ziehen soll, um sie zu öffnen.

»Ui. Mommy. Guck.« Kayleen gibt mir das glitzernde Geschenkband und blickt kurz in meine Augen, bevor sie vorsichtig den Deckel öffnet.

»Wow.« Ihre Finger berühren das silberne Armband. Sie betrachtet den Herzanhänger und entdeckt unsere

Initialen darauf. Lächelnd dreht sie sich zu mir um. »Danke schön.«

»Dreh es um.« Danielle hat sich inzwischen auf die Knie gesetzt, um einen Blick in die Geschenkbox zu werfen. Kayleen nimmt das Armband aus der Box, um es ihr zu zeigen, und dreht dabei den Anhänger um.

»Oh wie schön.« Ihre Augen strahlen. »Das ist toll, Jake. Danke.« Jetzt legt sie ihre Arme um meinen Hals und presst ihre Lippen auf meine.

»Mommy. Jake. Kuss!«, quietscht Danielle aufgeregt und klatscht in ihre Hände.

»Komm her, Baby.« Ich nehme ihre Hand, damit ich ihr das Armband vorsichtig anlegen kann. Danielle betrachtet den Anhänger.

»Gefällt er dir auch, Schatz?«, fragt Kayleen und Danielle nickt überschwänglich, bevor sie ihre kleinen Finger nach dem silbernen Herz ausstreckt.

Während Kayleen Danielle wickelt und anzieht, bereite ich das Frühstück vor und zünde die Kerze in der Mitte des Tisches an. Draußen scheint sogar die Sonne, nach einer gefühlten Ewigkeit wird es endlich Frühling.

»Da!«, strahlt Danielle, als Kayleen sie in ihren Hochstuhl setzt und ich mich mit der Kaffeekanne in der Hand umdrehe.

»Oh, du bist der Beste.« Kayleen stellt sich auf die Zehenspitzen, um mir einen zärtlichen Kuss zu geben, was Danielle wieder zum Kichern bringt.

»Ich hab noch was für dich.«

»Noch was?«, fragt sie irritiert. Ich greife nach dem Umschlag hinter mir und stelle zuerst den Brotkorb auf den Tisch, bevor ich mich neben sie setze und ihr den zweiten Teil des Geschenks reiche.

»Ich habe einen neuen Auftrag in Los Angeles.«

»Hm, für diese Jeans-Firma, oder?«

»Genau und die deutsche Autofirma.« Ich tippe auf den Umschlag. »Mach ihn auf, Baby.«

»Auf Mommy!«, fordert auch Danielle und Kayleen ritzt den Umschlag mit dem Fingernagel auf. »Jake!« Danielle zeigt mir ihren leeren Teller, deshalb reiche ich ihr ein Stück Toast, während Kayleen das Flugticket aus dem Umschlag zieht.

»Los Angeles?«, fragt sie ungläubig.

»Ja. Ich will euch bei mir haben. Eine Woche Urlaub als Familie. Du, ich und Dani.«

»Dani!«, quakt die Kleine dazwischen.

Kayleen starrt mich an. »Du bist verrückt. Das ist viel zu teuer, du hast doch schon ...« Sie bricht ab.

»Was habe ich?«, frage ich skeptisch, weil ich das Gefühl habe, dass sie mir irgendetwas verheimlicht. Kayleen kaut auf ihrer Unterlippe, deshalb nehme ich ihr das Ticket ab und greife nach ihren Händen.

Sie atmet tief durch. »Ach nichts, ich denke nur, dass ein Trip nach Los Angeles zu teuer ist, wenn du ihn für uns bezahlst. Ich will nicht, dass du dich verschuldest, nur weil du meinst, dass du uns etwas bieten musst.«

Ich lege den Kopf schief. »Wer sagt denn, dass ich verschuldet bin?«

Kayleen will ihren Blick abwenden, aber ich hebe ihr Kinn an. »Na ja, ich dachte eben, weil du so viel arbeitest und du dein Auto verkauft hast, hast du vielleicht ...« Wieder bricht sie ab.

»Ich habe keine Schulden, Baby«, beharre ich und streiche ihr zärtlich eine Haarsträhne hinters Ohr. »Nicht mehr als vorher zumindest.«

»Du hast ...«, beginnt sie, lässt sich aber von meinem Finger auf ihren Lippen stoppen.

»Das Auto habe ich verkauft, weil ich in den Sportwagen keinen Kindersitz reinquetschen will und weil ich jetzt eine Familie habe.« Ich lege meine Stirn an ihre. »Beruhigt es dich, wenn ich dir sage, dass mein Flug von den Kunden bezahlt wird und Dani noch umsonst fliegt, also bezahle ich nur dein Ticket?«

»Entschuldige.«

Zärtlich streiche ich über ihre Wange. »Hör auf, dir Gedanken zu machen, Kay. Ich schaff das schon.«

Kayleens Wangen werden rot und sie senkt den Blick. »Ich dachte, du hättest dich mit der riesigen Wohnung und dem teuren Auto übernommen und deshalb ...« Noch eine Pause und dann sieht sie mich wieder an. »Ich wollte dich eigentlich fragen, ob ...« Sie schluckt. »Na ja, du bist sowieso die meiste Zeit hier und deine Wohnung ist ...«

Sie ist so niedlich, wenn sie herumdruckst. Ich lege meine Hände an ihre Wangen. »Fragst du mich gerade, ob ich bei dir einziehen will?«

Sofort färben sich nicht nur ihre Wangen, sondern auch die Ohren dunkler und sie bekommt hektische Flecken am Hals. »Ich ...« In ihren Augen stehen so viele Fragen. »Die Wohnung ist groß genug und ich habe dich gerne hier, aber vielleicht willst du lieber manchmal alleine sein, schließlich ist hier nie wirklich Ruhe und du hast auch keinen Platz für deine Fotoarbeiten, aber ich glaube, du könntest das Zimmer neben Dani zu ...«

»Kay, hör auf.« Ich lege wieder meinen Finger auf ihre Lippen und ziehe sie auf meinen Schoß. »Ich ziehe sehr gerne bei euch ein.«

»Wirklich?«

»Ja, wirklich.« Ihr Lächeln haut mich um, deshalb nicke ich und drücke ich ihr einen Kuss auf die Lippen.

Kapitel Vierunddreißig

Kayleen

»Happy Birthday to you, happy Birthday to you!«, singt Sam laut und schief, als sie am Nachmittag meine Wohnung betritt. Jake taucht zusammen mit Shane hinter ihr auf und Danielle strahlt ihren Onkel aus dem Hochstuhl an, während ich meine Tasse abstelle und aufstehe.

»Bitte nicht noch so ein schräger Gesang, Marc und Hannah haben heute Morgen schon angerufen.« Sam zieht mich umständlich in ihre Arme und drückt mir einen dicken Schmatzer auf die Wange.

»Alles Gute zum Geburtstag, Kay.«

»Danke, Sam.«

Sie lehnt sich zu Danielle. »Bekommt Tante Sam einen Kuss?«

Danielle spitzt ihre Lippen und Sam drückt ihr einen Kuss auf den Mund. »Ah, danke schön, ein feuchter Babykuss, was gibt es Schöneres.«

Shane breitet grinsend seine Arme aus. »Komm her, Schwesterchen!« Mein Bruder hebt mich ein Stückchen hoch, bevor er mir ebenfalls einen Kuss auf die Wange gibt. »Alles Gute zum Geburtstag!«

»Brusta, Mommy!«, ruft Danielle jetzt, während sie aufgeregt in ihre kleinen Händchen klatscht. Sie deutet auf den Blumenstrauß in Sams Hand. »Pumis! Guck!«

»Ja, sehr schön, nicht wahr?«

Sam reicht mir die Blumen. »Happy Birthday!« Jake stellt eine Vase auf den Tisch und Sam nickt anerkennend.

»Er kennt sich aus«, lacht meine Freundin.

»Natürlich.« Jake zwinkert mir zu, bevor er mir die Vase reicht.

Nach unserem Frühstück mit Danielle und einem langen Telefonat mit Marc und Hannah haben auch noch Ellen und Pete angerufen und nachdem ich Dani zu ihrem Mittagsschlaf hingelegt hatte, habe ich Jake einen Haustürschlüssel zu meiner Wohnung gegeben. Es ist der richtige Schritt in die Zukunft. Unsere Zukunft. Gerade als ich die Blumen ins Wasser gestellt habe, klingelt es wieder.

»Das sind sicher Dad und Judy.« Ich drehe mich um.

»Du bleibst hier, ich mach auf.« Jake gibt mir einen Kuss und verschwindet in den Flur.

»Hattet ihr nicht gesagt, wir feiern bei Jake?« Shane hat seine Jacke ausgezogen und hilft jetzt Sam aus ihrem Mantel. »Kommen Ellen und Pete auch?«

»Wir haben hier übernachtet und wollten nicht alles nach Knightsbridge schleppen.«

»Stimmt, ist echt blöd, dass der Meisterfotograf kein Auto mehr hat«, kichert Shane.

»Jules und Michael kommen auch«, füge ich hinzu, deshalb starrt Shane mich überrascht an.

»Echt jetzt? Jakes Mum?«

Sam reicht mir ein kleines Päckchen, das sie aus ihrer Tasche geholt hat. »Bitte schön, eine Kleinigkeit.«

»Noch was? Danke.«

»Schenk!« Sofort grapscht Danielle nach der rosa Schleife.

»Langsam, Süße, warte.« Ich setze mich an den Tisch und zeige Danielle, wo sie das Päckchen aufmachen kann. Sam nimmt neben mir Platz und Shane bringt ihre Tasche ins Wohnzimmer.

»Hallo alle zusammen!«, trällert Judy, als sie zusammen mit Dad in die Küche kommt.

»Pa!« Danielle zeigt auf das Päckchen. »Guck Dudy!«

»Hilfst du Mommy beim Auspacken, Schatz?« Judy beugt sich zu mir und drückt mich an sich. »Alles Gute, Kay.«

»Danke, Judy.«

Dad stellt die Blumen, die er mitgebracht hat, zu den anderen und umarmt mich ebenfalls. »Happy Birthday, Kleines.«

»Danke, Dad!«

Danielle hat die Schleife gelöst und das Papier aufgerissen, damit ich die kleine Schmuckbox öffnen kann. »Uiii!« Sofort streckt sie ihre Finger aus.

»Warte, Schatz, lass mich erst mal sehen.« Ich ziehe eine silberne Kette mit einem Amulett aus der Box. »Oh wie schön, sieh mal Dani, noch etwas mit deinem Namen drauf.«

Ich stehe auf und umarme zuerst meine Freundin, dann meinen Bruder.

»Danke, das ist echt schön.« Ich blicke zu Shane, der von Jake jetzt einen Kaffee gereicht bekommt. »Danke, Shane.«

Er grinst nur. »Bitte, Schwesterchen.«

Sam entdeckt das neue Armband und greift nach meiner Hand. »Wow.«

»Mommy Schenk«, erklärt Danielle aufgeregt, während Jake im Vorbeigehen meine Schultern berührt und für Dad und Judy Kaffee einschenkt.

»Das ist auch toll.« Sam dreht den Anhänger um und entdeckt Danielles Namen. »Du hast Geschmack, Jake.«

Er reicht Judy eine Tasse. »Hast du etwa daran gezweifelt?«

»Nein«, kichert Sam, während Judy zuerst mein Armband und dann die Kette von Sam bewundert. Jake nimmt meine Tasse, um mir frischen Kaffee einzuschenken, bevor er sich zu uns an den Tisch setzt.

»So, wer möchte Kuchen?«, fragt Judy mit einem breiten Lächeln im Gesicht. Die riesige Torte ist diesmal eine mit viel Schokolade.

»Dani!«, ruft Danielle lautstark und bringt damit alle zum Lachen. Jake legt seinen Arm um meine Schultern und drückt seine Lippen an mein Ohr.

»Ich hoffe, Jules und ...« Weiter kommt er nicht, weil es wieder an der Tür klingelt, deshalb berühre ich seine Wange.

»Es wird schon.« Ich stehe auf. »Ich gehe.«

»Wer kommt denn noch?«, fragt Judy.

Jake verzieht die Mundwinkel.

»Mommy!«, quakt Danielle, aber ich streiche über ihren Kopf. »Ich bin gleich wieder da, Süße, und dann können wir alle Kuchen essen.«

An der Haustür angekommen, öffne ich die Tür, als Jules ihren Finger erneut auf den Klingelknopf gelegt hat.

»Kayleen, wie schön.« Jakes Mutter umarmt mich herzlich und drückt mir einen Kuss auf die Wange. Michael steht hinter ihr und wartet, bis seine Frau von mir ablässt. »Alles Gute zum Geburtstag.«

»Danke. Kommt rein.«

»Happy Birthday, Kayleen.« Michael gratuliert mir ebenfalls mit einer Umarmung und Jules reicht mir ein kleines Geschenk.

»Danke schön. Die Garderobe ist schon voll, ich bringe eure Sachen in mein Schlafzimmer.« Michael hilft seiner Frau aus der Jacke.

»Lass mich dir helfen, Kayleen.« Er folgt mir über den Flur vorbei an Danielles Zimmer und dem leeren Raum, in dem ich jetzt noch die Wäsche trockne und in dem Jake sich sein Büro einrichten kann. Ich öffne die Tür zu meinem Schlafzimmer und nehme Michael die Jacken ab, um sie auf mein Bett zu legen.

»Schön habt ihr es hier«, murmelt Jules, die uns gefolgt ist.

»Ja, es ist perfekt für Danielle und mich und ...« Ich breche ab. »Jake wohnt noch nicht hier, aber ...« Jules lächelt, weil sie wahrscheinlich weiß, was ich sagen will. »Kommt mit, mein Vater und mein Bruder sind auch schon da.«

»Shane? Wie schön, ich habe ihn schon lange nicht mehr gesehen.«

Auf dem Weg zurück in die Küche kommt uns Dad aus dem Wohnzimmer entgegen und blickt zu Jules und Michael. »Oh hallo.«

»Jules, das ist mein Dad.« Ich wende mich zu meinem Vater. »Jules ist Jakes Mutter.«

Dad runzelt kurz die Stirn, streckt aber seine Hand aus. »Bob McCreaven, schön, Sie kennenzulernen.«

»Julia MacAdams, das ist mein Mann Michael.« Die beiden Männer begrüßen sich, während ich überlege, ob Dad Jules vorher bereits als Jakes Schwester kennengelernt hat.

»Mommy!« Jake taucht mit Danielle auf dem Arm im Türrahmen auf.

»Hi, ihr seid da.« Jetzt streckt Dani ihre Arme nach mir aus und Jake wendet sich an seine Mutter und dann an Michael. »Kommt rein?«

»Puh, Schatz, du stinkst, ich glaube wir müssen dich erst noch wickeln.«

»Tinkt!«, verkündet Danielle mit gerümpfter Nase.

»Ich bin gleich wieder da.« Ich werfe Jake einen Blick zu und wende mich mit meiner Tochter ab. In ihrem Zimmer lege ich sie auf den Wickeltisch und reiche ihr das Äffchen.

»Mommy, Brusta!«

»Ja, genau, es ist mein Geburtstag.« Ich ziehe ihr die Strumpfhose aus. »Meinst du, dein Daddy und Gillian sind auch hier?«

»Daddy?«, plappert sie lautstark und strahlt mich an.

»Ich glaube, Jake könnte ein bisschen Unterstützung von seinem Schutzengel gebrauchen, meinst du nicht?«

»Daddy!« Danielle streckt ihre Hände in die Luft, deshalb bin ich mir sicher, dass Danny hier ist. Bei mir. Und bei Danielle. Gillian steht Jake bestimmt in der Küche bei, wenn er seine Schwester, die eigentlich seine Mutter ist, seinem besten Freund und meiner Familie vorstellt.

»Oh je, Süße, das stinkt ja wirklich heftig.« Danielle strampelt mit ihren Beinen, deshalb habe ich Mühe, sie festzuhalten, damit ich sie sauber machen kann. Mit einer neuen Pampers drücke ich ihr einen Kuss auf den nackten Bauch und bringe sie damit zum Lachen. Das ist unser kleines Ritual, immer, wenn ich sie wickele, und manchmal kommt es mir so vor, als würde Danielle regelrecht darauf warten. Sie berührt mein Gesicht und ihre Augen strahlen genau wie Dannys. Vorsichtig streichelt sie über meine Wange. Ich beuge mich wieder zu ihr und küsse ihre Nasenspitze, was sie erneut zum Kichern bringt, dann stülpe ich ihr die Schuhe über und ziehe sie in eine Sitzposition. »Sollen wir zurück zu den anderen gehen?«

»Ja!« Sie klammert sich an mir fest und dreht ihren Kopf noch einmal um, als würde sie Danny auffordern, ebenfalls mitzukommen. Ich werfe die stinkende Windel in den Müll und wir verlassen ihr Zimmer.

»Da sind wir wieder.« Meine Küche ist zu klein für so viele Gäste, aber es ist lustig, sie alle hier zu haben. Als ich nach London gekommen bin, dachte ich, ich würde alles alleine schaffen müssen. Jetzt habe ich eine wunderbare beste Freundin, mein Bruder ist wieder an meiner Seite, genau wie mein Vater und seine Frau. Ich habe eine süße kleine Tochter und einen Freund mit einer großen Familie. Danielle beobachtet unsere Gäste und sieht mich mit großen Augen an.

»Schatz, erinnerst du dich noch an Jules und Michael?«

»Dani, Süße, na, wie geht es dir?«, fragt Jules, die jetzt ihre Hand hebt, um in Danielles Bäckchen zu kneifen, so, wie Jake es immer macht. Ich werfe ihm einen Blick zu, weil er weiß, dass Danielle diese Berührung normalerweise nur vom ihm zulässt.

»Du bist schon wieder gewachsen«, stellt Jules fest, nachdem ich Danielle in ihren Hochstuhl gesetzt habe.

»Das sage ich auch jedes Mal«, meint Judy lachend, während Dad einen Stuhl für mich zurückzieht.

»Danke, Dad.«

Judy serviert ihre neusten Kuchenkreationen und Jake stellt Kaffee auf den Tisch.

»So greift zu.« Er ist nervös, das weiß ich, aber er lässt es sich nicht anmerken. Nachdem er sich hingesetzt hat, legt er seine Hand auf meinem Oberschenkel und beobachtet seine Mutter und Michael, die sich mit Judy und Dad unterhalten, während Sam Danielle mit kleinen Kuchenstücken füttert.

»Und wann ist es bei dir so weit, Sam?«, will Jules mit Blick auf ihren Babybauch wissen.

»August«, antwortet Sam kurz.

»Wie schön, ein Sommerbaby. Seid ihr schon aufgeregt?«

Sam schluckt angestrengt. »Ja, sehr.«

Jules blickt zu Jake und dann zurück zu meiner Freundin. »Das erste Kind ist immer aufregend, ich hoffe, ihr genießt jeden Augenblick.«

»Ja«, murmelt Sam nur und stopft sich ein Stückchen Kuchen in den Mund, damit sie nicht noch mehr sagen muss, oder vielleicht anfängt zu weinen.

»Habe ich etwas Falsches gesagt?«, fragt Jules verwirrt.

»Nein, schon ok«, antwortet Shane an Sams Stelle, deshalb wendet sich Jules zu Jake, aber er schüttelt den Kopf.

»Jules wollte einfach nur nett sein, und ich stoße sie mit meinen knappen Antworten vor den Kopf«, klagt Sam später beim Einräumen der Spülmaschine, während Jake mit den anderen Gästen auf die Terrasse umzieht und Danielles Lachen durch den Flur zu uns klingt.

»Sie wird es sicher verstehen, wenn du es ihr erklärst, Sam. Oder möchtest du, dass ich ihr in einem ruhigen Moment davon erzähle?«

Meine Freundin sieht mich an. »Ich hab einfach Angst, Kay, und ich bilde mir ein, wenn ich mich nicht auf dieses Baby freue, wird es auch nicht so wehtun, wenn es wieder nicht klappt.«

Eilig werfe ich das Handtuch zur Seite und trete auf sie zu. »Du solltest dich aber auf dein Baby freuen, Sam.« Mit beiden Händen auf ihren Bauch sehe ich ihr fest in die Augen. »Es merkt doch, wenn du es nicht tust.«

Seufzend betrachtet Sam meine Hände auf ihrer Babykugel. »Hast du bei Dani jemals das Gefühl gehabt, dass es nicht klappen könnte?«

»Ständig.«

»Wirklich?«

»Natürlich, aber es ist alles gut geworden.« Wieder klingt Danielles Lachen zu uns. »Und das wird es bei euch auch.«

»Hoffentlich.«

Ich ziehe sie an mich. »Ganz bestimmt, Sam.«

»Oh, störe ich?« Jules taucht in der Tür auf.

»Nein, gar nicht.« Ich lasse meine Freundin wieder los und wende mich zu Jakes Mutter um. »Brauchst du etwas? Möchtest du etwas anderes trinken?«

»Ja, gerne ein Wasser, ich muss meine Tabletten nehmen.«

Ich drehe mich zum Tresen und hole ein Glas aus dem Schrank, während Sam den Kühlschrank öffnet und nach einer Flasche Wasser aus der Tür greift.

»Es tut mir leid, ich habe noch gar nicht gefragt, wie deine Untersuchung gelaufen ist?«

»Alles gut, ich vertrage die Medikamente gut und die Kontrollzeiträume werden jetzt von drei auf sechs Monate verlängert.«

Sie dreht sich zu ihrer Handtasche und nimmt drei Dosen mit Tabletten heraus. Ich werfe einen Blick zu meiner Freundin, während Jules ihre Medizin einnimmt und sich Wasser nachschenkt.

»Dann hoffen wir mal, dass es so bleibt.«

Jules packt die Tabletten wieder ein. »Ja, noch mal überlebe ich es wohl nicht.« Sie lächelt verkrampft, aber wir alle wissen, wie ernst sie diese Aussage meint. »Und jetzt lasst uns über etwas Schönes reden. Du hast Geburtstag, Kay, was hat Jake dir geschenkt?«

Ich zeige ihr mein Armband und sie bewundert anschließend das Amulett von Sam.

»Wie schön.« Jules sieht mich an. »Er liebt dich wirklich sehr.«

Kapitel Fünfunddreißig

Danny

Nachdem wir Kayleens Geburtstag verlassen haben, kommen Gillian und ich zurück in unseren Flur und gehen an der Cafeteria vorbei zu Gillians Zimmer, als uns Alan und Claire entgegenkommen.

»Na nu, wo seid ihr denn gewesen?«, fragt Gillian. Claires Augen sind gerötet, schwarze Make-up-Spuren deuten darauf hin, dass sie geweint hat, und ihre Haare sind nicht so ordentlich zusammengebunden wie sonst. Alan hat stützend seinen Arm um ihre Schultern gelegt.

»Ist was passiert?« Irritiert sehe ich meinen Schutzengel an.

»Wir waren in South Carolina, bei Claires Tochter Ruth«, erklärt Alan.

Claire wischt sich über die Augen. »Sie ist gerade für immer eingeschlafen, dabei hat sie so lange gekämpft.«

Sofort wandern meine Gedanken zu Danielle und ich hoffe inständig, dass dieser Tag für mich nie kommt, an dem ich meinem kleinen Engel für immer auf Wiedersehen sagen muss.

»Ich wusste gar nicht, dass du eine Tochter hast«, murmelt Gillian.

»Möchtet ihr einen Tee? Dann erzähle ich euch von meinen Kindern«, fragt Claire anstelle einer Antwort.

»Natürlich, gerne.«

Gemeinsam betreten wir die dunkle Cafeteria und folgen Claire in die Küche, von der ich mich immer gefragt habe, wie sie aussieht, aber meine Neugierde wird schnell gedämpft. Es ist eine normale große Kantinenküche, so wie die in der Uni oder in der Schule. Claire stellt Wasser auf und holt schweigend vier Tassen aus dem Schrank.

»Ich habe ...« Sie räuspert sich. »Ich hatte drei Kinder.«

Gillian legt erschrocken ihre Hände auf den Mund und Claire dreht sich mit einer Kanne Tee zu uns um.

»Mein ältester Sohn Harold kam noch vor dem Krieg 1938 zur Welt, er starb 1976 bei einem Autounfall in Frankreich.« Mit zittrigen Händen schenkt sie uns Tee ein. »Mein jüngster Sohn ist das Ergebnis der Feierlichkeiten zum Kriegsende. Er kam 1946 zur Welt und lebt mit seiner Familie in Namibia. Meine Tochter Ruth ist heute mit nur zweiundsechzig Jahren an Krebs gestorben. Ihre beiden Töchter waren bei ihr und die Enkelkinder haben draußen gespielt, als sie für immer die Augen geschlossen hat. «

Gillian stellt ihre Tasse ab und zieht Claire in ihre Arme. »Oh mein Gott, Claire, ich habe nicht gewusst, dass du deine Kinder zurücklassen musstest und du sie immer noch besuchst.«

Claire wischt sich über die Augen. »Na, das macht ihr doch auch, oder etwa nicht?«

Alan nickt. »Auf jeden Fall und ich werde nicht damit aufhören.«

Gillian lehnt sich wieder neben mich an den Tresen. »Ich war bei meiner Mum, als sie gestorben ist, und ich fand es schrecklich, deshalb war ich seitdem nicht mehr auf Oahu.«

»Wann war das?«, hake ich nach. Ich bin froh, dass Claire mich das Thema wechseln lässt, weil ich die Vorstellung, dass meine Eltern oder Marc eines Tages sterben, nicht ertragen kann.

»1982.«

»Du warst seit über zwanzig Jahren nicht mehr zu Hause?«

Sie schüttelt den Kopf und Claire legt ihre Hand auf Gillians Arm. »Du solltest deine Heimat besuchen, Liebes.«

Gillian nickt entschlossen. »Kommt ihr mit?«

»Wir alle?« Claire sieht sie fragend an und Gillian nimmt meine Hand.

»Ja.«

Alan hüpft vom Tresen. »Sehr gerne, ich war noch nie auf Hawaii.«

»Ich auch nicht.« Ich stelle meine Tasse ab und Claire nippt lächelnd an ihrem Tee.

»Ihr seid toll, wirklich«, murmelt sie. »Los, zeig uns dein Zuhause, Gillian.«

Als wir Honolulu erreichen, ist es noch früh. Die Sonne schiebt sich langsam über den Diamond Head, trotzdem nutzen schon ein Dutzend Surfer die Gunst der Morgenstunden.

»Wow, das sind aber viele«, staunt Alan.

»Kommen die sich nicht in die Quere, wenn sie zusammen auf einer Welle sind?«, fragt Claire.

»Nein, es gibt klare Regeln«, antworte ich und wende mich mit herausforderndem Blick zu meiner Freundin, um sie zu testen.

»Ja, ähm …« Sie grinst. »Wer näher zum Brechungspunkt der Welle fährt, hat Vorrang. Letzterer muss notfalls aussteigen, also aus der Welle fahren. Es gilt immer: eine Welle – ein Surfer.«

Ich lege meinen Arm um ihre Schultern. »Genau. Und was noch?«

Gillian schirmt ihre Augen vor der Sonne ab und beobachtet die Surfer auf dem Wasser. »Es ist verboten, sich hinter dem Rücken eines wartenden Surfers in die Vorfahrtsposition zu manövrieren, und es ist nicht erlaubt, in eine Welle neu einzusteigen, wenn sich diese erneut aufbaut, sofern sich bereits ein Surfer in ihr befindet. Auch hier gilt: eine Welle – ein Surfer.«

Ich drücke ihr einen Kuss auf die Wange. »Du hast gut aufgepasst, Baby.«

Gillians Grinsen wird noch breiter. »Derjenige, der rauspaddelt, muss dem, der sich in der Welle befindet, immer Vorrang gewähren. Es darf nicht auf die Einhaltung dieser Regeln bestanden werden, wenn dadurch ein Unfall provoziert wird.«

»Klingt logisch.« Alan deutet aufs Wasser. »Das sieht trotzdem echt gefährlich aus.«

»Also mir hat mal jemand gesagt, jeder kann surfen«, sagt Gillian mit einem Zwinkern. »Und Surfen ist eine Droge.«

»Ok, wenn ihr meint. Für mich wäre es trotzdem nichts.« Wir gehen ein paar Schritte weiter, über uns kreischen die Möwen, der Wind vom Meer treibt den Sand über die Promenade und lässt die Fahnen am Surfshop flattern.

»Wer ist der da, warum wollen alle ein Foto mit ihm?« Alan blickt zu einer Bronze Statue mit bunten hawaiianischen Blumenketten um den Hals. Er steht mit dem Rücken zum Strand, hinter ihm sein senkrecht aufgerichtetes Surfbrett. Ich war nie auf Hawaii, trotzdem weiß ich natürlich, wer gemeint ist.

»Das ist der Duke.«

Gillian kichert. »So nennt ihr ihn?«

»Ja, jeder Surfer weiß, wer der Duke Kahanamoku ist und sein vollständiger Name ist furchtbar kompliziert. Er hat das moderne Surfen erfunden.«

»Ach echt?« Gillian stemmt ihre Hände in die Hüften. »Und warum steht er dann mit dem Rücken zum Wasser? Hast du nicht gesagt, ein echter Surfer lässt den Ozean nie aus den Augen?«

Ich zucke mit den Schultern. »Wahrscheinlich für die Touristen.« Eine Traube von jungen Mädchen lässt sich gerade vor der Statue fotografieren. »Es macht sich besser mit dem Ozean im Hintergrund als mit den Hochhäusern.«

»Ja, das finde ich aber auch. Die Hochhäuser sind schrecklich, es ist nicht mehr so wie früher.« Seufzend betrachtet sie die Statue.

»Und was genau hat er erfunden?«, will Alan wissen. »Er wird ja verehrt wie ein Gott.«

Ich schirme meine Augen gegen die Sonne ab. »Das Papa Nui. Ein ungefähr fünf Meter langes Brett, das stolze zweiundfünfzig Kilo wog.«

»Und damit hat er gesurft?« Gillian sieht mich skeptisch an.

»Ja.« Ich zucke mit den Schultern. »Es gilt als der Ursprung aller modernen Boards.«

Langsam, aber sicher erwacht der Rest des Strands zum Leben. Pavillons werden aufgebaut, Schilder, Surfbretter und Bodyboards sauber in Reihen aufgestellt. Im Wasser schwimmen längst nicht mehr nur ein Dutzend Surfer und die Sonne erwärmt den Sand zu unseren Füßen.

»Na gut, dann zeigt mal, was ihr könnt«, sagt Alan, als er sich in den schattigen Sand unter einer riesigen Palme fallen lässt. Claire nimmt neben ihm Platz.

»Ach, das soll lieber Danny machen, ich bin noch nicht so gut«, murmelt Gillian und hebt ihren Rock an, damit sie sich neben Alan und Claire setzen kann, aber ich nehme ihre Hand.

»So ein Quatsch, du bist gut.« Ich drücke ihr einen Kuss auf die Lippen. »Komm mit, Baby.«

Gillian und ich verschwinden in der Umkleidekabine und leihen uns ein paar Badesachen von den anwesenden Surfern aus.

»Bist du bereit, den beiden Europäern zu zeigen, wie Surfen geht?«, frage ich, als ich aus der Umkleide trete. Gillian schließt die Tür zu ihrer Kabine und steht in einem roten Bikini vor mir. »Wow.«

Mit einem verführerischen Lächeln hebt sie den Blick. »Gefällt es dir?« Sie weiß, was sie damit bei mir anrichtet, deshalb ziehe ich sie an mich.

»Du siehst toll aus!« Unsere Lippen finden sich zu einem stürmischen Kuss, Gillian schlingt ihre Arme um meinen Hals und ich spüre ihre Zunge in meinen Mund gleiten. So wie immer wandern meine Hände zu ihrem Po und die Surfshorts fühlen sich viel enger an. Ihre Küsse sind leidenschaftlich und schmecken nach mehr. Ihre weiche Haut, die festen Brüste, die sich an meinem nackten Oberkörper reiben, und ihr zierlicher Körper so dicht gedrängt an meinem. Schnell hebe Gillian hoch und trete rückwärts durch die Tür in eine der Umkleidekabinen, um sie gegen die Wand zu lehnen und auf einem Brett, was dort als Ablagefläche angebracht wurde, abzusetzen. Gillian löst ihre Lippen von meinen.

»Du bist aber stürmisch«, kichert sie.

»Hm«, brumme ich mit den Lippen an ihren Hals, damit ich die weiche Haut in meinen Mund einsaugen kann. Gillian lehnt ihren Kopf mit einem wohligen Seufzen nach hinten.

»Was ist mit den anderen?«, murmelt sie, während ihre Hände durch meine Haare gleiten. Sie macht mich wahnsinnig und ich will sie spüren. Jetzt sofort.

»Die können warten«, hauche ich an ihrem Hals, bevor ich ihre Lippen erneut mit meinen verschließe. Gillian schlingt ihre Beine um meinen Körper und legt ihre Arme um meinen Hals, während ihre Zunge in meinen Mund gleitet und meine zu einem lustvollen Spiel herausfordert. Mit beiden Händen streiche ich über ihren Rücken und zu ihrem Po. Gillian streichelt über meinen Rücken bis zum Bund meiner Surfshorts. Ihre Finger, die am Knoten der Shorts fummeln, tun ihr Übriges.

»Na, hat wohl etwas länger gedauert, 'ne passende Badehose zu finden«, lacht Alan, als wir wieder zu den anderen treten. Claire hat mittlerweile einen Cocktail in der Hand und Alan nippt an einer Cola. Gillian betrachtet mit rosa Wangen ihre nackten Füße.

»Gil konnte sich nicht entscheiden«, antworte ich.

»An den Mädels heutzutage ist ja nichts dran und ich muss schließlich in die knappen Höschen reinpassen«, geht sie auf meine Anmerkung ein.

»Das stimmt, es muss alles gut verpackt sein, nicht wahr?«, kichert Claire, trotzdem bin ich mir sicher, dass Alan uns kein Wort glaubt.

»Zeigt ihr uns jetzt, was ihr könnt, oder habt ihr euch schon verausgabt?«, grinst mein Schutzengel. Claire boxt ihm genauso gegen den Arm, wie Gil es bei mir gemacht hat, und Gillians Wangen nehmen fast den Ton ihres Bikinis an.

»Na klar.« Ich lege unsere Klamotten in den Sand neben Claire und nehme Gillians Hand. »Los, wir gehen uns abkühlen.«

Kapitel Sechsunddreißig

Jake

Danielle legt ihren Kopf an Kayleens Schulter und steckt sich ihren Schnuller in den Mund.

»Jetlag?«, frage ich leise, während ich über Danis blonde Haare streiche.

»Ja, ich bring sie ins Bett.« Kayleen nimmt das Stoffäffchen vom Tisch.

»Gute Nacht, kleiner Engel.« Judy streichelt über Danielles Hand, aber auch hier reagiert die Kleine nicht. Kayleen verlässt die Küche und Judy reicht mir eine Tasse Kaffee. »Hier, du siehst aus, als könntest du den gebrauchen.«

»Danke, Judy.«

Lächelnd schenkt sich Shanes Mutter ebenfalls einen Kaffee ein und setzt sich zu mir an den Tisch. »Dani hatte viel Spaß.«

»Oh ja, wir auch.« Grinsend nippe ich an meinem Kaffee. »Danielle hat wie ein Hund gepaddelt und ist mit ihren Schwimmflügeln sogar ein bisschen alleine geschwommen.«

»Im Meer?« Judy sieht mich fragend an.

»Nein, im Pool. Im Meer hat sich Kayleen mit ihr auf ein Surfboard gesetzt und Dani fand es toll, dass die Wellen sie an den Strand getragen haben.«

»Ich freu mich schon auf eure Fotos.«

»Ein paar habe ich schon, warte, ich hol schnell die Kamera und …« Judy legt ihre Hand auf meinen Arm.

»Das hat doch Zeit, Jake. Ihr seid gestern erst zurückgekommen, habt sicher die halbe Nacht nicht geschlafen und wollt jetzt zum Konzert.« Sie grinst. »Zeigt uns die Bilder am Sonntag.«

»Ok.« Ich nehme meine Tasse wieder in die Hand und trinke einen großen Schluck, als draußen im Flur zuerst das Klimpern von Schlüsseln, dann Stimmen und schließlich Schritte zu hören sind.

»Hey, ihr seid ja schon da!« Sam kommt als Erstes in die Küche und Judy steht auf. Hinter ihr folgt zuerst Shane und danach Bob. Ich stehe ebenfalls auf, damit ich meinen Kumpel und seine Freundin begrüßen kann.

Ich drücke Sam einen Kuss auf die Wange und lasse meinen Blick zu ihrem Babybauch wandern. »Gut siehst du aus.«

Sie lächelt glücklich. »Ich fühle mich auch gut, aber unser Baby ist ein echter Walsh und wird Fußballer.«

Judy legt ihre Hände auf Sams Bauch und ich begrüße meinen Kumpel mit einem Handschlag und einer Umarmung.

»Wo ist Kay?«, fragt Bob, nachdem er seine Aktentasche abgestellt und die Jacke ausgezogen hat.

»Oben, sie bringt Dani ins Bett, die Kleine kann die Augen nicht mehr aufhalten. Das wird eine sehr kurze Nacht werden«, lacht Judy, nachdem sie ihren Mann mit einem Kuss begrüßt hat.

»Ich stehe gerne mit ihr auf, ich habe meine Enkeltochter vermisst.«

»Wart's nur ab, bis wir den kleinen Fußballer auch noch hier haben«, kichert Judy, die Sam jetzt eine Tasse Tee reicht.

Bob grinst. »Das wird bestimmt lustig.«

»Wie war Kalifornien?«, fragt Shane, nachdem seine Mutter ihm auch eine Tasse Kaffee gegeben hat. »Danke, Mum.«

»Wirklich cool. Die Aufträge waren super, das Wetter auch und unser Urlaub in der Sonne einfach nur perfekt.«

»Klingt gut. Sonne wäre hier auch mal wieder toll, oder?« Sam lässt sich auf den Stuhl sinken. »Hier hat es in der ganzen Zeit nur geregnet.«

»Nächste Woche soll es wärmer werden«, antwortet Bob, als die Tür aufgeht und Kayleen wieder zurückkommt. Sie begrüßt ihre Freundin und ihren Bruder und nimmt meinen Kaffee, um ihn zu leeren.

»Kay, du kannst deinen eigenen Kaffee haben«, sagt Judy kopfschüttelnd, bevor sie eine weitere Tasse vom Regal nimmt.

»Schläft sie?«, frage ich, als ich Kayleen auf meinen Schoß ziehe.

»Ja, nach einer Seite im Buch war sie weg.«

Sam lächelt glücklich. »Na dann steht einem schönen Abend nichts mehr im Weg, oder?«

Ich linse auf die Uhr. »Wir sollten los, wenn ihr die Band noch vor dem Konzert treffen wollt.« Kayleen steht von meinem Schoß auf und reicht meine Tasse an ihre Stiefmutter.

»Ich kann das nicht alles trinken, ich muss sowieso schon ständig aufs Klo«, murmelt Sam, als sie sich umständlich hochstemmt und die Mundwinkel verzieht.

»Lass es ruhig stehen, Sam«, winkt Judy ab und Sam verschwindet zur Toilette.

Mit der U-Bahn fahren wir zu O2-Arena und steigen mit gefühlt Hunderten von jungen Mädchen aus. Shane verdreht genervt die Augen und kassiert von Sam sofort einen Schlag gegen die Schulter. Ich nehme Kayleens Hand, damit ich sie im Gedränge nicht verliere und führe meine Freunde an den wartenden Fans vorbei zum Seiteneingang.

»Wir sind die VIPs heute«, witzelt Shane. Der Sicherheitsmann kontrolliert meinen Ausweis und die Backstage-Pässe, die ich für die anderen organisiert habe.

»Ok, mitkommen!«, murrt er und öffnet eine Tür.

»Doch so freundlich«, kichert Sam hinter mir. Wir betreten einen dunklen Flur und werden zu einer Garderobe gebracht, in der wir unsere Jacken ausziehen können. Sam muss schon wieder aufs Klo, deshalb warten wir und werden von der Pressesprecherin begrüßt.

»Hi, mein Name ist Kristen Thomas, schön, dass Sie da sind. Mr McTavish, die Bilder aus Belfast waren unglaublich.«

»Danke, das freut mich«, antworte ich und stelle meine Freunde vor, als Sam zurückkommt.

»Oh wie schön, ein Baby.« Kristen begrüßt Sam herzlich und fragt, wann es bei ihr soweit ist.

»Im August, deshalb muss ich diesen Abend noch mal genießen.«

»Das werden Sie ganz bestimmt. Die Tour läuft bisher wirklich gut«, lächelt Kristen. »Sind alle bereit?«

Wir folgen der Pressesprecherin durch unterirdische Gänge und eine Treppe nach unten in eine Art Aufenthaltsraum.

»Hier können Sie warten, nehmen Sie sich etwas zu trinken und ich hole die Band.«

»Danke sehr.«

An der Tür dreht sie sich noch einmal um. »Mr McTavish, dürfte ich Sie kurz um einen Gefallen bitten, auch wenn Sie heute frei haben? Wir haben oben noch eine kleine Auszeichnung zu überreichen und würden das Ganze gerne fotografieren lassen.«

»Natürlich.« Ich drücke Kayleen einen Kuss auf die Wange und folge Kristen nach draußen.

Nachdem ich die Verleihung eines Radioawards und ein anderes Meet&Greet mit einem Mädchen im Rollstuhl fotografiert habe, gehe ich zusammen mit der Band wieder nach unten. Ich kenne die Jungs von unserem Shooting im letzten Jahr und habe den Tour-Auftakt in Belfast fotografiert, deshalb quatschen wir, als wären wir alte Freunde. Sie betreten die Garderobe in der Kayleen, Sam und Shane warten und Kristen schließt die Tür hinter mir. Die Jungs begrüßen unsere Frauen mit einem Küsschen und fragen Sam nach der Schwangerschaft und Kayleen nach unserem Urlaub, von dem ich gerade erzählt habe. Wir reden über Fußball und Surfen, ich knipse einige Fotos von meinen Freunden mit der Band. Die beiden Frauen werden nach ihren Lieblingssongs gefragt und die Jungs versprechen, einen extra Gruß auszurichten, bevor die Songs gespielt werden. Nach einer halben Stunde werden sie von ihrem Tour-Manager abgeholt und wir zu unseren Plätzen im Graben vor der Bühne gebracht.

»Wie genial, so dicht war ich noch nie«, strahlt Sam.

»Das ist der Schwangerschaftsbonus«, antworte ich mit einem Zwinkern.

»Danke, Jake!«, freut sich Kayleen und ich ziehe sie in meine Arme.

»Ich hab's dir versprochen, Baby, allerdings hätte ich nicht im Traum daran gedacht, dass ich dich beim Konzert im Arm halten werde.«

Sie lächelt zärtlich und hebt ihre Hand, um meine Wange zu streicheln. »Ich auch nicht.«

Das Konzert beginnt mit einem Comic-Intro und die Fans kreischen bei jedem Namen der einzelnen Bandmitglieder, der auf der großen Leinwand auftaucht, deshalb hält sich Shane demonstrativ grinsend die Ohren zu und Sam boxt ihm gegen den Arm. Nach und nach tauchen die Jungs auf Podesten auf und geben eine kurze Tanzeinlage, bevor sie mit dem Titel starten, der dieser Tour den Namen gegeben hat. Sam und Kayleen tanzen zur Musik, während ich meine Freunde genauso wie die Band fotografiere. Beim zweiten Song lege ich meine Kamera auf den Boden vor der Bühne und tanze mit Kayleen, bevor nach dem dritten Song die Fans von einem Bandmitglied begrüßt werden. Bei einem Liebeslied kuschelt sich Kayleen in meine Arme und flüstert mir zu, wie schön sie diesen Titel findet.

»Ich auch«, hauche ich in ihr Ohr und bei der nächsten schnellen Nummer tanzen Sam und Shane durch den Graben, während ich die beiden fotografiere. Danach tauchen die Jungs über einen Fahrstuhl auf einem Metallsteg auf, der über unseren Köpfen entlangführt. Sie winken den Fans zu und singen wieder eine ihrer Balladen. Es ist der

Song, der im Radio lief, als Kayleen und ich zum Essen bei Shane und Sam gefahren sind. Damals, als wir noch nicht zusammen waren, aber sie mich schon absolut verzaubert hatte. Ich schlinge beide Arme um sie, drücke meine Lippen an ihre Wange und lasse den Blick kurz zur Hallendecke gleiten. Kayleen hat gesagt, dass *nie* eine ziemlich lange Zeit ist, aber ich werde diese Frau wirklich nie mehr loslassen und sie für immer festhalten.

Kapitel Siebenunddreißig

Kayleen

»Hallo Kay«, flüstert Danny leise, als er in meinem Traum das Badezimmer betritt. Wie jedes Mal, wenn er mich besucht, hat er dieses sexy Lächeln auf den Lippen und die Hände in den Hosentaschen vergraben.

»Hi Danny, entschuldige, ich habe in den letzten Wochen nicht richtig …«

Er schüttelt mit einem breiten Grinsen im Gesicht den Kopf. »Das ist ok, Kay. Jeder schläft mal unruhig.« Danny nimmt meine Hand. »Hat dir das Konzert gefallen?«

»Oh ja, sehr. Und vor allem die Plätze vorne im Graben, ohne Gedränge und ganz nah dabei.« Ich sehe ihn überrascht an. »Warst du auch dort?«

»Natürlich, ich hatte dir versprochen, dass wir deine Lieblingsband mal zusammen besuchen.«

»Allerdings warst du jetzt mit Gillian dort und ich mit Jake.«

»Genau.« Er grinst immer noch. »Gillian fand es auch toll.«

»Wo ist sie jetzt, wenn du hier bist? Bei Jake?«

»Wahrscheinlich, er ist am Flughafen, sein Flieger nach München startet bald.« Zärtlich streichelt er über meinen Handrücken und lehnt sich dann zu mir, damit er meine

Stirn küssen kann. »Schlaf gut, Kay. Ich werde jetzt Mum besuchen.«

»Kay, was machst du denn hier?«, fragt Sam, als ich drei Tage später mit Danielle im Kinderwagen aus einem Babyladen komme. »Habe ich etwas verpasst?« Meine Freundin mustert mich eindringlich.

»Samm!« Danielle streckt ihre Arme nach ihrer Tante aus.

»Na Süße, was hast du eingekauft?« Sam kneift ihr in die Pausbäckchen.

»Baby!« Sie zeigt auf Sams Bauch.

»Für mein Baby?« Sam sieht mich wieder an.

»Ja, und für Hannah.« Ich halte die Tüte in die Luft.

Sam kichert. »Hannah und ich haben schon überlegt, ob wir beide dich fragen können, Patentante zu werden, oder ob wir lieber einmal Jake fragen.«

»Echt jetzt? Ihr beide wollt mich als Patin?«

Sam hakt sich bei mir ein und steuert zielstrebig auf ein Café zu. »Natürlich. Hannah und ich telefonieren mindestens einmal in der Woche. Sie langweilt sich, wenn Marc mit den Wettkämpfen und der Surfschule beschäftigt ist.«

»Das glaube ich, vielleicht sollten wir sie mal zusammen anrufen?«

»Oh ja, das machen wir.« Sam öffnet die Tür, damit ich mit dem Kinderwagen reinfahren kann. »Wo ist Jake dieses Mal unterwegs?«

»In München, aber er kommt heute Abend zurück.«

»Schade.«

Ich ziehe meine Jeansjacke aus. »Wieso schade?«

»Na ja, Shane ist in Liverpool und ich dachte, wir machen mal wieder einen Mädelsabend.«

»Das können wir trotzdem machen, Jake hat seine Wohnung ja noch.«

»Wieso noch?« Sam sieht mich fragend an. Ups. Erwischt. Grinsend zucke ich mit den Schultern. »Er wird bei uns einziehen.«

»Wirklich?« Meine Freundin strahlt von einem Ohr zum anderen. »Das ist super, warum habt ihr nichts gesagt?«

»Jake wollte warten, ob er aus dem Mietvertrag rauskommt und einen Nachmieter findet, aber seit vorgestern ist alles beschlossen.«

Sie zieht mich in ihre Arme. »Das ist toll, dann müssen wir es erst recht ausnutzen.«

Abends bringe ich Danielle ins Bett und stelle eine Schüssel Popcorn auf den Wohnzimmertisch, bevor ich eine Karaffe mit einem alkoholfreien Cocktail und zwei Gläser dazu stelle. Ich habe einen Film ausgeliehen und Jake geschrieben, dass Sam bei mir ist, er sich aber auf jeden Fall melden soll, wenn er zurück ist. Gerade, als ich den Film eingelegt habe, klopft Sam an der Tür.

»Hey, ich dachte, Dani schläft vielleicht schon.«

Ich lasse meine Freundin eintreten und helfe ihr aus ihrer Jacke. »Ja, tut sie. Wie geht's dir? Wie war der Arzttermin heute Nachmittag?«

Sam reicht mir eine Tüte Chips. »Es ist alles in Ordnung. Dr. Kiefer ist sehr zufrieden.«

»Sollen wir Shanes Geburtstag eigentlich feiern?«, frage ich, als die Darsteller des Films auch einen Geburtstag planen.

Sam nippt an ihrem Glas. »Er sagt, er will nicht.«

Ich stelle mein Getränk auf den Tisch und sehe meine Freundin eindringlich an. »Nie wieder?«

Jetzt zuckt sie mit den Schultern. »Letztes Jahr ist unser Baby kurz vorher gestorben.«

Mit meiner Hand auf ihrer sehe ich fest in ihre Augen. »Und dieses Jahr bekommt ihr kurz danach ein gesundes Baby, Sam.«

Sie schluckt. »Ja, ich weiß, aber Leah ist …«

Ich schüttle den Kopf und lege meine Hand auf ihren Bauch, sofort bekomme ich einen festen Tritt des Babys ab. »Leah ist euer Baby, Sam, das wird sie immer sein, aber dieses hier ist es auch.« Wieder kickt das kleine Wesen gegen meine Hand und Sam legt lächelnd ihre Hände auf meine.

»Ich rede mit Shane.«

»Wir könnten ihn auch überraschen. Jake wollte sowieso alle einladen, dann machen wir ein Braai, hier bei mir im Garten. Wir feiern mit der Familie und laden seine Freunde für abends ein.«

»Wir machen ein was?« Sam sieht mich genauso fragend an, wie Jake es getan hat, als ich die afrikanische Grillparty vorgeschlagen habe.

»Oh sorry, ein BBQ. In Südafrika sagen wir Braai.«

»Coole Idee, ich bin dabei«, grinst Jake, als er ins Wohnzimmer schlendert und sich zu mir lehnt, um mich zu küssen. »Hey, Baby.«

»Jake? Was machst du denn hier?«

Auch Sam sieht ihn irritiert an. »Ähm was …«

Er blickt zu Sam und dann zurück zu mir. »Sorry, ich störe.«

»Nein, ich dachte nur, ich hätte dir geschrieben, dass Sam und ich heute …«

»Ich hab mein Handy geschrottet.« Er lässt sich auf den Sessel fallen. »Ich kann auch wieder gehen.«

»Ach Quatsch, so können wir die Party planen.« Sam steht umständlich auf. »Ich bin gleich wieder da, ihr könnt in der Zwischenzeit knutschen.«

»Möchtest du etwas trinken?«, frage ich, nachdem Sam im Flur verschwunden ist, aber Jake nimmt meine Hand und zieht mich auf seinen Schoß.

»Erst einen Kuss.«

Ich lege meine Hände in seinen Nacken, um ihm diesen Wunsch zu erfüllen. Jakes Hände wandern über meinen Oberschenkel zu meinem Hintern und dann unter mein Shirt, während seine Zunge meine zu einem sanften und zärtlichen Spiel herausfordert.

»Knutschen, nicht rummachen«, meckert Sam, als sie zurück ins Zimmer kommt, und ich mich mit roten Wangen von Jake löse. Sam lässt sich auf die Couch sinken. »Also was ist jetzt? Planen wir eine Party?«

Kapitel Achtunddreißig

Jake

»Hier für dich!« Kayleen reicht mir ihr Handy und nimmt Danielle auf den Arm, um sie anzuziehen, damit wir in die Stadt fahren können.

»Hallo?«

»Jake, Mann, wann kaufst du dir endlich ein neues Handy. Ich brauche deine Hilfe.«

Mein Kumpel klingt angespannt und abgehetzt. »Shane? Ist was passiert?«

Bei meiner Frage dreht Kayleen sich erschrocken um.

»Ich brauche deine Unterstützung. Kannst du mit mir einkaufen gehen?«

»Einkaufen?«, frage ich irritiert, deshalb wendet sich Kayleen grinsend wieder ab und Danielle brabbelt irgendetwas, das klingt wie dadada. »Was ist denn so dringend?«

»Na ja, ich muss die Zeit ausnutzen, solange Sam noch arbeitet und ...« Mein Kumpel bricht ab. »Ich brauche männliche Unterstützung.«

»Und verrätst du mir auch für was?«

»Oh Mann, McTavish, ich will einen ...« Er stöhnt genervt auf, bevor es sich anhört, als hätte er die Tür zu seinem Büro geschlossen. »Ich will sie an meinem Geburtstag in ein schickes Hotel entführen und ...«

»An deinem Geburtstag?«

»Ja, Mann. Wir sind jetzt seit fünf Jahren zusammen, ich muss es endlich tun.«

Jetzt dämmert mir, worauf mein Kumpel hinauswill. »Du willst ihr einen Antrag machen?«, flüstere ich, nachdem ich mich überzeugt habe, dass Kayleen mit Danielle beschäftigt ist.

»Ja, hast du Zeit?«

»Na klar, also ... äh, Moment. Wann genau?«

»Jetzt natürlich, ich will nicht noch länger warten!«

»Kay und ich gehen in die Stadt, sie trifft sich mit Sam zu diesem Beauty-Dings und ich passe auf Dani auf.«

»Dann wird uns die Prinzessin verraten, oder?«

Grinsend hebe ich Danielle Spielzeugpferd auf. »Das kann passieren, also heute eher nicht.«

»Mist, was ist mit morgen, ich hab ein Interview, aber du könntest als Foto...« Er stockt. »Ach nee, vergiss es.«

»Was denn? Wenn du einen Fotografen brauchst, bin ich dabei. Ich bin erst nächste Woche wieder in Spanien gebucht.« *Und ich kann jeden Auftrag brauchen.*

»Ich glaube nicht, dass du meinen Interviewpartner fotografieren willst.«

»Als Fotograf kann ich mir meine Models nicht aussuchen, das weiß ich spätestens seit der Sache in New York. Also wer?«

»Es ist Seb.«

»Oh.«

»Na sag ich doch, du willst deinen Vorgänger nicht fotografieren. Oder?«

»Shane, ich bin Profi, ist er das auch?«

»Also machst du's?«

Ungern. »Klar.«

»Super, dann brauche ich morgen ganz dringend deine Hilfe, weil mir ein Fotograf abgesprungen ist.«

»Du lügst, ohne rot zu werden«, antworte ich kichernd.

»Ich bin von der Presse und es ist schließlich für einen guten Zweck.«

Am nächsten Tag treffe ich Shane auf der Terrasse des Ritz, typisch Seb hat er einen extravaganten Ort für das Interview gewählt. Schließlich will er bei der Luxus-Artikelserie über Premier League-Spieler besonders hervorstechen.

»Hi Seb.« Ich strecke meine Hand aus, um den Fußballer zu begrüßen, der zusammen mit Shane an einem der Tische sitzt.

»Du bist der Fotograf?«, fragt er irritiert, steht aber netterweise auf, um meine Hand zu schütteln.

»Was dagegen?«

»Nö, alles gut.« Er setzt sich wieder und ich begrüße Shane ebenfalls mit einem Handschlag.

»Sorry, die Bahn hatte Verspätung.«

»Vielleicht fotografierst du einfach das Interview und wir machen nachher noch ein paar Aufnahmen im Park?« Er wendet sich zu Seb. »Wenn das ok ist?«

»Klar.« Der Fußballer nippt an seinem Orangensaft und fängt immer wieder meinen Blick auf. Ich stelle meine Kamera ein und Shane macht mit seinem Interview weiter, während ich den großen Starfußballer, der seine Mannschaft dieses Jahr zum zweiten Titel schießen will, von allen Seiten ablichte. Ich weiß, dass er mich nicht leiden kann, weil ich mit Kayleen zusammen bin. Ich mag ihn auch nicht, also sind wir uns in dieser Hinsicht einig.

Shane stellt standardisierte Fragen, die sich jemand aus seinem Team ausgedacht hat, damit nicht herauskommt, dass er Sams Bruder in Wahrheit besser kennt als irgendein Reporter. Nach dem allgemeinen Interviewteil wird Seb von der Make-up-Assistentin gestylt und posiert anschließend für mich im Park und im Inneren des Hotels. Er ist echt gut und weiß genau, wie er mich ansehen muss, damit die Bilder perfekt werden.

»Danke.« Nach getaner Arbeit strecke ich meine Hand aus.

»Gerne, hat Spaß gemacht. Du bist Profi.«

Grinsend packe ich meine Kamera wieder ein. »Du auch.«

Shane reicht uns zwei Gläser. »Prost.«

»Ich trinke keinen Alkohol, wenn ich …«

»Es ist Saft, du Blödmann. Jake und ich haben noch was vor und ich brauche einen klaren Kopf.« Shane stößt mit uns an. Er ist nervös, das sieht man ihm an. Er kann kaum still sitzen, linst ständig auf die Uhr und plappert wie ein Teenager.

Seb nippt an seinem Drink. »Was habt ihr vor?«

Shane grinst. »Wir gehen shoppen.«

Der Fußballer runzelt die Stirn. »An einem Donnerstagnachmittag in der Stadt? Hab ich irgendwas verpasst? Sam hatte schon Geburtstag.« Er sieht mich an. »Kayleen auch und du …« Er runzelt skeptisch die Stirn.

»Wir wollen einen Ring kaufen«, murmelt Shane, worauf Seb hustend sein Glas sinken lässt.

»Willst du meiner Schwester einen Antrag machen?«

Shane strahlt von einem Ohr zum anderen. »Ja, an meinem Geburtstag entführe ich sie in ein schickes Hotel außerhalb und werde sie fragen.«

»In der Bond Street hat ein neuer Juwelier aufgemacht, da war ich letzte Woche wegen eines Uhrenshootings.«

»Die Bond Street ist jetzt nicht so ganz meine Preisklasse, Seb.«

Der Fußballer grinst. »Ich hoffe, du suchst was Schönes aus. Sam hat etwas Besonderes verdient.«

Shane verdreht die Augen. »Na klar mach' ich das, was denkst du denn.«

Seb stellt sein Glas ab. »Und du kaufst einen für Kay, damit sie den anderen endlich auszieht?«

»Nein, Kay und ich ziehen erst mal zusammen.« Ich leere meinen Drink. »Dannys Ring hat sie schon zu Weihnachten abgenommen.«

Jetzt klappt ihm die Kinnlade nach unten und Shane klopft ihm auf die Schulter. »Genau, also los, sonst mach ich mir noch in die Hosen.« Shane streicht sich durch seine blonden kurzen Haare.

»Ich bin mit dem Auto da«, sagt Seb, der uns nach unten begleitet hat, als wir in die Lobby treten.

»Wir laufen.« Shane hebt die Hand zu einem Winken und wir verlassen die protzige Hotelhalle. Draußen auf der Straße setze ich meine Sonnenbrille auf und als wir an der Ampel stehenbleiben, donnert ein Sportwagen an uns vorbei.

»Angeber«, brumme ich, obwohl ich ihn um die Karre beneide, aber egal. Jetzt zählt erst einmal mein nervös plappernder Kumpel.

Kapitel Neununddreißig

Danny

Während Gillian und ich mit Laura und ihren beiden Freundinnen durch eine Einkaufsmall schlendern, betrachtet Gil die funkelnden Diamanten im Schaufenster eines Juweliers und ich muss an meinen Einkauf in Kapstadt denken, als ich den Ring für Kayleen ausgesucht habe. Ich musste mir einen Grund überlegen, warum ich ohne sie in die Stadt gehe, und konnte mich dann ewig nicht entscheiden. Laura und ihre Freundinnen verschwinden in einem Klamottenladen und Gillian bewundert jetzt ein glitzerndes Armband. Während ich auf sie zu schlendere, zieht sich auf einmal mein Magen zusammen und mich beschleicht ein komisches Gefühl, deshalb halte ich erschrocken die Luft an.

»Danny?« Gillian kommt wieder zu mir zurück. »Was ist denn?«

»Hannah.«

»Oh nein! Nicht schon wieder.«

Ich nehme ihre Hand und ich betrete wenig später das Krankenhauszimmer, während Gillian sich auf den Weg zur Surfschule macht. Es ist später Nachmittag und Hannahs Bettnachbarin sieht mit Kopfhörern auf den Ohren fern, während Johanna unruhig schläft. Ihr Schutzengel Andrew ist an ihrer Seite.

»Was ist mit ihr? Wirst du heute ihr Baby holen? Das kannst du nicht machen, sie hat schon so lange durchgehalten.«

»Nein, das werde ich nicht, aber Hannah ist sehr schwach und hat erneut Blutungen. Du solltest deinen Bruder herholen.«

»Warum?«

»Das Baby wird heute auf die Welt kommen müssen.« Johanna dreht sich im Schlaf um und stöhnt leise auf, bevor sie die Augen öffnet und schmerzhaft das Gesicht verzieht.

»Alles ok?«, fragt die zweite Frau, als sie ihre Kopfhörer abnimmt.

»Hm, ja, geht schon«, brummelt Johanna, die sich vorsichtig aufsetzt, sich die verschwitzten Haare nach hinten streicht und schließlich aus dem Bett rutscht. Auf dem Weg zur Toilette weicht Andrew nicht von ihrer Seite und ich werfe einen Blick auf ihr Nachthemd, das zwischen den Beinen rot ist. Natürlich bemerkt es die zweite Frau auch und drückt deshalb eilig auf die Klingel, um nach dem Arzt zu rufen. Nachdem Johanna die Tür zum Bad geschlossen hat, stöhnt sie auf und ich halte angespannt die Luft an. Eine Schwester stürmt ins Zimmer, öffnet die Tür zum Badezimmer und findet Hannah in einer Blutlache auf dem Boden.

»Oh mein Gott, Miss van Lind, kommen Sie.« Sie hilft ihr beim Aufstehen und ruft nach anderen Schwestern. Die Zimmernachbarin beobachtet das hektische Treiben mit ängstlich geweiteten Augen, wird aber schließlich mit einem Vorhang von Hannahs Bett abgeschirmt.

»Mein Baby«, haucht Hannah mit Tränen in den Augen. Andrew hat schützend seine Arme um sie gelegt, während ich mir hilflos durch die Haare fahre.

Eine Ärztin betritt das Zimmer. »Miss van Lind, was ist passiert?« Mit geübten Griffen tastet sie Hannahs Bauch ab und lässt sich von der Schwester den Wehenschreiber und das Ultraschallgerät bringen.

»Was ist mit meinem Baby?« Johannas Lippen beben, während die Tränen unaufhörlich über ihre Wangen rinnen.

»Beruhigen Sie sich, Miss van Lind.« Die Ärztin legt das Ultraschallgerät auf Hannahs blutverschmierten Bauch. Sofort taucht das Baby auf dem Monitor auf. Sein Herz schlägt schnell, aber gleichmäßig. »Ihrem Baby geht es gut«, versucht die Ärztin, ihre aufgewühlte Patientin zu beruhigen. Ein weiterer Arzt kommt hinzu, betrachtet das Ultraschallbild und kontrolliert die Papiere, die der Wehenschreiber ausspuckt, dann nickt er.

»Miss van Lind, möchten Sie Ihren Verlobten anrufen? Wir müssen ihr Baby auf die Welt holen«, erklärt die Ärztin.

Johannas Augen weiten sich ungläubig. »Was? Warum? Es ist doch viel zu früh?«

»Ihr Baby will Sie heute kennenlernen, Miss van Lind.«

Johanna nickt vorsichtig. Die Geräte werden entfernt und das Bett aus dem Zimmer geschoben. Im Vorraum zum OP reicht die Schwester Hannah das Telefon.

»Rufen Sie Ihren Verlobten an und sagen Sie ihm, dass er heute noch Daddy wird.« Ich schlucke angestrengt. Hannah nimmt das Telefon an sich, starrt die Schwester einen Augenblick lang an, bevor sie sich schließlich zurücklehnt, um Marcs Nummer zu wählen. Ich wende mich an Andrew, aber er nickt mir lächelnd zu.

»Ich bleibe bei ihr, Danny. Geh du zu deinem Bruder.«

Mit einem letzten Blick auf Johanna verlasse ich den kahlen OP-Bereich und betrete kurz darauf die Holzdielen der Surfschule. Marc ist aufgestanden, weil sein Telefon in seiner Hosentasche vibriert.

Sofort als Gillian mich erreicht, greift sie nach meiner Hand und wir wenden uns meinem Bruder zu.

»Hannah? Baby, ist alles in Ordnung? Geht es dir gut?«, fragt Marc, nachdem er die Nummer vom Krankenhaus erkannt hat. Unwillkürlich halte ich die Luft an und Gillian verkrampft ihren Griff um meine Hand. »Was jetzt?«, fragt Marc entsetzt. Wir können nicht hören, was Johanna ihm sagt, aber mein Bruder verlässt hektisch das Büro, in das er zum Telefonieren gegangen ist. Jo starrt ihn an. »Ich komme!« Jetzt greift Marc nach seinen Schlüsseln. »Ich bin sofort da.«

»Alles ok, Mann?« Jo beobachtet seinen Freund angespannt.

»Ich muss zu Hannah. Sie holen das Baby.« Marc wählt die Nummer eines Taxiunternehmens. »Du musst hier abschließen.« Dann dreht er sich um und eilt über den Strand zur Straße. Gillian und ich müssen uns beeilen, um ihm hinterherzukommen.

Als wir das Krankenhaus erreichen, stürzt Marc sofort in Richtung von Johannas Zimmer, aber eine der Schwestern entdeckt ihn auf dem Flur.

»Mr Gilbert. Miss van Lind ist bereits im OP, bitte warten Sie hier.« Verzweifelt rauft er sich die Haare und lässt seinen Blick unruhig durch den Vorraum gleiten, bis er mich entdeckt und ich ihm zuzwinkere. Sofort entspannt sich sein Körper und er atmet erleichtert aus. Gillian öffnet den Mund, schließt ihn wieder und wendet sich zu mir.

»Was war das denn? Hat er dich gesehen?«

»Ja.« Mein Bruder lässt sich erschöpft auf einen Stuhl fallen und ich setze mich mit einem stolzen Grinsen im Gesicht neben ihn.

Kapitel Vierzig

Kayleen

»Das war´s«, schnauft Shane, nachdem er den letzten Umzugskarton in die Wohnung getragen hat und zu mir in die Küche kommt. Ich reiche meinem Bruder ein Glas Saft.

»Danke, Shane.«

Jake kommt aus dem Bad. »Fertig?«

Shane leert sein Glas zur Hälfte. »Ja, nur noch den Fernseher.«

Jake drückt mir einen Kuss auf die Lippen, danach verschwinden die beiden Jungs im Wohnzimmer. Meine Wohnung wird heute von Kartons und Kisten, Werkzeug, Schweiß und Dreck dominiert, deshalb ist es gut, dass Danielle bei Sam ist und wir nicht auch noch über ein neugieriges Baby klettern müssen. Jake hat das Zimmer neben meinem Schlafzimmer in sein Büro umgewandelt und dort auch seinen Kleiderschrank aufgebaut. Viele seiner Möbel wird sein Nachmieter übernehmen, aber seinen riesigen Fernseher wollte er unbedingt mitnehmen. Diese Entscheidung lässt mich an Danny denken, der den Fernseher auch als Erstes in unsere Wohnung geschleppt hat.

Jetzt hängen Jake und mein Bruder das Monstrum an die Wand über dem Sideboard und ich beobachte meinen sexy Freund, der sich gerade bückt, um den Flachbildschirm anzuheben. Das Telefon klingelt, deshalb muss ich über drei Kisten steigen, um es zu erreichen.

»Hallo Marc! Wie geht es dir?«, begrüße ich Dannys Bruder. Jake ächzt, weil der Fernseher so schwer ist, und Shane meckert, dass er ihn gerade halten soll. »Was? Oh. Geht es Johanna gut?«

Jake wirft mir einen Blick zu und auch Shane hält inne, um zu lauschen. Jake beschwert sich wieder, weil es so schwer ist, deshalb beeilt sich Shane mit den Schrauben. Wir alle zittern bei jedem Anruf aus Afrika, weil wir fürchten, dass etwas mit Hannah oder dem Baby sein könnte, aber dieses Mal gibt es gute Nachrichten und ich atme erleichtert aus.

»Das ist toll.« Eine Million Felsbrocken fallen mir vom Herzen und auch mein Bruder entspannt sich, lässt mich aber nicht aus den Augen. »Ja, Jake zieht heute ein und wir leben im Moment zwischen Kartons und Kisten«, erkläre ich. »Super, ja, ich freu mich. Pass gut auf deine Familie auf und gib meinem Patensohn einen Kuss.«

Nachdem ich aufgelegt habe, starren Shane und Jake mich an. »Ein Junge?«

»Ja.« Ich tupfe mir die Tränen aus den Augen. »Johanna hatte wieder starke Blutungen und sie mussten das Baby holen. Sie haben ihn Joshua Daniel genannt.«

»Nach Danny?«, fragt Jake mit hochgezogenen Augenbrauen.

Ich nicke, immer noch überwältigt von diesen Neuigkeiten. »Und nach Johannas Bruder.«

»Und das gefällt dir nicht?« Er legt seinen Arm um mich.

»Doch, natürlich gefällt es mir und Danny wird es sehr freuen.«

Jake grinst. »Das würde mir auch gefallen. Jetzt sind schon zwei Kinder nach ihm benannt.«

»Geht es beiden gut? Es ist ein Frühchen, oder?« Shane hat immer noch Angst, dass seinem Baby wieder etwas passieren könnte, und allein der Gedanke an eine Frühgeburt lässt ihn bleich werden.

»Joshua ist sehr klein und auf der Frühchenstation. Hannah ist noch erschöpft, aber sie hat ihn schon zum ersten Mal gestillt und will ihn am liebsten gar nicht mehr loslassen. Marc ist überglücklich.«

Jake reicht mir ein Glas Saft. »Dann sollten wir auf Tante Kay anstoßen.«

Shane atmet erleichtert aus. »Ja, genau. Tante Kay.«

Ich lege den Kopf schief und breite meine Arme aus. »Komm her, Shane.«

Er umarmt mich und ich spüre, wie er sich in meiner Umarmung entspannt. »Bei euch wird auch alles gut gehen.«

»Das hoffe ich«, murmelt er an meiner Schulter.

»Hallo Kayleen!«, begrüßt mich Bryan beim Betreten der Turnhalle des Gemeindezentrums, wo heute Danielles Spielgruppe stattfinden wird.

»Schön, dass ihr auch hier seid. Ich dachte, wir probieren das Turnen mal aus.« Irritiert sehe ich mich um, weil ich Harry nicht entdecken kann. Danielle fängt an, in ihrem Buggy zu zappeln, deshalb muss ich sie zuerst aus ihren Anschnallgurten befreien. »Wo hast du Harry gelassen?«

Er deutet in die Richtung einer Plastikwippe. »Da vorne, mit Mary.«

Ich folge seinem Blick und entdecke Harry zusammen mit einer blonden Frau auf einer Brücke. Er hält ihre Hand und lacht, als er das Ende erreicht hat und die Wippe wieder nach unten kippt.

»Mommy ui!« Danielle hat ihren Freund aus dem Babyschwimmen ebenfalls entdeckt.

»Sollen wir das auch versuchen, Schatz?«

Sie nickt überschwänglich und zappelt aufgeregt auf meinem Arm, deshalb wende ich mich wieder zu Bryan. »Schön, dass das mit dir und Mary geklappt hat.«

Er streicht sich durch die Haare. »Danke, dass du mir den nötigen Arschtritt verpasst hast.« Nachdem wir Harry erreicht haben, stürmt er auf seinen Vater zu.

»Hallo«, grüßt Mary schüchtern. Bryan nimmt seinen Sohn auf den Arm und streicht dem Jungen durch die dunklen Locken.

»Mommy, da!« Danielle kickt unruhig mit ihren Beinchen.

»Ja, gleich Dani, warte.« Bryan stellt mich seiner Freundin vor und sie streckt ihre Hand aus.

Jetzt zieht Dani an meinen Haaren. »Entschuldigung, die junge Dame hier will unbedingt die Wippe ausprobieren.« Mary und Bryan lachen, aber auch Harry hat noch lange nicht genug und zerrt an der Hand seines Vaters.

»Na ja und jetzt ist er mit ihr zusammen und es geht ihm richtig gut. Er sieht nicht mehr so müde und traurig aus«, erzähle ich Danny abends, aber er nickt nur und traut sich nicht mich anzusehen.

»Was ist los, Danny? Geht es dir nicht gut?«

»Doch, doch. Alles ok.«

Ich lege den Kopf schief. Seine Augen strahlen nicht so wie sonst und er weicht meinem Blick aus.

»Warum glaube ich dir das nicht?«

Danny lässt seufzend die Schultern hängen. »Kay, Bitte. Es ist alles ok. Ich bin nur müde.«

»Warst du schon bei deinem Neffen?«

Jetzt grinst er. »Ja, er ist toll.«

»Onkel Danny, hättest du das vor ein paar Jahren gedacht?«

»Nein, eher, dass ich mit meiner Frau und meiner Tochter in der Nähe der Farm leben werde und Marc für immer ein Macho bleibt. Jetzt bin ich ...«

Ich lege meine Hand auf seine. »Jetzt bist du Schutzengel. Du hast vermutlich eine wunderhübsche Freundin, deine Tochter hat einen besten Kumpel und wir alle leben weiter.«

Danny sieht sich grinsend in meinem Wohnzimmer um. »Du lebst zwischen Kisten.«

»Jake kommt morgen wieder, dann räumen wir sie aus, ich habe ihm gesagt, dass ich seine Sachen nicht durchwühle.«

»Werdet ihr nach Afrika fliegen, wenn Marc und Hannah heiraten?«

»Ja, deine Eltern haben Jake als Fotografen gebucht und ich möchte zur Farm.«

»Wirklich? Zu deiner Mutter?« Er hebt skeptisch die Brauen.

»Wenn sie da ist, ja. Und wenn nicht, dann besuche ich Ewan und die Geparde.«

»Er wird sich sehr freuen. Bheka hatte drei Junge, eines hat es nicht geschafft. Thando ist immer noch der kleine Draufgänger und schon mehrfacher Vater, aber immer alleine unterwegs.«

»Das passt zu ihm.« Ich nehme Dannys Hand. »Wenn du über deine Geparde sprichst, gefällst du mir besser.«

»Es ist nur, dass Br...« Er bricht ab. »Egal, nicht so wichtig.«

»Bryan? Ist irgendwas mit ihm oder Harry?«

»Nein.« Danny stößt einen tiefen Atemzug aus. »Ich bin froh, dass er einen Neuanfang gewagt hat.«

»Schutzengel-Business, was du mir nicht verraten darfst?«

Er grinst. »Ja, genau. Ich erzähle dir sowieso schon zu viel, jetzt muss ich dichthalten und sollte gehen.« Liebevoll drückt er meine Hand und presst seine Lippen gegen meine Stirn. »Pass auf dich auf, Kay.«

»So das war's.« Jake dreht sich zu mir um. »Geht das so?«

»Was denn, dass du deine DVDs hier ins Regal stellst?«

Jake streicht sich durch die Haare. »Na ja, ich will deine Wohnung nicht mit meinem Kram vollmüllen.«

Ich reiche ihm ein Glas Wein. »Jake, es ist jetzt auch deine Wohnung und du darfst deine Sachen hier unterbringen.«

Jake zieht mich an sich und drückt mir einen Kuss auf die Wange. »Danke, Baby.«

Über seine Schulter hinweg linse ich ins Regal. »Den finde ich toll, ich wollte ihn immer im Kino sehen, aber wir haben es nicht geschafft.«

Jake folgt meinem Blick und zieht eine DVD aus seiner Sammlung. »Sollen wir damit unser erstes richtiges Familienwochenende starten?«

Ich stelle mich auf die Zehenspitzen, um ihn zu küssen. »Sehr gerne, aber das richtige Familienwochenende beginnt morgen, wenn wir zum Sommerfest im Park gehen.«

»Gefolgt von noch mindestens drei anderen Sommerfesten.« Er zwinkert mir zu und drückt mir einen Kuss auf die Lippen. »Ich freu mich drauf.«

»Letzte Woche waren wir bei einem Sommerfest im Park und vorgestern beim BBQ in der Agentur«, erzähle ich meiner besten Freundin, die sich schnaufend in den Stuhl auf der Terrasse sinken lässt.

»Cool, klingt nach Spaß.« Wir beobachten Jake und Danielle auf der Wiese. »Das Familienleben steht McTavish gut.«

»Ja.« Mit einem glücklichen Lächeln lehne ich mich zurück. Sam stöhnt erneut und nippt an ihrem Glas. »Geht es dir gut, Sam?«

»Hm, ja. Geht schon.« Sie streichelt über ihre riesige Babykugel. Danielle winkt ihrer Tante mit einem Blümchen zu und wird dann von Shane hochgehoben, was Sam zum Schmunzeln bringt. Heute findet endlich unser Braai statt, bei dem Jake sich bei meinem Vater bedanken will und wir auf seinen Einzug bei mir anstoßen. Außerdem haben wir für heute Abend Shanes Kumpels eingeladen, um seinen Geburtstag zu feiern. Sam stemmt sich umständlich aus ihrem Stuhl.

»Ich komme gleich wieder.«

»Brauchst du Hilfe?« Schnell springe ich auf, weil mir der gequälte Gesichtsausdruck meiner Freundin gar nicht gefällt.

»Es geht schon, Kay. Ich muss nur aufs Klo.«

Ich leere meinen Eistee und trete schließlich auf die Wiese zum Grill, wo Jake meinem Vater gerade ein Bier reicht.

»Du musst dich nicht bei mir bedanken, Jake. Du gehörst zur Familie und es ist mein Job!« Dad zwinkert Jake zu und hält seine Bierflasche in die Luft. Jake nickt und stößt zuerst mit meinem Vater, dann mit Shane an.

»Ok, ich hör auf, aber danke.«

Dad verdreht die Augen und nippt an seinem Bier.

»Mommy!« Danielle kommt mit Gänseblümchen in der Hand auf uns zu gewackelt.

»Hey, mein Schatz, was hast du da?«

»Pumi!« Sie wedelt so heftig mit den Blumen, dass sie zu Boden segeln und Danielle traurig zu ihren Füßen blickt.

»Komm mit, Süße, wir pflücken ein paar neue und dann sehen wir mal, wo Sam bleibt.«

»Nein! Jake!« Sie streckt ihre Arme nach Jake aus.

»Willst du mir helfen, Dani?« Er stellt seine Bierflasche ins Gras und hebt Dani hoch.

»Da!« Sie zeigt auf den Grill.

»Da legen wir später die Würstchen drauf, ok?«

»Ja!«

Lächelnd drücke ich ihm einen Kuss auf die Wange und lasse die Männer am Grill zurück, um nach Sam zu sehen.

»Sam?«, frage ich, als ich ins Haus komme.

»Hier!«, ruft sie mir aus der Küche zu und ich finde sie nach vorne gebeugt an einen Stuhl gelehnt, während sie sich mit einer Hand ihren Bauch hält.

»Scheiße, Kay, es tut so weh.«

Ich stütze sie so weit, dass sie sich aufrichten kann. »Wie lange hast du schon Wehen?«

»Was?« Mit vor Schreck aufgerissenen Augen starrt sie mich an. »Nein, es sind keine Wehen. Heute Morgen waren es nur Bauchschmerzen, aber jetzt ist es ...« Sie stöhnt vor Schmerzen auf.

»Soll ich Shane holen?«

Sam schüttelt den Kopf. »Nein.« Mit zusammengebissenen Zähnen presst sie beide Hände in ihre Seiten.

»Ok, dann hole ich Judy. Du musst atmen, Sam. So, wie du es gelernt hast.« Ich drücke ihren Arm. »Ich bin gleich zurück.« Sie nickt nur und stößt angespannt die Luft aus, deshalb beeile ich mich, zurück nach draußen zu kommen. Judy hat mittlerweile den Tisch gedeckt und die drei Männer werkeln lachend am Grill.

»Judy! Kannst du mal kommen?« Ich versuche, nicht panisch zu klingen, trotzdem bemerkt Judy meinen angespannten Ton.

»Was ist denn? Ist etwas passiert?«

»Sam hat Wehen«, hauche ich, damit Shane es nicht hört.

»Oh.« Sie eilt mit mir zurück in die Küche, wo Sam sich erneut schweratmend nach vorne beugt.

»Warum kommt es auf einmal so schnell, Kay?«

Ich reiche ihr ein Glas Wasser. »Wahrscheinlich waren sie vorher nicht stark genug, aber du hattest bestimmt schon länger Wehen.«

»War das bei dir auch so?«

»Du warst dabei, Sam. Es hat höllisch wehgetan«, antworte ich mit einem Grinsen. Sie zieht scharf die Luft ein und presst ihre Hand auf ihren Bauch. Ich höre die Stimme meines Bruders, der kurz drauf in die Küche schlendert, aber als er seine Freundin entdeckt, bleibt er wie angewurzelt stehen.

»Baby, was ist mit dir?«

Schweratmend braucht sie einen Moment, bevor sie antwortet. »Dein Nachwuchs will seinen Daddy kennenlernen.«

»Jetzt?« Shane starrt mich fragend an. »Sollen wir ins Krankenhaus fahren?«

»Nein!« Sie greift nach seiner Hand. »Die Abstände sind noch zu groß. Im Krankenhaus passiert auch nicht mehr. Hilf mir beim Aufstehen, ich muss aufs Klo.«

Er stützt seine Freundin und führt sie über den Flur ins Bad. Ich lehne mich an den Küchentresen an.

»Warum bleibst du so ruhig?«, frage ich Judy, die nur lächelnd im Türrahmen steht. Mein Herz schlägt mir bis zum Hals und ich schicke tausend Stoßgebete zu wem auch immer, während ich inständig hoffe, dass Sams Schutzengel bei ihr ist. Vielleicht sind auch Danny und Gillian hier und verstärken die Schutzengelpower.

»Weil Sam ruhig bleiben soll, es hilft nichts, jetzt Panik zu verbreiten.« Lächelnd lehnt Judy neben mir am Tresen und wir hören Sams Stöhnen im Bad. Shane flucht leise und meine Gedanken wandern zu dem Abend, als Danielle sich angekündigt hat. Ich hätte mir gewünscht, dass Danny an meiner Seite gewesen wäre – so richtig – nicht nur als Schutzengel. Seufzend schenke ich mir ein Glas Wasser ein. Sam stöhnt wieder.

»Oh Scheiße! Kay!«

Erschrocken blicke ich zu Judy und stelle mein Wasserglas ab.

»Kay!«, ruft jetzt auch Shane, deshalb beeile ich mich, zu den beiden zu kommen. Er hält ihre Hand und Sam sieht mich mit leidendem Gesichtsausdruck an, bevor sie zu einer Pfütze unter ihren Beinen blickt.

»Jetzt sollten wir doch einen Krankenwagen rufen.« Schnell reiche ich meiner Freundin ein Handtuch und verlasse das Bad.

»Alles ok?«, fragt Jake, der ins Zimmer kommt, als ich das Telefon wieder auf die Station lege. »Wo ist Sam?«

»Im Bad. Ihre Fruchtblase ist geplatzt.«

»Jetzt? Ist das nicht zu früh?«

»Dani war auch zwei Wochen zu früh dran.« Ich drücke ihm einen Kuss auf die Lippen. »Kannst du Dani draußen behalten, ich geh wieder zu Sam.«

Er nickt. »Äh ja, klar.«

In meinem Schlafzimmer hole ich eine trockene Hose für Sam und gehe zurück ins Bad. Sie stöhnt vor Schmerzen, während Shane ihren Rücken streichelt. *Wie bei mir.* Nur, dass ich keinen Mann an meiner Seite hatte, der mich unterstützt. Stattdessen war Sam bei mir und hat meine Hand gehalten, während ich Danny im Spiegel gesehen habe und er mir auf diese Weise Kraft gegeben hat.

»Der Krankenwagen kommt gleich, Sam.« Sie nickt nur und richtet sich langsam wieder auf.

Shane sieht mich an. »Danke. Kay.«

Ich schenke ihm ein aufmunterndes Lächeln, trotzdem muss ich kurz schlucken, weil ich zu Beginn von Sams Schwangerschaft richtig Angst vor diesem Moment hatte, deshalb erinnere ich mich an das, was Danny bei seinem letzten Besuch gesagt hat. Veränderungen gehören zum Leben dazu, aber wir sind nie allein. Ich werfe einen Blick in den Spiegel und Danny zwinkert mir zu, deshalb entspanne ich mich wieder.

Nachdem der Krankenwagen mit Sam und Shane abgefahren ist, trete ich zurück in den Garten. Danielle hat neue Blümchen gepflückt und sogar Jake hat eine hinter dem Ohr. »Mommy. Guck. Pumis!«

Zärtlich streiche ich über ihren Kopf und gehe in die Knie. »Ja, mein Schatz, die sind sehr schön.«

»Mommy!« Sie streckt ein Gänseblümchen zu mir und ich stecke es mir hinters Ohr.

Jake grinst. »Steht dir gut, Baby.«

Ich drehe mich zu ihm um. »Gleichfalls.« Er küsst meine Wange.

»Wo ist Sam jetzt?«, fragt Judy, während ich mich an den Tisch setze, der bereits mit Geschirr und Salaten beladen ist.

»Der Krankenwagen fährt sie ins St. Thomas Hospital. Sie rufen an, wenn das Baby da ist.«

»Und wie lange dauert das?«, fragt Jake, aber ich zucke mit den Schultern.

»Keine Ahnung.«

»Es ist ihr zweites Kind, da geht es meist schneller. Nur manche Babys lassen sich extra Zeit, nachdem sie angeklopft haben«, meint jetzt Judy, die allen Eistee eingeschenkt hat. »Nicht wahr, Dani?« Sie kneift in Danielles Pausbäckchen.

»Oh ja und dann hat Sam mitten in der Nacht angerufen«, erinnert sich Dad grinsend.

»Ja, und du wärst am liebsten sofort ins Krankenhaus gefahren.« Judy legt ihre Hand auf seine.

Dad sieht sie liebevoll an. »Schatz, ich sehe noch nicht, dass du hier in aller Ruhe sitzen wirst, bis Shane anruft.«

Judy grinst. »Nein. Natürlich nicht.«

»Mommy?« Danielle steht wieder neben meinem Stuhl.

»Hast du Hunger, Süße?«, frage ich und nehme sie auf den Schoß, damit ich ihr eine Scheibe Baguette reichen kann.

»Ich ruf mal die anderen an und sag die Party ab.« Jake steht auf und huscht mit seinem Handy am Ohr ins Haus.

Nachdem Shane in der Nacht eine kurze Nachricht geschrieben hat, dass alles gut gegangen und er stolzer Vater einer Tochter ist, können wir die kleine Familie am nächsten Tag besuchen.

»Mommy. Baby wo?« Danielle hat einen winzigen Blumenstrauß für Sam in der Hand und zappelt aufgeregt auf meinem Arm, während wir über den langen Flur zu Sams Zimmer unterwegs sind.

»Gleich, Schatz. Einen Moment noch.«

»Pa!« Danielle zeigt auf Dad, der das Zimmer mit einem riesigen Strauß Blumen in der Hand und einem Grinsen von einem Ohr zum anderen verlassen hat.

»Hallo Opa. Na, wie geht es euch?«

Er begrüßt mich mit einem Kuss auf die Wange. »Judy will sie gar nicht mehr hergeben und ich besorge schnell eine Vase.«

Wir klopfen an die Tür. »Sam!« Danielle zappelt weiter, deshalb droht mir, meine Handtasche von der Schulter zu rutschen.

»Leise, Dani. Das Baby schläft.«

»Sam guck!«, quakt Danielle und klingt damit nicht wirklich leiser, deshalb verdrehe ich die Augen. Danielle zeigt ihrer Tante die Blumen.

»Sehr schön, Dani. Vielen Dank.« Meine Freundin lächelt erschöpft, aber glücklich, als wir an ihr Bett treten.

»Wie geht's euch?«, frage ich leise, nachdem ich Danielle die Blumen abgenommen habe.

»Gut.« Sam blickt verträumt zu Judy, die das Baby auf dem Arm wiegt. »Sie hat lange auf sich warten lassen. Am Ende musste sie doch geholt werden.«

»Oh.« Danielle kickt mit ihren Beinen gegen meinen Bauch, damit ich sie endlich herunterlasse.

»Warte, Schatz, wir müssen zuerst deine Hände waschen, dann können wir uns das Baby ansehen.« Ich blicke wieder zu meiner Freundin. Sie strahlt glücklich und mein Blick fällt auf ihren Ring, deshalb stelle ich Danielle eilig auf den Boden und greife nach ihrer Hand.

»Oh mein Gott, Sam!« Ich betrachte ihren funkelnden Verlobungsring.

»Schön, oder?«

Überrascht wendet sich Jake, der mit Danielle zum Waschbecken gegangen ist, zu uns um. Judy, die so verzaubert von ihrer Enkelin ist, dass es ihr gar nicht aufgefallen ist, hebt jetzt den Kopf.

»Oh, das ist wundervoll, Sam.« Sie streckt ihre freie Hand nach Shane aus. »Komm her, Schatz.« Er lehnt sich zu seiner Mutter, und drückt ihr einen Kuss auf die Wange.

»Danke, Mum.«

»Alles Gute, Daddy.« Jake umarmt seinen Kumpel. »Du machst immer alles auf einmal, oder?«

»Na klar.« Shane strahlt wie das sprichwörtliche Honigkuchenpferd, während Sam sich über die Augen wischt.

Ich umarme meinen Bruder und küsse seine Wange. »Herzlichen Glückwunsch.«

»Willst du sie halten, Kay. Ich möchte meinen Sohn und meine Schwiegertochter umarmen.« Judy reicht mir das Baby, deshalb setze ich mich in den zweiten Sessel.

»Schwiegertochter?«, fragt mein Vater, der jetzt mit dem monströsen Blumenstrauß zurück ins Zimmer kommt und Judy sich gerade die Tränen aus den Augen wischt. »Hab ich was verpasst?«

»Ja. Ist das nicht toll. Shane hat sie endlich gefragt!« Sie umarmt zuerst Shane und dann Sam. »Ich freu mich so für euch!«

Shane setzt sich zu Sam ans Bett und legt den Arm um sie, damit sie ihren Kopf an seine Schulter lehnen kann und er ihr einen sanften Kuss ins Haar drückt.

»Baby!« Danielle stellt sich auf die Zehenspitzen und versucht, etwas in dem Bündel in meinen Armen zu erkennen, deshalb setzt Jake sich neben mich und nimmt Danielle auf den Schoß. Ich blicke wieder zu meinem Bruder und seiner Verlobten. »Wie soll sie heißen?«

Sam strahlt übers ganze Gesicht und man sieht ihr an, wie alle Ängste und Sorgen während der Schwangerschaft von ihr abfallen. »Maya.«

Kapitel Einundvierzig

Kayleen

Zwei Wochen später besuchen wir Sam, Shane und Maya zu Hause, weil Jake für heute das versprochene Babyshooting einplanen konnte. Während Jake und Shane die Fotoausrüstung ins Wohnzimmer schleppen, reicht Sam mir das schlafende Baby und steht selbst auf, damit sie Danielles Spielsachen auf dem Teppich ausbreiten kann.

»Mommy?« Danielle setzt sich auf die Knie und lugt zu Maya. »Baby heia.«

»Ja, Schatz. Maya schläft.« Danielle betrachtet ihre Cousine eindringlich und streckt ihre Hand aus, um die winzigen Füßchen zu streicheln. »Ganz vorsichtig, Dani. Weck sie nicht auf.«

»Nei-hein.« Sie streichelt noch einmal über Mayas Strampelanzug und lässt sich dann wieder auf ihren Po plumpsen, bevor sie von der Couch rutscht, um zu ihrer Tante und den Spielsachen zu tapsen.

»Was wollen wir spielen, Dani?«, fragt Sam.

»Dass!« Sie zeigt auf das kleine Holzpuzzle.

»Kannst du das denn schon?«

»Oh, sie ist gut«, grinst Jake, als er die Scheinwerferlampe auszieht und dabei sein durchtrainierter Bauch zum Vorschein kommt. Shane klopft ihm mit der flachen Hand auf die nackte Haut.

»Na, Mr Waschbrett, nimmst du mich mal wieder mit zum Training?«

»Wassbett!«, trällert Danielle, die eine Vorliebe dafür entdeckt hat, alle neuen Wörter nachzuplappern, deshalb fängt Sam an zu lachen, während Shane seinen eigenen Bauch entblößt.

»Du warst eben mit Sam schwanger, mein Freund«, lacht Jake, während er Shane ebenfalls auf den Bauch klopft. »Nächste Woche geht's wieder los und keine Ausreden, von wegen wenig Schlaf oder so.«

»Tagsüber schläft sie wie ein Engel«, jammert Sam, bevor sie ächzend aufsteht.

Danielle lässt sich auf ihren Po sinken und sortiert die Puzzleteile neu, entscheidet sich aber doch um und bringt eines der Holzteile zu mir. »Was ist da drauf, Süße?«

»Teddy.«

»Sehr schön, dann hol die anderen auch her und wir puzzeln auf dem Tisch.« Danielle wackelt zurück und holt jedes Teil einzeln, bis Sam sich wieder neben mich setzt.

»Wie kommt ihr zurecht?«, frage ich meine beste Freundin und muss selbst an die erste Zeit alleine mit Danielle denken. Danielle legt zwei weitere Teile auf den Tisch und betrachtet den Tiger und den Löwen. Damals waren Sam und Shane für mich da und Danny ist zum ersten Mal in meinen Träumen aufgetaucht. Ist das wirklich erst anderthalb Jahre her?

»Wir kommen gut klar. Judy kommt täglich vorbei und bringt uns was zu Essen oder kocht für uns.« Sam strahlt. »Eigentlich genauso, wie sie es bei dir gemacht hat.«

»Ja, das stimmt. Judy ist eine tolle Oma.«

»Auf jeden Fall und meine Eltern kommen am Wochenende wieder, dann wird Mum ein paar Tage bleiben. Seb war gestern da und hat komische Fragen zu meinem Ring gestellt.« Sam betrachtet ihren glitzernden Verlobungsring.

»Wieso das?«

»Keine Ahnung, vielleicht haben die Männer Geheimnisse?«, fragt Sam laut genug, damit Shane und Jake es hören können.

Shane dreht sich zu uns um. »Ich weiß gar nicht, was du meinst.«

»Ach nein?«, grinst Sam. »Gib's zu, mein Bruder hat dir Tipps gegeben?«

Während Jake die Kabel der Lampe mit seiner Kamera verbindet, sieht er mich mit einem wissenden Lächeln an.

»Nein, hat er nicht, ich brauche keine Tipps«, behauptet Shane.

Jake lacht. »Aber moralische Unterstützung.«

»Blödmann!« Shane schlägt ihm gegen den Arm.

»Bödma!«, plappert Danielle und lacht über ihre eigene Aussage.

»Hört auf, solche Ausdrücke zu verwenden, sie wird immer schlimmer mit ihrem Nachplappern.«

»Pappern.« Danielle zeigt mir strahlend das letzte Puzzleteil.

»Ja, du bist ein kleiner Papagei, genau wie der hier auf dem Puzzle.« Sie stellt sich an den Tisch und überlegt angestrengt, wohin das bunte Holzteil passen könnte. Sam tippt mit ihrem Finger in die obere Ecke, deshalb schubse ich meine Freundin an. Sam grinst, als Danielle den bunten Vogel in die von Sam angezeigte Ecke drückt und sich diebisch darüber freut, dass er passt.

»Ich hab gestern mit Hannah telefoniert. Sie ist schon zu Hause, aber Josh muss weiter im Krankenhaus bleiben, weil sie ihn beobachten wollen.«

»Ich weiß, aber Hannah fährt jeden Tag hin, damit sie ihn stillen kann.« Sam tippt auf die Mitte des Puzzles, um Danielle zu zeigen, wo der Tiger hingehört. »Hör auf damit!«

Sam grinst wieder und Shane kommt mit einer Karaffe Saft zurück ins Wohnzimmer. Jake wirft mir einen Blick zu, deshalb nicke ich ihm zu und er zieht Shanes Geschenk aus meiner Handtasche.

»Hier, Kumpel. Alles Gute nachträglich!« Er klopft Shane auf die Schulter.

»Danke euch«, grinst Shane, bevor er den Umschlag ungeduldig aufreißt und Jake mit vor der Brust verschränkten Armen und einem breiten Grinsen wartet.

»Wollt ihr mich verarschen?« Mein Bruder sieht zuerst mich und dann seinen Freund skeptisch an. »Ein Surfkurs?«

»Na ja, wir dachten, vielleicht willst du es noch mal versuchen, jetzt wo Marc eine eigene Surfschule hat und wir im November in Kapstadt sind ...«, beginnt Jake mit ernster Stimme.

»Aschen!«, ruft Danielle lautstark, die jetzt ein weiteres Puzzleteil in die Holzfläche drückt, und ich werfe meinem Bruder einen bösen Blick zu.

»Echt jetzt?«, hakt dieser nach.

»Vielleicht eher das?«, meint Jake jetzt und gibt ihm einen weiteren Umschlag.

»Du Ar...« Er schluckt den Rest des Kraftausdrucks herunter, bevor er den zweiten Umschlag aufreißt.

»Wie geil ist das denn? Konzertkarten!« Mein Bruder springt jubelnd auf und Danielle starrt ihren Onkel fragend an.

»Psst, leise!« Sam deutet auf die schlafende Maya und Shane jubelt stattdessen leise weiter. »Cool!« Er umarmt zuerst Jake und drückt anschließend Sam einen Kuss auf die Lippen.

Sie nimmt ihm den Umschlag ab. »Wann ist das Konzert?«

»Nächstes Jahr im Juni«, antworte ich grinsend und reiche Danielle das nächste Teil. »Wir nehmen Maya und ihr macht euch einen schönen Abend.«

Shane lässt sich neben Sam fallen und legt seinen Arm um sie. »Das ist ein sehr guter Plan, und ich nehme *meine Frau* mit zum Konzert.« Irritiert blicke ich zu Jake und Danielle schubst mich an, weil ich ihr nicht schnell genug das nächste Teil gebe.

»Heißt das, ihr habt schon ein Datum für die Hochzeit?«, frage ich erstaunt.

Shane nickt grinsend. »Ja, wir haben alles zusammen erledigt, als wir Maya angemeldet haben. Am fünften Mai.« Sam strahlt glücklich und während Shane ihr einen zärtlichen Kuss auf ihre Wange drückt, fängt Maya lautstark zu weinen.

Danielle zuckt erschrocken zusammen, bevor sie auf ihre Cousine zeigt. »Baby weint!«,

»Genau, mein Schatz, du willst auch etwas dazu sagen, wenn Mommy und Daddy heiraten«, murmelt Sam und nimmt mir ihre Tochter ab, die an ihrer Schulter sofort aufhört zu plärren.

»Daddy?«, fragt Danielle erstaunt.

»Ja, Süße, Shane ist jetzt auch ein Daddy. Er ist der Daddy von Maya.«

Danielle legt ihren Finger an die Lippen, als müsste sie angestrengt nachdenken. »Maya Daddy.«

»Los Leute, lasst uns anfangen, die Sonne scheint gerade so schön durchs Fenster«, meint Jake, nachdem Sam Maya gestillt hat und wir etwas von Judys leckerem Kuchen gegessen haben. Danielle legt ihren Kopf an meine Schulter.

»Bist du müde, Schatz?« Ich reiche ihr einen Schnuller, bevor ich mit ihr aufstehe. »Ich bring sie ins Gästezimmer.«

Jake kneift ihr im Vorbeigehen in die Wange. »Schlaf gut, Süße.« Er drückt mir einen Kuss auf die Lippen und ich verlasse das zum Fotostudio umgebaute Wohnzimmer mit meiner Tochter, um sie für ihren Mittagsschlaf hinzulegen.

»Zieh dein Hemd aus«, fordert Jake Shane auf, als ich zurückkomme.

»Echt jetzt?«

»Mach schon, ich will nackte Haut sehen.«

»Der fotografiert zu viele Bikini-Schönheiten«, murmelt Sam neben mir.

»Ich dachte, wir fotografieren Shane mit seiner Tochter, wenn er nackten Oberkörper zeigt, und ich mache die Bilder in Schwarzweiß.« Jake dreht sich zu uns um. »Wenn du willst, kannst du dich auch ausziehen und dir nur Shanes Hemd überziehen.«

Sam sieht mich fragend an. »Er weiß, was er tut, oder?«

»Ich denke schon«, antworte ich mit einem Nicken.

Shane nimmt Maya aus der Korbtasche und Jake zeigt ihm, wie er sich mit dem Baby hinstellen soll.

Sam runzelt die Stirn. »Ich glaube, ich möchte mich nicht ausziehen.«

»Musst du nicht, Sam. Es war nur eine Idee«, murmelt Jake, ohne den Blick von seinem Motiv zu nehmen. Er gibt Shane weitere Anweisungen, dann soll er Maya an seine Brust legen und ihren Kopf küssen.

»Oh Gott, das ist so süß«, haucht meine Freundin jetzt neben mir.

»Ja, total, ich wünschte, ich hätte solche Bilder von Dani als Baby.«

Jake dreht sich zu uns um. »Wir machen einfach jetzt noch ein paar Bilder mit ihr.«

»Machst du dich dann auch nackig?«, fragt Sam kichernd. Shane starrt sie gespielt entrüstet an, aber Jake grinst nur. Anschließend sind Sam und Maya dran und am Ende die Familie zusammen, bevor Jake das schlafende Baby alleine fotografiert und die kleine Maya pünktlich zum Ende des Shootings wieder aufwacht.

»So liebe ich meine Models, erst am Ende zickig werden«, lacht Jake, als er sein Equipment verstaut.

Kapitel Zweiundvierzig

Danny

»Er ist so winzig«, haucht Gillian, als wir Marc und Johanna auf dem Nachhauseweg begleiten. Josh liegt in einer Babyschale, wie Kayleen sie auch für Danielle hatte, und nuckelt emsig auf einem für sein kleines Gesicht viel zu großen Schnuller. »Und so niedlich.« Gillian ist so verzaubert von dem Baby, dass ich mich frage, wie sie als Mutter gewesen wäre. Mit ihrem Freund, damals auf Hawaii. Ich nehme ihre Hand. Am Haus angekommen, hält Marc seiner Verlobten die Tür auf und holt anschließend die Trage vom Rücksitz.

»Bist du müde, Baby? Ich kann auf ihn aufpassen und du legst dich etwas hin.« Gemeinsam betreten sie den Aufzug und fahren in die erste Etage ihres Hauses.

»Ach nein, ich setze mich etwas nach draußen. Er wacht sicher bald auf und hat dann Hunger.«

»Ok, ich mache uns was zu essen.« Marc stellt die Babytrage ab und nimmt Johannas Hände in seine. »Komm her.«

In den letzten Wochen ist Johanna täglich ins Krankenhaus gefahren, um Josh zu besuchen und ihn zu stillen, während Marc sie nicht immer begleiten konnte. Die Monate im Krankenhaus, die Aufregung der Frühgeburt und der Stress der täglichen Besuche haben sie erschöpft. Johanna kuschelt sich in Marcs Arme und er küsst zärtlich ihre Wange, wobei ihre angespannte Haltung sofort weicher wird. In der Küche entdecke ich Andrew, der uns zuzwinkert und schließlich verschwindet, weil er sich auch endlich ausruhen kann.

Während Marc herumwerkelt, sitzt Johanna mit Josh auf dem Arm draußen unter dem riesigen Sonnenschirm. Sie betrachtet ihren Sohn ausgiebig und streichelt zärtlich über sein Gesicht, die winzigen Hände und die Füße, die unter der Decke hervorlugen.

»Das hat Kayleen auch gemacht, als sie zum ersten Mal zu Hause alleine war«, murmele ich abwesend und muss an meine traurige Verlobte mit unserem Baby denken. Gillian nimmt meine Hand.

»Kayleen hat das alles ganz wunderbar hinbekommen und das wird Johanna auch schaffen. Sie hat Marc und deine Eltern zur Unterstützung und Josh ist, wenn auch sehr klein, gesund und das ist schließlich die Hauptsache.«

»Das stimmt.« Ich drücke ihr einen Kuss auf die Nasenspitze.

Marc kommt mit zwei Schalen dampfender Nudeln auf die Terrasse und setzt sich auf die Liege neben Johanna. Zärtlich streichelt sie über Joshs kleinen Kopf, der von einer blauen Mütze bedeckt ist. Marc stellt lächelnd die Schalen ab.

»Soll ich dich füttern, oder wirst du ihn hinlegen, während wir essen?«

»Nein.« Johanna rutscht auf ihrer Liege nach oben und legt Josh auf die weiche Decke zwischen ihren Beinen. Der Kleine dreht seinen Kopf und Marc steht auf, um den

Sonnenschirm so zu drehen, dass seine Familie im Schatten sitzt.

Nach dem Essen stillt Johanna ihren Sohn im Wohnzimmer und Marc schaltet den Fernseher an, um die Sportnachrichten zu verfolgen, schläft aber fast zeitgleich mit seinem Sohn ein. Johanna steht auf, damit sie das Baby wickeln kann, und schaltet den Fernseher ab, bevor sie Marc zärtlich küsst und mit dem Baby in das neu eingerichtete Kinderzimmer verschwindet.

»Ich geh mit ihr. Vielleicht kannst du deinen Bruder besuchen«, murmelt Gillian, bevor sie Johanna über den Flur und die Treppe nach oben folgt. Ich warte, einen Augenblick und nehme mir in der Küche etwas zu trinken, bevor ich Marcs Traum betreten kann.

»Danny?« Er sieht mich müde an und reibt sich die Augen, bevor sein Blick unruhig durchs Wohnzimmer wandert.

»Johanna ist mit Josh oben, Marc«, beruhige ich ihn und er setzt sich aufrecht hin.

»Du warst länger nicht hier«, murmelt er und klingt dabei ein bisschen enttäuscht. »Also in meinem Traum, meine ich.«

»Das stimmt, und es tut mir leid, allerdings hast du in den letzten Wochen nur unruhig geschlafen und warst immer auf dem Sprung.«

Jetzt grinst Marc mich an. »Du warst hier, als Johanna angerufen hat, oder?«

»Natürlich.« Ich setze mich zu ihm auf die Couch. »Du hast einen sehr süßen Sohn.«

»Er ist winzig und wirkt so zerbrechlich.«

»Er hat einen großen, starken Daddy und wird sicher schnell wachsen. Wie fühlt es sich für dich an?«

»Perfekt. Johanna ist wunderbar und Josh ist toll.«

Ich lehne mich zurück. »Hättest du damals auf der Farm gedacht, dass wir mal zusammen auf der Couch sitzen und über deinen Sohn sprechen?«

»Nein, aber lass uns doch über deine Tochter sprechen? Wie geht es ihr?«

»Sie ist ein kleiner Papagei und plappert alles nach, ihre besondere Vorliebe sind Schimpfwörter, die Sam, Shane oder Jake so von sich geben.«

Marc fängt an zu lachen. »Das kann ich mir vorstellen, dann muss man jetzt aufpassen, was man in ihrer Gegenwart sagt?«

»Oh ja, sie hört einfach alles, besonders das, was sie nicht hören sollte.«

»Johanna und ich haben die Hochzeit auf Ende November gelegt«, sagt er dann. »Meinst du, das ist zu früh?«

»Für wen? Für dich und Hannah, oder für Josh?«

»Für Josh und auch für Maya. Wir wollen, dass Shane und Sam kommen können. «

»Na klar, bis dahin ist Josh fünf Monate alt. Maya und Danielle werden den Flug hierher verpennen und ihr könnt alle zusammen feiern.«

Marc atmet erleichtert auf und lehnt sich zurück. »Ich glaube, eine Hochzeit am Strand ist genau das Richtige für Hannah.«

»Klein und nur mit der Familie?«, hake ich nach, weil es immer das war, was sich Kayleen für uns gewünscht hätte.

»Ja, genau.« Marc sieht mich an. Sicher weiß er, an was ich gedacht habe.

»Darf ich auch kommen?«, frage ich, als er nicht sofort antwortet.

»Natürlich, und ich will, dass du deine Freundin mitbringst.«

Ich deute in den Flur. »Sie ist jetzt auch hier, weil sie sich an eurem Sohn nicht sattsehen kann, und wollte mit Johanna nach oben gehen.«

»Es ist gut zu wissen, dass zwei Schutzengel hier bei uns sind.«

»Es sind immer mindestens drei Schutzengel bei euch, Marc.«

Er nickt langsam und gähnt, was mein Zeichen zum Aufstehen ist. »Bis zum nächsten Mal, Marc. Pass auf deine kleine Familie auf.«

»Bis dann, Danny.«

An Danielles Geburtstag begrüßt mich meine Tochter freudestrahlend. »Daddy!«

»Guten Morgen, mein Schatz, du kannst mich also immer noch sehen.« Ich drücke ihr einen Kuss auf die Wange und streiche ihr durch die zerzausten Haare. »Alles Gute zum Geburtstag.«

»Brusta!« Sie zieht sich an den Gitterstäben ihres Bettchens hoch und streckt ihre Arme nach mir aus. Gott sei Dank kommt Kayleen ins Zimmer und ich muss meiner Tochter nicht erklären, warum ich sie nicht auf den Arm nehmen kann. Kayleen sieht sich kurz im Raum um, bevor sie unsere Tochter aus dem Bett hebt.

»Guten Morgen, meine Süße. Heute hast du Geburtstag!«

»Dani Brusta!«, verkündet sie lautstark, als Kayleen sie auf den Wickeltisch legt.

»Hey wow, alles trocken.«

Danielle legt ihre Hände zwischen ihre nackten Beine und sieht ihre Mutter an. »Pipi.«

»Du musst Pipi?«, fragt Kayleen mit skeptischem Blick. »Sollen wir aufs Töpfchen gehen?«

Danielle nickt.

»Ok, lass es uns ausprobieren.« Kayleen nimmt unsere Tochter auf den Arm und zieht den kleinen Plastiktopf, der aussieht wie eine Ente, unter dem Schrank hervor, um sie draufzusetzen. Skeptisch betrachtet Danielle ihre nackten Knie. »Jetzt kannst du Pipi machen, Schatz.«

Danielle überlegt einen Moment und dann kann man hören, wie sie in den Topf pinkelt. Grinsend lehne ich mich gegen den Türrahmen.

»Oh, mein Schatz, du kannst es«, quietscht Kayleen vor Freunde. Danielle starrt ihre Mutter verwirrt an und steht auf, um sich umzudrehen und sich alles genau anzusehen.

»Pipi.«

Kayleen prustet vor Lachen und ich muss ebenfalls kichern. Es wäre schön, wenn ich meine Verlobte jetzt in den Arm nehmen könnte, stattdessen hat Jake um die Ecke gelinst, als sie vor Freude gequietscht hat, und legt jetzt den Arm um seine Freundin.

»Dein Mädchen wird groß.«

Nachmittags sitze ich mit Danielle auf dem Teppich im Wohnzimmer und zeige ihr, wo sie das Papier ihres Geschenks einreißen muss.

»Da!« Sie zieht an der Schleife und mit einem Ratsch ist das Päckchen offen. Jake kniet vor ihr, um sie zu fotografieren, und Danielle zeigt ihm stolz die Papierfetzen.

»Heute wird es keine Sahneschlacht geben«, meint Kayleen, die sich auf die Couch setzt, und Sam ein Stück Kuchen reicht.

»Warum nicht, das war doch lustig.« Jake steht auf, damit er einen Schluck Kaffee trinken kann.

Sie schüttelt den Kopf. »Vergiss es, wir haben ein Baby hier.«

Lachend fotografiert er die beiden Frauen zusammen mit der kleinen Maya, die friedlich auf der Decke neben Sam schlummert. Jake knipst ein Bild von Danielle mit ihrem Karton, den sie noch nicht aufgemacht hat, bevor er sich in den Sessel sinken lässt.

»Wie süß, sie zeigt dir ihre Geschenke.« Gillian ist ganz verzaubert, weil Danielle mir scheinbar alle ihre Päckchen zeigt, bevor sie diese genauer betrachtet. Dani trommelt mit ihrer Hand auf die Box, in der sie ein neues Spielzeug gefunden hat. »Und jetzt fordert sie deine Aufmerksamkeit!«, lacht meine Freundin, deshalb drehe ich mich wieder zu meiner Tochter um.

»Es ist unglaublich, dass sie dich immer noch sehen kann.« Gil wedelt mit der Hand vor Danis Nase herum, ähnlich wie Alan, als Danielle noch ein Baby war.

»Sie kann dich nicht erkennen, Gil.«

Seufzend lässt sie sich nach hinten sinken und lehnt sich an meine Schulter. »Auch nicht, wenn ich mich ganz dicht an ihren Daddy schmiege?«

Ich lege den Arm um sie und drücke ihr einen Kuss in die blonden Locken, aber Danielle widmet sich geschäftig ihrem Spielzeug und Gillian seufzt erneut. Ich stehe auf und nehme ihre Hand. »Komm mit.«

»Wo gehen wir hin?«

»Ich will zu Laura. Sie fliegt heute nach Hause.«

»Da!«, ruft Danielle. Ich beuge mich zu ihr und streiche ihr durch die Haare.

»Ganz viel Spaß noch, Süße. Ich komme heute Abend wieder.«

Sie stemmt sich in die Luft und steht auf, um uns zu folgen.

»Bleib hier, Schatz, Grandpa und Judy kommen bald.« Kayleen nimmt sie wieder auf den Arm und dreht sich zu ihrer Freundin um.

»Kannst du Sam und Shane sagen, wie alt du heute wirst, Dani?«

»Wweii!«, verkündet Danielle mit einem glücklichen Strahlen und zeigt ihre winzigen Zähnchen.

Gillian quietscht entzückt. »Wie süß!«

»Ich hab Angst«, haucht Laura, die auf dem Boden im Wohnzimmer ihrer Gastfamilie sitzt und Anthonys Tierkarawane wieder aufbaut. Zwar hatte sie während der letzten Monate zweimal Besuch von ihrem Freund und auch ihre Schwester war hier, aber sie macht sich Gedanken, dass sie keinen Job findet und trotz der unbezahlbaren Erfahrungen nach einem Jahr im Ausland wieder arbeitslos sein wird.

Leider kann sie mich nicht hören, sonst würde ihr ihr sagen, dass sie sich keine Sorgen machen muss. Ihr Freund erwartet sie schon sehnsüchtig und auch ihre Familie plant eine Willkommensparty. Sie spricht jetzt perfekt Englisch und hat sich von dem schüchternen Mädchen zu einer selbstständigen jungen Frau entwickelt. Ich stelle den Elefanten vor den Löwen, weil ich immer noch denke, dass die grauen Riesen das wirkliche Sagen im Busch haben.

»Adi hier!« Anthony nimmt einen Leoparden auf und reicht ihn an seine Babysitterin. Er hat sich auch an sie gewöhnt und es wird eine Umstellung für ihn sein, wenn Laura ab morgen nicht mehr da ist. Laura wischt sich über die Augen, als ihr Gastvater ins Zimmer kommt.

»Bist du soweit?«, fragt William mit einem freundlichen Lächeln.

Laura schluckt angestrengt und nickt schließlich, bevor sie aufsteht. »Komm Anthony, wir fahren zu Grandma.«

Der Junge springt auf. »Oh ja!«

Am Flughafen verabschiedet sich Laura von William, bedankt sich für alles und verspricht sich zu melden, wenn sie zu Hause angekommen ist. William zieht sie in eine herzliche Umarmung.

»Mach's gut, Laura. Es ist wunderbar, dich in unserer Familie zu haben. Pass auf dich auf.«

Sie wischt sich die Tränen aus den Augen und schultert ihren Rucksack. »Danke für alles, William.«

»Sehr gerne.« Er hebt die Hand zu einem Winken und Laura geht zur Zollkontrolle. Genau wie damals, als ich mit Kayleen nach London geflogen bin, kann ich die Absperrungen einfach so überwinden und muss auch nicht vor dem Personal meine Schuhe ausziehen. Stattdessen lehne ich an der Glasscheibe und warte, bis Laura fertig ist und wir uns auf den Weg zu ihrem Abfluggate machen. Sie wird in Chicago umsteigen und dann den Nachtflug nach Deutschland nehmen. Hoffentlich schnarcht ihr Sitznachbar nicht wieder.

Abends betrete ich Danielles Zimmer, als sie schon in ihrem Bettchen liegt. Ihr Schnuller bewegt sich gleichmäßig auf und ab und ihre Hände sind um die neue Puppe geschlungen, die Judy und Bob ihr geschenkt haben.

»Hey, mein Schatz, hattest du einen aufregenden Geburtstag?« Ich streiche sanft über ihren Schlafanzug und setze mich neben ihrem Bettchen in den Schaukelstuhl, so, wie ich es jeden Abend mache. Kayleen steckt, mit einem sanften Lächeln, ihren Kopf durch die Tür und wirft einen Blick zum Schaukelstuhl, weil sie weiß, dass ich hier bin und auf unsere Tochter aufpasse. Sie schließt leise die Tür und nur noch Danielles gleichmäßiger Atem, das Nuckeln auf ihrem Schnuller und das Summen des Luftbefeuchters sind zu hören. Seufzend lehne ich mich zurück. Jetzt ist meine kleine Tochter schon zwei.

Kapitel Dreiundvierzig

Kayleen

»So, mein Schatz, jetzt ziehen wir dich an und dann ...« Ich stelle Danielle hastig auf den Boden und renne ins Badezimmer, um mein Frühstück in der Toilettenschüssel zu versenken. Angewidert würge ich ein zweites Mal.

»Mommy?«, fragt meine Tochter leise, als sie in der Tür erscheint. Ihre großen blauen Augen starren mich ängstlich an.

»Ich bin gleich ...«, weiter komme ich nicht, weil ich mich erneut über die Schüssel beugen muss. Danielle klammert sich an ihr Stofftier, ohne mich aus den Augen zu lassen. Vorsichtig stehe ich auf und halte mich am Waschbecken fest, um mir den Mund auszuspülen. *Puh, wie ekelhaft.* Hoffentlich habe ich nur etwas Falsches gegessen, nicht, dass Danielle und Jake auch wieder krank werden, das hatten wir Anfang des Jahres erst. Ich drehe mich zu Dani um, die nach wie vor in der Tür steht.

»Sorry, mein Schatz.« Ich strecke die Hand nach ihr aus. »Sollen wir spielen gehen?«

»Ja.« Sie marschiert vor mir über den Flur ins Wohnzimmer und dreht sich an der Stufe um, damit sie sich langsam heruntergleiten lassen kann, so, wie wir es ihr gezeigt haben. In der Küche kippe ich meinen Kaffee in den Abfluss und stelle stattdessen Teewasser auf. Mein Magen dreht sich immer noch. Mit einer Tasse Kräutertee trotte ich erschöpft zu Danielle ins Wohnzimmer.

»Mommy guck!« Sie zeigt mir ihre Bauklötze. Ich stelle meine Tasse ab und setze mich auf die Couch.

»Sehr schön, Schatz, du musst einen Augenblick alleine spielen, bis es Mommy nicht mehr so schwindelig ist.«

Sie widmet sich eifrig ihren Spielsachen und ich lehne mich seufzend zurück. Danielle stellt drei Bauklötze aufeinander, so, wie Jake es immer macht und überlegt, einen vierten zu versuchen, allerdings kommt sie beim Umdrehen mit ihrem Po an den kleinen Turm und die Teile liegen wieder am Boden. Irritiert betrachtet sie den Unfall und fängt an, neu zu stapeln. Ich nippe an meinem Tee und schließe kurz die Augen. Als es an der Tür klingelt, stelle ich meine Tasse ab und stehe langsam auf. Alles dreht sich, deshalb atme ich tief durch und taste mich an der Wand entlang zur Stufe und in den Flur. Danielle klettert hinter mir her und flitzt zur Tür. Es klingelt wieder.

»Hallo Kay, ich dachte, wir können ...« Sam hält inne. »Wie siehst du denn aus? Geht es dir nicht gut?«

Ich kann nur den Kopf schütteln. »Nein, gar nicht und falls ich mir was eingefangen habe, will ich euch nicht anstecken, vielleicht bleiben Dani und ich besser alleine.«

»Oh je. Kann ich dir etwas Gutes tun? Soll ich Dani mit in den Park nehmen, damit du dich hinlegen kannst?« Sie schaukelt Mayas Kinderwagen. Danielle lugt neben mir um die Ecke zu ihrer Patentante. »Lass mich kurz rein, Kay. Ich ziehe Dani an und wir gehen spazieren, danach Mittagessen mit Shane und du kannst dich ausruhen.«

Seufzend lasse ich sie in die Wohnung. »Ok.«

»Komm her, Engelchen.« Sie nimmt Danielles Jacke von der Garderobe und hilft ihr in ihre Gummistiefel. Ich reiche ihr eine Mütze.

»Mommy kank.«

»Ja, Schatz, Mommy ist krank, deshalb gehen wir mit Maya in den Park und Mommy kann noch ein bisschen schlafen.«

»Danke, Sam«, murmele ich erschöpft.

»Ach was. Das machen wir gerne. Ich ruf dich nachher an und Shane kann Dani nach Hause bringen.«

Sie nimmt Danielle an die Hand und ich schließe die Tür. In meinem Schlafzimmer setze ich mich aufs Bett, schließe die Augen und lasse mich erschöpft zur Seite sinken. In meinem Traum sitzt Danny neben mir und streichelt liebevoll meine Wange.

»Meinst du, Gillian erlaubt mir, dass du mich festhältst?«

»Es ist dein Traum, Kay«, antwortet er grinsend und steht auf, um aus seinen Turnschuhen zu schlüpfen, bevor er sich auf die Seite des Bettes legt, auf der Jake letzte Nacht noch geschlafen hat. Zärtlich zieht er mich an sich. »Hat Jake nichts dagegen?«, flüstert Danny dicht an meinem Ohr.

»Jake ist in Portugal und du hast eben noch gesagt, es ist mein Traum.« Ich genieße es, seinen warmen Atem im Nacken zu spüren. »Erzähl mir was, Danny«, murmele ich.

»Was denn?«

»Erzähl mir von Afrika.« Ich habe es immer geliebt, in seinen Armen zu liegen und seinen Erzählungen über den Busch zu lauschen.

»Gillian und ich waren gestern bei Bheka«, beginnt er und ich schließe seufzend die Augen. »Sie wollte wissen, woher ich immer so genau weiß, wo die Tiere sind.«

»Weil du gelernt hast, Spuren zu lesen«, murmele ich und Danny nickt hinter mir.

»Genau wie du.«

»Nur, dass ich das eine oder andere Mal im Kreis gelaufen bin, weil ich die Himmelsrichtungen verwechselt habe.«

Jetzt kichert er. »Weißt du es noch?«

Ich drehe mich in seinen Armen um. »Wird das ein Test?«

»Na klar.« Grinsend stützt er seinen Kopf auf einer Hand ab. »Was sind die wichtigsten Regeln im Busch?«

Seufzend lege ich mich auf den Rücken. »Bei einer Fußsafari immer im Gänsemarsch gehen. Wer das Gewehr hat, geht immer vorne. Aus der Schusslinie bleiben. Klappe halten und immer auf das hören, was der Guide sagt, und niemals rennen!«

Dannys Mundwinkel schrauben sich noch ein Stückchen höher. »Gut, was noch?«

»Wie was noch?«

»Welche Regel gilt im Jeep?«

Ich boxe ihm gegen die Schulter. »Du bist gemein, dass du mich immer noch damit aufziehst.«

»Sag es, Kay. Was hast du bei deiner ersten Safari mit Marc gemacht?« Er kichert wie ein kleiner Junge.

Ich schließe die Augen. »Niemals aussteigen!«

Ich spüre, wie Danny nickt. »Siehst du, ein schlechter Tag im Busch ist immer noch besser, als ein schlechter Tag irgendwo anders und, wenn du dich daran erinnerst, geht es dir gleich besser.«

»Danke, Danny.«

Er streichelt meine Wange. »Immer wieder, Kay.«

»Hi Schwesterchen, geht es dir besser?«, fragt Shane am frühen Abend, als er mit Danielle auf dem Arm klingelt.

»Ja, danke. Ich habe den ganzen Nachmittag geschlafen.«

»Mommy!« Danielle streckt ihre Arme nach mir aus.

»Komm her, Süße. Was hast du mit Sam und Maya gemacht?«

»Ente, Po-com, Maya Shann mutzig.«

Verwirrt sehe ich meinen Bruder an, der für mich übersetzt: »Maya hat die Milch ausgespuckt.«

Ich drehe mich um. »Möchtest du reinkommen? Ich habe Tee gemacht.«

»Nein, danke. Ich fahre wieder, Sam will kochen. Rufst du uns an, wenn wir dir helfen sollen?«

»Ja, das mache ich. Danke, Shane.«

Danielle und ich essen zu Abend und diesmal behalte ich alles bei mir. Vielleicht war es das indische Essen, das Jake gestern mitgebracht hatte. Nach einem Telefonat mit Jake, in dem er mir erzählt, dass er für eine deutsche Castingshow engagiert wurde, schlafe ich in dieser Nacht tief und ohne einen weiteren Traumbesuch von Danny. Am nächsten Morgen fühle ich mich wieder fit, so dass Danielle und ich in die Stadt fahren können.

»Mommy da!« Sie zeigt im Schaufenster einer Parfümerie auf einen lebensgroßen Aufsteller von Seb, der Werbung für einen sündhaft teuren Herrenduft macht. Ich bleibe stehen und betrachte den gutaussehenden Fußballer. Sam hat mir erzählt, dass er jetzt schon länger mit einem Mädchen zusammen ist und sie sogar zum Geburtstag seines Vaters mitgebracht hat. Grinsend betrete ich den Laden, weil ich unbedingt an dem Parfüm, das er bewirbt, schnuppern will.

Zurück auf der Straße zeigt Danielle aufgeregt auf einen schwarzen Hund, der brav neben seinem Herrchen wartet, bis dieser sich von zwei jungen Mädchen verabschiedet.

»Oh Mommy, guck!« Danielle fängt an zu zappeln, als der Mann und der Hund in unsere Richtung kommen. Er kommt mir irgendwie bekannt vor, aber ich habe keine Ahnung, woher, deshalb drehe ich den Kinderwagen um, damit wir wieder nach Hause fahren können. »Nei-hein, Mommy!«, quietscht Danielle. Der Hund streckt neugierig seine Schnauze aus, aber der Mann hält ihn davon ab, die Hand meiner Tochter abzuschlecken. Danielle lehnt sich noch ein Stückchen weiter nach vorne.

»Bitte entschuldigen Sie.« Er zieht seinen Hund zurück. Er ist Schauspieler, oder? Mein Blick fällt wieder auf das Plakat von Seb hinter ihm. Oder er macht Werbung für irgendwas?

»Schon ok, Dani ist total verrückt nach Hunden.«

Er lächelt. »Darf sie ihn denn streicheln, wenn ich aufpasse?«

Ich werfe einen Blick zu dem Hund. Er ist pechschwarz, hat freundliche braune Augen und steht hechelnd neben seinem Herrchen, ohne sich von der Stelle zu rühren.

»Ja, wieso nicht.« Ich gehe neben Danielles Wagen in die Knie. »Möchtest du den Hund streicheln, Dani?«

Sie strahlt von einem Ohr zum anderen und ihre Augen leuchten mit der Herbstsonne um die Wette, während sie schon die Hände nach dem Hund ausstreckt. Jetzt geht auch der Mann in die Hocke.

»Hallo Dani, wie geht es dir?«, fragt er mit dunkler Stimme. »Das ist Sidi und er wird ganz vorsichtig sein, wenn du es auch bist, ok?«

Danielle streckt ihre Hände aus, damit Sidi sie beschnuppern kann, legt sie dann auf den Rücken des Hundes und streichelt durch das dichte Fell. Einen Augenblick lang muss ich an Danny denken, der auch in alle Tiere vernarrt war.

»Meinst du, wir können unseren Urlaub in Afrika noch verlängern?«, frage ich zwei Tage später, als Jake zurück ist und wir uns, weil es noch einmal richtig warm geworden ist, mit kalter Limonade auf die Terrasse setzen, während Danielle auf der Wiese mit ihrem neuen Stofftier – einen Hund, den sie Sidi genannt hat – spielt.

Jake blinzelt gegen die Sonne und steht auf, um den Sonnenschirm zu drehen, damit wir beide im Schatten sitzen. »Klar, was hast du vor?«

»Ich würde gerne zur Farm fahren und euch die Geparde vorstellen.«

Er setzt sich wieder neben mich. »Das wird bestimmt cool.«

»Ich habe gestern mit Ewan telefoniert und ihn gefragt, ob wir kommen dürfen.«

»Ist Ewan dein Stiefvater?«

»Nein, er war Dannys Boss. Meine Mutter habe ich nicht angerufen, sie hat sich seit über zwei Jahren nicht gemeldet, deshalb muss ich das auch nicht tun.«

Jake stellt sein Glas ab. »Ich erinnere dich jetzt an das, was du mir in Bezug auf Jules gesagt hast, Kay. Sie ist deine Mutter und das wird sie auch bleiben, da hilft weglaufen auch nichts.«

»Haha. Ich laufe nicht weg. Ich besuche sie, wenn sie da ist, aber das wird sie sicher nicht und deshalb ist es egal.«

Er drückt meine Hand. »Wirst du ihr deine Tochter und deinen neuen Freund vorstellen?«

Lächelnd lehne ich mich zu ihm. »Sehr gerne.«

Kapitel Vierundvierzig

Danny

»Hi Danny!« Marc hebt müde den Kopf, als ich in seinem Traum die Terrasse betrete. Neben ihm auf dem breiten Sessel schläft der kleine Josh.

»Hey.« Ich setze mich neben meinen Bruder und betrachte seinen Sohn. »Er ist gewachsen.«

»Ja. Und bei der letzten Untersuchung war auch alles in Ordnung.« Marc legt seinen Stift zur Seite. »Er hat alles gut überstanden, aber er weint viel.« Er reibt sich die Augen. »Wie geht's Dani und Kay?«

»Gut. Kayleen hat mit Ewan telefoniert, weil sie zur Farm fliegen will. Sie gibt es nicht zu, aber ich glaube, sie hat immer noch Hoffnung, dass ihre Mutter Danielle kennenlernen möchte.«

»Das kann ich mir beim Hausdrachen nicht vorstellen, aber Ewan und die anderen freuen sich bestimmt.« Er grinst. »Hast du gehört, dass Bheka ihre Jungen auch zur Farm gebracht hat?«

»Ja, Gillian und ich haben sie besucht. Ein Junges ist leider gestorben, aber die anderen halten ihre Mutter auf Trab. Sie ist genauso toll, wie Siyanda es war.«

»Siyanda ist nicht mehr da, das weißt du, oder? Sie wurde von Wilderern angeschossen und hat es nicht geschafft, bis Andy sie gefunden hatte.«

»Hm, ich weiß.«

»Kannst du morgen wieder kommen?«, fragt er plötzlich.

»Warum? Was hast du denn vor?«

»Zu Lebzeiten wärst du eigentlich mein Trauzeuge und ich brauche dich, um einen Ring für Hannah auszusuchen.« Liebevoll streichelt er über die winzigen Finger seines Babys. »Jo hat keine Ahnung von sowas.«

»Ich komme sehr gerne mit.«

»Sie können hier warten«, sagt eine unfreundliche Empfangsmitarbeiterin. »Herr Schumann ist gleich bei Ihnen.« Mit dieser Aussage wird Laura in einem Konferenzraum alleine gelassen und zuckt zusammen, als die Tür hinter ihr ins Schloss fällt. Ich stelle mich neben sie ans Fenster. Selbst die Aussicht ist scheiße, der Job wird sicher genauso, trotzdem muss ich meinen Schützling unterstützen. Sie ist jetzt seit zwei Monaten wieder in Deutschland und immer noch arbeitslos, weil sie keine passende Stelle in dem Job findet, in dem sie ihre Ausbildung absolviert hat. Jetzt hat sie sich bei anderen Firmen beworben und heute endlich ihr erstes Vorstellungsgespräch. Es ist ein schrecklich dunkler Raum, hinter dem Fernseher hängen lose Kabel und auch das Telefon ist nicht eingestöpselt. Laura seufzt leise und zieht sich einen Stuhl zurück. Nervös knetet sie ihre Finger und kaut auf ihrer Unterlippe. Der Typ, der nach weiteren zehn Minuten hereinkommt, sieht schmierig und ungepflegt aus. Er reicht Laura die Hand und stellt sich als Abteilungsleiter vor, bevor er ihr von der Firma erzählt, die im Sicherheitsbereich tätig ist, und ihr einen Job bei einer amerikanischen Logistikfirma anbietet. *Oh gut, sie muss nicht in diesem Loch hier arbeiten.*

Laura berichtet von ihrer Zeit in Amerika und der Typ fragt sie nach ihren Englischkenntnissen, er selbst spricht kaum Englisch, deshalb klingt sein Bemühen schrecklich. Dann tippt er auf seinem Taschenrechner herum und dreht ihr die Zahlen um, wie ein Händler auf dem Basar.

Besser als Arbeitslosengeld, überlegt Laura und nickt schließlich.

»Perfekt, wann können Sie anfangen?«, will der Kerl wissen. Das war zu einfach, irgendwo gibt es einen Haken, aber Laura ist so perplex, dass sie auf seine Frage antwortet: »So schnell wie möglich.« Der Kerl nickt nur und lädt sie ein, morgen wiederzukommen, um mit ihm zu der amerikanischen Firma zu fahren, damit sie die Chefin kennenlernt.

»Sehr gerne.« Laura strahlt, aber ich bin nicht begeistert, deshalb verschränke ich seufzend die Arme vor der Brust.

»Und wie war's bei Laura?«, will Gillian abends in der Cafeteria wissen. Ich drücke ihr einen Kuss auf die Lippen und lasse mich auf die Couch neben sie fallen. Sofort schiebt sie mir eine Tasse Kaffee zu. »Hier.«

»Danke.« Ich trinke einen großen Schluck und reibe mir dann müde über die Augen. »Laura hat einen neuen Job.«

»Das ist doch toll!« Gillian hüpft begeistert auf und ab. »Warum ziehst du dann so ein Gesicht?«

»Weil ich ein schlechtes Gefühl habe. Ich glaube, der Typ, der sie vermittelt hat, erzählt ihr nicht die ganze Wahrheit über die Firma.«

Gillian legt den Kopf schief. »Hm, das ist doof, aber Laura ist alt genug, um sich selbst zu kümmern, und sie kann …«

»Sie hat den Job nur angenommen, weil sie sonst weiter arbeitslos wäre, und sie will ihrem Freund und ihrer Mutter nicht weiter auf der Tasche liegen. Ihre Mutter hat schon ihre letzte Autoreparatur bezahlt.«

»Danny so ist das, wenn man jung ist, irgendwo anfängt, zu arbeiten oder zu studieren. Man macht Fehler, trifft falsche Entscheidungen und macht Schulden. Das war zu meiner Zeit so und ist auch heute noch so.« Sie zuckt mit den Schultern. »Laura wird das schaffen, und auch wenn es etwas länger dauert, wird sie ihren Traumjob finden. Jetzt muss sie eben diesen machen, so gut es geht.«

»Hattest du Jobs, die du nicht mochtest?«, frage ich, nachdem ich den Kaffee geleert habe.

»Ja, ich habe im Hotel meiner Eltern gearbeitet und es gehasst, die Zimmer sauber zu machen. Ich war immer viel lieber im Restaurant oder an der Bar, weil man da andere Menschen kennengelernt hat, aber als der Krieg ausgebrochen ist und die Army ihre Stützpunkte im Pazifik aufgerüstet hat, hat mich mein Vater hinter die Kulissen verbannt.«

»Warum? Hatte er Angst, du könntest was mit einem Soldaten anfangen und abhauen?«

»So in etwa, ich glaube eher, er hat mich vor den betrunkenen Soldaten beschützt.«

»Ganz schlimme Jungs, hm?«

Gillian lacht. »Ja, so wie Ranger oder junge Tierärzte, die plötzlich hier auftauchen und mich verzaubern.«

Ich greife nach ihrer Hand. »Komm mit, Baby. Ich zeig dir, wie verzaubern geht.«

Kapitel Fünfundvierzig

Jake

»Ui, Mommy, guck. Fiegaa!« Danielle zeigt aufgeregt auf ein startendes Flugzeug.

»Ja. Ein ziemlich großes Flugzeug, nicht wahr?« Ich beobachte meine Freundin mit ihrer Tochter an der großen Fensterfront des Flughafens. Wir haben meinen Geburtstag gestern Abend nur mit einem gemeinsamen Essen gefeiert und fliegen heute zur Hochzeit von Marc und Johanna nach Kapstadt. Sam sitzt auf einem der Stühle am Fenster und schaukelt Mayas Kinderwagen, während ich eine Flasche Wasser, ein Magazin für Kayleen und eine Cola für mich kaufe.

»Süß, die Kleine«, sagt plötzlich eine liebliche Stimme neben mir. »Deine?«

Ich drehe mich erschrocken um. »Mariella?«

Sie lächelt. »Hallo Jake.«

Shane hat recht. Meine Affären verfolgen mich. »Ähm, wie geht es dir? Was machst du hier?«

»Das Gleiche wie du, wahrscheinlich.« Sie deutet auf eine Flasche Wasser und eine Tüte Chips. »Ich kaufe Proviant für einen ziemlich langen Flug.« Jetzt bezahlt sie ihre Einkäufe. »Wo verschlägt es dich diesmal hin?«

»Kapstadt.«

»Wow, schön. Ein Shooting?«

»Nein. Eine Hochzeit.« Ich blicke wieder zu Kayleen, die Danielle in den Kinderwagen gesetzt hat und sich durch die Haare streicht, während die Sonne ihre Haut strahlen lässt.

»Deine Hochzeit?«

»Nein. Wir sind nur Gäste.«

Mariella grinst. »Ich wusste gar nicht, dass du eine Tochter hast?« Sie sieht mich an. »Hast du dich deshalb nicht mehr gemeldet?«

Ich schlucke angestrengt. »Es tut mir leid.«

»Tut es nicht, Jake. Wir hatten unseren Spaß und das ist gut so. Jetzt hast du eine Familie.«

Shane betritt den kleinen Laden und unterbricht das Gespräch, das mit jedem Moment unangenehmer wurde. »Hey Alter, was hast du gekauft? Sam will 'ne Cola.«

»Mach's gut, Jake. Ich wünsche euch einen guten Flug und viel Spaß bei der Hochzeit.« Mariella verabschiedet sich mit einem Lächeln und Shane sieht ihr hinterher.

»War das 'ne Freundin von dir?«

Seufzend zucke ich mit den Schultern und er verdreht die Augen. »Welche Frau in London hast du eigentlich nicht flachgelegt?«

Ich boxe ihm gegen die Schulter. »Mariella ist aus Sydney!«

Er reibt sich die schmerzende Stelle. »Wie auch immer. Wartest du kurz auf mich?«

Ich bleibe vor dem Shop stehen und wende meinen Blick zu Kayleen. Sie hat den Kinderwagen neben Sam geparkt und streckt ihren Rücken durch. Nachdem Shane seine Cola gekauft hat, schlendern wir zurück zu den Frauen. Mariella hat sich in einer Stuhlreihe an der Wand gesetzt und ihre Füße auf ihrem Koffer abgelegt. Wahrscheinlich fliegt sie nach Hause und sitzt bis Dubai im gleichen Flieger, hoffentlich hat sie keinen Sitzplatz in unserer Nähe.

Ich lege meine Arme um Kayleen und reiche ihr das Wasser, bevor ich ihr einen zärtlichen Kuss auf die Wange drücke.

»Du siehst sexy aus, Baby.« Sie lehnt sich in meine Umarmung und meine Lippen saugen vorsichtig an der weichen Haut an ihrem Hals. Für Kayleen ist es ein riesiger Schritt, zurück nach Afrika zu fliegen, aber sie freut sich auf Dannys Familie und auch, ihre alte Heimat auf der Farm wiederzusehen. Ich bin wahnsinnig gespannt, nicht nur auf die Hochzeit, sondern auch auf die Farm. Marc hat mich am Telefon zu einem Surfwettkampf herausgefordert und dieser Ewan ist ganz begeistert, mich und Danielle kennenzulernen. Als unser Flug aufgerufen wird, schultere ich meinen Rucksack und nehme Kayleen die Tasche ab, damit sie Danielles Wagen schieben kann. Mit Hilfe von Bob und Judy konnten wir Business Class Tickets kaufen, damit wir alle in Ruhe schlafen können. Mariella schiebt sich an uns vorbei und mustert Kayleen, die Danielle in ihren Sitz hebt und ihr eine Decke über die Beinchen legt. Ich verstaue unser Gepäck und helfe Shane dabei, Mayas Trage im Sitz zu befestigen.

»Ganz viele, Mommy.« Danielle deutet aus dem Fenster. Die tief stehende Novembersonne verschwindet hinter den Gebäuden und taucht die Tragflächen der Flugzeuge in goldenes Licht.

»Ja, das sieht schön aus, nicht wahr?« Kayleen reicht Danielle ihr kleines Äffchen. Shane und Sam nehmen auf der anderen Seite Platz. Maya verschläft den Start und das Abendessen, während Danielle nach dem Essen auf ihrem

Schnuller nuckelt und ihr die Augen bei dem Cartoon auf dem winzigen Bildschirm vor uns schon fast zufallen.

Nach vierzehn langen Stunden und einem Zwischenstopp, den beide Kinder verpennt haben, wird endlich unsere Landung in Kapstadt angekündigt und Danielle reibt sich ihre müden Augen.

»Sieh mal, Schatz.« Kayleen zeigt aus dem Fenster. Danielle drückt ihre Nase an die kalte Scheibe. »Swimmen. Mommy?«

»Ja, genau. Wir werden schwimmen gehen.«

Ich stehe auf, als Shane von den Toiletten zurückkommt und Sam die kleine Maya abnimmt. Er setzt seine Tochter in die Trage und schnallt sich wieder an. Die Stewardessen sammeln die Getränkebecher ein und Danielle bekommt ein kleines Flugzeug zum Aufblasen geschenkt.

»Hier, Süße, weil du so brav warst. Das kann Daddy später für dich aufpusten und ihr geht zusammen baden.«

Mit einem stolzen Grinsen im Gesicht blicke ich zu Kayleen. *Daddy.* Das hört sich toll an, hoffentlich nimmt Danny mir das nicht übel, aber Kayleen lächelt sanft und klappt Danielles Tisch ein, bevor sie ihr das Äffchen reicht.

»Halt ihn gut fest. Gleich wird es noch mal rumpeln.« Danielle starrt weiter aus dem Fenster und zuckt erschrocken zusammen, als der Flieger auf der Landebahn aufsetzt und an den Gebäuden vorbeirast. Nach der Landung löst Kayleen ihren Gurt und hebt ihre Tochter aus dem Sitz.

»Bereit für die Sonne, Schatz?«

»Ja!« Danielle nickt großspurig und lässt sich von mir auf den Arm nehmen, während Kayleen nach ihrer Handtasche greift und mir meinen Rucksack reicht.

Während ich zusammen mit Shane und Danielle auf unser Gepäck warte, verschwinden Sam und Kayleen zu den Toiletten. Die beiden Kinderwagen kommen als Erstes auf dem Band an, deshalb stelle ich Danielle auf den Boden ab.

»Warte kurz, Süße.« Sie dreht sich um und beobachtet die anderen Passagiere mit ihrem Gepäck. Shane klappt Mayas Wagen auseinander und hievt seinen Koffer vom Band. Ich nehme meine Sporttasche und Kayleens Koffer poltert aus dem Schacht. Shane hat den zweiten Koffer schon gefunden und lädt alles auf seinen Trolley, während ich Danielles Kinderwagen auseinanderfalte und nach Kayleens Koffer greife, bevor ich mich wieder Danielle zuwende.

»Einsteigen, Dani, du …« Ich drehe mich suchend um. »Dani!« Auch auf den Zehenspitzen kann ich sie nicht entdecken. *Scheiße. Wo ist sie hin?*

»Danielle!«

»Wo ist sie?« Shane starrt mich entsetzt an.

»Ich weiß es nicht. Ich habe nur kurz den Kinderwagen …« Ich raufe mir verzweifelt die Haare. »Scheiße!«

»Bleib du hier!«, weise ich Shane an. Unachtsam lasse ich den Kinderwagen und die Koffer stehen und verlasse die Menschenmassen um das Gepäckband.

»Dani!«

Panisch wandert mein Blick immer wieder durch die riesige Halle. Einige andere Passagiere drehen sich fragend oder mitleidig zu mir um, als ich nach Danielle rufe.

Eine ältere Dame schüttelt den Kopf und murmelt etwas, das klingt, als ob ich nicht auf mein Kind aufpassen kann. *Verflucht!* Mittlerweile läuft Shane in die andere Richtung, um Danielle zu suchen.

»Alles ok, Sir? Suchen Sie jemanden?« Eine uniformierte Beamtin nähert sich mir.

»Ja.« Verzweifelt wende ich ihr meinen Blick zu. »Meine ... meine Tochter. Sie stand gerade noch neben mir. Es waren nur ein paar Sekunden und ...«

»Ok, beruhigen Sie sich. Wir werden sie finden.« Angsterfüllt stelle ich mich erneut auf die Zehenspitzen, um die Menge zu überblicken, und suche weiter nach Daniellès Lockenkopf. Kayleen wird mir das nie verzeihen und Marc wird mich wahrscheinlich vermöbeln. Und an Danny will ich gar nicht erst denken.

»Dani!« Ich drehe mich um die eigene Achse.

»Wie sieht ihre Tochter denn aus?«, fragt die Frau in Uniform geduldig.

»Was? Ähm. Blond. Zwei Jahre.« Ich deute ihre ungefähre Größe an. »So groß.«

»Ok.« Sie nimmt ihr Funkgerät und spricht in einer fremden Sprache hinein.

Die Menschenmassen strömen auseinander. Es werden immer weniger. Verzweifelt renne ich ein weiteres Mal um das Gepäckband. Sie bleibt verschwunden.

Shane hat mich inzwischen eingeholt und tippt mir auf die Schulter. »Da.«

Danielle kommt mit Kayleen, Sam und Maya zurück zu uns.

»Oh Gott sei Dank!« Erleichtert sinke ich in die Knie und ziehe sie in meine Arme. »Dani, du kannst nicht einfach weglaufen.«

»Tierle gucken!« Sie zeigt zu den Terrarien am Ausgang.

»Jake?« Kayleen legt ihre Hand auf meinen Arm. »Was ist denn passiert?«

»Sie war auf einmal weg.« Ich fühle mich, als wäre ich gerade einen Marathon gelaufen und raufe mir schweratmend die Haare, bevor ich mit Danielle auf dem Arm wieder aufstehe.

»Tierle gucken!«, quakt die Kleine erneut.

»Sie stand dort drüben und hat uns dann bei den Toiletten gesehen. Es ist alles in Ordnung«, sagt Kayleen und ich stelle Danielle wieder auf den Boden.

»Na, alles wieder gefunden?« Die Beamtin kommt auf uns zu und reicht Danielle einen Lolli. »Hier, Süße, für dich, immer schön bei Mommy und Daddy bleiben.«

Gott, ist das peinlich. Am liebsten würde ich im Boden versinken, aber Kayleen sieht mich liebevoll an.

»Es tut mir leid, Kay.«

Sie streichelt meinen Arm und stellt sich auf die Zehenspitzen, um mir einen Kuss zu geben. »Zum Glück ist nichts passiert.« Sie kniet sich zu Danielle. »Schatz, Mommy hat gesagt, dass du bei Jake bleiben sollst.«

»Aba Tierle gucken!«

Kayleen nimmt ihre Hand. »Ja, wir gehen gleich Tiere gucken.«

Shane parkt den Mietwagen vor einem nobel aussehenden Haus, während Sam aus dem Fenster lugt und Kayleen angespannt ihre Finger knetet.

»Nervös, Baby?« Ich nehme ihre Hand. Sie schluckt und nickt langsam, deshalb lehne ich mich zu ihr. »Ich bin bei dir.« Ich nicke zu Danielle. »Und Dani auch.«

Sie seufzt. »Ja.«

Sam ist bereits ausgestiegen. »Wow! Ist das schön hier.« Shane hebt Maya in ihrer Trage aus der Halterung.

Er legt den Arm um sie und küsst ihre Wange. »Hab ich ja gesagt.«

Ellen eilt die Stufen hinunter und kommt mit ausgebreiteten Armen näher. Ich öffne die hintere Tür und nehme Danielle aus ihrem Kindersitz. Kayleen klettert nach mir aus dem Auto.

»Kay!« Ellen umarmt sie stürmisch. »Es ist so schön, dass ihr da seid.« Ellen weint und auch Kayleen hat Tränen in den Augen, sicher nicht nur wegen des Wiedersehens. Es hat sie viel Kraft gekostet, hierher zu fliegen. Ich stelle Danielle auf den Boden neben ihre Mutter.

»Oh, wie groß sie geworden ist!« Ellen geht in die Knie. »Hallo Mäuschen. Wie geht es dir?«

Danielle hat ihre Großmutter seit fast einem Jahr nicht mehr gesehen, deshalb versteckt sie sich hinter Kayleens Beinen, und Ellen steht wieder auf.

»Hallo Jake. Schön, dass du auch da bist.«

Ich umarme sie herzlich. »Hi Ellen, es ist schön, hier zu sein.«

»Mommy hoch.« Danielle zieht an Kayleens Arm.

»Komm her, Süße.« Stattdessen hebe ich sie hoch und greife nach Kayleens Hand. »Du schaffst das, Baby.« Ich zwinkere ihr aufmunternd zu, während Ellen inzwischen Shane und Sam begrüßt, bevor sie Maya betrachtet.

»Nein, wie niedlich und schon so groß.« Sie drückt Sam an sich. »Kommt rein. Zulu hat eine Kleinigkeit für euch vorbereitet.« Kayleen atmet tief durch, bevor wir Dannys Mutter ins Haus folgen. Auf der Treppe vor dem Eingang steht eine füllige schwarze Frau mit langen Gewändern, die strahlend ihre Arme ausbreitet, deshalb muss Kayleen meine Hand loslassen.

»Kayleen! Oh, wie schön.« Kayleen wirkt verloren in ihren massigen Armen, aber sie entspannt sich und Danielle sieht die Frau erstaunt an. »Hallo Engelchen. Schön, dass du deine Mommy mitgebracht hast.« Sie berührt Danielles Wange. »Hübsch bist du.« Sie verzichtet absichtlich darauf, zu sagen, dass Danielle ihrem Daddy sehr ähnlich ist.

Kayleen tritt wieder zurück. »Zulu, das ist Jake.« Die Frau mustert mich eindringlich und nimmt schließlich meine freie Hand in ihre.

»Willkommen in Kapstadt, Jake. Schön, dass du auf Kayleen und das Engelchen aufpasst.« Dann tritt sie lächelnd zur Seite, damit wir ins Haus gehen können. Oben angekommen stellt Shane Mayas Trage auf den Boden. Er war schon mal hier. Damals, als Danny noch gelebt hat, und ich war so neidisch auf ihn, weil ich nicht mitkommen konnte.

Ich stelle Danielle auf den Boden neben Ellen und folge Kayleen, die langsam voranschreitet, als müsste sie sich alles in Erinnerung rufen. Auf dem Sideboard an der Wand stehen Fotos von Danielle und von einem winzigen Baby in den Armen eines dunkelhaarigen Mannes. Ein weiteres Bild zeigt ihn mit einer blonden Frau und an der Wand hängen drei Bilder von Kayleen und Danny.

»Es ist so wunderschön hier.« Sam dreht sich mit ausgebreiteten Armen um die eigene Achse.

Ellen beobachtet sie mit einem glücklichen Lächeln und streckt dann ihre Hand aus.

»Komm mit, Sam, ich zeige euch das Strandhaus.« Sie zwinkert Kayleen zu. »Für euch haben wir das Ferienhaus vorgesehen.«

Im Strandhaus hat sie immer mit Danny übernachtet, das hat sie mir erzählt, deswegen hatte sie Angst davor, wieder dort schlafen zu müssen. Jetzt seufzt Kayleen erleichtert und Zulu streckt die Hand nach Danielle aus.

»Komm her, Engelchen, wir gehen auf die Terrasse. Ich habe euch Sandwiches gemacht.« Dani nimmt, ohne zu zögern, die Hand der Haushälterin an und folgt der massigen Frau nach draußen.

Kapitel Sechsundvierzig

Kayleen

In meinem Traum sitze ich am Strand, als ich Dannys Schritte hinter mir höre. Er setzt sich neben mich in den Sand. Ich hätte nicht gedacht, dass es mir so schwerfallen würde, wieder nach Afrika zu fliegen, aber jetzt bin ich glücklich, dass ich hier bin und ich bin froh, dass Danny mich besucht. Ich wende ihm meinen Blick zu. Zerrissene Jeans, sein Lieblingsshirt mit dem verblassten Aufdruck, die Haare auf einer Seite hinters Ohr geklemmt und ein verschmitztes Grinsen auf den Lippen. So wie immer. Er ist hier und wird mich nicht alleine lassen. So, wie er es versprochen hat.

»Hallo Kay«, sagt er leise. »Wie geht es dir?« Liebevoll legt er seine Hand auf meine.

»Gut.« Ich blicke wieder aufs Meer und lehne meinen Kopf auf die Knie. »Besser, als ich gedacht hätte.«

Er drückt meine Hand. »Du hast geweint, als du Josh im Arm gehalten hast.«

»Weil er so niedlich ist.«

Danny grinst, das weiß ich, ohne es zu sehen. Ich seufze wieder und vergrabe meine nackten Füße im Sand.

»Jake hatte tatsächlich Bammel davor, meinen Bruder kennenzulernen, oder?«

Er versucht, das Thema zu wechseln, worüber ich ihm wirklich dankbar bin. Ich will nicht traurig sein, denn dafür ist es hier viel zu schön und ich bin glücklich. Mit Jake. Und mit Danielle.

»Ja, aber nach einem Gespräch über Rugby und einem Bier waren sie sofort auf einer Wellenlänge. Jake ist so süß mit Dani und sie liebt ihn über alles. Hast du gesehen, wie sie sich nach dem Essen an ihn gekuschelt hat und in seinen Armen eingeschlafen ist?«

»Ja, das habe ich.«

Ohne Vorwarnung steht Danny auf, deshalb greife ich nach seiner Hand.

»Wo gehst du hin?«

»Ich werde Mum besuchen. Du wirst gleich aufwachen.«

»Du weißt wirklich immer alles, oder?«

Mit einem breiten Grinsen zuckt er mit den Schultern.

»Wirst du bei der Hochzeit sein?«, frage ich noch, deshalb dreht er sich wieder zu mir um.

»Natürlich.« Zärtlich streichelt er meine Wange. »Pass auf dich auf, Kay.«

»Mommy!«, ruft Danielle am nächsten Morgen mit weinerlicher Stimme, deshalb öffne ich die Augen und drehe mich auf den Rücken.

Jake schlingt seine Arme um mich und versteckt sein Gesicht in meinen Haaren. »Noch ein paar Minuten.«

»Mommy!« Danielles Rufe gehen in ein leises Schluchzen über.

»Ich glaube nicht«, murmele ich, bevor ich mich aus seiner Umarmung löse. Ich drücke ihm einen Kuss auf die Lippen und klettere aus dem Bett.

»Mommy!« Danielle strahlt, als sie mich entdeckt und streckt ihre kleinen Arme nach mir aus.

»Komm her, Schatz. Hast du gut geschlafen?«

Sie kuschelt sich in meine Arme. »Sollen wir noch zu Jake ins große Bett gehen?« Danielle nickt und stopft sich ihren Schnuller in den Mund. Ich schalte das Babyfone aus und trage sie ins Schlafzimmer, wo Jake sich inzwischen seine Boxershorts angezogen hat und die Decke für Danielle zurückschlägt.

»Guten Morgen, Prinzessin.« Sie klettert neben ihn und er legt seinen Arm um sie. »Komm her, Baby.« Ich kuschele mich ebenfalls in seine Arme. Zärtlich küsst er mich auf meine Haare.

»Mommy?«

»Was denn, mein Schatz?«

»Ga-pa Pete un Ga-ma Ell«, nuschelt sie mit ihrem Schnuller.

»Ja, wir gehen nachher wieder rüber. Sollen wir noch ein bisschen im Bett bleiben?«

Sie schüttelt den Kopf und Jake grinst. »So viel zum Thema, wir kuscheln noch etwas.«

Ich drücke ihm einen Kuss auf die Lippen. »Das holen wir nach.«

»Ich freu mich drauf.« Mit einem herzhaften Gähnen streckt er seine Arme in die Luft.

Nach einem kurzen Spaziergang am Strand erreichen wir die Terrasse von Ellen und Pete. Danielle stapft zielstrebig über die großen Stufen nach oben.

»Oh, Süße, du siehst hinreißend aus!« Ellen geht in die Knie, um Danielle zu umarmen. Sie hat ihre anfängliche Angst abgelegt und lässt sich von ihrer Großmutter auf den Arm nehmen. »Guten Morgen, ihr zwei, wie geht es euch?«

»Gut. Es ist wunderbar, im November von der Sommersonne geweckt zu werden.« Sie begrüßt mich mit einem Küsschen auf die Wange und Jake mit einer Umarmung.

»Setzt euch, es ist alles fertig. Marc und Hannah kommen auch gleich.« Jetzt wendet sie sich an Danielle. »Sollen wir reingehen und nachsehen, ob ich noch was für deinen Geburtstag habe?«

»Ja!«, verkündet Danielle aufgeregt.

»Guten Morgen.« Pete tritt gut gelaunt aus dem Haus. Er streichelt über Danielles Wange. »Na, Schätzchen, wie geht es dir?«

»Brusta!«, ruft Danielle aufgeregt, und weil Pete keine Ahnung hat, was seine Enkeltochter ihm damit sagen will, winkt Ellen ab und verschwindet mit Danielle im Haus.

Pete umarmt mich und drückt mir einen Kuss auf die Wange, bevor er Jake begrüßt. »Habt ihr gut geschlafen?«

»Ja, sehr. Das Ferienhaus ist wirklich toll geworden.«

Pete grinst. »Ja, wir dachten, ein Haus in der Nähe der Surfschule kann Marc besser in die Angebote aufnehmen und jetzt hat sich sogar ein Filmteam für nächstes Jahr angemeldet.«

Jake zieht für mich einen Stuhl zurück und küsst meine Wange. »Bitte sehr.«

»Danke schön.« Zulu bringt frischen Kaffee. Danielle folgt ihr mit einer Puppe in der Hand. Ellen trägt den passenden Puppenwagen dazu auf die Terrasse.

»Mommy guck!«

»Oh wow, noch eine Puppe.« Danielle zeigt auf Ellen. »Und einen Wagen dazu. Ich glaube, wir werden auf dem Rückflug Übergepäck anmelden müssen.«

Danielle strahlt über das ganze Gesicht und legt ihre Puppe vorsichtig in den Wagen. »Baby Maya.«

»Ja, genau. So wie Baby Maya und Sam.« Stolz schiebt sie den Wagen einmal um den Tisch.

Ellen stellt den Hochstuhl für Danielle neben meinen Stuhl.

»Guten Morgen!« Jetzt betreten auch Sam und Shane mit Maya die Terrasse, also stehe ich wieder auf, um meine Freundin und meinen Bruder zu begrüßen.

Sam drückt mich an sich. »Du hattest recht, es ist unglaublich hier. Sogar Maya war nur einmal wach.«

»Dafür ist sie seit halb fünf auf.« Shane gähnt herzhaft, bevor er mich umarmt.

»Dann wird sie sicher bald wieder schlafen.« Ich nehme ihm seine Tochter ab und setze mich neben Jake. »Nicht wahr, Süße.« Jake hat mir inzwischen Kaffee eingeschenkt und hebt Danielle in den Hochstuhl. Sam reicht mir Mayas Fläschchen.

»Hier versuch du mal, ob sie trinkt.« Sie nimmt neben mir Platz, greift nach der Kaffeekanne und Marc taucht mit Johanna aus dem dunklen Wohnzimmer auf.

»Guten Morgen zusammen.« Marc hat seinen Arm um seine Verlobte gelegt und strahlt von einem Ohr zum anderen.

Ellen begrüßt ihren Sohn als Erstes. »Wo habt ihr Josh gelassen?«

»Oh, Mist. Ich wusste, wir haben etwas vergessen«, lacht Marc, worauf Hannah ihn gegen den Arm boxt.

»Er schläft im Wagen. Im Wohnzimmer.«

Nach dem Frühstück machen wir uns auf den Weg zur Surfschule.

»Wirst du auch wieder surfen, Baby?« Jake reicht mir meine Tasche.

Ich drehe mich zu ihm um. »Ja, unbedingt. Ich habe die offizielle Erlaubnis, Dannys Bretter zu testen.«

Marc grinst. »Natürlich, es steht ja schließlich dein Name drauf.«

Jake runzelt die Stirn. »Echt? Warum?«

»Das hat Danny immer gemacht. Als Glücksbringer, hat er gesagt.«

»Cool.« Er gibt mir einen Kuss. »Würde ich genauso machen.«

Ich hebe Danielle aus dem Auto. »Hier, Schatz, setz die Mütze auf.«

»Mommy hoch!«

»Komm her, Süße, ich trage dich.« Jake setzt sie auf seine Schultern und Danielle trommelt kichernd auf seinem Kopf, während ich unsere Tasche nehme und meinem Bruder und Sam folge. Maya schläft in ihrer Trage und Johanna hat Josh auf dem Arm. Als wir die Surfschule betreten, stellt ein junger Typ das Boardwachs ab und wendet sich zu uns um.

»Wow, so viel Besuch am frühen Morgen.« Er begrüßt Hannah mit einem Küsschen, Marc mit einem Handschlag und wartet, bis Marc uns vorstellt. Johanna hat inzwischen eine Decke im Schatten neben dem Büro ausgebreitet und Josh darauf abgelegt.

»Holly und Gareth kommen später. Dann lernt ihr auch noch ihren Sohn Keiran kennen und wir sind vollzählig.« Marc sieht mich an. »Fast zumindest.« Er kniet sich neben Danielle und reicht ihr den aufblasbaren Flieger. »Hier, Schatz.«

Danielle nimmt das Plastikflugzeug an und klatscht aufgeregt in ihre kleinen Hände.

»Daddy!«, verkündet sie lautstark und Marc zwinkert mir grinsend zu. Es ist das erste Mal, dass er mitbekommen hat, dass Danielle Danny wirklich sehen kann. Nur ich kann es nicht, aber das stört mich nicht mehr. Ich habe jetzt Jake, deshalb nehme ich seine Hand und stelle mich auf die Zehenspitzen, um ihm einen Kuss auf die Wange zu drücken. Es ist schwer für ihn, mit mir hier zu sein. Alle kannten Danny, alle wussten, wie glücklich wir zusammen waren und wie sehr wir uns geliebt haben.

Ich lege meine Lippen an sein Ohr. »Jetzt bin ich mit dir hier. Und ich bin sehr froh darüber.«

Grinsend legt er seine Arme um mich. »Woher weißt du, was ich gedacht habe?«

Zärtlich berühre ich seine Wange. »Ich kenn' dich eben.«

Er zieht mich an sich und drückt mir einen Kuss auf die Lippen. Shane stülpt sein Shirt über den Kopf, deshalb werfe ich einen Blick zu Sam und dann wieder zurück zu meinem Bruder.

»Hey Shane, du hast ja wirklich trainiert?«

»Na klar. Ich muss doch mit den Muskelpaketen mithalten.« Er deutet grinsend auf Marc und Jake, die sich auch ihre Shirts ausgezogen haben. Ich betrachte Dannys Bruder. Er ist größer, als Danny es war. Braungebrannt und mit breiten Schultern weiß er ganz genau, was er mit seinem Aussehen bei den Frauen anrichten kann. Oft genug hat er es ausgenutzt. Genau wie Jake. Jetzt werfe ich einen Blick auf den durchtrainierten Körper meines Freundes, der sich das Band seiner Badehose zuknotet und mich angrinst. Sam schubst mich an.

»Wieso ist er eigentlich Fotograf und nicht Model?«

»Frag ihn doch mal«, antworte ich schulterzuckend.

»Das mache ich wirklich. Mit diesem Grinsen könnte er Werbung für Zahnpasta machen. Oder so wie Seb für Jeans.« Sam kichert. »Natürlich nur, wenn er das Hemd weglässt.«

»Natürlich.« Jake ist fast so groß wie Marc. Definierte Bauchmuskeln und starke Arme, das kleine Tattoo an der Innenseite seines Unterarms. Jetzt dreht er sich um, weil Jo ihm ein Board zeigen will, und sprintet die beiden Stufen nach oben. Grinsend blicke ich wieder zu meinem Bruder. Shanes Haut ist heller, seine blonden Haare glänzen in der Sonne, und auch er hat ein Tattoo auf der Schulter. Außerdem ziert unser Geschwister-Tattoo, das ich im Nacken trage, sein Handgelenk. Sein hartes Training hat sich schon bezahlt gemacht. Die Muskeln spannen sich an, als er sich bückt, um Maya aus ihrer Trage zu nehmen. Er hebt sie über seinen Kopf und dreht sich mit ihr im Kreis, so, wie Jake es immer mit Danielle macht. Maya gluckert vor Lachen.

»Sollen wir schwimmen gehen, Süße? Onkel Shane möchte seinen Body vorführen.« Ich gehe in die Knie, um Danielles Kleid auszuziehen.

Sam lacht. »Das wollen sie doch alle, aber ich lass mein Shirt lieber an.«

Ich drehe mich zu ihr um. »Warum?«

Meine Freundin legt ihren Kopf schief. »Nicht jeder findet nach einem Kind wieder so schnell zurück zur Traumfigur wie du oder Hannah.«

»Ach Quatsch. Du siehst toll aus, Sam.«

»Genau. Mommy sieht super aus, oder Maya?« Shane umarmt seine Verlobte und drückt ihr einen stürmischen Kuss auf die Lippen, worauf Sam rot wird und ihm schnell ihre Tochter abnimmt.

»Gib sie mir, wir müssen sie noch mal eincremen.«

»Mommy! Da!« Danielle zeigt aufgeregt zum Meer, als ein Surfer übers Wasser rast. Ich setze ihr den Sonnenhut wieder auf, löse die Schleife meines Kleids im Nacken, schlüpfe aus den Sandalen und richte meinen Bikini.

Jake umarmt mich zärtlich und küsst meine Wange. »Hm, sexy.«

Mit einem Lächeln auf den Lippen drehe ich mich zu ihm um und berühre seinen nackten Oberkörper. »Du bist auch nicht zu verachten.« Ich stelle mich auf die Zehenspitzen, damit ich ihn küssen kann. Danielles Ruf lässt uns auseinanderfahren.

»Mommy guck da!« Danielle zeigt auf den Surfer, der jetzt aus dem Wasser kommt und sein Board in den Sand legt. Eine blonde Frau eilt auf ihn zu, um ihm ein Handtuch zu geben, und für einen Augenblick habe ich das Gefühl, es wäre Danny. Der Surfer hebt mit einem strahlenden Lächeln den Blick und sieht in unsere Richtung, aber wieder ist es Danielles Quietschen, das mich von ihm ablenkt.

»Sollen wir auch ins Wasser gehen, Schatz?«

»Ja! Mommy! Dass!« Sie zeigt auf eines der Boards.

»Genau. Mommy soll surfen gehen. Du bleibst bei mir und Maya.« Sam hat sich auf eine Decke gekniet und Maya vor sich abgelegt. »Wir wollen sehen, was du kannst.«

Marc zieht eines von Dannys Boards aus der Halterung. »Bist du bereit?«

Ich atme tief durch und nicke schließlich. Es ist ein komisches Gefühl, wieder hier zu sein. In Afrika, an Dannys Strand und mit seinem Board. Veränderung gehört dazu, hat er gesagt und damit hat er recht. Ich wende mich zu Jake, der seine Daumen in die Höhe streckt. Er gehört dazu.

Danielle klatscht aufgeregt in die Hände. »Ja. Mommy!« Und meine Tochter natürlich. Zur Sicherheit werfe ich noch einen Blick zum Meer, aber der Surfer und auch die blonde Frau sind verschwunden.

Kapitel Siebenundvierzig

Jake

Kayleen rast an Marc und Jo vorbei, während ich auf meinem Board sitze, um sie zu beobachten. Ihr kleiner runder Hintern, der sich beim Paddeln hin und her bewegt. Die langen Beine, die das Board in die richtige Richtung steuern und ihre festen Brüste in diesem winzigen Bikini. Zurück am Strand wringt sie sich die langen Haare aus, als ich sie erreiche und mein Board neben ihres stelle.

»Du bist der Wahnsinn, Baby.« Zärtlich ziehe ich sie in meine Arme, um ihre Schultern zu küssen.

»Und du bist ganz kalt.« Sie versucht, sich aus meiner Umarmung zu befreien, aber ich drücke weitere Küsse auf ihre nackte Haut.

»Mommy! Guck!«, kichert Danielle jetzt, deshalb muss ich meine Zärtlichkeiten bei Kayleen unterbrechen. Marc hat Dani ins seichte Wasser getragen und sie auf einem Surfbrett abgestellt, wo sie von einem Ohr zum anderen strahlt.

»Naturtalent!« Marc strahlt. »Ich hab's ja immer gesagt.«

Das Board wackelt, als Danielle sich umdrehen will, aber Marc kann sie auffangen, bevor sie ins Wasser plumpst. Kayleen beeilt sich, zu ihrer Tochter zu kommen.

»Swimmen Mommy!« Danielle paddelt aufgeregt in Marcs Armen. »Guck Mommy.« Bei ihrem Gestrampel verschluckt sie sich und fängt an zu husten. »Bäh!«

»Langsam, Schatz. Das Wasser schmeckt nicht.« Kayleen nimmt ihre Tochter auf den Arm und Dani strampelt weiter mit ihren Beinchen, damit Kayleen sie wieder ins Wasser lässt.

»Swimmen!«

Marc trägt grinsend das Board aus dem Wasser, lehnt es neben der Bar gegen die Wand und drückt Hannah einen Kuss auf die Lippen, bevor er in den Kühlschrank unter dem Tresen greift.

»Hier.« Er reicht mir ein Bier. »Es ist schön, Kayleen so glücklich zu sehen«, murmelt er neben mir, als ich meine Flasche aufdrehe. »Als sie zum ersten Mal von dir erzählt hat, war ich nicht sicher, ob sie schon bereit dazu ist.«

»Du meinst wegen Seb?«

Er nickt. »Ja, der Typ kann froh sein, dass Kapstadt so weit weg ist.«

Ich nehme grinsend einen Schluck.

»Es ist gut, dass sie sich wieder verliebt hat.« Marc prostet mir zu. »Du tust ihr gut.«

»Ich liebe sie«, gestehe ich mit ernster Stimme.

»Ich weiß«, antwortet Marc mit einem Zwinkern. »Und sie dich auch.«

Am Tag vor der Hochzeit steht für Kayleen noch ein wichtiger Besuch an, im Bad unseres Ferienhauses steckt sie sich die Haare hoch und dreht sich zu mir um. Sie trägt Jeans und eine luftige Bluse.

»Ok so?«

»Natürlich. Du bist umwerfend.« Das denkt Danny sicher auch, denn ihn werden wir heute besuchen. Ok, nein, nicht ihn, aber sein Grab und das ist ein sehr großer Schritt für Kayleen.

»Bereit?«, frage ich leise, als ich meine Hand zu ihr ausstrecke. Kayleen nickt langsam und verschränkt unsere Finger. Ich drücke ihr einen Kuss auf die Lippen. »Du schaffst das und du weißt, dass es trotzdem kein Abschied für immer ist. Danny bleibt bei euch, das hat er dir versprochen.«

»Ich weiß.« Sie stellt sich auf die Zehenspitzen, um mich zu küssen, und streichelt meine Wange. »Danke, dass du mitkommst.«

Mit dem Taxi erreichen wir den Friedhof und Kayleen schluckt hart, bevor sie aussteigt und sich ihr Griff um meine Hand verstärkt. Unsere Schritte knirschen im Kies, zwischen den hohen Bäumen ist es kühl, obwohl ein heißer Wind vom Meer her weht und der Tafelberg unter einer Decke aus Wolken verschwunden ist.

»Nach der Beerdigung habe ich den ersten Brief für ihn hiergelassen«, murmelt sie, auf den Weg zwischen den einzelnen Gräbern hindurch. Ich weiß mittlerweile, dass sie Danny während der Schwangerschaft geschrieben hat. Die Briefe sind in einer Schatulle im Kleiderschrank im Schlafzimmer, genau wie sein Verlobungsring.

Ein Mann in grüner Arbeitskleidung nickt uns zu und von irgendwo sind Stimmen zu hören, aber hier hinten in diesem abgelegenen Teil des Friedhofs ist niemand zu sehen.

»Hier«, haucht sie. Ich betrachte das schlichte Grab mit der großen Steinplatte und den frischen Blumen. Auf dem Grabstein steht: *Daniel J. Gilbert – gone but not forgotten.*

Ich schlucke angestrengt und Kayleen wischt sich die Tränen aus den Augen, bevor sie meine Hand loslässt, um in die Knie zu gehen. Sie hat einen kleinen Strauß Rosen mitgebracht und steckt ihn in die Vase zu den anderen Blumen, bevor sie ein paar verirrte Blätter entfernt und einige ungebetene Grashalme ausrupft. Sie sagt kein Wort, obwohl Danny sicher genau in diesem Moment neben uns steht und seine Hand auf Kayleens Schulter legt, um ihr Kraft zu geben. Ich sehe mich um, denn bestimmt ist Gillian auch hier. Für Danny und für mich.

Kayleen steht wieder auf und streicht sich den Staub von den Knien. Wortlos ziehe ich sie in meine Arme.

Am Vormittag der Hochzeit fotografiere ich die Vorbereitungen im Haus und am Strand. Johanna zusammen mit ihren Brautjungfern, Holly und Julie. Ein Frühstück unter Frauen. Marc nachdenklich auf der Terrasse oder zusammen mit Jordan und Gareth in der großen Halle. Danielle und Gareth' Sohn Keiran, wie sie über die Terrasse flitzen. Maya und Josh zusammen mit Ellen und Pete oder Zulu. Johannas Kleid am Schrank im Schlafzimmer. Ihre Schuhe auf der Fensterbank. Holly, die ihr die Haare zusammensteckt, und mit einem Blumenkranz fixiert. Es wird eine kleine Hochzeit werden. Marcs Onkel ist zusammen mit seinem Cousin aus Australien angereist. Seine Tante aus Irland und Johannas Freundin Julie aus Amsterdam nehmen ebenfalls daran teil.

Bevor die Zeremonie losgeht, ziehe ich mich im Gästezimmer um und lege gerade in eine der Kameras einen Schwarz-Weiß-Film ein, als Kayleen aus dem Bad tritt.

»Wow!« Mir bleibt der Mund offen stehen. Sie trägt ein fast bodenlanges Kleid in zartem Rosé. Ihre Haut hat schon nach den paar Tagen, die wir jetzt hier sind, einen goldenen Schimmer bekommen und ihre blonden Haare glänzen in der Sonne. Sie kommt näher und legt ihre Hand unter mein Kinn.

»Mach den Mund zu.« Sie drückt mir einen Kuss auf meine Lippen.

»Du siehst umwerfend aus.« Schnell lege ich die Kamera zur Seite und ziehe sie in meine Arme. Unsere Lippen finden sich zu einem zärtlichen Kuss und ich schicke meine Zunge vorsichtig auf Wanderschaft, während meine Hände zu ihrem Po gleiten. Kayleen legt ihre Arme um meinen Hals und seufzt leise in meinem Mund. Erst, als es an der Tür klopft, löst sie sich aus meiner Umarmung und berührt meinen Oberkörper. Ich habe die Ärmel des weißen Hemdes bis zur Hälfte nach oben gerollt und die oberen Knöpfe offengelassen. Es ist eine Strandhochzeit und Marc hat gesagt, er will keinen von uns im Jackett sehen.

»Seid ihr fertig?« Sam steckt ihren Kopf durch die Tür. Sie trägt ein hellblaues Sommerkleid und hat ihre dunklen Haare zu einem festen Knoten gebunden. »Wow, Kay du siehst toll aus.« Sie mustert ihre Freundin anerkennend, bevor sie sich zu mir wendet. »Wieso bist du eigentlich Fotograf?«

Kayleen kichert nur, während sie ihre Ohrringe ansteckt.

»Wieso denn nicht?«, frage ich stirnrunzelnd zurück.

»Na ja, du könntest genauso gut Model sein.« Sie mustert mich von oben bis unten, bis Kayleen mit einer Hand vor dem Gesicht ihrer Freundin herumwedelt.

»Erde an Sam. Das ist meiner!«

»Ja, schon gut. Anstarren wird wohl erlaubt sein.«

Grinsend schultere ich meine Fototasche. »Fertig?«

Kayleen nimmt ihre Handtasche und wir verlassen Hand in Hand das Gästezimmer im Erdgeschoss.

»Mommy!«, ruft Danielle, die uns mit Zulu in der Halle entgegenkommt. Sie trägt ein weißes Kleidchen und in ihren Haaren steckt ein kleiner Blumenkranz.

»Oh Dani, du siehst süß aus.« Kayleen lässt meine Hand los, damit sie ihre Tochter umarmen kann.

»Guck, Pumen!« Sie zeigt auf die Blumen in ihren Haaren.

»Sehr schön, Schatz.« Kayleen steht wieder auf und nimmt Danielle auf den Arm. »Sollen wir unsere Plätze suchen?« Ich fotografiere die beiden gegen die Sonne, so dass ich nur ihre Silhouette sehe. Shane steht mit Maya auf der Terrasse und auch er hat sich an Marcs Anweisung gehalten und das Jackett weggelassen.

»Br, br, br!« Maya grinst ihr zahnloses Grinsen und zeigt auf meine Kamera. Durch den Garten und über die Treppe erreichen wir den Strand, an dem die Trauung stattfindet. Ellen spricht gerade mit dem Priester und Pete steht neben Marc. Er nickt seinem ältesten Sohn zu und legt seine Hand auf Marcs Arm. Jo, der Trauzeuge, steckt die Schatulle mit Johannas Ring in die Tasche und Kayleen stellt Danielle wieder auf den Boden, als Ellen auf uns zukommt.

»Dani, hast du Mommy die Blumen gezeigt?«

Danielle nickt. »Pumen!«

»In Ordnung, dann komm mit, du kannst jetzt dein Körbchen nehmen.« Sie nimmt Danielle an die Hand, um sie zu ihrem Platz zu bringen, damit sie die Braut als Blumenkind zum Altar begleitet. Weil Johanna keine Familie hat, wird Pete sie zum Altar führen. Kayleen und Sam setzen sich mit Maya und Shane zu Gareth und Keiran. Ich fotografiere Marc zusammen mit Jo neben dem Priester und die Stuhlreihen durch die Johanna gleich schreiten wird, bevor ich meiner Freundin noch einen Kuss gebe und dann im Haus verschwinde, um auf Johanna zu warten.

Johannas Kleid ist aus hauchdünner Spitze und wird von breiten Trägern gehalten, damit es ihre schlanke Figur betont. Sie trägt einen kleinen Blumenstrauß, den Ellen aus dem Garten zusammengestellt hat und als Pete ihre Hand nimmt und ihr einen Kuss auf die Wange drückt, hat sie Tränen in den Augen. Auf dem Weg zum Altar streut Danielle eifrig ihre Blumen und rennt dann zurück, um sie wieder einzusammeln. Die Gäste kichern leise und Kayleen muss aufstehen, um Danielle zu sich zu holen. Marc schluckt, als er seine Braut zum ersten Mal erblickt. Gestern hat er mir erzählt, dass Johanna ihn von Anfang an verzaubert und sein Herz im Sturm erobert hat, als er am wenigsten damit gerechnet hat. Johanna hat ihm gezeigt, was es bedeutet, zu lieben und geliebt zu werden. Genau so ging es mir mit Kayleen.

»Tanz mit mir, Baby.« Der Abend ist schon weit fortgeschritten und einige Gäste sind bereits gegangen. Marc und Johanna wiegen sich engumschlungen zur Musik und Shane hat Sam gerade zurück zu ihrem Platz gebracht. Kayleen schenkt mir dieses unglaubliche Lächeln und legt ihre Hand in meine. Auf der Tanzfläche platziere ich ihre Hände in meinen Nacken und meine an ihrer Taille.

»Du bist wunderschön, Kay«, flüstere ich an ihrem Ohr, während wir uns langsam zur Musik bewegen und ich über ihre nackten Arme streiche. Sie hebt ihren Blick und sieht in meine Augen. Zärtlich berührt sie meine Wange und ich beuge mich zu ihr, um sie vorsichtig zu küssen. Meine Hände gleiten über ihren Rücken zu ihrem Po, ein leises Seufzen klingt aus ihrer Kehle und trotz der immer noch warmen Luft bescheren mir die zärtlichen Berührungen eine Gänsehaut. Durch den dünnen Stoff ihres Kleides spüre ich ihre empfindlichen Brustwarzen und löse unseren Kuss.

»Wenn wir jetzt alleine wären, würde ich weitermachen, Baby, aber so ...« Ich lasse das Ende des Satzes offen.

Sie grinst. »Ich bringe Dani besser ins Bett.« Sie nimmt meine Hand. »Zulu passt auf sie auf und wir sind heute alleine im Ferienhaus.«

»Ist das ein Versprechen?«

Kayleen nickt. »Natürlich.«

Kapitel Achtundvierzig

Kayleen

Ellen hat die alten Zimmer von Marc und Danny für die Kinder herrichten lassen. Maya und Josh schlafen bereits in Marcs Zimmer und Danielle wird in Dannys Bett untergebracht sein, während Zulu auf die Kinder aufpasst, damit wir die restliche Party genießen können. In dem kleinen Raum hat sich nichts verändert, seit ich zuletzt hier war. *Mit Danny.* An den Wänden hängen Poster von Surfern und dem südafrikanischen Rugby-Team. Auf dem Schrank liegt die verstaubte Mütze, auf der der Kapitän der Mannschaft unterschrieben hat. Danny war sehr stolz auf dieses Autogramm und hat die Kappe gehütet wie seinen Augapfel. Auf dem Schreibtisch steht das Babyfone und Danielles Tasche. Ich schalte die Nachttischlampe ein und setze meine Tochter ins Bett.

»Mommy?« Mit müden Augen sieht sie mich an.

»Ich bin hier, Schatz. Komm her, wir putzen noch schnell die Zähne.« Ich öffne den Reißverschluss an ihrem Rücken und ziehe ihr das Kleid über den Kopf. Kommentarlos lässt sie sich in ihren Schlafanzug stecken und nach nebenan ins Bad tragen. Zurück im Zimmer decke ich sie zu.

»Mommy, heia.« Sie angelt nach ihrem Schnuller.

»Ja, Schatz. Mommy macht später heia.« Ich streiche zärtlich über ihre Wange, aber Danielle hat bereits die Augen geschlossen, als ich ihr die Puppe in die Arme lege und ihre Stirn küsse. »Schlaf gut, Süße. Zulu und Daddy passen auf dich auf. Wir sehen uns morgen.« Ich schalte das Nachtlicht an und stehe auf.

»Daddy«, nuschelt Danielle und als ich mich umdrehe, entdecke ich Zulu, die mit einem sanften Lächeln auf den Lippen in der Tür steht.

»Sie weiß genau, wer ihr Daddy ist, nicht wahr?«, flüstert Zulu, als ich die Nachttischlampe ausknipse. In ihrem dunklen Gesicht leuchten ihre weißen Zähne, genau wie die funkelnden Perlen um ihren Hals. Sie legt ihre Hand auf meinen Arm. »Ich bin hier, Kayleen. Genieß du den Abend.«

»Ich danke dir, Zulu.« Ich blicke in ihre geduldigen Augen. »Für alles.«

Zulu greift nach meinen Händen und drückt sanft zu. »In Afrika gibt es ein Sprichwort, das besagt, dass Träumen heißt, hinter den Horizont zu blicken, und ich glaube, das ist genau das, was du tust, oder?«

Ich nicke langsam und wische mir über die Augen. Sie hat recht. Genau das tue ich. Danny besucht mich in meinen Träumen. Wir können lachen und reden, so wie früher. Er versteht mich und unterstützt mich. Er bewacht fast jede Nacht den Schlaf seiner Tochter und ist immer zur Stelle, wenn ich ihn brauche. Auch von hinter dem Horizont.

Kapitel Neunundvierzig

Jake

»Mommy, guck! Ein Efant!«, ruft Danielle aufgeregt, als wir durch die Zollkontrolle am Flughafen in Johannesburg schlendern und sie die großen Plakate vom Kruger Park entdeckt hat.

»Ja, Schatz, aber der ist nicht echt. Warte, bis wir auf der Farm sind, dort sind echte Elefanten«, erklärt Kayleen, was die Augen ihrer Tochter zum Leuchten bringt. Ich hebe ihren Kinderwagen vom Gepäckband, bevor nach und nach unsere Koffer über das Band poltern. Kayleen und Danielle gehen zur Toilette und Sam sitzt auf einer Bank, um Maya zu stillen, während Shane und ich die Trolleys beladen.

»Wie ist die Farm so?«, frage ich meinen besten Kumpel.

»Is' cool da. Richtig luxuriös mit allem, was dazugehört.« Er klappt Mayas Wagen auseinander und schubst ihn zu Sam. »So, einsteigen, die Dame, der Wagen ist bereit.« Sam lächelt müde und Shane nimmt seine Tochter an sich. Ich warte, bis Danielle und Kayleen zurückkommen und wir den Flughafen verlassen können.

»Oh nein, das glaube ich ja nicht!«, freut sich Kayleen, als wir durch die großen Türen treten und ein großer blonder Typ in Rangerkleidung seinen Hut sinken lässt. Kayleen tritt auf ihn zu und er zieht sie in seine Arme. »Jason! Was machst du denn hier?«

Danielle lehnt ihren Kopf im Kinderwagen nach hinten, um mich anzusehen und auch Sam hat keine Ahnung, was hier passiert, nur Shane begrüßt den Kerl mit einem Handschlag. Kayleen dreht sich zu uns um.

»Das ist Jason. Unser Pilot für heute!«

»Pilot?« Sam runzelt die Stirn. »Ist das dein Ernst? Ich dachte, wir sind in letzter Zeit genug geflogen.«

Kayleen grinst. »Willst du lieber fünf Stunden durch den Busch gurken, oder willst du in zwei Stunden unter einer Dusche stehen?«

»Ok, du hast gewonnen.« Sie streckt die Hand aus, um den Mann zu begrüßen. Kayleen dreht sich zu mir um.

»Jason ist Pilot und Ranger. Er wohnt mit seiner Freundin in unserer alten Wohnung, seit Marc und Hannah nach Kapstadt gegangen sind.«

»Cool.« Ich strecke ebenfalls meine Hand zur Begrüßung aus und Kayleen hebt Danielle aus dem Wagen, um sie ihrem alten Freund vorzustellen. Auch er verkneift sich den Kommentar, dass sie Danny sehr ähnlich sieht, fragt sie aber, ob sie bereit ist, die Tiere zu besuchen, und Danielle nickt eifrig. Gemeinsam steuern wir den Aufzug an und erreichen bald den Helikopter auf dem Dach.

»Marc hat dir verraten, wann wir kommen, oder?«

»Nein, deine Mum hat zwei Bungalows für euch herrichten lassen, deshalb darf ich euch auch mit dem Heli abholen.«

»Wirklich?« Kayleen kann ihre Irritation nicht verbergen. »Meine Mutter?«

Jason nickt. »Ja, sie weiß von Ewan, dass ihr kommt, und hat alles vorbereiten lassen.«

Ich lege grinsend meinen Arm um ihre Schultern. »Siehst du.«

»Warm, Mommy«, murrt Danielle, als wir eine Stunde später aus dem Heli steigen. Shane und ich helfen Jason beim Ausladen des Gepäcks, während Sam und Kayleen mit den Kindern bereits über den Landeplatz gehen und Kayleen auf die Weiten des Buschlandes zeigt.

»Siehst du, Schatz, das werden wir uns morgen alles ansehen.«

»Durst, Mommy«, klagt Danielle weiter. Hinter uns sind schwere Schritte zu hören, bevor Kayleen aufgeregt quietscht und ein weiterer Ranger sie in seine Arme zieht. Seine dunklen Haare sind von einzelnen grauen Strähnen durchzogen und auf seinen Lippen liegt ein freundliches Lächeln, während er mit unverkennbar schottischem Akzent spricht. Ewan, also.

Die sogenannte Farm ist, so, wie Shane schon angekündigt hat, eigentlich eine luxuriöse Ferienlodge mit kleinen und großen Bungalows, einem riesigen Spa-Bereich, einem schicken Restaurant und einem riesigen Haupthaus, das alles überwacht. Die Unterkünfte der Ranger liegen versteckt unter dichten Bäumen und etwas abseits der Gästebungalows. Jason und Ewan verabschieden sich, nachdem sie uns mit dem Gepäck geholfen haben und laden uns für ein Braai am Abend ein.

»Mommy, Tierle gucken!«, quakt Danielle.

»Gleich, Schatz, lass uns erst mal …«

»Nei-hein, Mommy. Tierle gucken.« Weil sie schon während des Fluges geschlafen hat, ist sie jetzt umso aufgeregter. Ich drücke Kayleen einen Kuss auf die Wange.

»Na los, Mommy. Zeig uns dein Zuhause.«

Eine halbe Stunde später machen wir uns, weil Maya eingeschlafen ist, ohne Shane und Sam auf den Weg durch die Parkanlage. Ich fotografiere meine Freundin mit ihrer Tochter, die an einer tropischen Blume schnuppern, und Danielle, die den künstlichen Springbrunnen beobachtet. Kayleen nimmt meine Hand und schenkt mir ein wunderschönes Lächeln. Nach ein paar Biegungen des Weges und vorbei am Restaurant erreichen wir einen staubigen Platz vor kleineren Hütten.

»Hier wohnen die Mitarbeiter«, erklärt Kayleen.

»Tierle?«, fragt Danielle jetzt und Kayleen nimmt wieder ihre Hand.

»Da seid ihr ja schon.« Ewan tritt aus einer der Hütten und setzt seinen Hut auf.

»Ja, Danielle kann es nicht mehr erwarten.«

Ewan grinst. »Ich hab da so 'ne Vermutung, vom wem sie das hat.« Er geht in die Hocke vor Danielle, deshalb greift sie ängstlich nach meiner Hand. »Welche Tiere möchtest du kennenlernen, Danielle?«, fragt Ewan jetzt.

Sie sieht zuerst mich und dann ihre Mutter an. Kayleen streckt ihre Arme aus. »Komm her, Schatz, was hältst du von einem Besuch bei den Elefanten?«

Danielle strahlt. »Ja!«

Ewan steht auch wieder auf. »Na dann los. Luna und Jespah sind hier.«

Am Abend sitzen wir zusammen mit den anderen Rangern am Lagerfeuer. Danielle und Maya schlafen in den Bungalows und wir lauschen am Babyfone, wenn sich eines der Mädchen meldet. Ewan gibt gerade eine seiner Geschichten zum Besten und Kayleen dreht sich in meinen Armen um. »Er war schon immer ein großer Geschichtenerzähler«.

»Er ist toll, bei ihm hört es sich so an, als wäre man direkt dabei.«

Ewan erzählt von einem Zwischenfall mit einer Schlange und Kayleen versteckt ihr Gesicht in den Händen, was alle anderen zum Lachen bringt, deshalb muss sie selbst erklären, dass sie bei ihrer ersten Safari mit Marc Bekanntschaft mit einer grünen Mamba, der giftigsten Schlange im südlichen Afrika, gemacht hat. Marc, ganz der Profi, hat gelassen und ruhig reagiert, um Kayleen aus der Gefahrenzone zu bringen. Ich bin ihm sehr dankbar dafür.

Es ist unfassbar, wie schön und wild es hier ist, obwohl nicht weit von uns entfernt der reinste Luxus auf uns wartet. Hier bei den Rangern ist es staubig, wir sitzen auf Holzklötzen oder auf dem Boden, das Feuer sprüht knisternde Funken in den Himmel und in der Ferne heulen irgendwo Tiere. Kayleen kuschelt sich an mich und ich könnte mir im Moment keinen schöneren Ort vorstellen.

»Kayleen?« Ein großer Mann mit schwarzen Haaren und ebenso dunklen Augen öffnet die Tür zum Haupthaus, noch bevor Kayleen anklopfen konnte. Sie lässt ihre Hand wieder sinken, klammert sich an Danielle fest und schluckt angestrengt, bevor sie tief durchatmet und den Mann ansieht.

»Alex. Hi, ich …« Sie wirft mir einen kurzen Blick zu. »Wir wollten …«

»Kommt doch rein.« Der Mann tritt zurück in den Flur, der sich beim Eintreten gar nicht als Flur entpuppt, sondern viel mehr ein riesiger Eingangsbereich ist. Ein Tisch mit einem üppigen Blumenbouquet in der Mitte vor der breiten Treppe, darüber hängt ein glitzernder Kronleuchter. An den Wänden entdecke ich neben Landschaftsaufnahmen auch afrikanische Masken und Speere, wie sie unten im Restaurant hängen. Genau wie in Kapstadt sieht sich Kayleen um, als müsse sie sich alles in Erinnerung rufen. Hier ist sie nach der Schule aufgewachsen, hier war sie zu Hause, bis sie zum Studieren nach Pretoria gegangen ist.

»Es ist so schön, dich zu sehen, Kayleen«, sagt der Mann, bevor er sich an Danielle wendet. »Und du Schätzchen, hast du die Tiere besucht?«

Danielle nickt ohne einen Mucks und starrt ihn weiter mit großen Augen an. Kayleen strafft ihre Schultern und atmet ein weiteres Mal tief durch.

»Das ist Danielle.« Jetzt dreht sich zu mir. »Und Jake.«

Der Mann lächelt freundlich, bevor er seine Hand zu mir ausstreckt. »Wie wunderbar, euch kennenzulernen. Kommt hier durch, deine Mutter ist auf der Terrasse. Ich wollte runter zu Ewan, aber das kann noch einen Augenblick warten ...«

»Ähm, Alex?« Kayleen unterbricht das Geplapper ihres Stiefvaters, deshalb dreht er sich zu ihr um. »Danke, dass du uns die Bungalows überlassen hast und Jason uns abholen durfte.«

»Das ist selbstverständlich, Kayleen. Wir freuen uns, dass du hier bist und deine Mutter wollte, dass ihr ohne Strapazen zu uns gelangt.« Er wendet sich wieder an Danielle. »Hat dir der Flug im Helikopter Spaß gemacht?«

»Fiegen?«, nuschelt sie auf ihrem Schnuller.

»Genau, du bist geflogen, das war toll, nicht wahr?«

Danielle sieht mich an, weil sie nicht weiß, was der fremde Mann von ihr will. Lächelnd stößt Alex eine Tür im hinteren Bereich der Halle auf. Hier ist es wärmer, weil die Seitenwände offen sind und die Hitze hineinströmt. Kayleen greift nach meiner Hand.

»Efant, Mommy!«, nuschelt Danielle, die das Gemälde eines riesigen Elefanten entdeckt hat.

»Ja, der ist toll, nicht wahr, Schatz«, flüstert Kayleen und bleibt ruckartig stehen, als die Tür aufschwingt und eine Frau im maßgeschneiderten Businesskostüm vor uns erscheint. Sie mustert zuerst Kayleen, dann Danielle und schließlich mich, bevor sie sich wieder ihrer Tochter zuwendet und sich ein Lächeln auf ihren Lippen bildet, von dem ich mir, nach allem, was Kayleen erzählt hat, nicht sicher bin, ob es echt ist.

»Kayleen. Wie schön.«

Sollte sie nicht die Arme ausbreiten, ihre Tochter umarmen oder wenigstens noch einen Schritt näherkommen? Ich warte genauso angespannt wie Kayleen und wieder ist es Danielle, die die Situation rettet, indem sie aufgeregt zappelt.

»Da Mommy! Guck!« Ihre kleinen Beine kicken immer wieder gegen ihre Mutter und sie streckt sich über ihre Schulter. »Mommy. Da!«

Ich folge ihrem Blick, genau wie Kayleen und die beiden Schneiders. Auf der Brüstung der Terrasse turnt ein brauner Affe und Danielle kichert, als er von der Brüstung rutscht und sich an einem Seil, das zwischen zwei Pfosten gespannt ist, herunterbaumeln lässt, bevor er in den hohen Bäumen verschwindet.

»Affe!«, verkündete Danielle lautstark.

»Ja, Schatz und jetzt ist er weg.« Kayleen steht stocksteif neben mir und räuspert sich leise, bevor sie sich an ihre Mutter wendet. »Hallo Mum.«

Die Frau, die ich mir so gar nicht an Bobs Seite vorstellen kann, breitet jetzt doch ihre Arme aus.

»Hallo Schatz, komm her.« Kayleen reicht Danielle an mich weiter und geht auf wackligen Beinen auf ihre Mutter zu. Ich weiß, dass sie sich am Tag ihrer Abreise nach London von ihrer Mutter verabschieden wollte und sich gewünscht hätte, dass sie ihre einzige Tochter noch einmal in den Arm nimmt und ihr Mut zuspricht, oder ihr sagt, dass es die richtige Entscheidung war, aber Birgit Schneider hat nichts davon getan und das hat Kayleen tief verletzt. Jetzt umarmt sie ihre Tochter, zum ersten Mal seit über drei Jahren.

Kapitel Fünfzig

Kayleen

»Psst, Schatz. Du musst leise sein, sonst laufen sie wieder weg.«

Danielle legt ihre kleinen Finger an ihre Lippen und ich zeige ihr die Kudus im Gebüsch. Nach dem langen Gespräch mit meiner Mutter, bei dem sie sich bei mir entschuldigt hat, und einem gemeinsamen Abendessen im Haupthaus sind wir heute zu einer Nachmittagssafari mit Jason und Ewan unterwegs. Jake knipst die Landschaft und die Tiere, genau wie Shane, Sam oder Danielle und mich. Jason sitzt auf einem außen am Wagen angebrachten Stuhl und untersucht den Boden nach frischen Spuren, weil wir, das sagen immer alle Ranger, nicht wegen Antilopen, Giraffen oder Zebras anhalten, sondern natürlich zuerst die großen Katzen suchen werden. Der Wagen rumpelt über den unebenen Boden, Danielle kichert und Shane staunt wie bei seiner ersten Safari, als wir auf dem Deck des Pick-ups mit Marc und Danny unterwegs waren. Das hier ist eine richtige Touristen-Safari und wir sind nicht die einzigen Gäste im Wagen. Überall sind »Aaahs« und »Oohhs« zu hören. Alle sind begeistert und lauschen aufgeregt, was Ewan zu erzählen hat. Der Fahrer biegt um eine Kurve und plötzlich stinkt es gewaltig, deshalb dreht sich Ewan kurz zu mir um und ich nehme Danielle auf meinen Schoß, damit sie das tote Zebra im Gebüsch vor uns nicht sehen kann. Sam stockt kurz der Atem, verzieht angewidert das Gesicht und betrachtet lieber ihre schlafende Tochter, bis wir am Kadaver vorbeigefahren sind. Der Wagen rumpelt weiter über die Ebene. Jason entdeckt frische Leopardenspuren und im Gebüsch taucht ein riesiger Elefantenbulle auf. Danielle zuckt erschrocken zusammen, streckt aber dann ihre Händchen aus, um ihn zu streicheln.

»Schatz, das geht nicht. Wir können ihn nicht anfassen.«

»Woher weißt du, dass es ein er ist?«, fragt Sam skeptisch. »Sind Elefanten nicht immer in Herden unterwegs?« Ewan wirft mir einen prüfenden Blick über die Schulter zu und ich deute auf den Kopf des Elefanten.

»Das ist ein Bulle, die Köpfe sind etwas runder und sie sind meistens alleine, maximal zu zweit unterwegs, nachdem sie von der Herde verstoßen wurden.«

»Sehr richtig. Kayleen hat gut aufgepasst«, grinst Ewan.

»Ich hatte gute Lehrer und so manche Begegnung hier draußen, die man nicht so leicht vergisst.« Jake grinst, weil ich ihm von meinem zufälligen Aufeinandertreffen mit einem Elefantenbullen erzählt habe und wie Danny mich gewarnt hat, mich nicht zu schnell zu bewegen oder wegzulaufen. Ewan kichert, weil er die Geschichte natürlich auch kennt. Jetzt hebt Jason die Hand und wir entdecken ein Löwenrudel unterhalb einer Kuppe im Schatten.

»Die sind wohl satt«, murmelt Sam hinter mir.

Jake fotografiert die Löwen, genau wie die anderen Gäste im Wagen. Danielle lehnt sich über meinem Schoß und will die kleinen Babylöwen betrachten. In sicherer

Entfernung zieht eine Herde Zebras vorbei und im Baum über uns sitzen zwei von den Vögeln mit den hellblauen Federn, von denen ich mir nie den Namen merken konnte. Ewan reicht mir sein Fernglas und ich entdecke das Nashorn mit seinem Jungen, weil ich weiß, worauf ich achten muss. Die anderen Fahrgäste, die nach mir das Fernglas bekommen, erkennen nichts. Den Leoparden zu den Spuren, die Jason gesehen hat, finden wir nicht, aber als wir stehenbleiben, weil Ewan etwas gehört hat, starren alle in die Büsche um uns herum. Es ist fast so, als würde sich niemand trauen zu atmen und dann entdecke ich sie auf einem Ast, der so getarnt vor einem großen Felsen entlangläuft, dass es fast unmöglich ist, sie zu erkennen.

»Bheka«, hauche ich atemlos. Das ist Siyandas Tochter. Das kleine Gepardenmädchen, die ich vor meiner Abreise getauft habe. Ich habe sie Bheka genannt, weil das bedeutet, auf jemanden aufzupassen und ihn zu beschützen. Ich habe gehofft, dass Danny genau das tut. Damals wusste ich noch nicht, wie viel Wahrheit in diesem Namen steckt.

Ewan blickt durch das Fernglas und Jason überprüft den Peilsender. »Du hast recht, das ist sie.« Er reicht mir das Fernglas und Jake nimmt Danielle auf den Schoß, um ihr die Richtung zu zeigen, in der ich Bheka und ihre beiden Jungen entdecke.

»Wie hübsch sie geworden ist.« Ich reiche das Fernglas zuerst an Sam und wische mir die Tränen aus den Augen. »Meine schöne Bheka.« Ihren Bruder Thando sehen wir nicht, aber ich weiß von Danny, dass er sich ein Revier weiter draußen am Fluss erkämpft hat und dort die Gepardendamen glücklich macht. Thando heißt Liebe, also erfüllt auch er die Bedeutung seines Namens.

Ich habe Afrika früher nie als meine Heimat angesehen, aber jetzt in diesem Moment weiß ich es. Afrika wird immer einen Teil meines Herzens einnehmen. Genau wie Danny.

Am nächsten Morgen klettere ich aus der Dusche, während Jake sich die Zähne putzt. Ich lasse mein Handtuch fallen und greife nach einem sauberen Slip aus meiner Tasche. Jake spuckt den Schaum ins Waschbecken und sieht mich durch den Spiegel hinweg an.

»Ich habe heute etwas Seltsames geträumt.«

»Was denn?« Ich ziehe meinen BH an.

»Ich war Surfen. In Australien. Es war perfekt. Die Wellen. Die Sonne. Die Mädchen.«

Weil er bei dem Wort Mädchen die Mundwinkel verzieht, muss ich grinsen.

»Aber?«, frage ich leise, als sich unsere Blicke im Spiegel treffen.

»Als ich aus dem Wasser gekommen bin, habe ich ein Pärchen am Strand sitzen sehen. Niemand sonst hat sie bemerkt.«

Irritiert sehe ich ihn an. »Wie meinst du das?«

»Ich glaube, es waren Danny und Gillian.«

Epilog

Danny

»Hi Mum.« Zusammen mit Gillian betrete ich den Traum meiner Mutter. Ich weiß zwar, dass sie meine Freundin nicht wahrnehmen wird, aber ich fühle mich besser, wenn ich sie mitbringe. Meine Mutter hebt lächelnd den Blick von den Hochzeitsbildern, die sie sich angesehen hat.

»Hallo Schatz, wie geht es dir?«

Wie immer, wenn ich sie besuche, greift sie sofort nach meiner Hand und will, dass ich neben ihr sitze, aber ich muss zuerst noch etwas loswerden.

»Es geht mir gut, ich habe jemanden mitgebracht.«

Ihr Blick schweift durch die ansonsten leere Bibliothek. Die Vorhänge wehen im Wind, im Garten zwitschern die Vögel und es riecht nach Zulus leckerem Bobotie, den es bestimmt zum Mittag gab.

»Ich habe meine Freundin mitgebracht.« Gillian lächelt schüchtern. »Du kannst sie nicht sehen, aber ich dachte, es wäre an der Zeit, sie vorzustellen.«

Jetzt grinst meine Mutter. »Da hast du recht, du brauchst immer ziemlich lange, mir deine Freundinnen vorzustellen.« Mum streckt ihre Hände nach mir aus und endlich setze ich mich zu ihr. Gillian kichert, bevor sie neben mir Platz nimmt. »Erzähl mir von ihr? Warst du mit ihr bei der Hochzeit?«

»Ja.« Ich werfe Gil einen Blick zu, weil sie eigentlich mit Jake dort war. »Es war eine schöne Feier und Johanna eine wunderschöne Braut.«

»Oh, ja das war sie wirklich.« Mum lächelt verträumt. »Ich hätte mir gewünscht, dass du Marcs Trauzeuge bist und mit ihm da vorne stehst.«

»Das habe ich, Mum. Auf meine Weise.« Das habe ich wirklich, ich stand neben Marc und habe ihn bei dem wohl wichtigsten Schritt seines Lebens unterstützt, wie es mein Job als Schutzengel und kleiner Bruder sein sollte. Genauso wäre es Marcs Job gewesen, mein Trauzeuge zu sein, wenn ich jemals geheiratet hätte.

Mum wischt sich über die Augen. »Bist du glücklich?« Sie blickt wieder auf den Platz neben mir. »Seid ihr glücklich?«

Mit meiner freien Hand greife ich nach der von Gillian und drücke meine Lippen an ihren Handrücken. »Ja, das bin ich. Sie ist toll. Sie heißt Gillian und stammt aus Hawaii.«

»Bestimmt ist sie ein wunderhübsches Mädchen.« Mum tupft sich die Tränen von den Wangen.

»Ja, ist sie.« Ich betrachte meine Freundin einen Augenblick. Ihre dunklen Augen leuchten in der der Sonne, die durchs Fenster scheint, die Locken umranden ihr wunderschönes Gesicht und auf ihren roten Lippen bildet sich ein liebevolles Lächeln, das süße Grübchen in ihre Wangen zaubert. Ungefähr so hat sie auch bei unserem ersten Treffen ausgesehen. In der Bar in London, als ich zum ersten Mal einen anderen Schutzengel wahrgenommen habe.

Meine Mutter drückt meine Hand. »Hast du ihre Eltern auch schon kennengelernt?«

Ich schüttle den Kopf. »Nein, ihre Eltern sind schon lange tot.«

Erschrocken zieht Mum die Luft ein. »Oh, das tut mir leid.«

»Muss es nicht Mum, das Leben geht weiter. Irgendwie und irgendwo.«

Jetzt lächelt sie wieder. »Das haben wir alle mittlerweile gelernt und ich bin sehr froh darüber, Danny.«

»Ich auch.« Als ich Kayleen damals auf der Party angequatscht habe, hätte ich nie gedacht, dass sie mich so umhaut. Schon an diesem Abend habe ich mich in ihr süßes Lächeln verliebt und von da an wollte ich sie nie mehr loslassen. Kayleen war etwas Besonderes. Wir waren besonders. Trotzdem war unsere Liebe nicht für die Ewigkeit bestimmt und wenn ich meinen Tod vor bald drei Jahren noch als das Unfairste überhaupt bezeichnet habe, weiß ich jetzt, dass alles im Leben und auch danach einen Sinn hat und nichts ohne Grund passiert. Jetzt bin ich Schutzengel und habe eine ganz spezielle Verbindung zu meiner Tochter. Ich kann Kayleen und meine Familie in ihren Träumen besuchen und so mit ihnen in Kontakt bleiben.

Deswegen stelle ich meiner Mutter jetzt eine Frau vor, die vor über sechzig Jahren gestorben ist und die sie nicht sehen kann. Mit Gillian werde ich wirklich für immer zusammen sein, weil wir beide auf diese andere Art weiterleben, die man nicht erklären kann. Gillian hat mal gesagt, dass jeder Mensch seine eigenen Vorstellungen vom Leben nach dem Tod hat. Nicht jeder glaubt daran, dass es weitergeht oder an Schutzengel und das ist ok so.

Denn in erster Linie muss man immer an sich selbst glauben.

Danksagung

Liebe Leserinnen und Leser,

eine Danksagung nach drei Büchern zu schreiben, ist gar nicht so leicht. Natürlich könnte ich mich jetzt bei allen bedanken, die mich über die Jahre unterstützt haben, aber das wäre zu einfach, deshalb fange ich diesmal anders an.

Ich möchte mich bei allen bedanken, die in den letzten achtzehn Jahren nicht an mich geglaubt haben und die mein Schreiben immer als Hobby oder Phase bezeichnet haben. Außerdem geht mein Dank an diejenigen, die die Geschichte nicht veröffentlichen wollten oder konnten. Danke an diejenigen, die gesagt haben, dass man ein Debüt niemals in der »Ich-Form« schreiben darf oder dass ich die Handlung aus Afrika rausholen muss, um es »mainstreamtauglich« zu machen. Es gab sogar Absagen, weil es angeblich »zu übersinnlich« oder »nicht greifbar« sei. Auch diesen Menschen gilt mein Dank, denn nur durch die vielen – teils herben und langwierigen Rückschläge oder Liegen-Lassen-Phasen – ist die Geschichte von Danny & Kayleen zu dem geworden, was sie heute ist. Also DANKE!

Und deshalb kommen wir jetzt zu den Personen, die mich tatsächlich unterstützt haben und mir geholfen haben, die Geschichte zu veröffentlichen. Allen voran natürlich mein Mann, denn er war es, der mir den nötigen

Schub gegeben hat, indem er sagte: »Mach doch mal was Richtiges draus!«

Als nächstes mein Agent Dirk Meynecke, dafür, dass er nicht aufgegeben hat und diese Geschichte unbedingt bei einem Verlag unterbringen wollte.

Danke an Christiane Bauer und alle anderen bei Piper Digital, die an mich und die Geschichte geglaubt haben.

Ein riesiges Dankeschön an Cornelia Franke, für die tollen Ideen und Vorschläge und deinen Ansporn, die Story und die Figuren noch stärker und glaubwürdiger zu machen. Danke für den Geister-Akku und das Schutzengel-Diplom. Du bist SUPER!

Danke an die Cover Designer, die Siyanda, Bheka und Thando so wunderschön und passend eingekleidet haben.

Und zum Schluss natürlich auch noch Danke an die Leserinnen und Leser, die mit Danny und Kayleen gelitten, geweint und hoffentlich auch gelacht haben. Ich hoffe, ich habe euch ein paar schöne Lesestunden beschert und ihr werdet meinen surfenden Schutzengel genauso in euren Herzen behalten wie ich.

Von der ersten Idee, der Fanfiction und den unendlich vielen Überarbeitungen bis heute sind über achtzehn Jahre vergangen. Achtzehn Jahre, in denen ich viel gelernt habe und durch die ich jetzt weiß, was ich nicht will oder wie ich – auch zukünftig – nicht schreiben werde.

Wieder einmal zeigt sich also, dass man nie – aber wirklich niemals – aufhören darf, an sich selbst zu glauben. Auch deshalb ist der Titel BELIEVE so unglaublich perfekt für diese Trilogie …

Denkt immer daran: »Träumen heißt, hinter den Horizont zu blicken!«

Alles Liebe
Sarina